염
상
섭
문
학

만세전

| 일러두기 |

1. 이 책은 고려공사(1924), 수선사(1948)에서 발간한 것을 저본으로 삼았다.
2. 현행 한글맞춤법을 원칙으로 현대의 어휘에 맞추어 읽기 쉽게 수정하였으며, 작품 분위기에 영향을 주는 것은 원본 그대로 두었다. 대화체, 방언의 경우 당시의 표현을 존중하였으며, 다만 명백한 오자는 바로잡았다.
3. 원본에서 한자를 노출하거나 병기한 경우, 문맥상 이해가 되지 않는 것을 제외하고는 한글로만 표기하였다.
4. 외래어표기법에 따랐으나 작품의 분위기에 영향을 주는 것은 원본 그대로 두었다.
5. 문장부호의 경우 읽기에 좋도록 정리하였으며 특히 반복되는 줄표, 쉼표 등의 경우에는 대체로 생략하였다.
6. 판독이 불가능하거나 탈락된 부분은 '□'로 표기하였으며 짐작할 수 있는 조사 등의 경우에는 적절하게 넣었다.
7. 대화에 사용된 『　』,「　」등은 각각 "　", '　'로 고쳐 적었으며 강조 표현 등은 '　'로 통일하였다.

염상섭 장편소설

만세전

책임편집 김재용·김종욱

글누림

조선에 「만세」가 일어나던 전해 겨울이다。 세계대전이 막 끝 나고 휴전조약(休戰條約)이

성립되어서、 세상은 비로소 번 해진듯 싫고、 세계개조(世界改造)의 소리가 동양천지에도

떠들석한 때이다。 일본(日本)은 참전국(參戰國)이라 하여도 이번 전쟁덕에 단단히 한미천

잡아서、 소위 나리진(成金)。 나리긴 하고 졸부(猝富)가 된터이라、 전쟁이 끝 났다고 별로

어깻바람이 날일도 없지마는、 그래도 또 한목 보겠다고 발버둥질을 치는 판이다。

동경(東京) W대학 문과(文科)에 재학중인 나는、 때 마침 반쯤이나 보던 년송시험을 중

도에 내어던지고、 급작시리 귀국하지 않으면 안될 일이 생겼다。 그것은 다름 아니라、 그 해

가을부터 해산 후더침으로 시름시름 앓던 안해가、 위독하다는 급전(急電)을 받았기 때문이

었다。

내가 동경에서 떠나오던 날은、 마침 시험을 시작한지 둘쨋날이었다。 그날 나는 메시간

동안이나 시험장에서 추운데 휘달리다가、 새무 한시가 지나서 겨우 하숙(下宿)으로 허덕지

차 례

만세전
고려공사

序를 대신하야

내가、일 이것을 잇느냐길은、잘되엿든 훌륭엿든 이作自身이 나을에신하야

갑될것이야으、 망할것이야으。

이作이、 엄만한 生命과 價值가잇엇느냐것은、 또는 글른 諸君이

答을대신하야 말할것이다。

나는、이 무가치를 믿을므로、썼다서 일울거리란고요 앙이닷다。

癸亥九月

作 者

서를 대신하여

◇

　내가, 왜 이것을 썼느냐는 것은, 잘 되었든 못 되었든 이 작 자신이 나를 대신하여 제군에게 말할 것이다.

◇

　이 작에, 얼만한 생명과 가치가 있겠느냐는 것은, 좋든 글튼, 제군이 작을 대신하여 말할 것이다.

◇

　나는, 이 두 가지를 믿으므로, 또다시 입을 벌리려고는 아니한다.

　　　　　　　　　　　　　　　　　　계해 구월 작자

1

조선에 만세가 일어나던 전해 겨울이었다. 그때에 나는 반쯤이나 보던 연종시험(年終試驗)을 중도에 내어던지고 급작스레 귀국하지 않으면 아니 될 일이 있었다. 그것은 다른 때문이 아니었다. 그해 가을부터 해산 후더침으로, 시름시름 앓던 나의 처가, 위독하다는 급전을 받은 까닭이었다.

그때 일은 지금도 눈에 선히 보이는 듯하지만, 내가 동경에서 떠나오던 날은 마침 시험을 시작한 지 제이일 되던 날이었다. 그날 나는 네 시간 동안이나, 시험장에서 휘달리다가 새로 한 시가 지나서 겨우 하숙으로 허덕지덕 돌아오려니까, 시퍼렇게 얼은 찬밥뎅이(밤낮 찬밥뎅이만 갖다가 주는 하녀이기 때문에 내가 지어준 별명이다.)가, 두 손을 겨드랑이에다 찌르고 뛰어나오는 것하고 동구 모퉁이에서 딱 마주쳤다.

"앗! 리상(李樣), 지금 오세요? 막 금방 전보가 왔는데요. 한턱내세야 합넨다. 하하하."
하고 지나쳤다.

그리지 않아도 사오 일 전에 김천형님의 편지가 생각이 나서, 오늘쯤 전보나 오지 않을까 하는, 근심인지 기대인지 자기도 알 수 없는 막연한 생각을 하며 오던 차에 그런 소리를 듣고 보니, 가슴이 뜨끔하면서도 잘잘못간에 일이 탁방이 난 것 같아서, 실없이 안심이 되지 않을 수 없었다.

'흥, 찬밥뎅이를 만났으니, 무에 되겠니. 기에 나오라는 게로구나!'

나는 속으로 이렇게 생각을 하며 그래도 총총걸음으로 들어갔다. 채 문지방에 발을 들여놓기도 전에, 주인 여편네가 문간 곁방에서, 앉은 채 미닫이를 열고 생글생글 웃으며,

"지금 막 여기 전보가 왔는데요……"

하고, 위체봉투(爲替封套)와 함께 하얀 종잇조각을 내밀었다.

일전에 김천의 큰형님이, 서울서 편지를 부치시며, 집에서 시급하다는 통기가 왔기로, 그 동리의 명의라는 자를 데리고, 어제 올라왔는데, 수일간 차도를 보아서, 정 급한 경우이면 전보를 놓으마고 한 세세한 사연을 볼 때에는, 전보는 해서 무얼 하누? 하던 나도, 전보를 받고 보니, 기에 죽지나 않았나 하는 생각이 나서 구두를 끄를 새도 없이, 황황히 뜯어보았다. 그러나 일전에 온 편지의 말대로 위독하다는 말은 없이, 어서 나오라는 명령과, 전보환을 보낸다는 통지뿐인 것을 보면, 언제라고 걱정을 하여 본 일이 있었는 것은 아니지만,

'아직 죽지는 않은 게로군……'

하는 생각이 나서, 마음이 풀어지는 동시에, 도리어 좀 의아한 생각까지 없지 않았다.

'그리 턱을 까불지는 않아도, 대면이나 시킬 작정으로, 이 야단인가?'

나는, 구두를 벗으면서, 이런 생각을 할 때에, 공연히 일종의 반감까지 잠간 일어나는 것을 깨달았다.

돈은 그달 학비까지 병(倂)하여 백 원이나 보내왔었다. 병인은 죽었든 살았든, 하여간, 돈 백 원은 반갑지 않은 게 아니었다. 시험 때는 당하여 오고 미구에 과세(過歲)를 하려면, 돈 쓸 일은 한두 가지가 아닌데, 우환이 잦은 집안에다가 대고 철없는 아해 모양으로 덮어놓고 돈 재촉만 할 수도 없는 터에, 마침 생광스러웠다. 사실 이런 생각을 할 때에는 시험 본다는 핑계를 하고 귀국도 고만두어 버릴까 하는 생각이 없지 않았다. 그러나 아버님 꾸지람이나 가정의 시비도 시비려니와, 실상 돈 한 분(分)이라도 쓰려면, 나가느니밖에 별책이 없었다.

"아주 일어나실 가망이 없는 게로군요. 얼마나 걱정이 되시고 그립겠습니까."

내 처가 앓는 것을, 전부터 아는 주부는 방 안에서, 농인지 인사인지 알 수 없는 소리를 하며 해해 웃고 있다.

"걱정이다마다. 요새 밥맛이 다 없는데!"

나는 이같이 코대답을 하고, 자기 방으로 들어가서 책 보퉁이를 내어던진 후에 설합 속의 도장을 꺼내가지고 다시 나왔다.

문간으로 나오는 나를 본 주부는, 또다시 농 반 진담 반으로 내 얼굴을 살피듯이 치어다보며,

"아, 점심도 아니 잡수시고, 왜 이리 급하세요. 돌아가시기도 전에 진지를 못 잡숫도록 그렇게도 설우세요?"

하며, 혼자 깔깔대인다.

"암, 그저 눈물이 안 날 뿐이지, 허허허."

"뭘 그리세요, 사내답지도 못하게. 다다미[疊]하구 계집은, 새로 갈아 대는 것만 좋다고 하는 소리도 못 들으셨습니까. 으응, 속으론 벌써 장 가가실 예산부터 치시면서, ……내흉스럽게……. 해해해."

나는 속으로,

'요 계집이 돈푼 생긴 것을 보더니, 다랍게 요리나?'
하며, 주부의 바스러진 분상(粉相)을 돌려다 보고 앉았다가,

"글쎄, 그럴까? 당해 보아야 알지."

이같이 한마디 대꾸를 하고, 나온 나는 큰길로 빠져나와서 우편국으로 향하였다.

십 원짜리 지폐 열 장을 양복주머니에 든든히 집어넣고, 우편국에서 나온 나는 위선 W대학 정문을 향하여 총총걸음을 걸었다.

교수실에는 마침 H주임교수가, 서류 가방을 만작거리면서 나오려고, 머뭇거리며 있었다. 나는 H교수가 모자까지 쓰고 나오기를 기다려서, 좁은 마루 한구석으로 청하여 가지고 나직나직하게, 내의(來意)를 말하였다.

"……."

H교수는 가끔가끔, '응, 응, 옳지! 옳지! 옳지' 하며 듣고 나서 고개를 한참 기울이고 섰더니

"사정이, 정 그렇다면 하는 수 없겠지요. 그러나 추후 시험은 좀 구치 않을 걸! 삼사 일간쯤 어떻게 연기할 수 없을까?"

"글쎄요. 그러나 사정도 딱하고, 기위 이렇게 되고 보니 좀처럼 착심 이 될 것 같지도 않고……"

"응! 그도 그래! 그러면, 정식으로……"

H교수는 이같이 허가를 하여 준 후에, 몇 가지 주의와 인사를 남겨 놓고, 교무실로 들어가 버렸다. 나도 뒤따랐다.

의외에 얼른 승낙을 하여 주기 때문에, 나는 할인권까지 얻어가지고 나오기는 나왔으나 시험 치르기가 구치않아서 하는 공연한 구실이라고, 오해나 하지 아니할까 하는 자곡지심이 처음부터 앞을 서서, 좀 쭈뼛쭈뼛한 것이 암만하여도 불유쾌하였다. 종점으로 나와서 K정으로 향하는 전차에 올라앉아서도, 아까 H선생더러, 얼김에 한다는 소리가, '어머님 병환이……'라 한 것을, 다시 생각하여 보고, 혼자 더욱이 찌뿌듯한 생각을 이기지 못하였었다.

'왜 하필 왈(曰), 어머님의 병환이라 했누? 내 계집이, 죽게 되어서 가겠다면, 어디가 어때서, 어머니를 팔았더람?'

이같이 뇌이고 뇌었으나 소용은 없었다.

그럭저럭 시간은, 벌써 세 시가 넘었었다. 어차피에, 네 시 차로는 떠날 꿈도 아니 꾸었었지마는 인젠 열한 시의 야행으로나 출발할 수밖에 없다고 결심을 하고, 나는 K정에서 전차를 내리는 길로, 총곡옥(塚谷屋)으로 뛰어 들어갔다.

반 시간 남짓하게나 이것저것 뒤적거리다가, 위선 급한 자켓 한 개를 사 가지고, 그 자리에서 양복저고리 밑에, 두둑이 입고 나서, 몇 가지 여행 용구를 사 들고, 거리로 나왔다. 그러나 그 외에는 또 별로이 갈 데는 없었다. 인제는 그 카페로 가서 점심이나 먹을까 하다가, 돈푼 가진 바람에 그랬든지, 아직 그리 급하지도 않은 듯하고, 머리치장이 하고 싶은 생각이 나서 근처의 이발소로 찾아 들어갔다.

"다- 깎으세요? 아직 괜찮은데요. 면모나 하시지요."

한 손에 가위를 들은 이발장이는 왼손으로 머리 뒤를 살금살금 빗기면서, 이렇게 물었다.

"그럼 면모나 할까!"

나는 이같이 대답을 하고 나서 깎지 않아도 좋을 머리까지 깎으려는 지금의 자기가, 별안간 야비하게 생각되는 것을 깨닫고, 앞에 세운 체경 속을 멀거니 들여다보다가, 혼자 픽 웃어버렸다. ……가만히 눈을 감고 자빠져서도, 이처럼 여유 있고, 늘어진 자기의 심리를 의심스러운 눈으로 들여다보지 않을 수 없었다.

'싫든 좋든 여하간, 근 육칠년 간이나, 소위 부부란 이름을 띄우고 지내왔는데……, 당장 숨을 몬다는 급전을 받고 나서도, 아무 생각도 머리에 돌지 않는 것은, 마음이 악독해 그러하단 말인가. 속담의 상말로, 기가 너무 맥혀서 맥힌 둥 만 둥 해 그런가? ……아니, 그러면 누구에게 반해서나 그런다 할까? 그럼 누구에게? ……'

그러나 면상으로 미끄러져 나가는 면도칼 소리, 아니 그보다도 그 이발장이의 맥박소리만도 못 되는, 뱃속에서 묻고 뱃속에서 대답하는 혼잣소리건만, '누구에게?'냐고 물을 제, 나는 감히 대답할 수가 없었다. 그럴 용기가 없었다고 하는 것이 가할지도 몰랐다. 그러나 뱃속 저 뒤에서는 정자(靜子)! 정자! 하는 것 같았다. 그러나 죽을힘을 다- 들여서, '정자다'라고 대답을 하여 본 뒤에는, 또다시 질색을 하며 머리를 내둘렀다. 실상 말하면 정자가 아니라는 것도, 정자라고 대답하니만치 본심에서 나온 대답이었다, 그러면서도 자기가 지금 머리를 깎으려고 들어온 동기가 최초에 어디 있었더냐는 것은, 명료히 의식도 하고 부인치도 않았다.

'과연 지금 나는 정자를, 내 처에게 대하는 것처럼 냉연한 태도로 내버려 둘 수는 없으나, 내 처를 사랑하지 않으니만치, 또다른 의미로 정자를 사랑할 수는 없다. 결국 나는, 한 여자도 사랑하지 못할 위인이다.'

이 같은 생각을 할 제, 나는 급작스레 고독을 느끼지 않을 수 없었다. 생활의 목표가 스러져 버리는 것 같았다.

'그러나저러나 지금 이다지 시급히 떠나려는 것은 무슨 이유인가. 내가 가기로, 죽을 사람이 살아날 리도 없고, 기위 죽었다 할 지경이면, 내가 아니 간다고 감장할 사람이야 없을까. 육칠 년이나 같이 살아온 정으로? 참 정말 정이 들었다 할까? 입에 붙은 말이다. 그러면 의리로나 인사치레로? 그렇지 않으면 일가들에게 대한 체면에 그럴 수가 없다거나, 남편 된 책임상 피할 수 없어서 나간다는 말인가. 흥! 그런 생각은 애당초에 염두에도 없거니와 그런 허위의 짓을 하지 않으면 안될 이유는 어데 있는가. 그럼 왜 가랴나?'

여기까지 와서는 더 생각을 이어갈 용기가 없었다. 만일에 어디까지든지 캐어물을 것 같으면, 자기 자신의 명답을 얻었을지라도 모르나, 그것은 잇몸[齒齦]이 근질근질하는 것 같아서, 다시 건드리지도 않고 자기 마음을 살짝 덮어두었다.

……세수를 하고 치장을 차린 뒤에, 어디로 가리라는 결심도 채 정하지 못하고, 이발소에서 뛰어나왔다.

'바로 하숙으로 돌아갈까.'

혼자 이렇게 생각을 하면서도, 머릿속으로는 떼치지 못할 어떠한 그림자를 쫓으면서 길 밖에서 머뭇거리다가 잡지 권이나 살까 하고 동경당(東京堂)을 들여다보았다. 공연히 이 책 저 책을 한참 뒤적거리다가,

손에 잡히는 대로 잡지 한 권을 들고 나와서도, 우두커니 길거리를 내다보며 있다가 아래로 향하고 발길을 떼어 놓았다. -어느덧 X정 삼거리로 나와 발끝은 M헌 문전에 뚝 섰다.

아직 손님이 들어오지 않은 홀 속은, 길거리보다도, 음산하게 우중충하고, 한가운데 놓인 난로에도 불기가 스러져 가는 모양이었다.

"에그 잊어버리게 되었습니다그려! 왜 그리 한번도 안 오세요."

밖에서 들어온 사람 눈에는 그림자만 얼씬얼씬하는 컴컴스그레한 주방문 곁에 서서, 탁자를 훔치던 손을 쉬이고, 하얀 둥근 상만 이리로 돌리우며, 인사를 하는 것은 P자이었다. 나는 난로 앞으로, 교의를 끌어다녀 놓고, 앉으면서,

"그럼 시험 안 보고 술 먹으랴 다닐까. 그러나 오늘은 시즈코가 어데 갔나?"

하며 물었다.

"그저 오매불망 시즈코올시다그려. 시험 문제를 내걸은 칠판 뒤에도, 시즈코상(樣)의 얼굴이 왔다 갔다 하지요? 하하하."

"그리구 그 뒤에서는, P코상의 이런 눈이 반짝이구……"

하며, 나는 눈을 흘기는 흉내를 내어보이었다.

"그런 애매한 소린 마세요. 두 분이 보따리를 싸시거나, 정사를 하시거나 내게 무슨 상관이나 있나요. 시즈코상! 시즈코상!"

P자는 반쯤 웃으면서도 호젓한 표정으로 정자를 불렀다.

여우(女優) 머리를 어푸수수하게 쪽지고, 새로 빨아 다린 에이프런을 뒤로 매며, 살금살금 나오는 정자는 위선 시선을 P자에다가 보내이며,

"이거 웬 야단이야!"

이렇게 한마디 하고 나서, 그 신경질인 똥그란 눈을 이리로 향하고, 공손히 인사를 하였다. 나는 고개만 끄떡하고 잠자코 말았다.

"시즈코상! 이번에 리상이 성적이 좋지 못하신다면, 그 죄는 시즈코 상에게 있습넨다."

둘의 거동을 한참 건너다보던 P자는, 이같이 한마디를 내던지듯이 하고 돌아서서, 탁자를 정돈하고 있었다. 정자는 거기에는 대꾸도 아니 하고,

"참 요새 시험 중이에요?"

하며 나에게 물었다.

"그럼 시험 중에 찾아왔길래, 정성이 놀랍다고, P코상이 놀리는 게 아닌가. 그러나 P코상을 찾아왔는지 시즈코상을 보러왔는지, 술이 그리워서 왔는지, 그것은 내 염통이나 쪼개 보기 전에야 알 수 없는 일이지 P코상! 일이 끝나건 올라와요."

나는 P자를 청하여 놓고, 정자를 따라서, 이층으로 올라갔다.

난로 앞에 자리를 만들어 나를 앉혀 놓고, 정자는 저편에 가 서서, 영채가 도는 똥그란 눈으로, 무엇을 탐색하는 것같이 내 얼굴을 똑바로 치어다보다가 생긋 웃었다. 이 계집의 정기가 모두 그 눈에 모이었다고 도 할 만하지만 항상 모든 것을 경계하는 눈치가 역력하다. 혹간은 무심코 고개를 돌릴 만치 차디차고 매정스러울 때도 있다. 그러나 어느 때든지 생긋 웃는 그 입술에는, 젊은 생명이 욕구하는 모든 것을 아무리 하여도 감출 수가 없었다. 하면서도 결코 소리를 내지 않고 웃는 호젓한 미소에는, 침정(沈靜)과 애수(哀愁)의 그림자를 어느 때든지 볼 수 있었다. 남성이란 남성을 저주하면서도, 그래도, 내버리고 단념할 수

없는 인간다운 애착이며 성적 요구에서 일어나는 울도(鬱陶)한 내적 고투를, 그대로 상징한 것이 이 계집애의 시선과 미소이었다.

"왜 그리 풀이 죽으셨에요. 너무 공부를 하시느라고, 얼이 빠지셨습니다그려."

정자는, 좀 어색한 듯이, 체경 있는 쪽으로 잠간 고개를 돌리우고 머리를 만작거리며 입을 벌렸다. 이 계집애의 나직나직한 목소리에도 좀 더 크게 하였으면 좋겠다 하는 생각이 날만치, 제약되고 압축된 탄성이 있었다. 이 계집은 자기의 목소리에까지, 자기를 억제이고 은휘하려 한다.

"왜, 누가 얼이 빠져. 어서 가서 술이나 갖다 주구려. 벌써 거진 여섯 시나 되었을걸."

나는 시계를 꺼내 보며 재촉을 하였다. 정자는, 나가려다가 돌쳐서며
"왜 어델 가세요?"
하고 물었다.

"가긴 어델 가!"

"뭘, 인제 시험을 마쳐 놓고, 어데든지, 종용한 데로, 여행을 하시는 게지! 어디 좀 보면 알겠지!"
하며, 저쪽 체경 탁자 위에 놓인, 내가 들고 들어온 봉지를 두 손으로 만작거리며, 건너다보고 서 있다. 그 속에는 내가, 아까 총곡옥에서 사 가지고 온, 풍침(風枕)과 여행용 물잔과, 비단 여편네 목도리를 넣은 종이갑이 들어 있었다.

한참 만작만작하던 정자는,
"그러면 그렇지, 요건 풍침! 요건 무언구?"
하며 석경을 바라보며 눈을 깜작거리다가,

"어디 펴 볼까! 펴 보아도 괜찮겠지?"

하고 풀기를 시작하였다. 나는 웃으며, 하는 대로 내버려 두었다.

풍침, 고뿌, 왜비누, ……등을 탁자 위에다가, 진열대처럼 벌여놓더니 맨 밑에 있는 갑을 펴들고, 생글생글 웃다가, 난로 앞으로 와서 서며,

"어디를, 가시기에, 이건 누굴 줄 거야?"

하며 내밀었다. 그때의 그의 눈과 그 입술에는 시기에 가까운 막연한 감정을 감추려고 애를 써 웃는 빛이 살짝 지나갔다.

"그걸 알아 무얼 해!"

하며, 나는 홱 뺏어서, 테이블 위에다가 던져 버렸다.

"잘못했습니다. 누가 줄 사람을 주지 말라고 했습니까. 하하하."

하고 정자는 좀 어색한 듯이 웃고 있다.

나는 너무 심하게 하였다고 후회를 하였다. 그러나 기회가 마침 좋다고 생각한 나는 벌떡 일어나는 길로, 진회색 바탕에 흰 안을 받친 목도리를, 갑에서 꺼내어서, 갑에 달린 종이를 쭉 찢어서 둘둘 말아 가지고, 정자 앞으로 덤벼들며, 목을 끼어안으면서 허리춤에 꾹 끼어준 후에 ……하였다.

이삼 분이나 지난 뒤에, 정자는 나의 팔을 뿌리치고 얼굴이 발개서 나갔다. 뒷모양을 가만히 노려보고 섰던 나는 두세 걸음 쫓아나가며,

"노하지 말아요. 그리구 어서 가져 와!"

하고 곱게 일렀다.

나의 한 일은 점잖지는 못하였으나, 물건을 주었느니 받았느니 하는 것을, 알리우기 싫은 나는, 그리하는 수밖에 없었다.

나는 멀거니 섰다가, 여기저기 흐트러진 물건을, 비인 갑까지 싸서

놓고, 자기 자리로 와서 앉았다.

위스키병을 들고 올라온 정자는 한잔을 따라 놓고, 뾰로통하여 있다가, 체경 앞으로 가서 머리를 고치고, 다시 와서도 멈칫멈칫하며 바로 앉지를 않았다. 나의 눈에는 수색(羞色)이 있어 하는 것이 도리어 기뻤다. 더구나 노기가 있는 것은 인격적 자각의 반영이라고 생각할 때, 미안하기도 하고 위로하여 주고 싶었었다.

"왜 그래? 오늘 밤에 어델 갈 텐데 섭섭하기에 되지 않은 것이나마 사 가지고 온 것이야. 조곰이라도 어떻게 알지는 않겠지? 남의 눈에, 띄는 것이 피차에 자미없어서 그런 거야."

"천만에! 도리어 미안합니다. 그러나 어델 가세요? 지금 떠나실 테에요."

정자는 될 수 있는 대로 냉연히 물었으나, 흥분한 마음을 무리히 억제하는 양이 역력히 보이었다.

"글쎄 집엘 좀 가야 할 일이 있는데……, 밤에 떠날지, 아직 시험이 끝이 안 나서……"

나는, 어느 틈에 정숙한 말씨로 변하였다.

"무슨 볼일이 계시기에 시험을 보시다가 가세요."

하며, 계집은 고개를 들고 치어다보았다. 그때에 마침 요리가, 승강기로 올라오기 때문에 정자는 일어섰다. 나는 그 길에 P자를 부르라고 일렀다. 정자는, '예?' 하고 한참 나를 돌아다보고 있다가, 돌쳐서서 P자를 부른 뒤에 접시를 들어다놓았다. P자도 뒤따라 들어왔다.

"자미있게 노시는 데, 쓸데없이 폐올시다그려. 하하하."

하며, P자는 내가 내놓은 교의에 털썩 앉으며 식탁에 놓였던 잡지를 들어서 뒤적거리기 시작하였다. P자의 푸근푸근한 얼굴은 언제 보아도 반가웠다.

명상적이요 신경질일 뿐 아니라, 아직 순결한 맛이 남아있는 정자에 비하면, P자는 이러한 생애에 닳고 닳아서 되지 않게 약은 체를 하면서도 상스럽고 천한 구석이 있지만, 그래도 나는 이러한 여자에게 흥미를 느낀다.

"올라오라니까 왜 그리 우자해. 꼭 모시러 가야만 하나?"

나는 잡지를 빼앗아서, 손을 내미는 정자에게 넘겨주고, 손을 잡아서 만작거리며, 시비를 걸어보았다.

"우자하긴 누가 우자해요? 이런 문학가 양반네들만 노시는 데에는, 감히 올 수가 없으니까 그렇지요."

하며, P자는 손을 뿌리치고, 정자를 살짝 건너다보고 나서, 나를 다시 향하여 방긋 웃었다.

P자에게 대한 정자는, 어떠한 때든지 눈엣가시이었다. 비단 나뿐 아니라 어떠한 손님이든지, P자와 친숙한 사람도 내종에는, 정자에게로 빼앗기는 모양이었다. 그러나 정자가 고등여학교를 삼 년이나 수학하였다는 것, 소설이나 잡지 권을 탐독한다는 것이, P자로서는 경앙하는 동시에 한 손 접히는 것이다. 그러나저러나 나는 어느 때든지, 두 계집아를 다– 데리고 이야기하지 않은 때가 없었다. P자나 정자가, 다른 손님을 맡은 때에라도 밤이 늦도록 기다려서, 만나보고야 나왔다. 더욱이 P자가 없을 때에 그리하였다. 이것이 정자에게는 눈치를 채이면서도 의문인 모양이었다.

"참 그런데 언제 떠나세요."

정자는 보던 책을 식탁 위에다가 놓으며, 나를 치어다보고 물었다.

"글쎄……"

나는 이렇게 대답을 하며, 정자를 건너다보고 앉았었다.

"왜, 어델 가세요?"

P자는 일어나서, 정자가 앉은 교의 뒤로 가며 물었다.

"오늘 밤에 떠나세요?"

또다시 잼처 정자가 물었다. 나는, 지금 막 들어온 전등불을 치어다보며 앉았다가,

"실상은 내 마누라가 앓는 모양인데, 턱을 까불리어서 오라고 야단은 야단이지만, 아직도 갈까 말까다."

"그럼 어서 가 보세야죠, 그동안에 돌아가셨으면 어떡하나!"

P자는 나를 책망하듯이, 눈을 똑바로 뜨고 치어다보았다.

"죽으면 죽었지 어떡하긴 무얼 어떡해."

나는 잠자코 앉았는 정자를 건너다보며 웃었다.

"사내는 다-저래! 저런 남편을 믿고 어떻게 사누?"

P자는 기가 막힌다는 듯이 혼자 탄식을 하며, 정자의 교의 뒤에 매달려서, 정자의 얼굴을 들여다보며 동의를 구하였다.

"누가 믿구 살라는 것을 사나. 부부간에 서로 믿는다는 것은, 결국 사랑한다는 말이지만, 사랑한다는 것도 극단에 가서는, 남이 나를 사랑하거나 말거나, 저 혼자의 일이다. 저 사람이 받지 않더라도 자기가 사랑하고 싶으면, 자기가 만족할 데까지 사랑할 것이다. 외기러기 짝사랑이라고 흉을 보지만, 결단코 흉을 볼 게 아니야. 그와 반대로 사랑치 않는 것도 자유다. 절대자유다. 사람에게는 사랑할 권리도 있거니와 사

랑을 받지 않을 권리도 있다. 부부간이라고 반드시 사랑하여야 한다는 법이 어데 있을까."

정자와 P자는, 나의 입을 똑바로 노려보고 앉아서 들으며, 정자는 무엇을 생각하는 것처럼 가끔가끔 고개를 끄떡거리고 있었다. 나는 따라 놓았던 술 한잔을 들어 마시고 나서 또다시 말을 꺼냈다.

"그러나 문제는 선도 아니요 악도 아닌 그 어름에다가 발을 걸치고 있는 것이다. 죽거나 살거나 눈 하나 깜작거리지도 않으면서 하던 공부를 내던지고 보러 간다는 것이 위선이다. 더구나 여기 술 먹으랴 오는 것을 무슨 큰 죄나 짓는 것같이, 망설이는 것부터 큰 모순이다. 목숨하나가 없어진다는 것과, 내가 술 먹는다는 것과는 개별한 문제다. 그 사이에 아무 연락이 있을 리가 없다. 그러면서도 '내 처'가 죽어가는 데 술을 먹다니? 하는 소위 '양심'이 머리를 들지만, 그것이 진정한 양심이 아니라, '관념'이란 악마가, 목을 매서 끄는 것이다. 사람은 그릇된 관념의 노예다. 그릇된 도덕적 관념으로부터 해방되는 거기에 진정한 생활이 있는 것이다. 사랑치 않으면 눈도 떠보지 않을 것이요, 사랑하고 싶으면 이렇게 해도 상관이 없는 것이란다."

하며 나는 벌떡 일어나서 정자의 어깨를 짚고 꾸부리고 섰는 P자를 끼어안으며 키스를 하려 하였다. 무심코 섰던 P자는,

"에구머니 사람을 죽이네!"

하고, 깔깔대이며 뛰어 달아나가서, 자기 자리에 앉았다. 그 사품에, 나는 웃으면서 일어나는 정자와 딱 부딪쳤다.

술이 얼쩡하게 취하여, 문간으로 나오는 나를, 앞서서 따라 나오던 정자는, 거진 입이 닿도록 내 귀에다 대이고,

"정말 밤차로 가세요?"

하며 소곤거리었다.

"왜? ……생각나는 대로 하지."

"글쎄요……"

하고 나서, 정자는 무슨 말을 할 듯 할 듯 하다가, P자가 쫓아 나오는 것을 보고 한걸음 물러섰다.

"여하간 갈 길이니까 어서 가야지. 그럼 한 달쯤 있다가 올 테니까, 그때 또 만납시다."

나는 이같이 한마디 남겨 놓고 길거리로 나왔다.

거리는, 아직 초저녁이지만은, 첫추위인데다가, 낮부터 음산하였던 일기는, 마치, 눈이나 오려는 듯이 밤이 들어갈수록, 쌀쌀하여졌다. 사람 자취도, 점점 성기어가고, 인도 위에 부딪는 나막신 소리는, 한층 더 요란히 들린다. 여기저기 점두에 매달린 전등 불빛까지 졸리운 듯 살얼음이 잡히어가는 듯 보유스름하게 비치는 것이, 더욱이 쓸쓸하여 보이었다.

나는, 곧 차에 뛰어오르려다가, 사람이 붐비는 갑갑한 차 속으로 기어들어 갈 생각을 하니까 얼근한 김에 차마 올라설 용기가 나지를 않아서 그대로 돌쳐서서, O교 방면으로 꼽들였다.

화끈화끈 다는 뺨을, 살금살금 핥고 달아나는 저녁 바람에, 정신이 반짝 날 듯하면서도, 마음은 어찌하여 그렇다고, 지목하여 말할 수 없이, 조 비비듯 조바심이 나서 못 견딜 지경이다. 자기 자신에게 대한 반항인지, 자기 이외의 무엇에게 대한 반항인지, 그것조차 명료히 깨닫지 못하면서, 덮어놓고 앞에 닥치는 대로 무엇이든지 해 내이려는 듯한 터무니없는 울분이, 가슴속에서 용심지같이 치밀어 올라왔다. 컴컴한 속에서 열병에나 띄운 놈 모양으로, 포켓에 찔렀던 두 손을 꺼내어가지고, 뿌리쳐 보기도 하고, 입었던 외투나 웃저고리를 벗어서, O교 다리 밑으로 보기 좋게 던져버렸으면, 하는 공상도 머릿속에 그려 보면서 발은 기계적으로 움직이어 O교 정류장을 지나, S교를 향하고 돌쳐서서 여전히 컴컴한 천변가로 헤매이며 내려갔다.

이러한 공상이 한참 계속된 뒤에는, 별안간에 눈물이 비집어 나올 만치, 지향할 수 없이 애처로운 생각이 물밀듯하여, 참을 수 없는 공허와 고독을 감하면서, 눈물이나 마음껏 흘려 보았으면 하는 생각이 일어났다. 그러나 그다음 순간에는,

'무슨 때문에 눈물이 필요하단 말이냐. 공허와 고독에 대한 캠플주사가, 새큼한 눈물 맛인가! 흥 정말 자유는 공허와 고독에 있지 않은가!'

나는 속으로 이같이 변명하여 보았다.

그것은 마치 종로에서 뺨 맞은 놈이, 행랑뒷골에서 눈을 흘기다가, 자기의 약한 것을 분개하여 보기도 하고, 혼자 변명하기도 하여 보는 세음이었다. 그러나 이러하게 겁겁증이 나서, 몸부림을 하는 일종의 발작적 상태는, 자기의 내면에 깊게 파고 들어앉은 '결박된 자기'를 해방하려는 욕구가, 맹렬하면 맹렬할수록, 그 발작의 정도가 한층 더하였다. 말하자면, 유형무형한 모든 기반(羈絆) 모든 모순(矛盾) 모든 계루(繫累)에서, 자기를 구원하여 내이지 않으면, 질식하겠다는 자각이 분명하면서도, 그것을 실행할 수 없는 자기의 약점에 대한 분만(憤懣)과 연민과 변명이었다.

나는 참을 수 없어서 포병공창 앞으로 달아나는 전차에 뛰어올랐다.

이러한 때에 미인의 얼굴이라도 치어다보면, 캠플주사만한 효과가 있으리라 생각하기 때문이었으나, 나의 이지(理智)는 그것조차 조소한다.

그러나저러나, 노역(勞役)과 기한(饑寒)에, 오그라진 피부가 뒤틀린 얼굴밖에, 내 눈에는 비치지 않았다. 그들은 시든 얼굴을 서로 쳐들고 물끄럼말끄럼 마주 건너다보기도 하고, 곁의 사람을 기웃이 들여다보기도 하고 앉았다. 나도, 그들의 얼굴을 이 사람 저 사람 치어다보다가,

"여러분 장히 점잖구 무섭소이다그려!"

이렇게 한마디 하고, 일부러 하하하 하며 웃어 보면, 어떨까 하는 생각을 하고 나서, 나 혼자 제풀에 빙긋하여 버렸다.

이렇게 안 나오는 거드름을 빼우고, 될 수 있는 대로 우자한 태도로 좌우를 주시하는 것은 비단 일본 사람이나 조선 사람에만 한한 무의식한 관습이 아니라, 사람의 공통한 성질인 동시에 사람이란 동물이, 얼마나 약한가를 유감없이 반영한 것이다. 약하기 때문에 조고만 승리와 조고만 자랑을 갈구하고, 약하기 때문에 성세(聲勢)를 허장(虛張)하며, 약하기 때문에 자기의 주위에 경계망을 쳐놓고 다른 사람을 주시할 필요가 있는 것이다. 상대자의 용모나 의복 행동 언사를 면밀히 응시하고 음미함으로써, 자기의 비열한 호기심을, 만족시키려는 본능적 요구가 있는 것도 물론이겠지만, 상대자에 관한 일체를 탐규(探窺)하는 데에는, 여러 가지 의미로 필요한 조건이 있다. 위선 자기방어상, 상대자의 강약과 빈부의 정도와 계급의 고하를 감정할 필요가 있고, 그다음에는 의복 언어 거조 등이, 시속적 유행에 낙오가 됨은 현대생활상, 그중에도 도회생활을 하는 자에게 대하여 일대 수치요 고통이기 때문에 또한 필요한 것이다. 만일에 일보를 진하여 비교적 협소한 범위의 사교나 상업

상 거래가 있는, 소위 신사계급이라든지 상인 간에는, 한층 더한 것을 볼 수 있다. 그들에게는, 피차에 요구하는 바가 있고 아유할 필요가 있으며 농락하려는 일편에, 농락되지 않으려는, 우월욕과 경계와 추세라는 등 잡념으로 말미암아 자연히 상대자의 표정이나 비식(鼻息)을, 규첨(窺覘)할 필요가 절긴(切緊)하게 된다. 그러나 이러한 경향은 비교적 상류계급에 올라갈수록 더한 것이요, 그중에서도 부인(婦人)이 가장 발달되었다 할 수 있다. 왜 그러냐 하면, 그들은, 자기의 생명인 애(愛)를, 얻으려는 또 한 가지의 욕구가 있기 때문이다. 이런 점으로 보면, 제일 진순하고 아리따운 것은, 전차나, 집회나, 가로(街路) 상에서, 청년 남녀가 정열에 타는 아미로 서로 도적질을 하여 보는 것과, 소위 하층사회의 순박한 기풍이다. 이성을 동경하는 청년 남녀에게는 불결한 욕심이 없다. 적어도 물질적 욕심이 없다. 아유(阿諛)할 필요도 없고 우월하거나 농락하려는 야심도 없고 방어하고 반발하려는 적대심이란 손톱만큼도 없다. 다만 미를 동경하고 모색하며 이에 감격한다. 더구나 그러한 심리가, 영원히 흐르는 물결에 뿌려지는, 월광의 은박같이, 아무 더러운 집착 없이 순간순간에 반짝이며, 스러져 버리는 것이, 더욱이, 방순(芳醇)하고 정결하다 할 수 있다. 그러나 위선 없이 살지 못하리라는 것이 오늘날 우리의 운명이다. 그리하여 인생의 엄[芽] 같은 그들도 미인의 얼굴을 결코 정시하는 일은 없다. 절도질을 한다. 그것이 무엇보다도 고약한 버릇이다.

그다음에, 노동자에 이르러서는, 자랑할 것도 없고 숨길 것도 없고 부끄러울 것도 없는 대신에 적나라한 자기와, 동정과, 소수의 적에 대한 방어적 단결이 있을 따름이다. 생활의 양식으로는 제일 진실되고 아름답다. 함으로 그들은 사람과 사람끼리 만날 때에, 결코 응시하거나 음미하거나 탐색하지는 않는다. 그러나 그들의 병은, 무지한 것이다.

하고 보면 결국 사람은, 소위 영리하고 교양이 있으면 있을수록, (정도의 차는 있을지 모르나) 허위를 반복하면서 자기 이외의 일체에 대하여, 동의와 타협 없이는, 손 하나도 움직이지 못하는 이기적 동물이다. 물적 자기라는 좌안에 물적 타인이라는 우안에, 한 발씩 걸쳐 놓고, 빙글빙글 뛰며 도는 것이, 소위 근대인의 생활이요, 그렇게 하는 어릿광대가 사람이라는 동물이다. 만일에 아무 편에든지 두 발을 모고 선다면, 위선 어떠한 표준 하에, 선인이나 악인이 될 것이요, 한층 더 철저히 그 양안의 사이로 흐르는 진정한 생활이라는 청류에, 용감히 뛰어 들어가서 전아적(全我的)으로 몰입한다면, 거기에는 세속적으로는 낙오자에 자적(自適)하겠다는 각오를 필요조건으로 한다. ⋯⋯

나는 이러한 생각을 하며, 역시 이 사람 저 사람 치어다보고 앉았다가, 정자의 지금의 생활을 생각하여 보았다. 그 애가 반역자라는 점은 찬성이다. 그러나 자기의 생활을, 자율하여 나아갈 힘이 있을까. 자기 생활의 중류에 뛰어 들어갈 용기가 있을까? 다소의 자각도 있고 영리는 하지만⋯⋯그러나 허영심이 앞을 서기 때문에 물질적으로나 정신적으로나 믿을 수 없는 것이다. ⋯⋯

전차는, 종일 노력에 기진하여, 허덕지덕 다리를 끌면서, 잠이 들어가는 집집의 적막을 깨트리려는 듯이, 빽빽 기 쓰는 듯한 외마디소리를 치며, E가도의 암흑 속을 겨우 기어 나와서, 대낮같이 전등이 달린 차고 앞에 와서, 한숨을 휘-쉬이며 우뚝 섰다. 졸음 조듯이 고요하던 찻간 안은, 급작스레 와자-하여지면서 우중우중 내려왔다.

나도, 검은 양복바지에 푸른 저고리를 입고 벤또갑을 들은 사오 인의 직공 뒤를 따라 내려왔다. 쌀쌀한 바람이 확 끼치었다.

"아– 요새도 밤일을 하슈? 오늘은 제법 춥지요."

차고 문간에 섰던 차장과 이같이 수작을 하며, 따뜻하여 보이는 차장 휴게실로, 끌리어 들어가는 직공들의 뒤를, 부러운 듯이 건너다보며, 나는 그 샛골짜기로 들어섰다.

하숙으로 휘돌아 들어오는 길에 뒷집에 있는 ×군을 들여다볼까 하며, 한참 망설이다가, 결심하고 들어가 보았다. ×군은, 내가 이 밤으로 귀국하게 되었다는 말을 듣고, 당자인 나보다도 놀라며, 진정으로 가엾어하는 모양이었다. 나는 사람 좋은 ×군을, 도리어 웃으면서, 하숙으로 돌아왔다.

뒤미처 따라온 ×군과 같이, 짐을 수습하여 주인에게 맡긴 후에 인사받을 새도 없이 총총히 가방을 들고, 우리 둘이서, 정거장으로 향한 것은, 그럭저럭 열 시가 넘은 뒤이었다. ×군이 재촉을 하는 대로, 나는,

"늦으면 내일 떠나지, 하는 수 있나!"

하면서도 허둥허둥 동경역(東京驛)에 도착하여 보니까, 내 시계가 틀리었던지, 그래도 십 분 가량이나 여유가 있었다.

가방을, 뒤에 섰는 ×군에게 맡겨 놓고, 차표를 사려고 출찰구 앞에 들어가 섰으려니까 곁에서 누가 살짝 건드리며,

"리상!"

하는 낯익은 소리가 들린다.

나는, 깜짝 놀라서 돌아다보았다. 역시 정자다. 자(紫)지 보자에다가 네모진 것을 싸서 들고 옆에선 ×군의 시선을 꺼리는 듯이, 옆을 흘겨

보고 섰다.

"웬일이야? 이 추운 밤에."

나는 의외인 데에 놀라며, 위무하는 듯이 한마디 하였다.

"난, 안 가시는 줄 알았지!"

"한참 기대렸어?"

"아뇨, 난 늦을 줄 알고, 허둥지둥 나왔더니……"

"미안하구려, 어서 들어가지, 그럼……"

정자는 거기에는 대답도 아니하고, 맞은편 출찰구로, 총총걸음을 걸어갔다. ……

×군이 자리를 잡으려고 앞서 들어간 뒤에, 정자는 입장권을 사 가지고 와서, 맨 끝으로, 둘이 나란히 서서 걸으며, 입을 벌렸다.

"오래 되실 모양이에요?"

"뭘 고작해야 이 주일쯤이지."

"오래되시건 편지라도 해주세요. 그동안에 나도 어떻게 될지 모르니까."

"왜, 어델 가게?"

"글쎄요, 밤낮 이 모양으로만 하고 있을 수도 없으니까……"

정자는 말을 끊고, 잠간 고개를 기울이고 걷다가, 가까이 와서 매달리듯이 몸을 살짝 실리며,

"이렇게 급하지만 않았더면, 나두 같이 경도까지라도 가는 것을
……"

하며, 나를 치어다보며 웃었다. 나는 잼처 무엇을 물으려다가, ×군이 황황히 손짓을 하며 부르는 바람에, 정자와는, 총총히 인사를 하고 차

에 올라서, ×군과 바꾸어 앉았다.

친구에게 전송을 받거나, 물건을 받은 일은, 별로이 없기도 하려니와, 도리어 귀치않은 일이지만, 정자가 무엇인지 보자에 싼 채 창으로 데밀며, 지금 펴볼 것 없다 하기에, 나는 그대로 받아서 선반에 얹을 새도 없이, 차는 움직이기 시작하였다.

반 간통쯤 떨어져서, 오두커니 섰던 정자의 똑바로 뜬 방울 같은 두 눈이, 힐끔 하더니 몰려나오는 전송인 틈에 스러져 버렸다.

2

반찬 찬합같이 각다구니를 여기저기 함부로 벌여놓고 꼭꼭 끼어 앉았는 틈에서, 겨우 잠이랍시고, 눈을 붙였다가 깨이니까, 아직 동이 트려면 한두 시간이나 있어야 할 모양. 찻간은 야기에 선선하면서도, 입김과 궐련 연기에 혼탁하였다. 다시 눈을 감아 보았으나 좀처럼 잠이 들 것 같지도 않고, 외투자락을 걸친 어깨가 으스스하여, 일어나 앉으며 담배 한 개를 피어 물고 나서, 선반에 얹은 정자가 준 보자를 끌어내렸다. 아까 받아 얹을 때에 잠간 보니까 과자 상자 위에 술병 같은 것이, 두두룩히 얹혀 있는 것 같아서 그리한 것이다. 네 귀를 살짝 접어서 싼 자지 모사 보자기를, 들치고 보니까, 과연 갑에 넣은 위스키 중병이 얹히어 있다. 어한 겸 한잔할 작정으로, 병을 쑥 빼이려니까, 갸름한 연보랏빛 양봉투가 끌리어 나왔다.

'별안간에 편지는 무슨 편지인구. 응 그래서 아까 예서는 풀지 말라구 한 게로군……'

나는, 혼잣속으로 이렇게 생각을 하며, 꺼내서 옆에 놓은 모자 밑에 찔러논 뒤에, 한잔 위선 따라서 한숨에 켰다.

영리한 계집애다. 동정할 만한 카페의 웨이트리스로는 아까운 계집애다, 라고 생각은 하였어도 이때껏 내 차지로 하여 보겠다는 정열을 경험한 때는 없다고 하여도 거짓말은 아니다. 원래가 이지적 타산적으로 생긴 나는, 일시 손을 대었다가, 옴칠 수도 없고 내칠 수도 없게 되는 때는, 그 머릿살 아픈 것을 어떻게 조처를 하나, 하는 생각이 앞을 서는 동시에, 무슨 민족적 거구(渠溝)가 앞을 가리우는 것은 아니라도, 기왕 외국 계집애를 얻어가지고, 아깝게 스러져 가려는 청춘을 향락하려면, 자기에게 맞는 타입을 구하겠다는 몽롱한 생각도 없지 않아서 그리하였다. 그러나 숄 한 개가 인연이 되어, 편지까지 받게 되고 보니, 불쾌할 것은 없으나 다소 예상외인 감이 없지 않았다. 물론 어떠한 정도의 애착이 없는 것은 아니지만, 그러하다고 그것이 곧 생명의 내용인 연애도 아니려니와, 설혹 연애에 끌리어 들어간다 할지라도 그것으로 인하여, 공연히 자기의 생활에 파란을 일으키고, 공연한 고생을 벌어가며, 안가(安價)한 눈물과 환멸의 비애를 사고 싶은 생각은 없었다. 내가 많지 않은 학비나 여비 속에서, 특별히 생각하고 숄을 사다가 준 것도, 그 애에게, 폐를 많이 끼친 사례도 되고 또는 기뻐하는 양을 보고 향락하겠다는 의미에서 지나지 않았다. 만일 정자의 사랑을 바란다 할 지경이면 나는 구차히 물질에게 중매 들기를 원치 않았을 것이다.

나는 이런 생각을 하며, 두어 잔 더 마시고 나서, 편지를 꺼내어 피봉을 들여다보았다. 침착하고도 생생하고 정돈된 필적은, 그 애의 용모와 같이 재기가 발리어 보이었다. 나는, 앞의 사람은 졸고 앉았지만, 누가 보지나 않을까 하고, 그대로 포켓에다가 집어넣으려다가 그래도 궁금

증이 나서 쭉 뜯어보았다.

지금은 이 편지를 올릴 기회가 아닌지도 모릅니다. 왜 그러냐 하면, 나는 물질로서 좌우되는 천열(賤劣)한 계집이라고 생각하실 것이, 너무도 창피하고 원통하기 때문이외다. 그러나 그러할수록에 ……

이렇게 서두를 내인 나의 위선적 태도에 대한 예리한 비판과 공격, 자기의 절망적 술회, 자기의 장래에 대한 희망 등을, 간단간단히 요령만 쓴 뒤에, 형편 따라서는 세말쯤, 혹은 경도(京都)의 고모집으로 갈지 모르겠다고 하였다.

나는 한번 쭉 보고 나서, 혼자 웃었다. 그러나 그것은 조소거나, 나에게 대한 신뢰에 대하여 만족한 미소는 아니었다. 애를 써 설명하자면, 그 계집애의 조리가 정연한 이론과, 이지적이요 신경과민적인 그 애의 두뇌에 대한 민족이었다.

나는 곧 답장을 써볼까 하다가, 하나둘씩 일어나 앉는 사람들의 시선이, 구치않아서 고만두어 버리고, 또다시 잔을 들었다.

……왜, 우롱을 하세요? 무슨 까닭에 농락을 하세요? P코와 저를 놓고 희롱을 하시는 것은 유쾌하시겠지요. 그러나 너무 참혹하지 않습니까. 물론 당신도, 애(愛)는 유희가 아니라는 것은 아시겠지요.
……누가 당신께서 손톱만큼이라도, 나를 생각하신다는 것은 아니지만, 나에게는 견딜 수 없는 고통입니다. 혹시는 모욕입니다. 당신의 태도가, 그 외에는 어떻게 할 수 없으시다면, 우리는 이 이상 교섭을 끊는

것이 정당한 일이겠지요. ……

이것이 정자의 최대 불평이었다. 나는 술병을 싸서 놓고, 가만히 드
러누워서 편지 사연을 곰곰 생각하여 보았다.

정자가 과거의 쓴 경험-그로 말미암은 현재의 경우에서도, 어떻게 하
여서든지 헤어나오려는 자각과 진실되이 자기의 생활을 인도하려는 노
력 그것을 생각할 제, 나는 감상적으로 그 애를 위하여 울고 싶었다.
옆에 앉았을 지경이면, 그대로 담싹 끼어안고, 네 눈[四眼]에서 흘러나
오는 쓴 눈물을 같이 맛보고 싶었다. 그러나 그런 생각도 그 순간뿐이
었다.

'계집애하고 키스를 하면서도 침[唾] 맛을 분석하는 놈에게, 애(愛)가
있다는 것부터 틀린 수작이다.'

이렇게 생각을 하며, 아까 M헌 이층의 광경을, 머리에 그려 보았다.

……그때 정자는 어떠하였을까? 모욕이란 의식부터 머리에 떠올랐
을까? ……그러나 자기 말마따나, 이때껏 한 남자의 입밖에는 몰랐다
면, 그리고 나에게 대한 애욕이 있다 하면 확실히 몽중(夢中)이었을 것
이다. 그리고 보면 정자도 아직 행복하다.

……이런 생각을 할 제, 사람의 행복은……적어도 사람다운 정열은,
정조로부터 나오는 것이 아닌가? 하는 생각도 하여 보았다.

그러나 자기는, 이때껏 연애다운 연애를 하여 본 일도 없으면서, 청
춘의 특권이요 색채라 할 만한 정열이 고갈한 것은 웬 까닭인가. 하여
간 성격이 기형적으로 성장하였다는 것은 사실이다. 이것은, 정열을 소
각시킨 제일원인이지만, 동시에 인간성의 타락이다. 하지만 자기를 살

리기 위하여, 어떠한 경우에는 이 정열을 억제하여야 할 필요도 있으니까, 반드시 성격이 기형화하였거나, 인간성이 타락하여 그렇다고만도 할 수 없지…….

그러하나 자기를 살린다는 것이, 자기의 비열한 쾌락을 만족시킨다는 것이 아닌 이상, 사람을 우롱한다는 것은 죄악이다. 정열이 없으면 없을 뿐이지, 그러하다고 사람을 우롱하라는 것은 아니다. 사람에게는 사람을 우롱할 권리도 없거니와, 극단으로 말하자면, 사람을 우롱하는 것은, 인생을 유희함이라는 의미로서 결국 자기 자신을 우롱하고 유희함이다.

무슨 까닭에, 자기는 굳세고 높게 살리겠다 하면서, 가련한 일개 여성을 농락하려 하는가. 사실 말하자면 오늘까지 나의 정자에 대한 태도는, 그런 공박을 받을 만도 하다. 정자 앞에서도 P자를 귀여워하는 체하고, P자의 손을 잡은 뒤에는, P자가 보는 데서 정자의 비위를 맞추려 하는 체하는 그런 더러운 심리는, 창부보다 낫다 하면, 얼마나 나을까. 자기에게 창부적 근성이 있기 때문에 사람을 창부시하는 것이 아닌가. 정신적 창부! 그것이 타락이 아니고 무엇일까. 일여성을 사랑할 수 없을 만치 타락하였다. 그리고 정신적 타락은 육체적 타락보다도 한층 더 무서운 것이다. 타락이라는 것이 어폐가 있다 하면, 그만큼 사람 냄새가 없어졌다고 하는 것이 옳을까. ……하지만, 사랑이니 무어니 머릿살 아프다.

……나는, 이런 생각 하며 누웠다가, 숨이 괴로워서 벌떡 일어나, 데크로 나왔다.

차 안의 전등은, 아직 아니 나갔으나, 젖빛[乳色] 같은 하늘이 허애져

가며, 인기 없이 꼭꼭 닫은 촌가가, 가끔가끔 눈앞으로 날아가는 것을 보면, 동은 벌써 튼 모양이었다. 아침 바람이 너무도 세어서, 나는 무심코 외투깃을 올리우며 이삼 분 있다가, 그래도 견딜 수가 없어서, 다시 들어와 자기 자리에 드러누웠다.

한 두어 시간이나 잤을지, 사람이 너무 붐비는 바람에, 잠이 깨어서 눈을 뜨고 내다보니까, 기차는 플랫폼에서 어슬렁어슬렁 기어나가는 모양. 나는 일어나기가 싫기에, 지금 바꾸어 들어와 앉은 앞자리의 사람더러, 예가 어디냐고 물어보았다.

"명고옥(名古屋)이에요."

"예? 인제야 명고옥?"

나는 이같이 놀란 듯이 반문을 하고, 암만하여도 중도에서 하루 묵어 가야겠군! 하는 생각을 채 결심도 못하고 또 잠이 들어 버렸다.

한잠 늘어지게 자고 나서보니까, 기차는 아직도 기내(畿內) 지방 어구에서 헤매이는 모양. 시간표를 들춰 보니 경도에서 내리려면, 아직도 세 시간, 신호(神戶)에서 묵어간다면 다섯 시간 가량이나 있어야 할 터이다.

'을라나 가서 볼까.'

내년 신학기에는 동경 음악학교로 전학을 하겠다고, 규칙서를 얻어 보내라고 한 을라의 부탁을 이때껏 월여나 되도록 답장도 아니한 것을 생각하여 보았다. 그것은 나의 태만도 태만이러니와, 만 일년간이나 음신(音信)이 격절한 오늘날에, 불쑥 편지를 한 것도 이상하고, 또다시 서신을 왕복하는 것은 피차에 머릿살 아픈 일이기 때문이었다.

'지금 만나면 어떤 얼굴로 볼꾸?'

창턱에 기대어 앉아서, 방울방울 방울을 지어 올라가는 담배 연기를 물끄러미 치어다보며, 가장 정숙한 듯이 가장 부끄러운 듯이 꾸미는 을라의 팔초한 하얀 얼굴을, 머릿속에 그려 보았다.

'요샌 히스테리가 좀 낫나? 병화하고는 여전한가? 그러나 내게 또 불쑥 규칙서를 얻어 보내란 핑계루 편지를 한 것을 보면, 그동안 또 무슨 풍파가 있었는지도 모를 일이다.'

이런 생각을 할 제, 별안간에, 기왕이면 신호에서 내려서, 을라를 찾아보려는 호기심이 와락 일어나서, 또다시 시간표를 뒤적거리며 누웠었다.

도지개를 틀면서, 그럭저럭 네 시간 동안을 멀미를 내이고, 겨우 감방 속 같은 삼등찻간에서 해방이 되어, 신호 역두에 내려선 것은, 은빛 같이 비치는 저녁 해가, 육갑산(六甲山) 산등성이에 걸리었을 때이었다. 큰 가방은 역에다가 맡겨 두고, 오글오글 끓는 정차장에서, 빠져나와, 휘- 한숨을 쉬일 때는 사람이 살 것 같았다.

전차에 올라탈까 하다가, 저녁이나 먹고 나서, 을라에게 찾아가리라 하고, 원정통(元町通)으로 향하였다. 작년 초여름 일을 생각하고, A카페의 아래층으로 들어가서, 여기저기 옹기옹기 앉았는 다른 손님들을 피하여, 한구석에 자리를 잡았다. ……두세 접시나 다-먹도록 작년에 보던, 두 팔을 옥여쥐고 아기족아기족 돌아다니는 그때의 계집아는, 흔적도 보이지 않았다. 차를 가지고 온 하녀더러 물어보니까, '왜요?' 하고, 의미 있는 듯이 웃을 뿐이다.

"왜, 어델 갔니? 그저 여기 있긴 있겠지?"

"흥! 언제 만나보셨어요? 아세요?"

"글쎄 말이야!"

"벌써 천당 갔답니다!"

"응? 무슨 병으로!"

"폭발탄정사라는 파천황의 죽음을 하였답니다."

하며, 깔깔 웃다가, 다른 손님이 들어오는 것을 보고, 뛰어 달아나갔다.

폭발탄정사라는 말에 귀가 번쩍 떼어서, 그 계집애가 다시 오기만 어느 때까지 기다려도 돌아본 체도 아니하고, 분주히 돌아다닌다. 기다리다 못하여 불러 가지고 세음을 하면서,

"누구하구 그랬어?"

하며, 물어보았으나, 내 얼굴만 말끄러미 치어다보다가,

"누가 압니까. 요다음 오세요. 이야기를 할게요."

하고, 바쁜 듯이 팔딱팔딱 신소리를 내이며 뛰어 들어가 버렸다.

'사실, 그것은 알아 무얼 하나!'

나는 이렇게 생각하고, 일어나 나오면서도, 어떤 놈하고 어떻게 하였누? 하는 호기심이 없지 않았다.

카페-에서 나온 나는, 영정(榮町) 사정목에서, '산수(山手)' 방면으로 꼽들어, 잊어버린 길을 이리저리 헤매이면서 C음악학교로 찾아갔다.

시간은 아직 늦지 않았으나, 밤은 들어가는 것 같았다. 저녁 뒤의 연습인지 아래층 저-구석에서는 은근하고도 화려하게 울리어 나오는, 피아노 소리에 귀를 기울이며, 기숙사 문간에 섰으려니까, 을라는, 기별하러 들어간 하녀의 앞을 서서, 발을 벗은 채, 통통거리며 이층에서 내려왔다.

"이게 웬일예요. 참 오래간만이올시다그려! 어서 올라오시지요."

인사할 말을 미리 생각하였던 사람처럼 이렇게 한마디 한 을라는 미소가 어리운 그 독특한 눈으로, 힐끔 나를 치어다본 후에 부끄럽다는 듯이 눈을 내리깔으며, 태연히 문설주에 기대어 섰다. 나는 빨간 끈 달린 발 째진 짚신 위에 가벼이 얹어 놓은 하얀 조고만 발을 들여다보며, 구두끈을 풀고 올라서서 을라의 뒤로 따라섰다.

"응접실은 추우니까, 내 방으로 가시지요."

을라는 이렇게 한마디 하고 아까 내려오던 층계를 지나서, 끌고 들어가다가, 잠간 섰으라고 하고 누구의 방인지 뛰어 들어갔다. 방문을 열어 놓은 채 꿇어앉아서, 무어라고 한참 재깔재깔하더니, 생글생글 웃으며 나와서 이층으로 나를 데리고 올라갔다.

"사내를 함부루 끌어들여도 상관없나요."

나는, 자리를 한 구석으로 뚤뚤 말아서 밀어 놓은 것을 돌려다 보며 이렇게 물었다.

"아무 염려 없에요. ……그렇지만, 혹시, 이따가, 사감이 들어오더라도, 서울서 오는 오빠라고 하세요."

"그런 꾸어다 박은 오빠 노릇은 어려운데……"

이런 실없는 소리를 정색으로 하며, 을라가 권하는 대로 책상 앞에 앉았다.

"옳지, 오빠 행세를 하려면, 싫어도 이렇게 상좌에 앉아야 하겠군……"

농도 아니요 빈정대는 것도 아닌, 이런 소리를 또 한마디 하며, 펴놓았던 책이며, 버선짝 옷가지를, 부산히 치우는, 을라를 건너다보았다.

을라는, 치우던 것을 한편으로 몰아놓고, 책상 모퉁이에, 비스듬히

꿇어앉아서, 윤광 있는 쌍꺼풀 진 눈귀를 처뜨리며, 약간 힐책하는 어조로,

"그 왜 그리세요. 일 년 만에 뵈오니까 퍽도 변하셨습니다그려."

하며, 수기(羞氣)가 있는 듯이 고개를 숙여버렸다.

"글쎄요, 내가 그렇게 변하였을까. 그러나 을라 씨의 얼굴이야말로 참 변하셨소그려! 그래도 그 눈만은 여전하지만! 하하하하."

나는 일부러 이런 소리를 기탄없이 하여 보았다. 어찌한 까닭인지, 아까 올 때에는, 퍽 망설이기도 하고, 만나면 어떠한 태도로 대하여야 할지 어금니에 무엇이나 끼인 것같이 이상하게 근질근질하더니, 지금 여기 들어와서, 이렇게 마주 앉고 보니, 어디까지든지 조롱을 하여 주겠다는 생각이, 반성할 여유도 없이 머리를 압도하였다.

"차차 늙어가니까, 그렇지요. 그렇게 내 얼굴이 변하였을까요?"

의외에 내가, 파탈한 태도로 수작을 하는 데에 안심한 을라는, 책상 위에 버티어 놓았던 큼직한 석경을 들어서 들여다보며, 또다시 말을 계속하였다.

"그런데 벌써 방학이에요? 나두, 이번에는 나갔다가 들어올 터인데, 동행하실까요?"

"작히나 좋겠소. 그러나 이 밤으로 준비하시겠소."

"이 밤으루?"

"난, 내일 아침 차로 떠날 텐데요."

"이틀만 연기하시면 되지, 내일이 토요일이지요. 적어도 내일까지만 묵으세요."

"무어 할 일 있나요. 모처럼 만나랴 왔던 사람은, 폭발탄정사를 해

버렸구! ……나도 정사나 하겠다는 사람이나 있으면 묵을지 모르겠지만……"

"참 변한다 변한다 하니 이선생같이 변하신 양반이 어데 계세요. 아-아, 참……"

을라는 급작스레 무엇에 감격한 듯이, 얕은 한숨을 쉬며, 고개를 숙이었다. 그것이 무엇을 의미하느냐는 것을, 직각한 나는, 얄밉기도 하고, 일종의 모욕 같은 생각이 나서,

"그래 그 변한 원인이 어데 있단 말씀이요? 아마 을라 씨에게 있겠지? 그렇다면 책임을 져야 하지 않소?"

나는, 말끝에, '되지 않게!'라는, 한마디가 혀끝까지 나오는 것을, 입술로 비벼버리었기 때문에 앨 써 한 말이, 내 얼굴의 표정도 치어다보지 않는 을라에게는, 농담인지 진담인지 알 수 없었던 모양이었다. 혹 알고도 모르는 체하는 버릇도, 이 계집애에게는 항용 수단이지만, 하여간 을라는 내 말에 잠간 얼굴을 붉히는 듯하더니, 다시 눈살을 찌푸리며,

"그런 소린, 해 무엇 하세요. 그러나 참 정말 모레쯤, 나하고 같이 가세요. 같이 못 가시드래도, 내일 오후부터는 자유니까 이야기할 것도 있고, 구경도 시켜드릴게……하여간 그리 급한 볼일은 없지요?"

단조와 적막과 이성에 대한 기갈에 고민하던 그때의 을라에게 대하여, 나의 방문은, 의외일 뿐 아니라, 진심으로 반가웠던 모양이었다.

"글쎄 그래두 좋지만, 신호는, 멀미가 나두룩 구경을 했는데, 또 무슨 구경을 해요."

"아참, ……그러면 어차피 대판공회당의 음악회에 갈까 하는데요, 거기에라도 가시지. 토요일하구 일요일하군, 이 근방 학생들은, 죄다 제

집에 나가서 자기두 하구……"

'말도 잘하지만 수완도 할 만하다.'

나는 이런 생각을 하며, 작년 가을에 기숙사로 들어가기 전에, 여염집 하숙 주인인지 어떤 절간의 중[僧]인지 하는 일본놈하고 관계가 있었다는 소문을 생각하며, 또다시 을라의 희고 동글납대대한 얼굴을 치어다보았다.

"아무려나 되어가는 대로 합시다. 그러나 요새 병화 군은 어데 있나요."

나는, 을라의 얼굴을 한참 치어다보다가, 참다랗게 이같이 물어보았다.

"그걸, 왜 날더러 물어보세요, 아시면 당신이 더 잘 아시겠지요."

을라는 병화의 말을 듣더니, 별안간에 얼굴을 붉히고, 독기 있는 소리로 톡 쏘았다.

나도 퍽 대담하게 되었지만, 너도 참 대담하고나 하며 나는 천연히,

"아뇨, 요샌 서울 있는지 몰라서 물어본 것이에요. 그러나 그다지 놀라실 게 무엇이에요."

하고 대답하였다.

을라도 지금 자기의 말이, 오히려 우스웠다고 후회하는 듯이, 소리를 낮추며,

"글쎄, 병화 씨하고 무슨 깊은 관계나 있는 듯이, 늘 오해를 하시지만……"

"누가 오해는 무슨 오해를 해요. 사람에게 러브를 할 자유조차 없다면, 죽어야 마땅하지……오해를 하거나 육해(六解)를 하거나 아주 육회(肉會)를 하거나, 그까짓 게 다-무어에요, 하하하하. 참 너무 늦어서 미안하외다. 인젠 차차 가 보아야지……"

하고, 나는 모자를 들어서 만작만작하다가,

"에잇 실미적지근해 못 살겠다."

이같이 토하듯이, 혼잣말처럼, 한마디 하고 와락 일어났다.

"왜 그리세요. 그렇게 달음박질 가시려면, 왜 내리셨어요. ……그런데 무엇이 실미적지근하시단 말씀이에요?"

을라는 실미적지근하다는 말에, 무슨 활로나 얻은 듯이 반기우는 낯빛으로, 그대로 앉아서, 나를 만류한다.

"누가 을라 씨 보랴구 나린 줄 아슈? 다- 만날 사람이 있어서, 불원천리하고 온 것이라서 마음에두 없는 놈하고, 폭발탄을 지고, 불구덩이루 들어갔다니, 세상은 고르지도 않아? 대체 날더런 어쩌란 말인구!"

"참 정말이에요? ……누구에요? ……일본 여자? 조선 여자?"

어리광하듯이 생글생글 웃으며, 치어다보는 을라의 얼굴은 아무리 보아도, 이십오륙 세로는 보이지 않았다.

"그건, 알아 뭘 하시랴우. 그러나 참 어서 가야지! 또 뵙시다."
하고 나는 어찌하나 보려고, 손을 내밀었다.

그래도 손을 내어줄 용기는 없었던지, 을라는, 물끄러미 나의 얼굴만 치어다보다가,

"지금 가시면 어데로 가실 작정이에요. 내일 떠나시진 않을 터이지요?"

"되어가는 대로 하지요. 여관에 가서 생각을 해보아서 마음 내키는 대로 하지요."

"내일 음악회는, 참 좋아요. 동경서 일류들만 와서 한다는데……"

"일류인지 이류인지, 송장을 뻐드뜨려 놓고, 음악회란 다-뭐에요. 에이 가겠습니다. 사감이나 오면 안 나오는 누님 소리까지 하면서, 더 있

을 필요가 있나!"

하고, 나는 방문을 열고 홀쩍 나섰다. 을라도 하는 수 없이 쫓아나오며,

"왜, 날더러 누이라구 못 하실 게 뭐-야. 그런데 송장이란 무슨 소리
세요. 왜 그리 이상스럽게만 구세요. 수수께끼 같은 소리만 하시고, 난
무엇에 홀린 것 같습니다그려."

나는 느런히 서서 층계로 내려오며, 지금 나가는 이유를 이야기하여
들려주었다. 을라는 깜짝 놀라는 듯한 표정으로,

"그거 안되었습니다그려! 그러면서 여긴 왜 들르셨어요? 남자란 참
무정도 하지, 어쩌면 부인이 돌아가셨는데……"

하며, 책망을 하는 듯한 을라의 얼굴에는, 그럴듯하게 보아서 그런지,
이때껏 멋모르고 만류한 것이, 부끄럽기도 하고 일편으로는 분하기도
하다는 낯빛이 돌며, 눈과 입이, 샐룩하여졌다. 그러나 내가 불쑥 온 것
이 무슨 의미가 없지나 않은가 하는 일종의 기대가 있는 듯도 하다.

"그리기에 남자하고는, 잇샅도 어루질 마슈. 더구나 나 같은 놈하군.
자- 그러면……"

나는 이같이 한마디 던져두고, 인사하는 소리도 채 다-듣기 전에 캄
캄한 문밖으로 휙휙 나와 버렸다

깔깔 웃고 싶으니만치 심사 사나운 유쾌를 감(感)하면서, 을라와 작별
하고 나온, 나는 그날 밤은 신호 역전의 조고만 여관 뒷방에서, 고요히
새우고, 그 이튿날 저녁에야 연락선을 타게 되었다.

……방축이 터지어 나오듯 별안간에 꾸역꾸역 토하여 나오는 시커먼
사람 떼에 섞이어서 나는 연락선 대합실 앞까지 왔다.

하관에 도착하면 그 머릿살 아픈 의례히 하는 승강이를 받기가 싫기에, 배로 바로 들어갈까 하였으나, 배에는 아직 들이지 않는 모양, 나는 하는 수 없이 대합실로 들어갔다. 벤또나 살까 하고 매점 앞에 가서 섰으려니까, 어느 틈에 벌써 눈치를 채었던지, 인버네스를 입은 낯 서투른 친구가 와서, 모자를 벗으며, 국적이, 어디냐고 묻는다. 나는 암말 아니하고 한참 치어다보다가, 명함을 꺼내서 내밀고, 훌쩍 가게로 돌아서 버렸다.

"본적은……?"

내 명함을 받아들고, 내가 흥정을 다하기까지, 기다리고 있던 인버네스는 또 괴롭게 군다. 나는 그래도 역시 잠자코, 그 명함을 도로 빼앗아서, 주소를 기입하여 주고 나서, 사놓았던 물건을 들고 짐 놓은 자리로 와서 앉았다. 궐자는, 또 쫓아와서,

"연세는? 학교는? 무슨 일로? 어디까지? ……"

하며, 짓궂이 승강이를 부린다. 나는 실없이 화가 나서, 그까짓 건 물어 무엇에 쓰려느냐고 소리를 지르려다가, 외마디소리로 간단간단히 대답을 하여 주고, 부리나케 짐을 들고 대합실 밖으로 나와 버렸다.

"미안합니다그려."

하며, 좀 비웃는 듯이 인사를 하는 궐자의 흘겨뜨는 눈에는, 뱃속에서 바지랑대가 치밀어 올라온다는 것이 역력히 보이었으나, 내 뱃속도, 제게 지지 않을 만큼 썩 불편하였었다.

승객들은 우글우글하며 배에 걸어 놓은 층층다리 앞에 일렬로 늘어섰다. 나도, 틈을 비집고 그 속에 끼었다.

아스팔트 칠한 통에 석탄산수를 담고, 썩은 생선을 절이는 듯한 형언

할 수 없는 악취에, 구역질이 날 듯한 것을 참으며, 제가끔 앞을 서려고 우당퉁탕대이는 틈을 빠져서, 겨우 삼등객실로 들어갔다. 참외 원두막으로서는, 너무도 몰취미하고 더러운 이층침대에다가, 짐을 얹어 놓고 옷을 갈아입은 후에, 나는 위선 목욕탕으로 뛰어 들어갔다.

내가 제일착이려니 하였더니, 벌써 삼사 인의 욕객이 욕탕 속에 들어 앉아서 떠든다.

"오늘은 제법 까불릴걸!"

"뭘 이게 해변가이니까 그렇지, 그리 세찬 바람은 아니야."

시골서 갓 잡아 올려오는 농군인 듯한 자가, 온유하여 보이는 커단 눈이 쉴 새 없이 디굴디굴하는 검고 우악한 상을 이 사람 저 사람에게로 돌리면서 말을 꺼내니까, 상인인 듯한 동행자가 이렇게 대꾸를 하였다.

"조선은 지금쯤 꽤 출걸?"

"그렇지만 온돌이 있으니까, 방 안에만 들어엎댔으면 십상이지."

조선 사정에 익은 듯한 상인 비젓한 사람이 설명을 하였다.

"응, 참 온돌이란 게 있다지."

촌뜨기가 이렇게 말을 하니까, 나하고 마주 앉았는 자가, 암상스러운 눈으로 그자를 말끄러미 치어다보더니,

"노형 처음이우?"

하며, 말참례를 하기 시작하였다. 남을 멸시하고 위압하려는 듯한 어투며, 뾰족한 조동아리가, 물어보이지 않아도 빚놀이쟁이의 거간이거나 그따위 종류라고, 나는 생각하였다.

"이 추위에, 어째 나섰소? 어델 가기에."

"대구에 형님이 계신데, 어머님이 편치 않으셔서……"

“마침 잘되었소그려. 나도 대구까지 가는 길인데……백씨께선 무얼 하슈?”

“헌병대에 계시지요.”

“네? 바루 대구 분대에 계셔요? 네……그러면 실례입니다만, 백씨께서는 누구세요? 뭘로 계셔요.”

시골자의 형이 헌병대에 있다는 말에, 나하고 마주 앉은 자는 반색을 하면서, 금시로 말씨가 달라진다. 나는 그자의 대추씨 같은 얼굴을 또 한번 치어다보지 않을 수 없었다.

“네, ×라고 하지요……, 아직 군조(軍曹)예요. 형공도 아십니까. 그러나 노형은 조선엔 오래 계신가요.”

“네-.”

궐자는 시골자를 한참 말똥말똥 치어다보다가,

“암 알구 말구요. 그 양반은 나를 모르실지 모르지만……아, 참 나요? 그럭저럭 오륙 년이나 ‘요보’ 틈에서 지냈습니다.”

“에쿠 그럼 한밑천 잡으셨겠쇠다그려.”

이번에는 상인 비슷한 자가 입을 벌렸다.

“웬걸요. 이젠 조선도 밝아져서, 좀처럼 한밑천 잡기는……”

“그러나 조선 사람들은 어때요?”

“요보 말씀에요? 젊은 놈들은, 그래도 제법들이지만, 촌에 들어가면 대만(臺灣)의 생번(生蕃)보다 낫다면 나을까. 인제 가서 보슈……하하하.”

‘대만의 생번’이란 말에, 그 욕탕에, 들어앉았던 사람들이, 나만 빼어 놓고는 모두 킥킥 웃었다. 나는 가만히 앉았다가, 무심코 입술을 악물고 치어다보았으나, 더운 김에 가리어서, 궐자들에게는 자세히 보이지 않은 모양이었다.

사실 말이지, 나는 그 소위 우국의 지사는 아니다. 자기가 망국 민족의 일분자이라는 사실은 자기도 간혹은 명료히 의식하는 바요, 따라서 고통을 감하는 때가 없는 것은 아니나, 이때껏-망국 민족의 일분자가 된 지, 벌써 칠 년 동안이나 되는 오늘날까지는, 사실 무관심으로 지냈고, 또 사위(四圍)가 그러하게, 나에게는 관대하게 내버려 두었었다. 도리어 소학교 시대에는, 일본 교사와 충돌을 하여 퇴학을 하고, 사립학교로 전학을 한다는 둥, 순결한 어린 마음에 애국심이 비교적 열렬하였지만, 지각이 나자마자 동경으로 건너간 뒤에는 간혹 심사 틀리는 일을 당하거나, 일 년에 한번씩 귀국하는 길에, 하관에서나 부산, 경성에서 조사를 당할 때에는 구치않기도 하고 분하기도 하였지만, 그때뿐이요, 그리 적개심이나 반항심을 일으킬 기회가 사실 적었었다. 적개심이나 반항심이란 것은 압박과 학대에 정비례하는 것이요, 또한 활로를 얻는 유일한 수단이다. 그러나 칠 년이나 가까이 동경에 있는 동안에 경찰관 이외에는, 나에게 그다지 민족적 관념을 굳게 의식케 하지 않았을 뿐 아니라, 원래 정치 문제에 대하여, 무취미한 나는, 이때껏 별로이 그런 문제로, 머리를 썩이어 본 일이, 전연히 없었다 하여도 가할 만하였었다. 그러나 일 년 이 년 세월이 갈수록, 나의 신경은 점점 흥분하여 가지 않을 수가 없었다. 이것을 보면 적개심이라든지 반항심이라는 것은, 보통 경우에 자동적 이지적이라는 것보다는, 피동적 감정적으로 유발되는 것이다. 다시 말하면 일본 사람은, 소소한 언사와 행동으로 말미암아, 조선 사람의 억제할 수 없는 반감을 비등케 한다. 그러나 그것은 결국 조선 사람으로 하여금 민족적 타락에서 스스로 구하여야 하겠다는 자각을 주는 가장 긴요한 동인이 될 뿐이다.

지금도 목욕탕 속에서 듣는 소리마다 귀에 거슬리지 않는 것이 없지만, 그것은 독약(毒藥)이 고구(苦口)나 이어병(利於病)이라는 격으로, 될 수 있으면 많은 조선 사람이 듣고, 오랜 몽유병에서 깨어날 기회를 주었으면 하는 생각이 없지 않다.

……그들은 여전히 이야기를 계속하고 있다.

"그래 촌에 들어가면 위험하진 않은가요."

처음 간다는 시골자가, 또다시 입을 벌렸다.

"뭘요, 어델 가든지 조금도 염려 없쇠다. 생번이라 하여도, 요보는 온순한 데다가, 도처에 순사요 헌병인데, 손 하나 꼼짝할 수 있나요. 그걸 보면 데라우치(寺內) 상이 참 손아귀심도 세지만 인물은 인물이야!"

매우 감격한 모양이다.

"그래 촌에 들어가서 할 게 뭐에요."

"할 것이야 많지요. 어델 가기로 굶어 죽을 염려는 없지만, 요새 돈몰 것이 똑 하나 있지요, 자본 없이 힘 안 들고……하하하."

"그런 벌이가 어데 있에요."

촌뜨기 선생은 그 큰 눈을 더 둥그렇게 뜨고, 일종의 기대와 호기심을 가지고 마주 치어다보는 모양이다.

"왜요? 한번 해 보시랴우?"

그는 이렇게 한마디 충동이며, 무슨 의미나 있는 듯이 그 악독하여 보이는 얼굴에, 교활한 웃음을 띠고 한참 마주 보다가,

"시골서 죽도록 땅이나 파먹다가 거꾸러지는 것보다는, 편하고 자미 있습넨다……게다가 돈은 쓰고 싶은 대로 쓸 수 있고……"

여전히 뱅글뱅글 웃으면서, 이 순실한, 어머니 뱃속에서 나온 그대로 있는 촌뜨기를 꾀인다.

"그런 선반의 떡 같은 장사가 있으면 하다뿐이겠소."

촌뜨기는 차차 침이 말라온다.

"그러나 밑천이 아주 안 드는 것은 아니지요. ……위선 얼마 안 되지만 보증금을 들여놓아야 하고, 양복이나 한 벌 작만하여야 할 터이니까……, 그러나 노형이야, 형님이 헌병대에 계시다니까, 신분은 염려 없을 터인 고로 보증금은 없어도 좋겠지."

제딴은, 누구나 그 직업을 얻어 하려면, 보증금을 내놓는 법인데, 특별히 그것만은 면제하여 주겠다는 듯이, 오만한 태도로 어깨를 뒤틀며, 지나가는 말처럼 또 한마디 하였다. 그러나 정작 그 직업의 종류가 무엇인가는 용이히 가르쳐 주지 않는다. 실상 곁에서 엿듣고 앉았는 나 역시 궁금하지만, 이러한 소리를 듣는 시골자는, 더한층 호기의 눈을 번쩍이며 앉았는 모양이다. 그러나 그것을 토설치 않는 것은, 나와 그 외의 두세 사람이 들을까 꺼리어서 그리하는 것 같기도 하고, 또는 그 시골뜨기가, 더욱더욱 열(熱)하여진 뒤에 자기의 부하가 되겠다는 다짐까지 받고서, 이야기하려는 수단 같기도 하였다.

"그래 그런 훌륭한 직업이 무엇인데, 어데 있에요?"

이번에서 그 시골자의 동행인 듯한 사람이, 가만히 듣고 있다가, 욕탕에서 시뻘겋게 달은 몸뚱어리를 무거운 듯이 끌어내이며 물었다. 그 자도 물속에서 불쑥 일어서서 수건을 등 뒤로 넘기어서, 가로 잡고 문지르며, 한번 욕실을 획 돌아다보고, 그 삼인 이외의 사람들이 자기들의 대화에는 무심히 한구석에 앉았는 것을 살펴본 뒤에, 안심한 듯이,

비로소 소리를 낮추며 입을 벌렸다.

"실상은 쉬운 일이에요. 나도 이번 가서 해오면, 세 번째나 되오만은, 내지의 각 회사와 연락하여 가지고, 요보들을 붙들어오는 것인데……즉 조선 쿨리[苦力] 말씀이에요. 노동자요. 그런데 그것은 대개 경상남북도나 그렇지 않으면 함경 강원, 그다음에는 평안도에서 모집을 하여야 하지만, 그중에도 경상남도가 제일 쉽습넨다. 하하하."

그자는 여기 와서 말을 끊고, 교활한 듯이 웃어버렸다.

나는 여기까지 듣고 깜짝 놀랐다. 그 가련한 조선 노동자들이 속아서, 지상의 지옥 같은 일본 각지의 공장으로 몸이 팔리어 가는 것이, 모두 이런 도적놈 같은 협잡부랑배의 술중(術中)에 빠져서 그러는구나 하는 생각을 할 제 나는 다시 한번 그자의 상(相) 파닥지를 치어다보지 않을 수 없었다.

'옳지, 그래서 이 자의 형이 헌병 군조라는 것을 듣고, 이용할 작정으로 이러는 게로군!'

나는 이런 생각도 하여 보며, 가만히 귀를 기울이고 앉았었다.

궐자는 벙벙히 듣고 앉았는 그 두 사람의 얼굴을 등분(等分)하여 보고 빙긋 웃고 나서, 또다시 말을 계속한다.

"왜 남선 지방에, 응모자가 많고 북으로 갈수록 적은고 하니, 이 남쪽은 내지인이 제일 많이 들어가서 모든 세력을 잡기 때문에, 북으로 쫓겨서 남만주로 기어들어 가거나, 남으로 현해탄을 건너서거나 두 가지 중에 한 가지밖에 없는데, 누구나 그늘보다는 양지가 좋으니까 '제미붙을 일 년 열두 달 죽도록 농사를 져야 주린 배를 불리긴 고사하고 반년짝은 강냉이나 시래기로 부증이 나서 뒈질 지경이면, 번화한 대판, 동경으로 나가서, 흥청망청 살아 보겠다'는 수작으로, 나두 나두 하고 청을 하다시피 하여 오는 터인데, 그러나 북선 지방은 인구도 적거니와, 아직 우리 내지인의 세력이 여기같이는 미치지를 못하였으니까, 비교적 그놈들은 평안히 살지만, 그것도 미구에는 동냥쪽박을 차고 나서게 되리다. 하하하."

자기 강설에 열복(悅服)하는 듯이, 연해 '옳지! 옳지!' 하며 들어주는 것이, 유쾌하기도 하고, 자기의 문견에 자기도 만족하다는 듯이 또 한 번 깔깔깔 웃었다.

"그래 그렇게 모집을 해 가면, 얼마나 생기나요."

촌뜨기는, 구수하다는 듯이 침을 흘리며 묻는다.

"얼마가 뭐요. 여비가 있지, 일당이 또 있지, 게다가 한 사람 모집하는 데에 일 원 내지 이 원이니까- 그건, 회사와 일의 종류에 따라서 다르지만, 가령 방적회사의 여공 같은 것은 임금도 싼 데다가, 모집원의 수수료도 제일 헐하구, 광부 같은 것은 지금 시세로도 일 원 오십 전으로 이 원까지라오. 가령 지금 천 명만 맡아 가지고 와서 보구려. 이삼 삭 동안에 여비나 일당에서 남는 것은, 그까짓 긴 다-제하고라도, 일천삼사백 원, 잘만 되면 근 이천 원은 간데없는 것일 게니……하하하, 나도 맨처음에-그건 제주도에서 모집하여 갔지만-그때에 오백 명 모아다 주고, 실 살고로 남긴 것이, 팔구백 근 천 원이었고, 둘째 번에는 올가을[今秋]에 팔백 명이나 북해도 탄광에 보내고, 근 이천 원 돈이 들어왔다우."

노동자 모집원이라는 자는 입의 침이 마르게 천 원 이천 원을 신이 나서 뇌이며 목욕탕 속에서 나왔다.

'예, 예' 하며, 일평생 들어 보지도 못하던 천 원 이천 원 소리에, 눈을 휘둥그렇게 뜨고 귀를 기울이고 앉았던 시골자는, 때를 다-밀었는지, 그 장대한 동색거구(銅色巨軀)를 벌떡 일으키어, 다시 욕탕 속에 출렁 집어넣으면서, 만족한 듯이 또다시 말을 붙이었다.

"그래 조선 농군들이 가서, 그런 공사 일을 잘들 하나요?"

"잘하구 못하는 것은, 내가 상관할 것 무엇 있소마는, 하여간 요보는 말을 잘 듣고 힘드는 일을 잘하는 데다가 임은(賃銀)이 헐하니까, 안동(安東)맞춤이지……그야 처음 다려갈 때에는 품삯도 많고, 일은 드러누워서 떡 먹기라고 푹 삶아야 하긴 하지만, 그래도 갈 노자며, 처자까지 다리고 가게 하고, 게다가 빚까지 갚아 주는 데에야 제 아무런 놈이기로 아니 따라나설 놈이 있겠소. 한번 따라나서기만 하면야, 전차(前借)가 있는데, 그야말로 독 안에 든 쥐[鼠]지, 일이 고되거나 품이 헐하긴 고사하고 굶어 뒈진다기루 하는 수 있나……하하하."

벌써 부하가 되었다는 듯이, 득의만면하여 모집 방법의 비술까지, 도도히 설명을 하여 주고 앉았다.

나는 좀 더 들으려고, 일부러 머뭇머뭇하며 앉았으려니까, 승객이 다-올라탔는지, 별안간에 욕객의 한 떼가 디밀어 들어오기에, 금시초문의 그 무서운 이야기를, 곰곰 생각하며 몸을 훔치기 시작하였다.

스물두셋쯤 된 책상도령님인 그때의 나로서는, 이러한 이야기를 듣고 놀라지 않을 수 없었다. 인생이 어떠하니 인간성이 어떠하니 사회가 어떠하니 하여야, 다만 심심파적으로 하는 탁상의 공론에 불과할 것은 물론이다. 아버지나, 그렇지 않으면 코빼기도 보지 못한 조상의 덕택으로, 공부 자나 얻어하였거나, 소설 권이나 들쳐 보았다고, 인생이니 자연이니 시니 소설이니 한다야 결국은 배가 불러서, 포만의 비애를 호소

함일 따름이요, 실인생 실사회의 이면의 이면 진상의 진상과는 아무 계관(係關)도 연락(連絡)도 없을 것이다. 그러고 보면 내가 지금 하는 것, 일로부터 하려는 일이 결국 무엇인가 하는 의문과 불안을 느끼지 않을 수가 없었다.

"일 년 열두 달 죽도록 애를 쓰고도, 반년짝은 시래기로 목숨을 이어 나가지 않으면 안 되겠으니까……"

하는 말을 들을 제, 그것이 과연 사실일까 하는 의심이 날만치, 나는 귀가 번쩍하였다. 나도 팔구 세까지는 부모의 고향인 충청도 촌 속에서 자라났고, 그 후에 일 년에 한두어 번씩은, 촌락에 발을 들여놓아 보았지만, 설마 그렇게까지, 소작인의 생활이 참혹하리라고는, 꿈에도 들어본 일이 없었다.

"시를 짓는 것보다는 밭을 갈라고 한다. 그러나 밭을 가[耕]는 그것이 벌써 시가 아니냐. ……사람은 흙에서 나와서 흙에 돌아간다. 흙의 방순한 냄새에 취할 수 있는 자의 행복이여! 흙의 복욱(馥郁)한 생기야말로, 너 인간의 끊임없는 새 생명이니라……"

이러한 의미로 올봄에 산문시를 쓰던, 자기의 공상과 천려(淺慮)가 도리어 부끄러웠다. 흙의 냄새가 방순치 않다는 것도 아니다. 그 향기에 취할 수 있는 자가 행복스럽지 않다는 것도 아니다. '조반 후의 낮잠은 위약'이라는 고등 유민계급의 유행병에나 걸릴까 보아서, 대팻밥모자에 연경(煙鏡)이나 쓰고, 아침저녁으로 호밋자루를 잡는 것이 행복스럽지 않고 시적이 아니라는 것이 아니다. 그러나저러나, 일 년 열두 달, 우마 이상의 죽을 고역을 다하고도, 시래기죽에 얼굴이 붓는 것도 시일까? 그들이 삼복의 끓는 햇빛에, 손등을 데우면서 호밋자루를 놀릴 때, 그들은 행복을 느끼는가? ……그들은 흙의 노예다. 자기 자신의 생명의 노예다. 그리고, 그들에게 있는 것은, 다만 땀과 피뿐이다. 그리고 주림 뿐이다. 그들이 어머니 뱃속에서 뛰어나오기 전에, 벌써 확정된 유일한 사실은, 그들의 모공이 막히고 혈청이 마르기까지, 흙에, 그 땀과 피를 쏟으라는 것이다. 그리하여 열 방울의 땀과 백 방울의 피는 한 알[一粒]의 나락을 기른다. 그러나 그 한 알의 나락은 누구의 입으로 들어가는 가? 그에게 지불 되는 보수는 무엇인가. -주림만이 무엇보다도 확실한 그의 밭을 품삯이다. ……

나는, 몸을 다-훔치고 옷 입는 터전으로 나왔다.

나는 사람 드는 사람, 한참 복작대는 틈에서, 부리나케 양복바지를 꿰이며 섰으려니까, 어떤 보지 못하던 친구가, 문을 반쯤 열고 중절모 자를 쓴 대가리를 불쑥 디밀며, 황당한 안색으로 방 안을 휘휘 둘러보 더니,

"실례올시다만, 여기 이인화란 이가 계십니까."

하고 묻는다.

"네, 나요. 왜 그러우?"

나는 궐자의 앞으로 두어 발자국 나서며 이렇게 대답을 하였다. 궐자 는 한참 찾아다니다가, 겨우 만난 것이 반갑다는 듯이 빙글빙글 웃으 며, 문을 활짝 열어제치고 서서 이리 좀 나오라고 명령하듯이 소리를 친다. 학생복에 망토를 들은 체격이며, 제딴은 유창하게 한답시는 일어 의 어조가, 묻지 않아도 조선 사람이 분명하나, 그래도 짓궂이 일어를 사용하고 도리어 자기의 본색이 탄로될까 보아 염려하는 듯한 침착치 못한 행색이, 나의 눈에는 더욱 수상쩍기도 하고, 근질근질하여 보이기

도 하였다. 나의 성명과 그 사람의 어조를 듣고, 우리가 조선 사람인 것을 짐작한 여러 일인의 시선은, 나에게서 그자에게, 그자에게서, 나에게로 올지 갈지 하는 모양이었다. 말하자면 우리 두 사람은, 일본 사람 앞에서 희극을 연작하는 앵무새의 격이었다.

"무슨 이야긴지, 할 말 있건 예서 하구려."

나는 기연가미연가하며, 역시 일어로 대답하였다.

"하여간 이리 좀 나오슈."

말씨가 벌써 그러한 종류의 위인인 것을 의심할 여지가 없다고 생각한 나는, 그 언사의 오만한 것이 위선 귀에 거슬리어서, 다소 불쾌한 구조(口調)로,

"그럼 문을 닫고 나가서 기대류."

하며 소리를 지르고, 다시 내 자리로 와서 주섬주섬 옷을 마저 입기 시작하였다. 여러 사람의 경멸하는 듯한 시선은, 여전히 내 얼굴에 거미줄 늘이듯이 어리우는 것을 깨달았다. 더구나 아까 이야기하던 세 사람은, 힐끔힐끔 곁눈질을 하는 것이 분명하였으나, 나는 도리어 그 시선을 피하였다. 불쾌한 생각이 목구멍 밑까지 치밀어오는 것 같을 뿐 아니라, 어쩐지 기운이 줄고 어깨가 처지는 것 같았다.

옷을 다 입고 문밖으로 나오니까, 궐자는 맞은편에 기대어, 웅숭그리고 서서 기다리는 모양이다.

"미안합니다만, 나하고 짐을 가지고 저리 좀 나가십시다."

뒤를 쫓아오면서 애원하듯이 말을 붙이는 양이, 아까와는 태도가 일변하였다.

"댁이 누구길래 어델 가잔 말이요."

"에, 참, 나는 ××서에서 왔는데, 잠간 파출소로 가시지요."

자기의 직무도 명언(明言)하지 아니하고, 덮어놓고 가자고 한 것이 잘못되었다는 듯도 하고, 한편으로는 자기가 일인 행세를 하는 것이, 내심으로 부끄럽고, 또한 나에게 '노형이 조선 양반이 아니오' 하고, 탄로나 되나 않을까 하는 염려가 있어서 앞이 굽는다는 듯이, 언사와 태도는 점점 풀이 죽고 공손하여졌다. 이것을 본 나는, 도리어 불쌍하고 가엾은 생각이 나서, 층계를 느런히 서서 내려가다가, 궐자의 얼굴을 치어다보았다. 아무 의미 없이 빙글빙글 웃는, 그 얼굴에는, 어색하여 하는 빛이 역력히 보이었다. 나는 잠자코 자기 자리로 가서 순탄한 말로,

"나는 나갈 새도 없고, 짐이라곤 이것밖에 없으니, 혼자 가지고 가서 조사할 게 있건 조사하고, 갖다 주슈."

하고, 가방 두 개를 들어내서 주었다.

"안 되어요. 그건. 입회를 해 주세야 이걸 열죠. 그리지 마시고 잠간만 나가주세요. 이건 내가 들고 갈 테니."

선실 내의 수백의 눈은, 모두 나에게로 모여들었다. 여기저기서 수군거리는 소리도 들리었다. 나는 얼굴이 화끈화끈하여 더 섰을 수가 없었다.

"내가 도적질이나 한 혐의가 있단 말이오? 가지고 가서 마음대로 하라는 대야, 또 어쩌란 말이오. 정 그럴 테면, 이리들 들어와서 조사를 하라고 하구려. 배는 떠나게 되었는데 나가자는 사람도 염치가 있지……."

나는 분이 치밀어 올라와서 이렇게 볼 메인 소리를 질렀다.

"그리지 마시고 오늘 이 배로 꼭 떠나시게 할 터이니, 제발 잠간만 나가 주세요. 자꾸 시간만 갑니다. ……여기선 창피하실까 봐 그러는

것입니다."

"창피하다? 흥 창피? 얼마나 창피하면, 예서 더 창피할꾸. 그런 사패 볼 것 없이 마음대로 하슈."

홧김에 이렇게 소리는 질렀으나, 그 애걸하는 양이, 밉살스런 중에도 가엾어 보이지 않은 것도 아니요, 어느 때까지 승강이만 하다가는 궐자 말마따나, 이로울 것도 없고, 시간만 바락바락 가겠기에, 나가기로 결심하고, 웃저고리를 집어 입고 나서, 어떻게 될지 사람의 일을 몰라서, 아까 사 가지고 들어온 벤또 그릇까지 가지고, 가방을 들고 앞서 나가는 형사의 뒤를, 따라섰다.

형사가, 큰 성공이나 한 듯이 득의만면하여,

"진작 그리시지요……"

하며, 웃는 그 얼굴에는, 달래이는 듯하기도 하고 빈정대이는 듯한 빛이 보이었다. 나는 무심중에 주먹이 부르를 떨리는 것을 깨달았다.

갑판으로 나와서, 승강구까지, 불러다가 조사를 하게 하라 하여 보았으나, 그것도 들어주지 않아서, 화가 나는 것을 주리 참듯 참고, 결국 잔교로 내려섰다.

대합실 앞까지 오니까, 아까 내 명함을 빼앗아간 인버네스가, 양복에 외투를 입은 또 한 사람과 무시무시하게 경계를 하고 섰다가, 우리를 보더니, 암말 아니하고, 기선 하물(汽船荷物)을 집더미같이 싸서 놓은 뒤로, 앞서 들어갔다. 가방 가진 자도 암말 아니하고 따라섰다. 나는 가슴이 선뜻하는 것을 참고, 아무 반항할 힘도 없이, 관에 들어가는 소같이 뒤를 대어 섰다. 네 사람이 예정한 행동을 취하는 것처럼, 묵묵하고 침중한 가운데에 모든 행동을 경쾌하게 하는 것이, 마치 활동사진에서 보는 강도단이나, 그것을 추격하는 정탐 같았다. 네 사람은 하물에 가리워 행인에게 보이지 않을 만한 곳에 와서 우뚝우뚝 섰다. 대합실의 유리창에서 흘러나오는 전광(電光)만은, 양복쟁이의 안경테에 소리 없이 반짝 비치었다.

"오늘 하루 예서 묵지 못하겠소."

양복쟁이가 위선 입을 벌리며, 가방을 빼앗아 들었다. 좁은 골짜기에서 나직하게 내이는, 거세이고도 굵은 목소리는, 이 세상에서 들어본 소리 같지 않았다. 나는 얼빠진 놈 모양으로, 아무 생각 없이 안경알이 하얗게 어룽어룽하는 그자의 퉁퉁하고 둥근 상을 치어다보며 섰었다. 그자도 나의 표정을 하나라도 놓치지 않으려는 듯이 입술을 악물고, 위협하는 태도로 노려보다가, 별안간에 은근한 어조로,

"하루 쉐서, 가시구려."

하는 양이, 마치 정다운 진객을 만류하는 것 같았다. 무슨 죄가 있는 것은 아니나, 이같이 으슥한 골짜기에서, 을러 보았다 달래 보았다 하는 것을 당하는 것은 나의 수명이 줄어 들어가는 것 같았다. 만일 내가 부호로서 이런 꼴을 당하였더면, 어물 없이 강도나 맞았다고 생각하였을 것이다.

나는 정신을 바짝 차리고 대답을 하려 하였으나, 참 정말 기구멍이 막혀서 입을 벌릴 수가 없었다.

"묵긴 어데서 묵으란 말이요. 유치장에나 가잔 말씀이오. 이 배에 떠나게 한다는 약조를 하였기 때문에 나왔으니까 약조대로 합시다."

이렇게 강경히 주장은 하면서도, 마음은 평형을 잃고, 신경은 극도로 긴장하였다. 대체 나 같은 위인은 경찰서의 신세를 지기에는, 너무도

평범하지만, 그래도 이 배[船]만 놓치면, 참 정말 유치장에서 욕을 볼 것은 뻔한 일, 하늘이 두 쪽이 되는 한이 있더라도, 이 배를 놓쳐서는 큰일이라고 결심을 단단히 하고서도 웬일인지 가슴은 여전히 두근두근 하지 않을 수가 없었다.

"그럼 예서 잠간 할까?"

양복쟁이가, 나와 인버네스를 등분하여 보며, 저희끼리 의논을 한다. 나는 위선 마음을 놓았다.

"네, 그리지요."

인버네스가 찬성을 하니까 양복쟁이는 나에게로 향하여,

"이것, 좀 열어 보아도 상관없겠지요?"

하고, 열쇠를 내이라고 청한다. 나는 곧 승낙을 하였다. ……가방은 양복쟁이의 손에서 용이히 열리었다.

어린 아해 관 같은 장방형의 트렁크를, 유리창 그림자가, 환히 비추이는 하물 쌓인 밑에다가 열어 놓고 들쑤시는 동안에, 그 옆에서 인버네스는 조고만 손가방을 조사하고 앉았다. 나는, 이편에 느런히 섰는 학생복 입은 자와 함께, 두 사람의 네 손길만 내려다보고 섰었다. 큰 트렁크를 맡은 자는 잠간 쑤석쑤석하여 보더니, 그 위에 얹어 놓은 양복이며 화복(和服)들을 손에 잡히는 대로 휙휙 집어서, 내 옆에 선 형사에게 주섬주섬 던져주고 나서, 그 밑에 깔리었던 서류 뭉텅이와 서적 몇 권을 분주히 들척거리고 앉았다. 조고만 트렁크 속에서 소득이 없었던지 그대로 뚜껑을 닫아서 옆에 놓고 인버네스도 다시 큰 가방으로 달려들어서 들여다보고 앉았다가, 양복쟁이의 분부대로, 서적을 하나씩 들어 보아가며, 일일이 책명을 수첩에 기입하며 앉았다. 가방 속에서 갈팡질팡하는 형사의 네 손은, 일 분 이 분 시간이 갈수록 가속도로 움직인다. 나는 또 무슨 망령이나 부리지 않을까 하는 불안과 의혹을 가지고, 전광에 벌겋게 번쩍이는 양복쟁이의 곁뺨을 노려보고 섰었다.

여덟 눈과 네 개의 손은 앞에 뉘어 놓은 트렁크 한 개에 모든 정력을 집중하고, 일 초 간의 비인 틈 없이 극도로 긴장하였으면서도, 여덟 입술은 풀로 붙인 듯이, 아무도 입을 벌리려는 사람이 없었다. 절대 침묵이 한 간통쯤 되는 컴컴한 골짜기에, 밀운(密雲)같이 가득히 채었다. 비릿한 해기(海氣)를 품은 차디찬 저녁 바람이, 귓가로 솔솔 지날 때마다, 바삭바삭하는 종잇장 구기는 소리밖에, 나에게는 들리지 않았다. 그보다 큰 배에 짐 싣는 인부의 소리도, 잔교 밑에 와서 부딪는 출렁출렁하는 파도 소리도, 아마 이 네 사람의 귀에는 들리지 않았을 것이다. 무겁고 찌뿌드드한 침묵 속에 흐릿한 불빛에 싸이어서, 서고 안고 하여 꾸물꾸물하는 양이, 마치 바다에 빠진 시체를 건져 놓고, 검시(檢屍)나 하는 것같이, 처량하고 비장하며 엄숙히 보이었다. 그러나, 일 분 이 분 삼 분 사 분 오 분 십 분……시간이 갈수록, 나의 머릿속은 귀와 반비례로 욱신욱신하여졌다. 그 세 사람들이, 일부러 느럭느럭하는 것은 아니건만, 빼앗아 가지고, 내 손으로 하고 싶으니만치 초조하였다. 나는 참다못하여 시계를 꺼내 들고,

"인젠 이 분밖에 안 남었소. 난 갈 테요."
하고 재촉을 하였다. 그제야, 양복쟁이는 눈에 부리나케 놀리던 손을 쉬이고, 서류 뭉텅이를 들어 보이면서,

"이것만은 잠간 내가 갖다가 보고, 댁으로 보내드려도 관계없겠지요."
하고 일어선다.

나는 언하(言下)에 쾌락(快諾)하였다. 사실 그 속에는, 집에서 온 최근의 편지 몇 장과 소설 초고와 몇 가지 원고 외에는 아무것도 없었다. 애를 써서 기록한 서류이라야, 원래 나에게는, 사회주의라는 '사' 자나 레닌이라는 '레' 자는 물론이려니와, 독립이란 '독' 자도 없을 것은, 나의 전공하는 학과만 보아도 알 것이었다. 아니 설령 내가 볼셰비키에 관한 서적을 몇 백 권 가졌거나 사회주의를 연구하거나, 그것은 학문의 연구라, 물론 자유일 것이오, 비록 독립사상을 가진 나의 뇌 속을, X광선 같은 것이나 심사법(心寫法)으로 알았다 할지라도, 실행이 없는 다음에야 조사하기로, 소용이 무엇인가. -이러한 생각은 나중에 생각한 것이지만, 그 당장에는 하여간 무사히 방면되어 배에 오르게 된 것만 다행히 여기어, 궐자들과 같이 허둥지둥 행구를 수습하여 가지고 나섰다.

짐을 가벼웁게 하여 준 트렁크를 두 손에 들고, 어서 올라오라는 선원의 꾸지람을 들어가며 겨우 갑판 위에 올라오자, 기를 쓰는 듯한 경적과 말울음[馬嘶] 소리 같은 기적 소리가 나며, 신경이 재릿재릿한 정(鉦) 소리가, 교향적으로, 호젓이 암흑에 싸인 부두 일판에 처량하고도 요란하게 울리었다. 배는 소리 없이 미끄러져 벌써 두어간 통이나 잔교를 떨어졌다. 전송하러 온 여관 하인들이며 인부들의 그림자가 쓸쓸한 벌판에 성기성기 차차 조고맣게 눈에 뜨이고, 잔교 위에서 휘두르며 가는 등불이, 쓸쓸한 바람에 불리어 길어졌다 짧아졌다 한다.

나는 선실로 들어갈 생각도 없이 으스름한 갑판 위에, 찬바람을 쐬어가며 웅숭그리고 섰었다. 격심한 노역과 추위에 피곤하여 깊은 잠에 들어가는 항구는, 소리 없이 암흑 속에 누웠을 뿐이요, 전시(全市)의 안식을 지키는 야광주는, 벌써부터 졸린 듯이 점점 불빛이 적어 가고 수효가 줄어 가면서, 깜작깜작 졸고 있다. 나는 인간계를 떠나서 방랑의 몸이 된 자와 같이, 그 불빛의 낱낱이 어떠한 평화로운 가정의 대문을 지키고 있으려니 하는 생각을 할 제, 선득선득한 별[星]보다도 점점 멀리 흐려 가는 불빛이 따뜻이 보이었다. 나의 머릿속은 단지 혼돈하였을 뿐이오, 눈은 화끈화끈할 뿐이다.

외투 포켓에다가 두 손을 찌르고, 어느 때까지 우두커니 섰는 나의 눈에는, 어느덧 뜨끈뜨끈한 눈물이 빚어 나와서, 상기가 된 좌우 뺨으로 흘러내렸다. 찬바람에 산득산득 스며들어 가는 것을, 나는 씻으려고도 아니하고 여전히 섰었다.

3

사람이란 자기보다 우월하거나 열등한 사람에게 대할 때같이, 자기의 지위나 처지라는 것을 명료히 의식할 때가 없다. 동위동격자(同位同格者)끼리는 경우가 같기 때문에 서로 공명하는 점도 많고 서로 동정할 수도 있을 뿐 아니라, 누가 잘난 체를 하고 누가 굽힐 여지가 없다. 그렇지만 우열이 상격하면 공명이나 동정이라 하는 것보다는 먼저 자기의 지위나 처지에 대한 의식이 앞을 서서 한편에서는 거드름을 빼이면 한편에서는 고개가 수그러지고, 저편이 등을 두들기는 수작을 하면 이편은 마음이 여린 사람일 지경 같으면 황송무지해서 긴한 체를 하여 보이기도 하고 자존심이 굳세인 자면 굴욕을 느끼어서 반감을 품을 것이요, 또 저편이 위압을 하려는 태도로 나오면 이편은 꿈찔하여 납청장이가 되거나 그렇지 않으면 반항적 태도로 나오는 것이다. 사회 조직이라든지, 교육이라든지, 한층 더 들어가서 사람의 심리가 근본적으로 잘되어 그렇든지 못되어 그렇든지 하여간 사람이란 그리하여 보고 싶은 것이다.

그러나 자기가 저편보다는 낫다, 한 손 접는다고 생각할 때에 느끼는 자랑과 기쁨이, 자기를 행복케 하고 향상케 함보다는, 저편보다 못하다 감잡힌다고 생각할 제에 일어나는 굴욕과 분개가 주는 불행과 고통과 저상(沮喪)이 곱이나 큰 것이다. 더구나 자존심이 강한 사람에게 대하여는, 보통사람보다도 열 곱 스무 곱 백 곱이나 큰 것이다. 그뿐 아니라 그 우열감이 단순한 개인과 개인과의 관계를 벗어나서 집단적 배경이 있을 때에는, 순전한 적대심으로 변하는 동시에, 좁고 깊게 사람의 마음속에 파고들어 앉아서, 혹은 노골적으로 폭발되기도 하고 혹은 은근히 일종의 세력을 기르게 되는 것이다.

그러나 그중에도 다행한 일은 자존심이 많고 의지가 강한 사람일수록 그 굴욕과 비분으로 말미암아 받는 바 불행과 고통과 저상(沮喪)이, 도리어 반동적으로 새로운 광명의 길로 향하여 용약케 하는 활력소가 된다는 것이다. 그러나 사람이란 얼마나 강한지 의문이다. 약하기 때문에 잘난 체도 하여 보고, 약한 죄로 남을 미워도 하여 보고, 웃지 않을 때에 웃어도 보며 울지 않아도 좋을 것을 울고야 마는 것이라고 생각하는 나는, 나 자신까지를 믿을 수가 없다.

되지 않게 감상적으로 생긴 나는 점점 바람이 세차 가는 갑판 위에서 나오는 눈물을 억제하여 가며 가만히 섰다가, 목욕한 뒤의 몸이 발끝부터 차차 얼어 올라오는 것을 견디다 못하여, 가방을 좌우 쪽에 들고 다시 선실로 기어들어 갔다. 아까 잡아 놓았던 자리는 물론 남에게 빼앗기고 들어가서 끼일 자리가 없었다. 나는 실없이 화가 나서 선원을 붙들어 가지고 겨우 한구석에 끼었으나 어쩐지 좌우에 늘어 앉았는 일본 사람이 경멸하는 눈으로 괴이쩍게 바라보는 것 같았다. 사 가지고 다니던 벤또를 먹을까 하여 보았으나, 신산하기도 하고 어쩐지 어깨가 처지는 것 같아서, 외투를 뒤집어쓰고 드러누워 버렸다.

동경서 하관까지 올 동안은 일부러 일본 사람 행세를 하려는 것은 아니라도 또 애를 써서 조선 사람 행세를 할 필요도 없는 고로, 그럭저럭 마음을 놓고, 지낼 수가 있지만, 연락선에 들어오기만 하면 웬 세음인지 공기가 험악하여지는 것 같고 어떠한 기분이 덜미를 짚는 것 같은 것이 보통이다. 그러나 이번처럼 휴대품까지 수색을 당하고 나니 불쾌한 기분이 한층 더하지 않을 수 없었다. 눈을 감고 드러누워서도 분한 생각이 목줄띠까지 치밀어 올라와서 무심코 입술을 악물어보았다. 그러나 사면을 돌다 보아야 분풀이를 할 데라고는 없다. 설혹 처지가 같고 경우가 같은 동행자를 만난다 하더라도 하소연을 할 수는 없다. 왜 그러냐 하면 여기는 배 속이니까 그렇다는 말이다. 나를 한 손 접고 내려다보는 나보다 훨씬 나은 양반들이 타신 배이기 때문이다. ……

그 이튿날이었다. 밝기가 무섭게 하나둘씩 부스스부스스 일어나서 쿵쾅거리며 오르락내리락하는 바람에, 나도 일어나서 수세를 하였다. 수백 명이나 되는 식구가 송사리새끼 끼우듯이 끼어서 자고 난, 판두방 같은 속이 지저분하기도 하고 고약한 냄새에 머릿골이 아파서 나는 치장을 차리고 갑판으로 나갔다. 훨씬 해가 돋지는 못하여서 물은 꺼멓게 보일 뿐이요 훤한 하늘에는 뿌연 구름이 처져 있는 것이 희미하게 보이나, 아직도 컴컴스그레하였다. 춥기는 하지만 그래도 상쾌하다. 선실 속에서는 벌써 아침밥이 시작되었는지 연해 밥통을 날라 들여가고 갑판에 나왔던 사람들도 허둥지둥 뒤쫓아 들어가는 모양이다.

이 삼등실에 모인 인종들은 어데서 잡아온 것들인지 내남직 할 것

없이 매사에 경쟁이다. 들어가는 것도 경쟁, 나오는 것도 경쟁, 자는 것도 경쟁, 먹는 것에 이르러서는 한층 더한 것이 예사이다. 조금만 웬만하면 이등을 타겠지만, 씀씀이가 과한 나로는 어느 때든지 지갑이 얄팍얄팍하여서도 못 타게 되고, 그 돈으로 술 한잔이라도 사 먹겠다는 타산도 없지 않아서, 대개는 이 무료숙박소 같은 데에서 밤을 새이는 것이다. 하여간 차림차림으로 보든지 하는 짓으로 보든지 말씨로 보든지 하층사회의 아귀당들이 채를 잡았고, 간혹 하급관리 부스러기가 끼어 있을 따름이다. 나는 그들을 볼 제 누구에든지 극단으로 경원주의를 표하고 근접을 아니 하려고 하지만, 그것은 나 자신보다는 몇 층 우월하다는 일본 사람이라는 의식으로만이 아니다. 단순한 노동자라거나 무산자라고만 생각할 때에도, 잇살을 어우르기가 싫다. 덕의적 이론으로나 서적으로는 소위 무산계급이라는 것처럼, 우리 친구가 되고 우리 편이 될 사람은 없다고 생각하면서도, 실제에 그들과 마주 딱 대하면 어쩐지 얼굴을 찌푸리지 않을 수 없었다. 혹은 그들에게 대한 혐오가 심하여지면 심하여질수록, 그 원인이 그들 자신에게 있는 것이 아니라는 논법으로, 더욱더욱 그들을 위하여 일을 하여야 하겠다는 결론에 이르게 될지는 모르나 감정상으로 그들과 융합할 길이 없다는 것은 아마 엄연한 사실일 것이다.

나는 이런 생각을 하다가 어제저녁도 궐하기 때문에, 시장한 증이 나서 선실로 기어들어 갔다. 한차례 치르고 난 식탁 앞에 우글우글하는 사람 떼가 꺼멓게 모여 서서 무엇인지 말다툼을 하고 있는 모양이다.

"……그래 갖다 놓기 전에 와서 앉으면 어떻단 말이야?"

신경질로 생긴 바짝 마른 상에 독기를 품고 **빽빽** 소리를 지르는 것은, 윗수염이, 까무잡잡하게 난 키가 조그만 사람이다. 그리 상스럽지 않은 얼굴로 보아서, 어떤 외동다리 금테쯤은 되어 보인다.

"글쎄 그래두 아니 되어요. 차례가 있으니까, 지금부터 앉았어두 안 드려요."

검정 학생복을 입은 선원은 골을 올리려는 듯이 순탄한 어조로 번죽 번죽 대꾸를 하고 섰다.

"그래 우리로 말하면 이 배의 손님이지? 그래 손님을 그따위로 대우를 하는 법이 어데 있단 말이야. ……대관절 우리를 요보루 알고 하는 수작이란 말야?"

애꿎은 요보를 들추어 내인다.

"누가 대우를 어떻게 했단 말이에요. 밥상을 차려 놓거든 와서 자시라는 게 무에 틀렸단 말씀이우."

"급하니까 얼른 가져오라는 게, 어때서 잘못이란 말이야, 조선에서만 볼 일이지만, 참 그래 무얼루 호기를 부린담."

까만 수염을 가진 자의 어기가 차차 줄어가는 것을 보고 섰던 구경꾼 속에서는, 불길을 돋우려는 듯이,

"두둑여 주어라, 되지 않게 관리 행세를 하랴구 건방지게……"

"참 건방진 놈이다."

"되지 않은 놈이, 하급 선원쯤 되어 가지고 관리 행세는, 마뜩지 않게……흥."

이런 소리가 여기저기서 떠들썩한다. 관리면은 의례히 그렇게 하여도 관계없고 또 자기네들도 불복이 없겠다는 말씨이다.

"도시 조선의 철도가 관영(官營)이기 때문에 저런 것까지 제가 잰 척

을 하는 거야. 사유(私有) 같으면야 꿈쩍이나 할 텐가."

누구인지 일리 있는 듯한 이런 소리를 하는 분개가도 있다. 여러 사람이 와짝 떠드는 바람에 선원도 입을 답치고 슬슬 빠져 달아나기 때문에 싸움은 그만하고 흐지부지하였다. 그 자리에 모였던 사람은 그대로 식탁에 부산히들 둘러앉았다. 나는 그 싸우는 양이 다라워 보이기도 하고 마음에 께름하여 다시 바깥으로 나가려다가, 그래도 고픈 배를 참을 수가 없어서 누가 권하는 것은 아니지만, 마지못해 먹는 것처럼 제 출물에 주뼛주뼛하며 한구석에 끼어 앉아 먹기를 시작하였다.

'먹는 데 더러우니 구구하니 아귀들이니 하여도 배가 고프면 하는 수 없는 거다.'

젓가락을 짓고 물을 마시며, 나는 이런 생각을 해보고 혼자 뱃속으로 웃었다.

선실 속에서는 쌈 싸우듯 하여 가며 겨우 아침밥들을 먹고 와서는 이 구석 저 구석에서 짐들을 꾸리는 빛에, 애를 써서 먹은 밥을 다시 꺽꺽 하며 돌르는 빛에, 또 한참 야단이다. 나도 밥을 먹고 나니까 어쩐지 메슥메슥한 증이 나서 자기 자리로 가서 누웠었다.

육지가 차차 가까워오는지 배가 그리 흔들리지도 않고 선객의 반분쯤은 벌써부터 갑판으로 나갔다. 나도 짐을 꾸려 가지고 나갔다. 의외에 퍽 가까워진 모양이다. 선원들은 오르락내리락 갈팡질팡하며 상륙할 준비에 분주하고 경적은 쉬일 새 없이 처량한 우렁찬 소리를 아침바람에 날리운다. 승객들은 일이등과 격리를 시키려고 인줄같이 막아매인 밑에 우글우글 모여 서서 제각기 앞장을 서려고 또 한참 법석이다. 그래야 일이등의 귀객(貴客)들이 다 나간 뒤라야 풀릴 것을……

배는 잔교에 와서 닿다.

"영치기 영차, 영치기 영차."

닻줄을 나꾸는 인부들 틈에서 누렇게 더러운 흰 바지저고리를 입은 조선 노동자가 눈에 뜨일 제, 나는 그래도 반가운 것 같기도 하고, 마음이 턱 놓이는 것 같았다.

배에서 끌어 내리운 층층다리가 잔교 위에 걸리니까, 앞장을 서서 올라오는 것은 흰 테 두른 벙거지를 쓰고 외투를 입은 순사보와 육혈포 줄을 어깨에 늘인 일본 순사하고, 누른 복장에 역시 육혈포의 검은 줄을 느리운 헌병이다. 그들은 올라오는 길로 배에서 내려서는 어구에 좌우로 지키고 서고 그다음에는 이쪽저쪽에서 승객이 통하여 나가는 길의 중간에 지키고 섰다. 이같이 경관과 헌병이 소정한 자리에 서니까, 그제서야 일이등객이 하나둘씩 풀리기 시작하였다. 교통차단을 당한 우리들 삼등객은, 배 속에 갇힌 유난민(遊難民) 모양으로 매우 부러운 듯이 모든 광경을 바라만 보고 섰었다.

"삼 원이로군! 삼 원만 더 내었더면 한번 호강해보는군!"

이런 소리가 복작대이는 속에서 들렸다. 이번에는, 우리들도 내리게 되었다. 나는 한 중턱에서 천천히 걸어 나갔다. 층계에서 한발을 내려디딜 때에는 뒤에서 외투자락을 잡아다니는 것 같았다. 그러나 열 발자국을 못 떼어 놓아서 층계의 맨 끝에는 골독히 위만 치어다보고 섰는 네 눈이 있다. 그것은 육혈포도 차례에 못 간 순사보와 헌병보조원의 눈이다. 그 사람들은 물론 조선 사람이다.

나는 될 수 있는 대로 태연히 그들에게는 눈도 거들떠보지 않고 확실한 발자취로 최후의 층계를 내려섰다. -될 수 있으면 일본 사람으로 보아달라는 요구인지 기원인지를 머릿속에 쉴 새 없이 뇌이면서……. 그러나 나의 그 태연한 태도라는 것은 도살장에 들어가는 소[牛]의 발자취와 같은 태연이다.

"여보, 여보."

-물론 일본 말로다.

나는 나의 귀를 의심하였다. 의례히 한번은 시달리려니 하는 생각이 있었기 때문에 공연히 부르는 듯싶었다. 나는 모르는 체하고 두서너 발자국 떼어 놓았다. 하니까 이번에는 좌우편에 쭉 늘어섰는 사람 틈에서, 일복(日服)에 인버네스를 입은 친구가, 우그려 쓴 방한모 밑에서, 이상하게 번쩍이는 눈을 무섭게 뜨고 앞을 탁 막는다. 나의 등에서는 식은땀이 쭈르륵 흘렀다.

"저리 잠간 가십시다."

……인버네스는 위협하듯이, 한마디 하고 파출소가 있는 방향으로 나를 끌었다. 나는 잠자코 따라섰다. 멋도 모르는 지게꾼은 발에 채이도록 성화가 나서, '나리, 나리' 하며 쫓아온다. 그 소리에는 추위에 떠는 듯도 하고 돈 한 푼 달라고 애걸하는 것같이 스러져 가는 애조가 있었다. 나는 고개만 흔들면서 가다가, 파출소로 들어갔다.

파출소에 들어선 나는 하관에서 조사를 당할 때와도 다른 일종의 막연한 공포와 불안에 말이 얼얼하여졌다. 더구나 일본서 그런 종류의 사람들에게 대하듯이 다소 산만하게 할 수 없다는 생각이 머리에 떠올라와서, 제풀에 자기를 위압하는 자기의 비겁을 내심에 스스로 웃으면서도, 어쩐지 말씨도 자연 곱살스러워지고, 저절로 고개가 수그러지는 것 같았다.

형사의 신문은 판에 박은 듯이 의외에 간단하였다. 나중에 가방에는 무에 들었느냐 하기에 나는 하관에서 빼앗길 것은 다 빼앗겼으니까, 볼 만한 것은 없겠지만, 그래도 미심쩍거든 열어 보라고 열쇠를 꺼내서 주려고 하였다. 아무리 형사라도 사람이란 우스운 것이다. 열쇠까지 내어 주니까 웃으면서 고만두라고 하며, 생색이나 내이는 듯이 어서 나가라고 쾌쾌히 내쫓는다. 아마 하관서 온 형사에게 벌써 자세한 이야기를 듣고 있는 모양 같았다. 나는 안심하였다는 듯이 한숨을 휘- 쉬이고 나와서, 위선 짐을 지게꾼에게 들려 가지고, 정거장으로 가서 급히 맡겨 놓고 혼자 나섰다.

4

구차한 놈이 물에 빠지면 먼저 뜰 것은, 물어보지 않아도 주머니뿐이다. 운이 좋아야 한 달 삼십 일에 이십구 일을 제쳐 놓고, 마지막 날 하루만은 삼대 주린 놈이 밥 한 술 뜨니만큼 부푸는 것이 구차한 놈의 주머니다. 그러나 그것도 겨우 몇 시간 동안이다. 그리고 남는 것은 돈에 날개가 돋쳤다는 원망뿐이다.

"엥, 돈이란 조화가 붙었어! 그저 한 푼 두 푼 흐지부지 어느 틈에 어떻게 빠져 달아나는지, 일 원째리를 바꾸어 넣어도 고만이요, 십 원째리를 바꾸어 넣어도 고만이니 이 노릇이야 해먹을 수 있담!"

피천 닢도 남지 않은 두 겹이 짝 달라붙은 주머니를 까불면서, 하늘을 치어다보고 하는 소리가 겨우 이것밖에 아니 되지만, 결국에 도달하는 결론이라는 것은,

"그저 굶어 죽으라는 세상이야."

라는 한마디에 지나지 않는다.

그도 그럴 것이 워낙이 구차한 놈이 가물에 콩 나기로, 돈 원이나 돈

십 원 얻어걸린대야, 어디다가 어떻게 별러 써야 할지 모르는 데가, 뒤주 밑이 긁히면 밥맛이 더 있다는 세음으로 없는 놈이 돈푼 만져 보면 조상대로부터 걸려보지 못하던 것이나 얻은 듯이, 전후불각하고 쓸 데 아니 쓸 데 함부로 써버려야지, 한 푼이라도 까불리지를 못하고 몸에 지녀 두면 병이 되는 것이 구차한 놈의 상례이다. 구차하기 때문에 이러한 얌전한 버릇이 있는 것인지, 이따위로 버릇이 얌전하여 구차한 것인지는 별문제로 치고라도, 어떻든 자기도 모르는 중에 흐지부지 까불리고 나서 안타까워하는 것이 구차한 놈의 갸륵한 팔자라는 것이다.

그러나 이러한 팔자가 좋고 그른 것은 제이문제로 하고 하여간 조선 사람의 팔자를 아무리 비싸게 따져 본대야, 이보다 더 나을 것도 없고 더 신기할 것도 없다. 부산이라 하면 조선의 항구로는 제일류요, 조선의 중요한 문호라는 것은, 소학교에 한 달만 다녀도 알 것이다. 사실 부산은 조선의 유일한 대표이다. 조선을 축사한 것, 조선을 상징한 것은 과연 부산이다. 외국의 유람객이 조선을 보고자 하면, 위선 부산에만 끌고 가서 구경을 시켜 주면 고만일 것이다. 거룩한 조선을 짊어진 부산! 부산의 팔자가 조선의 팔자요, 조선의 팔자가 곧 부산의 팔자이었다.

나는 배 속에서 아침은 먹었건만, 출출한 듯하기도 하고 두세 시간 남짓이나 시간이 남았고, 늘 지나다니는 데건만 이때껏 시가에 들어가서 구경하여 본 일이 없기에, 위선 조선 음식점을 찾아보기로 하고 나섰다.

부두를 뒤에 두고 서으로 꼽들여서 전찻길 난 데로만 큰길로 걸어갔으나, 좌우편에 모두 이층집이 쭉 늘어섰을 뿐이요, 조선집 같은 것이라고는 하나도 눈에 뜨이는 것이 없다. 이삼 정도 채 가지 못하여서 전 찻길은 북으로 꼽들이게 되고, 맞은편에는 색색의 극장인지 활동사진 관인지 울그대불그대한 그림 조각이며 깃발이 보일 뿐이다. 삼거리에 서서 한참 사면팔방을 돌아다 보다 못하여 지나가는 지게꾼더러 조선 사람의 동리를 물었다. 지게꾼은 한참 머뭇거리며 생각을 하더니 남편 으로 뚫린 해변으로 나가는 길을 가리키면서 그리 들어가면 몇 집 있다 한다. 나는 가리키는 대로 발길을 돌렸다. 비릿하기도 하고 고릿하기도 한 냄새가 코를 찌르는 해산물 창고가 드문드문 늘어선 샛골짜기를 빠 져서, 이리저리 휘더듬어 들어가니까, 바닷가로 빠지는 지저분하고 좁 다란 골목이 나타났다. 함부로 세운 허술한 일본식 이층집이 좌우편에 오륙 채씩 늘어섰는 것이 조선 사람의 집 같지는 않으나 이 문 저 문에 서 들락날락하는 사람은 조선 사람이다. 이 집 저 집 기웃기웃하며 빠 져나가려니까, 어떤 이층에는 장고를 세워 놓은 것이 유리창으로 비치 어 보였다. 그러나 문간에는 대개 여인숙이라는 패를 붙이었다. 잠간 보기에도 이런 항구에 흔히 있는 그러한 종류의 영업을 하는 데인 것이 분명하다. 그러나 계집이라고는 씨알머리도 볼 수가 없다.

　'아마, 배갈 잔이나 퍼부어가며 뚱땅거리고 밤을 새이다가, 낮을 밤 으로 알고 자빠졌는 게로군.'

　나는 이런 생각을 하며 돌쳐나오다가, 들어가 보고 싶은 호기심이 불 쑥 났으나, 차 시간이 무서워서 걸음을 재쳤다. 다시 큰길로 빠져나와 서 정거장으로 향하다가 그래도 상밥 파는 데라도 있으리라 하고 이 골 목 저 골목 닥치는 대로 들어가 보았다. 서울 음식같이 간도 맞지 않을 것이요 먹음직할 것도 없겠지만, 무엇보다도 김치가 먹고 싶고 숟가락질이 하여 보고 싶었다. 그러나 조선 사람 집 같은 것은 그림자도 보이지 않았다. 간혹 납작한 조선 가옥이 눈에 띄나 가까이 가서 보면 화방을 헐고 일본식 창살틀을 박지 않은 것이 없다. 그러나 우스운 것은 얼마 되지도 않는 시가지만 큰길이고 좁은 길이고 거리에 나다니는 사람의 수효로 보면 확실히 조선 사람이 반수 이상인 것이다.

'대체 이 사람들이 밤이 되면 어데로 기어들어 가누?'
하는 생각을 할 제, 큰 의문이 생기는 동시에 그 불쌍한 흰옷 입은 백성의 운명을 생각해 보지 않을 수 없었다.

몇 천 몇 백 년 동안 그들의 조상이 근기 있는 세력으로 조금씩 조금씩 다져 놓은 이 토지를, 다른 사람의 손에 내던지고 시외로 쫓겨 나가거나 촌으로 기어들어 갈 제, 자기 혼자만 떠나가는 것 같고, 자기 혼자만 촌으로 기어들어 가는 것 같았을 것이다. 땅마지기나 있던 것을 까불려 버리고, 집 한 채 지녔던 것이나마 문서가 이 사람 저 사람의 손으로 넘어 다니다가, 변리에 변리가 늘어서 내놓고 나가게 될 때라도, 사람이 살려면 이런 꼴도 보고 저런 꼴도 보는 것이지 하며, 이것도 내 팔자소관이라는 안가한 낙천이나 단념으로 대대로 지켜 내려오던 고향을 등지고, 문밖으로 나가고 산으로 기어들 뿐이요, 이것이 어떠한 세력에 밀리기 때문이거나 혹은 자기가 견실치 못하거나, 자제력과 내인력이 없어서 깝살리고 만 것이라는 생각은 꿈에도 없다. 그리하여 천 가구이면 천 가구에서 한집쯤 줄었어야, 다만 '아무개네는 이번에 아무 촌으로 이사를 간다대' 하며 그야말로 동릿집 이야기 삼아, 저녁밥 후의 인사 대신으로 주고받을 뿐이요, 어떠한 사정이 어떻게 되어서 한 가구가 주는지 그 내막이야 아무도 모를 것이다. 그뿐 아니라 천 가구에서 한 가구쯤 줄어진대야, 남은 구백구십구 가구에 대하여는 별로 영향이 없을 것이요, 또 한 가구가 줄었는지 늘었는지조차 판연부지(判然不知)로 있는 사람이 대부분일 것이다. 이같이 하여 한 집 줄고 두 집 줄며 열 집 줄고 백 집 주는 동안에 쓰러져가는 집은 헐리어 어느 틈에 새집이 서고, 단층집은 이층으로 변하며, 온돌이 다다미[疊]가 되고 석유불이 전등이 된다.

"아무개 집이 이번에 도로로 들어간다대."

하며 곰방담뱃대에 엽초를 다져 넣고 **뻑뻑** 빨아 가며, 소견(消遣) 삼아 쑥덕거리다가 자고 나면, 벌써 곡괭이질 부삽질에 며칠 어수선하다가 전차가 놓이고, 자동차가 진흙덩어리를 튀기며 뿡뿡 달아나가고, 딸깍 나막신 소리가 날마다 늘어가고, 우편국이 들어와 앉고, 군아가 헐리고 헌병주재소가 들어와 앉는다. 주막이니 술집이니 하는 것이 파리채를 날리는 동안에 어느덧 한구석에 유곽이 생기어 삼미선(三味線) 소리가 찌링찌링 난다. 매독이니 임질이니 하는 새 손님을 맞아들인 촌서방님네들이, 병원이 없어 불편하다고 짜증을 내이면 너무 늦어 미안하였습니다는 듯이 체면 차릴 줄 아는 사기사(詐欺師)가 대령을 한다. 세상이 편리하게 되었다.

"우리 고향엔 전등도 놓이고 전차도 개통되었네 구경 오게, 얌전한 요릿집도 두서넛 생겼네. ……자네 왜갈보 구경했나? 한번 보여 줌세."

몇 천 년 몇 백 대 동안 가문에 없고 족보에 없던 일이 생기었다. 있는 대로 까불릴 시절이 돌아왔다. 편리해 좋아, 번화해 좋아 놀기 좋아 편해 하면 한섬지기 팔면, 한편에서는,

"우리겐 인젠 이층집도 꽤 늘고, 양옥도 몇 개 생겼네. 아닌 게 아니

라 여름엔 다다미가 편리해, 위생에도 매우 좋은 거야."

하고 두섬지기 깝살릴 수밖에 없게 된다. 누구의 이층이요 누구를 위한 위생이냐.

양복쟁이가 문전 야료를 하고, 요리장수가 고소를 한다고 위협을 하고, 전등값에 몰리고 신문대금이 두 달 석 달 밀리고, 담배가 있어야 친구 방문을 하지 전차 삯이 있어야 출입을 하지 하며 눈살을 찌푸리는 동안에 집문서는 식산은행의 금고로 돌아 들어가서 새 임자를 만난다. 그리하여 또 백 가구 줄어지고 또 이백 가구 줄었다.

"어디 살 수가 있어야지 암만해두 촌살림이 좋아, 땅이라두 파먹는 게 안전해."

하며 쫓겨나가고 새로 들어오며 시가가 나날이 번창하여 가는 동안에 천 가구의 최후의 한 가구까지 쓸려나가고야 말지만, 첫째 집이 쫓겨나갈 때에는, 벌써 첫째로 나간 사람은 오동잎사귀의 무늬를 박은 목배(木杯)를 행리(行李)에 넣어 가지고, 압록강을 건너가 앉아서, 먼 길의 노독을 배갈 한잔에 풀고 얼쩡하여 앉았을 때이다.

'까불리는 백성, 그들이 부지깽이 하나 남기지 않고 들어내이고 지어 내일 때에 자기가 이 거리에서 쫓겨나갈 줄이야 몰랐으렷다. 구차한 놈이 주머니를 털 적에 내일부터 밥을 굶을지 거리에 나앉을지 저도 모르게, 최후의 일전까지를 말리듯이. 그러나 이 시가의 주인인 주민이 하나둘씩 시름시름 쫓겨나갈 제, 오늘날 씨알머리도 남지 않고 아주 딴판의 새 주인이 독점을 하리라는 것은 한 사람도 꿈에도 정신을 차리지 못하였으렷다. 역시 구차한 놈의 주머니가 털리듯이 부지불식간에 그럭저럭 흐지부지 자취를 감추고 만 것이다……'

이런 생각을 하여볼 제, 잔단 세간 나부랭이를 꾸려 가지고 북으로 북으로 기어나가는 '패자의 떼'의 쓸쓸한 뒷모양이 눈에 보이는 것 같다. 나는, 그리 늦을 것은 없으나 쓸쓸한 찬바람이 도는 큰길을 헤매이기가 싫어서 총총걸음을 걷다가, 어떤 일본국수집 문간에서 젊은 계집이 아침 소제를 하고 있는 것을 보고 별안간 들어가 보고 싶은 생각이 나서 우뚝 섰다. 이때까지 혼자 분개하고 혼자 저주하던 생각은 감쪽같이 스러지고 눈에 보이는 것은 걷어 올린 옷자락 밑에 늘어진 빨간 고시마기하고 그 아래에 하얗게 나타난 추울 듯한 폭실폭실한 종아리다.

"들어오세요."

모가지에만 분 때가, 허옇게 더께가 앉은 감승한 상을 쳐들며 나를 맞았다. 뒤를 이어서,

"오십쇼, 들어오십쇼,"

하고 쫄레쫄레 나와서 맞아들이는 계집애가 두셋은 되었다. 이러한 조고마한 집에 젊은 계집이 네다섯씩이나 있는 것은 물어보지 않아도 알 조다. 나는, 걸려드나 보다 하는 불안이 있으면서도 더러운 호기심을 가지고 이층으로 올라가서, 인도하는 대로 구석방에 들어가서 앉았다. 위선 술을 데이라 하고 간단한 음식을 시키고 앉았으려니까, 다른 하녀가 화롯불을 가지고 바꾸어 들어왔다. 화로에 불을 쏟아놓고 화젓가락으로 재를 그러모으며 앉았던 계집애는, 젓가락을 든 손을 잠간 쉬이며,

"어디까지 가세요."

하고 나를 치어다본다. 넓은 양미간이 얼크러져서 음침하기도 하고 이 맛전에 유난히 넓기 때문에 여무져 보이지는 않으나, 그래도 해끄무레한 예쁘장스런 상이다.

"서울까지. ……너는 어데서 왔니?"

"서울까지에요. 참 서울 구경을 좀 했으면, ……여기보다 좋겠지요."

묻는 말에는 대답을 아니하고 이런 소리를 한다.

"그리 좋을 것은 없어도 여기보다는 좀 낫지."

이때에 음식을 날러 올려왔다. 나는 술에 걸신이 들린 사람처럼, 몇 잔이나 폭배를 하고, 나서, 계집애들에게도 권하였다. 별로 사양들도 아니 하고 돌려가며 잔을 주고받는다. 이번에는 다른 계집애가 갈아들어 오는 술병을 들고 들어왔다. 이 계집애도 판을 차리고, 화로 앞에 앉는다. 예쁘든 미웁든 세 계집애를 앞에 다가 놓고 앉아서 술을 먹는 것은 그리 싫을 것은 없지만, 너무 염치가 없이 무례하고 뻔뻔하게 구는 데에는, 밉살맞고 불쾌하지 않을 수 없었다. 술 한잔이라도 얻어걸린다는 것보다는, 주인에게 한 병이라도 더 팔게 하여 주는 것이, 이 사람들의 공로요, 주인의 따뜻한 웃는 얼굴을 보게 되는, 첫째 수단이니까, 그리하는 것도 이 사회의 도덕으로는 용서도 할 만한 일이지만, 내가 조선 사람이기 때문에 한층 더 마음을 놓고 더욱이 체면도 아니 차리고 저희 마음대로 휘두르며, 서넛씩 몰켜 들어와서, 넙죽넙죽 주는 대로 받아먹고 앉았는가 하는 생각을 할 제, 될 수 있는 대로는 계집애들을 업신여기고 조롱하는 태도를 취하려고, 대가리에 피도 아니 마른 것이 어느 틈에 술을 배웠느냐는 둥 코 밑이 정해진 지가 며칠도 못[되]었으리라는 둥 하며 놀렸다. 그래도 그중에 화롯불을 가져온 계집애는 다른 것들처럼 그렇게 기승스러운 것 같지도 않고, 종용하다는 것보다는, 저희들 중에서도 좀 쫄려 지낸다는 듯이 한풀이 죽어서, 실없는 소리를 주거니 받거니 하며 떠드는 꼴만 웃으며 가만히 바라보고 앉앉다.

"담바구야, 담바구야, 동라(東萊)나 우루산(蔚山)의 담바구야……"

"잘하는구먼. 그러나 너희들은, 몇 해나 되었니? 여기 온 지가."

한 년이 담바귀타령의 입내를 우습게 내이며 콧노래를 부르는 것을 들으며 물었다. 이것이, 조선에 와 있는 일본 사람에게는 남녀를 물론하고 누구더러든지 물어보는 나의 첫인사다. 그것은 얼마나 조선 사람에게 대하여 오만한 체를 하며 건방진 체를 하는가 그 정도를 촌탁(忖度)하여 보기 위하여 그리하는 것이다. 아무리 불량하게 생긴 '녹아도(鹿兒嶋)'패(우리 조선 사람은 일본 노동자를 특히 이렇게 부른다)라도, 처음에는 온순할 뿐 아니라 도리어 이국 풍정에 어두우니만치 일종의 공포를 품는 것이 보통이지만, 반년 있어 다르고, 일 년 있어 달라진다. 오 년 십 년 내지 이십 년이나 있어서 조선의 이무기가 된 자에 이르러서는 더 말할 것도 없는 것이다. 그러나 여기서 제군이 생각할 것은 어찌하여 일 년 이 년 오 년 십 년…… 해가 갈수록 그들의 경모하는 생각이 더욱더욱 늘어가고, 따라서 십 배 백 배나 오만무례하도록 만들었느냐는 것이다.

여기에는 여러 가지 이유가 있을 것이다. 그러나 이것만은 사실이다. -조선 사람은 외국인에게 대하여 아무것도 보여 주지 않았으나, 다만 날만 새이면, 자리 속에서부터 담배를 피워 문다는 것, 아침부터 술집이 분주하다는 것, 부모를 쳐들거나 내가 네 애비니, 네가 내 손자니 하며 농지거리로 세월을 보낸다는 것, 겨우 입을 떼어 놓는 어린애가 엇먹는 말부터 배운다는 것, 주먹 없는 입씨름에 밤을 새이고 이튿날에는 대낮에야 일어난다는 것……, 그 대신에 과학적 지식이라고는 소댕 뚜껑이 무거워야 밥이 잘 무른다는 것도 모른다는 것을, 외국 사람에게

실물로 교육을 하였다는 것이다. 하기 때문에 그들이 조선에 오래 있다는 것은 그들이 우리를 경멸할 수 있다는 이유와 원인을 많이 수집하였다는 의미밖에 아니 되는 것이다.

"단바구야 단바구야, ……노이구곤 오데기루네……"

입을 이상하게 뾰족이 내밀었다 방긋 벌렸다 하고, 젓가락으로 화롯전을 두들겨 가며 장단을 맞춰서 콧노래를 하다가 뚝 그치더니,

"얘가 제일 잘해요. 우리는 온 지가 삼사 년밖에 아니 되었지만……"

하며, 벙벙히 앉았는 화롯불 가져온 아이를 가리켰다.

"응! 그래? 너는 얼마나 있었길래?"

말땀도 별로 없이 종용히 앉았는 것이, 어디로 보아도 건너온 지 얼마 아니 되는 숫배기로만 생각하였던 것이, 조선 소리를 잘한다는 것은, 정말 의외이었다.

"예서 아주 자라났답니다. 제 어머니가 조선 사람인데요."

하며, 담바귀타령을 하던 계집이, 이때까지 하고 싶던 이야기를 겨우 하게 되었다는 듯이 입이 재게 대신 대답을 하고 나서,

"그렇지!"

하며 당자의 얼굴을 들여다보았다. 그 소리가 너무도 커닿기 때문에 조소하는 것 같이 들리었다. 일인 애비와 조선인 에미를 가졌다는 계집은 히스테리컬하게 얼굴이 주홍빛이 되고 눈초리가 샐룩하여졌다. 어쩐지 조선 사람의 어머니를 가진 것이 앞이 굽는다는 모양이다.

"정말 그래? 그럼 어머니는 어디 있기에."

나는 호기심이 생기어서 물었다.

"……대구에 있에요."

고개를 숙이고 앉았다가 쳐들면서 대답을 한다.

"그런데 왜 여기 와서 있니? 소식은 듣니?"

왜 여기까지 와서 있느냐고 묻는 것은 우스운 수작이지만 나는 정색으로 이렇게 물었다.

그 계집은 생글생글하며 나를 치어다보더니,

"글쎄 그리지 않아도 누가 대구 가시는 이나 있으면 좀 부탁을 하여서 알아보고 싶어도, 그것두 아니되구, ……천생 언문으로 편지를 쓸 줄 알아야지요."

하며 이번에는 어이가 없다는 듯이 커닿게 웃었다. 그것은 분명히 자기 자신을 조소하는 웃음이었다.

"그럼 아버지하군 지금 헤져 사는 모양이구나?"

"그야 벌써 헤졌지요. 내가 열 살 적인가? 아홉 살 적에 장기(長崎)로 갔답니다."

"그래 그 후에도 소식은 있니?"

"한참 동안은 있었는데 지금은 어떻게 되었는지, ……하지만, 이 설이나 쉬고 나건 찾아가 볼 테이에요."

하며, 흑흑 느끼듯이 또 한번 어색하게 웃었다. 그 웃음은 어느 때든지 자기의 기이한 운명을 스스로 조소하면서도 하는 수 없다는 단념에서 나오는, 말하자면 큰일을 저지르고, 하도 기구멍이 막혀서 나오는 웃음 같았다.

"아무리 조선 사람이라두 길러 내인 어머니가 정다울 테지? 너의 아버지란 사람이 어떤 사람인지는 모르겠다만, 지금 찾아간대야 그리 반가워는 아니할걸!"

조선 사람 어머니에게 길리어 자라면서도 조선 말보다는 일본 말을 하고, 조선 옷보다는 일본 옷을 입고, 딸자식으로 태어났으면서도 조선 사람인 어머니보다는 일본 사람인 아버지를 찾아가겠다는 것은 부모에 대한 자식의 정리를 초월한 어떠한 이해관계나 일종의 추세라는 타산이 앞을 서기 때문에 이별한 지가 벌써 칠팔 년이나 된다는 애비를 정처도 없이 찾아 나서려는 것이라고 생각할 제, 이 계집애의 팔자가 가엾은 것보다도 그 에미가 한층 더 가엾다고 생각지 않을 수 없었다.

"어머니도 불쌍하지만, 아버지두 악인은 아니니까, 찾아가면 설마 내 쫓기야 할까요."

하며 아범을 찾아가면 어떻게 맞아 줄까 하는 그 광경이나 그려 보듯이 멀거니 앉았다.

"그래두 어머니가 조선 사람이니까 싫구, 조선이니까 떠나겠다구 하는 게지, 조선이 일본만큼 좋았더면 조선 사람 뱃속에서 나왔다기루서니 불명예 될 것도 없고 아버지를, 찾아가랸 생각도 아니 났을 테지?"

나는 물어보지 않아도 좋을 것까지 짓궂이 물었다. 계집애는 잠자코 웃을 뿐이었다. 나는 이야기가 더하고 싶은 생각이 없지 않았지만 어느 때까지 늑장을 부치고 앉았을 수도 없어서 새로 들여온 밥을 먹기 시작하였다.

"애, 이 양반께 데려다 달라구 하렴! 너야말로 후레딸년이다. 에미를 내버리고 뛰어나오는 망할 년이 어데 있단 말이냐."

담바귀타령 하던 계집이 반분은 놀리듯이 반분은 꾸짖듯이 찧고 까불기 시작한다.

"참 그리는 게 좋겠지. 여기 있어야 무슨 신기한 꼴이나 볼 줄 아니?

나 같으면 그런 어머니만 있으면 벌써 쫓아갔겠다. 하하하."

이번에는 곁에 앉았던 커다란 입귀가 처지고, 콧등이 얼크러진 제이의 계집애가 역시 놀리는 수작으로 말을 받았다. 저희들끼리도 업신여기면서 한편으로는 얼굴이 반반한 것을 시기를 하는 모양이다. 나는 밥을 먹다 말고,

"그럼 너는 왜 이런 데까지 와서 난봉을 피우니?"

하며, 실없는 말처럼 역성을 들어주었다.

"그야 부모도 없구 의지할 데가 없으니까 그렇지."

하며 좀 분개한 듯이 한마디 하고 나서,

"그런 소린 고만하구 술이나 좀 더 먹지, ……또 가져올까요."

하고, 고만두라는 것도 듣지 않고 뛰어 내려갔다.

"그러나, 너 아버지를 찾아간다야, 얼굴이 저렇게 이쁘니까, 그걸 밑천을 삼아 가지고 무슨 짓을 할지 누가 아니? 그것보다는 여기서 돈푼 있는 조선 사람이나, 하나 얻어 가지고 제 맘대로 사는 게 좋지 않으냐. 너 같은 계집애를 데려가지 못해 하는 사람이 조선 사람 중에도 그득하단다."

나는 다소 조롱하는 듯이 이런 소리를 하고, 계집애의 얼굴을 들여다보며 웃었다.

"글쎄요, 하지만 조선 사람은 난 싫어요. 돈 아니라 금을 주어도 싫어요."

계집애는 정색으로 대답을 하였다. 조선이라는 두 글자는 자기의 운명에 검은 그림자를 던져준 무슨 주문이나 듣는 것같이 이에서 신물이 나는 모양이다. 이때에 나는 동경의 정자를 생각하면서,

"그럼 나도 빠질 차례로군."

하며 웃었다.

계집도 웃으며 잠자코 나의 얼굴을 익숙히 치어다보았다. 입귀가 처진 밉살맞은 계집이 술병을 들고 올라왔다. 나는 먹고도 싶지 않은 술잔을 받으면서,

"이거 보게, 이 미인을 데려갈까 하고 잔뜩 장을 대고 연해 비위를 맞춰드렸더니, 나중에 한다는 소리가 조선 사람은 싫다는 데에야 눈물이 쨀끔 하는 수밖에. 하하하. 너는 그리지 않겠지?"

"객지에서 매우 궁하신 모양이군요. 글쎄……실컷 한턱내신다면……히히히."

이 계집애는 나의 한 말을 이상스럽게 지레짐작을 하고 딴청을 한다.

"넌 의외에 값이 싼 모양이로구나!"

하며 나는 인력거를 부르라 명하고 일어서 버렸다.

짓궂이 붙들고 승강이를 하는 것을 간신히 뿌리치고 나섰다.

'이리기 때문에 시골자들이 빠지는 것이다!'

나는 일종의 불쾌를 감하면서 인력거 위에서 이런 생각을 하여 보았다.

기차는 하마터면 놓칠 뻔하였다. 짐을 맡기고 간 것까지 잔뜩 눈독을 들여 둔 그쪽 사람들은 은근히 찾아보았든지, 내가 허둥허둥 인력거를 몰아오는 것을 아까 만났던 인버네스짜리가 대합실 문 앞에서 힐끗 보고, 빙긋 웃었다. 나는 본체만체하고 맡겼던 짐을 찾아 가지고 찻간으로 뛰어올라 왔다. 형사도 차창 밖으로 가까이 와서, 고개를 끄떡하며 무어라고 중얼중얼하기에 나는 창을 열어 주었다.

"……바루 서울로 가시죠?"

하며 왜 그리는지 커닿게 소리를 지른다. 나는 웃으면서, 내 처가 죽게
되어서 시험도 아니 보고 가니까 물론 바로 간다고, (나중에 생각하고 혼자
웃었지만) 하지 않아도 좋을 말까지 기다랗게 늘어놓았다. 형사는 또 무엇
이라고 중얼중얼하는 모양이었으나, 바람이 휙 불자 기차가 움직이기 때
문에 자세히 들리지 않았다. 그러나 웬 세음인지 나하고 수작을 하면서
도 연해 왼편을 바라보는 게 수상스러웠다. 그러나 차가 움직이자 양복
쟁이가 저쪽 문으로 들어오는 것은 내역 무심코 보았을 뿐이었다.

5

기차가 김천역에 도착하니까, 지금쯤은, 의례히 서울 집에 있으려니
하였던 형님이 금테모자에 망토를 두르고 나왔다. 그리지 않아도 혹시
아는 사람이나 있을까 하고 유리창 바깥을 내어다보며 앉았던 나는 깜
짝 놀라 일어나서, 창을 올리고 인사를 하려니까, 형님은 웃으며 창 밑
으로 가까이 오더니 어떻든 내리라고 재촉을 한다. 어찌할까 하고 잠간
망설이다가, 형님이 그동안에 내려와서 있는 것을 보든지 웃는 낯으로
인사를 하는 것을 보든지 그리 급하지는 않은 모양이기에 나는 허둥지
둥 짐을 수습하여 가방을 창밖으로 내어 주고 내려왔다. 뒤미처서 양복
쟁이 하나도 창황히 따라 내리었다.

형님은 짐을 들려 가지고 가려고 심부름꾼 아이까지 데리고 나왔었
다. 출구 옆에 섰던 아이 놈에게 가방을 내어 주고 우리들이 나가려니
까, 그 밑에 바짝 다가섰던 헌병보조원이 아까 내린 양복쟁이와 수군수
군하다가, 형님을 보고,

"계씨가 오셨어요? 오늘 저녁에 떠나시나요."

하며 물었다. 형님은 웃는 낯으로,

"네, 네!"

하며 거진 기계적으로 오른손이 모자의 챙에 올라가 붙었다. 그 모양이 나에게는 우습게 보이면서도 가엾었다. 어떻든 형님 덕에 나는 별로 승강이를 아니 당하고 무사히 빠져나왔다.

형님은 망토 밑으로 내어다보이는 도금을 물린 검정 환도 끝이 다리에 터덜거리며 부딪는 것을 왼손으로 꼭 붙들고 땅이 꺼질 듯이 살금살금 걸어 나오다가, 천천히 그동안 경과를 이야기하여 들려준다.

"네게 돈 부치던 날 아침은 아주 시각을 다투는 것 같았으나, 낮부터 조금씩 돌리기 시작하여 그저께 내가 내려올 때에는 위험한 고비는 넘어선 모양이지만, 지금도 마음이야 놓겠니. 워낙이 두석 달을 끌었으니까. ……그러나 곧 떠나지 않은 모양이로구나? 나는 어제쯤 올 줄 알구, 이틀이나 나왔지!"

하며 형님은 차근차근한 목소리로 이렇게 물었다.

"전보 받든 날 밤에 떠났지요만 오다가 신호에서 하룻밤을 묵었지요."

나는 꾸며대일까 하다가, 입에서 나오는 대로 대답을 하였다.

"무슨 급한 볼일이 있기에 돈을 들여가며 묵었단 말이냐?"

벌써부터 형님에게는 불평이 있다는 말소리다.

"별로 볼일은 없지만, 몸도 아프고 완행이 되어서 여간 지리하여야지요."

"웬만하면 그대루 내친 길에 올 게지. 너는 그저 그게 병통이야."

하며 형님은 잠간 눈살을 찌푸리는 듯하였다.

이 형님이라는 사람은 한학으로 다져 만든 촌생원님이나 신학문에도 그리 어둡지는 않을 뿐 아니라, 우리 집에는 없으면 아니 될 사람이다. 부친이, 합방 전후에, 거진 정치광 명예광에 달떠서 경향으로 동분서주하며 넉넉지 않은 재산을 흐지부지 축을 내어 놓은 분수로 보아서는 지금쯤 내가 유학을 하기는 고사하고 밥을 굶은 지가 벌써 오랜 일이었겠지만, 얼마 아니 남은 것을, 이 형님이 붙들고 앉아서 바자위게 꾸려나가기 때문에 이만치라도 탁지(托持)를 하게 된 것이다. 다른 것은 고만두고라도 보통학교 훈도쯤으로 이천여 원 돈이나 모은 것을 보면 규모가 얼마나 째인 사람인가를 상상하기에 어렵지 않을 것이다. 그러나 나로서는 존경하면서도 성미에 맞을 수는 없었다. 생각하면 우리 삼부자 같이 극단으로 다른 길을 제각기 걸어 나가는 사람들은 없다. 세상에는 정치밖에 없다는 부친의 피를 받았으면서 보수적 전형적 형님과 무이상한 감상적 유탕적 기분이 농후한 내가 태어났다는 것이 불가사의의 '아이러니'다.

"그래 학교의 시험은 어떻게 되었단 말이냐?"

형님은 한참 있다가, 또 물었다.

"보다가, 두고 왔지요."

나는, 또 무슨 소리가 나올까 보아서 우물쭈물할까 하다가, 역시 이실직고를 하고 말았다.

"그럴 줄 알았더면 전보를 다시 놓을 걸 그랬군!"

하며 시험을 중도에 폐하고 온 것을 매우 애석히 아는 모양이나, 나는 전보를 아니 놓아준 것이 잘되었다고 생각하며 잠자코 따라 걸었다.

"그래 추후 시험이라도 봐야 하겠구나? 언제두 추후 시험인가 본다고 일찍이 나와서 돈만 들이고 성적도 좋지 못한 적이 있었지 않았니?

……어떻든 문학이니, 뭐니 하구, 공연히……그까짓 건 하구 난대야 지금 세상에 얻다가 써먹는단 말이냐?"

이런 소리는 일 년에 한번이나 두어 번 귀국할 때마다 꼭 두 번씩은 듣는다. 형님한테 한번 아버님한테 한번이다. 그러나 어떠한 때는 아버님에게는 귀에 못이 박히도록 들을 때가 있다. 처음에는 열심으로 반대도 하여 보았다. 교육이라는 것은 '사람'을 만들자는 것이요 기계를 제조하는 것이 아니니까, 학문을 당장에 월급분에 써먹자고 하는 것도 아니요, '똥테'(나는 어느 때든지 금테를 똥테라고 불렀다) 바람에 하는 것도 아니라는 말도 하여 드리고, 개성은 소중한 거니까 제각기 개성에 따라서 교육을 하여야 한다는 문제를 들추어 가지고 늘 변명을 하여 왔다. 그러나 결국은 단념하는 수밖에 없는 것을 깨달았다. 그들의 세계와 자기의 세계에는 통로가 전연히 두절된 것을 발견하였다. 그것은 마치 무덤 속과 무덤 밖이, 판연히 다른 딴 세상인 것과 같은 것이라고 생각하게 되었다. 그리하여 그 후부터는 부자나 형제로서 할 말 이외에는, 그리고 학비 이야기 이외에는 아무 말도 입을 벌리지 않기로 결심을 하였다. 모친이나 자기 처나 누이동생에게 하듯이만 하면 집안에 큰소리가 없을 줄 알았다. 되지 않은 이해니 설명이니 사상 발표니 하기 때문에 혹 정이 상하고 충돌이 생기는 것이라고 생각하였다. 그러나 이렇게 생각을 하고 나니까, 자기의 주위가 어쩐지 적막하여진 것 같고, 가정이란 것은 밥이나 먹고 잠이나 재워주는 여관 같았다. 여관 중에도 제일 마음에 맞지 않는 여관 같았다. 지금도 일 년 만에 만나는 첫대목에 형님에게, 그러한 소리를 들으니까, 불쾌하지 않을 수 없는 동시에, 작년 여름에 나왔을 때에, 학교 문제로 삼부자가 한참 논쟁을 하다가,

"집구석이라구 돌아오면 이렇게들 사람을 귀찮게 굴 테면, 여관으로 라도 나간다."

하고 이틀 사흘씩 친구의 집으로 공연히 떠돌아다니던 생각을 하여 보면서 잠자코 말았다. 어쩐지 마음이 호젓하기도 하고 섭섭한 것 같아졌다.

우리는 한참 동안 잠자코 있다가, 형님 집으로 들어가는 동구까지 와서 전에 보지 못하던 일본 사람의 상점이 길가로 하나 생기고, 골목 안으로 들어서서도 두 집에나 일본 사람의 문패가 붙은 것을 보고,

"그동안 꽤 변하였군요!"

하며, 형님을 치어다보니까, 형님은 무슨 생각을 하는 사람처럼 웃으며 고개만 끄덕끄덕하였다.

나는 앞장을 선 형님을 따라 들어가며, 작년보다도 한층 더 퇴락한 대문을 치어다보고,

"거진 쓰러지게 되었는데 문간이나 좀 고치시지?"

하며, 혼잣말처럼 물었다.

"얼마나 살라구! 여기두 얼마 있으면, 일본 사람 촌이 될 테니까, 이 대로 붙들고만 있다가, 내년쯤 상당한 값에 팔아 버리랸다. 이래 봬두 지금 시세루 여기가 제일 비싸단다."

형님은 칠팔 년 전에 살 때와 비교하여서 거진 두세 곱이나 시세가 올랐다고 매우 좋아하는 모양이다. 나는, 오늘 아침에 부산에서 본 광경을 생각하며,

"그야 다른 물가는 따라서 오르지 않았나요. 전쟁 이후에 어떤 것은 삼 배 사 배나 올랐는데요."

라고 대꾸를 하며 안으로 좇아 들어갔다.

형수와 작은아버지 오신다고 깡충깡충 뛰는 일곱 살짜리 딸년이 안방에서 나와서 맞았다. 작년에 보던 것과는 다른 상스럽지 않은 노파도 하나 있었다. 나는 안방으로 들어가서 구치않은 맞절을 형수와 하고 나서 조카딸의 절도 받았다. 그러나 그제서야 과자푼어치나 사 가지고 왔더면 하는 생각이 났다. 인사가 끝난 뒤에 형님은 벙벙히 앉았다가,

　　"건넌방에서두 나와 보라지!"

하며 형수를 치어다보았다. 형수는 암말 아니하고 섰더니,

　　"애! 너, 가서, 건넌방어머니 오라구 해라."

하며 딸을 시키었다. 나는 어리둥절하여,

　　"건넌방어머니가 누구예요?"

하며 형수를 치어다보았으나 머리에는 직각적으로 어느 생각이 떠올랐다. 형수는, 애를 써서 헛웃음을 입가에 떼이고 잠자코 말았다.

　　"네게는 이야기를 한다면서도 우환도 있구 해서 자연 입때껏 알리지를 못하였다만, 작은형수가 하나 생겼단다."

하며, 형님이 웃었다. 단형제가 사는 집안에 작은형수라는 말도 우습지만, 나는 대개 짐작하면서도,

　　"작은형수라니요?"

하며, 되물으니까, 윗목에 섰던 형수가,

　　"그동안에 난 죽었답니다."

하며, 풀 없는 웃음을 일부러 보이었다. 형수는 그동안에 유난히 늙은 것 같았다. 눈가가 유심히 퍼래지고 이마와 눈귀에 주름이 현연히 보이었다. 형수의 말을 받아서 형님이 무어라고 입을 벌리려 할 제, 건넌방 형수가 들어오는 바람에, 답쳐 버렸다. 분홍 저고리에, 왜반물치마를

입고 분을 하얗게 바른 시골 새아씨가, 아까, 눈에 뜨이던, 늙은 부인이 열어 주는 방문으로 살짝 들어왔다. 고작해야 열아홉 살쯤 되어 보이는 조촐한 새아씨다. 이맛전이 넓고 코가 펑퍼짐한 듯하나, 이 집에서 상성이 난 아들깨나 날 것 같기도 하다. 그렇게 보아서 그러한지 뻣뻣한 치마가 앞으로 떠들썩한 것이 벌써 무에 든 것 같고 얼굴에는 윤광이 돌아 보인다, '큰형수'와 느런히 세워 놓고 보면 고식(姑息)이라 하는 것이 알맞을 것 같다. 나는 형님의 소원대로 상우례를 하였다. 두 사람의 맞절이 끝나니까, 형수는 앞장을 서서 휙 나가버렸다. 새 형수도 뒤미처 나갔다. '큰형수'는 마루에 앉아서 짐을 지고 들어온 하인더러 무엇을 사 오라고 분별을 하고 새 형수와 마누라는 뜰로 내려가서, 나를 위하여 점심을 차리는 모양이다. 머리도 아니 빗은 조고만 늙은 아씨가 마루 끝에서 왔다 갔다 하는 것이 창에 붙은 유리 밖으로 마주 내어다 보일 제, 시들어 가는 강국 같다는 생각이 머릿속에 떠올라왔다. 어쩐지 가엾어 보이었다.

'그래두 세 식구가 구순하게 사는 것이 희한한 일이다.'

나는 이런 생각을 하며 벙벙히 앉았으려니까, 형님은, 무슨 말을 꺼낼 듯 꺼낼 듯하다가,

"넌 지금 일 년 만에 나오지?"

하며, 딴소리를 물었다.

"올여름 방학에는 아니 나왔지요."

"응, 그래⋯⋯너도 혹 짐작할지는 모르겠다만, 청주 읍내에서 살든 최참봉이라면 알겠니?"

하며 형님은 목소리를 한층 더 낮추었다.

"알지요."

"그 집이 지금 말이 아니 되었지. 웬만큼 가졌든 것은 노름을 해서 없앴겠니만은, 최씨가 작고하기 전에 벌써 다 까불려 버렸지. ……지금 데려온 저것이 그이의 둘째딸이란다. 어렸을 젠 너두 보았을걸?"

"네-."

하며, 나는 무심코 웃었다. 최참봉이라면 내가 어렸을 때에는 우리 집 하고 격장에서 살던 청주 일군은 고사하고 충청도 전판에서도 몇째 안 가는 부자이었다. 술 잘 먹기로도 유명하고, 외입께나 하였지만 보짱 크기로도 유명하였었다. 작은형수라는 것은, 내가 소학교에, 들어갈 때 에 지금 마루에서 뛰어다니는 형님의 딸만 하였었다. 그렇게 생각을 하 여 보니까, 부엌에서 음식을 차리고 있는 노부인이 낯이 익은 법하기도 하고, 일편 반갑기도 하여서 혼자 웃으며,

"그럼 저 마님이 최참봉의 부인이 아녜요?"

하며, 물어보았다. 형님은 반색을 하면서,

"응, 참 너는 그 집에 늘 드나들며, 놀지 않았니?"

하며, 나를 치어다보았다. 나는 어쩐지 가슴이 선뜻하면서 몸이 근질근 질한 것 같았다. 최참봉 마누라라는 이는 딸 형제밖에는 낳아 보지 못 한 사람이었다. 내가 어려서 놀러 가면, '내 아들 왔니!' 하기도 하고, '내 사위 왔구나!' 하기도 하며 퍽 귀여워하였다.

'금순아, 금순아! 넌 어데루 시집가량? 저 경만이 집으로 가지?' 하면 지금의 저 형수는, 똥그란 눈으로 나를 말똥말똥 치어다보다가, 어떤 때는 '응!' 하기도 하고 나는 시집 안 간다고 짜증을 내어보기도 하였다. 지금 학교에 다니는 내 누이동생과는, 한 살이 위든가 하기 때문에, 나

보다는 두 살이 아래일 것이다. 나는 우리 남매하고 돌아다니던 십사오 년 전의 어렴풋하던 기억을 머릿속에 그려 보면서 제풀에 얼굴이 화끈거리는 것을 깨달았다. 어렸을 적 일이니까 당자도 잊어버렸을 것이요, 누이도 모르겠지만, 저 마누라는 나를 알아볼 것이요, 실없는 소리로 사위니 아들이니 하던 생각을 하렸다 하는 생각을 할 제, 마주 닥치면 피차에 어떠할꾸 하고 지금부터 내가 도리어 얼굴이 간지러운 것 같았다. 아무튼지 이상한 연분이다. 물론 그때만 해도 반상(班常)의 별을 몹시 차리던 시절이니까, 두 집의 부모끼리는 왕래가 별로 없었고 더구나 저편에서는 나를 데리고 실없는 소리를 하였을망정 감히 내 딸을 누구의 몫으로 데려가시오라고는 못하였다. 하지만, 지금 형님의 장모요 그때의 금순 어머니는 확실히 장래에는, 나에게 둘째딸을 주리라는 생각은 있었을 것이다. 그러면서도 기어코 우리 집으로 들여보내고야 만 그 어머니의 심사는 알 수 없을 것이다. 형님은 잠간, 동을 떼어서 다시 입을 벌렸다.

"그래 우리 집이 서울로 이사한 뒤에는 최참봉이 실패하고 울화에 떠어서 연전에 죽었다는 것은 알았지만, 그렇게까지 참혹하게 된 줄은 몰랐었더니, 올여름에 산소 일체로 청주에 들어갔다가, 최씨의 큰사위를 만나니까, 장모하고 처제가 자기에게 들어와 있는데, 저 역시 실패를 하고, 지금은 자동차깨나 부리지만, 그것도 인제는 지탱을 해갈 수가 없는 터이요. 혼기가 넘은 처제를 처치할 가망조차 없다면서, 어떻게 한밑천을 대어 주었으면 좋을 듯이 말을 비치기에, 집에 올라가서 무슨 말끝에 우연히 그런 이야기를 하였더니……"

"최참봉 큰사위라면 그때 우리 살 때에 혼인한 김현묵이 말씀이지요?"

나는 어려서 보던 조고만 초립둥이를 머리에 그려 보며 앉았다가 형님 말의 새치기로 물었다.

"옳지 그래! 그때는 열두어 살밖에 아니 되었지만, 지금은 퍽 완장해지기두 하구 위인이 저실해서 조치원에서는 상당한 신용이 있지……그래 아버니께서두 얼마든지 밑천을 대어 주는 것도 좋겠지만, 그 처제 애를 데려오는 것이 어떠냐구 하시기에, 들을 때뿐이요, 흐지부지하였었지. 그런데, 그 후에 아버니께서 또 내려오셔서 김현묵이를 만나보시고, 우리 집안이 절손이 될 지경이니, 우리 집으로 데려오게, 저편 의향을 들어 보라고, 일을 버르집어 놓으시니까, 현묵이야 어떻든 인연을 맺어 놓기루만 위주니까 물론 찬성이요, 그 집안에서들도 유처취처라는 것을 매우 꺼리는 모양이나 우리 집안 내력도 알고, 형편이, 매우 급하니까 결국은, 승낙을 한 모양이지."

"그래 큰아주머니나 어머니께서는 어떤 의향이셨에요?"

"아버니께서야 원래 큰형수를 못마땅해 하시니까 말씀할 것도 없지만, 어머니께서는, 처음에는 반대를 하시다가, 역시 손자를 보겠다고 첩을 얻어 들이는 것보다는 낫다고 하시고, 당자도 인제는 자식이라고는 나 볼 가망도 없구 하니까, 내 말대로 하겠다기에, 되어 가는 대로 내버려 두었지."

나는 잠자코 듣기만 하고 앉았었다. 그러나 아들자식이란 그렇게도 낳고 싶은 것인지 나에게는 의문이었다. 무후(無後)한 것이 조상에 대한 죄라거나 부모에게 불효가 된다는 말부터 나에게는 이해할 수 없는 것이었다. 우연이든 필연이든 낳는 자식은 죽일 수 없으니까 남과 같이 길러 놓기는 하여야 하겠지만, 그렇게 성화를 하면서 한 생명이 나타나

올 기회를 인력으로 만들지 못해서 애를 쓸 것이 무엇인지, 사람이란 의외에, 호사객이라고 생각하였다, 한 생명을 애를 써서 나서 공을 들여 길러 논다기로 그것이 자기와 무슨 교섭이 있단 말인가. 장수하여서 자기보다 앞서지 않을 지경이면 삿갓가마나 타고 장여(葬輿) 뒤에 따르리라는 것만은 분명히 예기할 수 있는 일이겠지만 그다음 일이야 누가 알 일인가. 위인이 저실할 지경이면 부모가 남겨 주고 간 땅뙈기나 파서 먹다가 다시 땅속으로 굴러들어가 버릴 것이요, 그렇지도 못하면 그나마 다 까불리고 제 몸뚱어리 하나도 추스르지 못하는 것은 말할 것도 없지만 거기에 매달린 처자의 운명까지 잡쳐 놓을 것이다. 기껏 잘났대야 저 혼자 속을 썩이다가 발자취도 없이 스러질 것이며, 자칫하면 자기의 생명을 저주하고 낳아 준 부모를 원망할지도 모를 것이다. 그러나 종족을 연장하려는 것이 생물의 본능이라고 할지도 모른다. 하지만 종족의 보지나 연장이라는 의식으로 사람은 결혼을 원하는 것인가. 그보다도 한층 더한 충동이 보담 더 굳세게 사람의 마음속에서 움직이지는 않는 것일까. 당자 되는 이 형님은 말 말고라도 우리 아버님부터 큰형수를 자기 딸같이 귀여워하였다 하면, 아무리 아들을 못 낳기로, 제이의 아내를 얻어 맡기려는 생각은 없었을 것이지! 난다는 것이 무엇이람? 자손이란 무엇에 쓰자는 것이람! 나는 이런 생각을 하다가,

"서울 집에 있는 것이나 데려다가 기르시지요. 에미두 죽게 되구, 저는 있는 게 도리어, 귀찮으니까."

하며 형님의 눈치를 살펴보았다.

나는 자기 소생을 형님에게 떼어 맡겼으면, 짐이 덜려서 시원스럽겠다는 말이나, 듣는 사람에게는, 양자라도 할 수 있는데 왜 유처취처

라는 남 못 할 일을 하였느냐고 힐책하는 것 같이 들린 모양이다.

"글쎄 그두 그렇지만 너두 장래 일을 생각하면 그럴 수야 있니. 그뿐 아니라 저편 처지가 말 못되었으니까, 사람 하나 구하는 세음치고 어떻든 데려온 것이지."

하며 형님은 변명을 하였다. 나는 그 이상 더 말할 필요가 없다고 생각하면서도, 사람 하나 구한다는 말이, 귀에 거슬리기에, 밖에서 듣지 않도록, 일본 말로 반대를 하기 시작하였다.

"그건, 형님, 잘못 생각이시겠지요. 설혹 결혼을 하여서 한 사람이 구하여졌다 하더라도, 형님은 그것을 자기의 공으로 아실 것도 못되거니와, 처음부터 구한다는 생각을 까지고, 결혼을 하셨다는 것은, 형님이 자기를 과중히 생각하시는 것이요, 또, 사실상 그러한 것은 둘째 셋째로 나오는 문제이겠지요. 누구든지, 저 사람을 행복스럽게 할 사람은 이 넓은 세상에 나밖에 없다고 생각하는 것은 한편으로 보면, 좋은 일 같지만, 다른 편으로 보면 불완전한 '사람'으로서는 너무 지나치는 자긍이겠지요."

형님이, 잠자코 앉았는 것을 보고, 나는, 또다시 입을 벌렸다.

"진정한 사랑은 그 사람의 행복을 비는 마음에서 나오는 것이요, 그 사람의 생활을 지배하고 운명의 진로까지를 간섭하는 것은 아니겠지요, 그러니까 사람이 사람을 구한다는 것은 잠월(潛越)한 말이요, 외형으로는 아름다우나 사실상으로는 무의미하고 공허한 말이겠지요."

형님은 나의 말을 음미하듯이 정신을 차리고 가만히 듣고 앉았다가,

"구한다는 사실이 이 세상에 없다 하면, 너부터 굶어 죽을라! 그는 고사하고 여기 어린 아해가 우물로 기어들어 가면 너두 쫓아가서 붙들

겠구나?"

하며 형님은 웃으며 나를 치어다보았다.

"그건 구제가 아니라, 의무지요."

나는 구하지 않으면 너부터 굶어 죽으리라는 말에 불끈해서, 약간 목청을 돋워서 한마디 한 뒤에 다시 뒤를 이었다.

"의무라 하면, 당연히 할 일, 또는 하지 않아서는 아니 될 일을 의미하는 것이지요. 그러면 자식을 나서 교육을 시키든지, 우물에 빠지려는 아해를 붙들어내인다는 것은, 당연한 의무를 이행하는 것이요, 자선적 행위는 아니라 할 수 있겠지요. 그는 고만두고 지금 자살하려는 사람을 붙들어내인다 하더라도 그 행위가 자선도 아니요, 그 사람의 행복을 위한 것도 아니지요. 다시 말하면 생명이라든지 생이라는 공통한 입각지에 서서 자기는 생을 긍정하기 때문에, 생의 부정자를 자기의 주장에 동화시키려고 하는 행위가 즉 자살을 방지하는 노력이외다그려. 하고 보면, 결국은, 자기를 중심으로 하고 하는 말이 아니에요? ……하여간 소위 구제니 자선이니 하는 것을, 향기 있고 아름다운 말이나 행위로 알지만 실상은 사회가 병들었다는 반증밖에 아니 되는 것이올시다. 근본적 견지에서 사실을 엄정히 본다 하면 구제라는 말처럼 오만한 말도 없고 자선이라는 행위처럼 위선은 없겠지요. 만일, 구제한다 하면 무엇보다도 자기를 구제하고, 자기에게나 자선을 베푸는 것이 온당하고 긴급한 일이겠지요."

형님은 어디까지든지 불평이 있는 모양이나 먼 데서 온 아우를 불쾌케 아니하려는 듯이, 웃으면서,

"너같이 극단으로 나가면 이 세상에 살아갈 수 있겠니? 설사 살아간

다 하더래도 인생의 이상이니 목적이라는 것은 없지 않을 거냐."

하고 온화한 낯빛으로, 입을 다물었다. 아까 문학은 배운대야, 써먹을 데가 없다고, 눈살을 찌푸리던 수작과는, 딴판이다.

"인생의 이상이란 것은 나는 생각해 본 일도 없습니다. 구태여 말하자면 자기를 위하여 산다 할까요. 하지만 결코 천박한 의미로 하는 말은 아닙니다."

내가 이렇게 대답을 하니까, 형님은 나를 잠간 치어다보고 나서, 무엇을 생각하듯이, 고개를 숙이고 말았다. 나도 잠자코 말았다.

부산히 차려 들여온 점심을 형제가 겸상을 하여 먹은 뒤에 나는 아랫목에 잠간 누웠었다. 어쩐둥 잠이 들었다. 한잠 늘어지게 자고 나서 눈을 떠보니까, 흐린 날이 저물어 들어가는지 방 안이 한층 더 우중충하여졌다. 아까 식후에 학교에 다시 갔다가 온다던 형님은 벌써 돌아와서 건넌방에 들어가 앉았는 모양이다. 내가 일어나서 양칫물을 달라는 소리를 듣고 형님은 안방으로 건너와서,

"눈이 올지 모르는데 술이나 한잔 먹고 떠나랸?"

하며, 밖에다 대이고, 술상을 차리라고 일렀다.

형님이 나에게 술을 권하는 것은 여간한 마음으로 하는 것이 아니다. 더구나 학교에서 오다가 자기는 먹을 줄도 모르는 일본 청주를 사 들고 온 것이라 한다. 나는, '이것이 혼인상 대신인가!' 하는 실없는 생각을 하여 보며 혼자 따라 마셔가며, 속으로 웃어 보았다. 형님도 대작을 하기 위하여 억지로 몇 잔 한다.

"그런데 이번에 올라가거든 좀 집에 붙어 앉아서 약 쓰는 것두 살펴보구, 모든 것을 네가 거두어 줄 도리를 차려라."

형님은 두 잔째 마시고 나서 이런 소리를 들려주었다. 나는 잠자코 말았다. 사실 내가, 약 쓰는 법을 알 까닭이 없는 일이다. 형님은 또 화두를 돌렸다.

"나두 며칠 있다가 형편 되는 대루 곧 올라가겠지만, 아버님께 산소 사건은 아직두 사오 일은 있어야 낙착이 날 듯하다고 여쭈어라. 역시 공동묘지의 규정대로 하는 수밖에 없을 모양이야."

나의 귀에는 좀 이상하게 들리었다. 내 처가 죽을 것은 기정의 사실이라 치더라도 죽기도 전에 들어갈 구멍부터 염려들을 하고 앉았는 것은 아들을 낳지 못하여서 성화가 난 것보다도 구석 없는 짓이요 일없는 사람의 헛공사라고 생각 않을 수 없다.

"죽으면 묻을 데가 없을까 보아서 그리세요. 공동묘지는 고사하고 화장을 하든 수장을 하든 상관없는 일이 아닌가요. 아버니께서는 공연히 그런 걱정을 하시지만, 이 바쁜 세상에, 그런 걱정까지 하는 것은 생각해 볼 일이지요."

나는 이렇게 핀잔을 주고 눈살을 찌푸려 보았다.

"공연히가 무에 공연히란 말이냐?"

형님은 눈을 똑바로 뜨고 나를 꾸짖고 나서, 말을 이었다.

"너두 지각이 났으면 생각을 해보렴. 총독부에서 공동묘지 제도를 설정한 것은 잘 되었든 못 되었든 하는 수 없이 쫓아간다 하더라도, 대대로 내려오는 자기의 선영이 남의 손에 들어가게 되고 게다가 앞길이 머지않은 늙은 부모가 계신데, 불행한 일이 있는 날에는 어떻게 한단 말이냐? 그래 아버님 어머님 산소를 공동묘지에다가 모신단 말이 될 일이냐? 자식 된 도리는 고만두고라도 남이 부끄러워서 어떡한단 말이냐.

……계수만 하더라도 만일에 불행한 경우를 당하면 어떻든 작은산소 아래다가 써야지, 여기저기 뿔뿔이 흐트러져 있으면 그게 무슨 꼬락서니란 말이냐?"

형님은 매우 화가 난 모양이다. 그러나 내게는 도저히 알 수 없는 이야기다.

"그래 어떡하신단 말씀예요?"

나는 속으로 웃으며, 다시 물었다.

"어떻든지 간에 충북 도장관과는 아버님께서도 안면이 계시고 나도 아주 모르는 터는 아니니까, 아버님 대만이라도 작은산소에 모시도록 지금부터 허가를 맡아 두구, 계수도 사람의 일을 모르니까, 이번에 아주 자리를 잡아 놓아 주자는 말이야. 그런데 그보다도 더 시급한 것은, 큰산소하고 가운데 산소의 제절 앞의 산판을 물러 가지고 식목이라도 다시 하자는 것인데 뭐, 아주 말이 아니야, 분상이 벌거벗은 세음이요……"

분상이 벌거벗었다는 말에 나는 속으로 웃었다.

"그 문제가 이때껏 낙착이 안 났에요."

하며, 나는 또 한잔 들었다.

"낙착이 다 무어냐. 뼛골은 뼛골대로 빠지고 일은 점점 안 되어가니, 어떻게 해야 좋을지……지금 붙들어다가 징역을 시킨달 수도 없고……"

하며 형님은 눈살을 찌푸렸다.

산소 문제라는 것은, 셋째집 종형이 문서를 위조해서 팔아먹은 것이다. 우리 집이 종가는 아니나 실권은 여기서 잡고 있는 말하자면 우리 집 문중 소유인데, 몇 평이나 되는지 노름에 몰려서 두 군데의 분상만 남겨놓고 상당히 굵은 송림째 얼러서 불과 백여 원에 팔아먹은 모양이나 워낙이 헐가로 산 것이기 때문에 당자가 좀처럼 물러주지 않는 터이라 한다. 제절 앞에 걸음을 하고 논을 갈든 밭을 갈든 그는 고사하고 이해관계로라도 무르는 것은 나도 찬성하였다.

"어떻든 무를 수는 있겠지요?"

나는 여전히 혼자 훌쩍훌쩍 마셔가며 물어보았다.

"글쎄 셋째아버니께서만 증인으로 서셨으면 아무 말 없이 본전에 찾겠지마는 번연히 자기가 관계를 하시고 내용까지 자세히 아시면서 모른다고만 하시니까 무사히 될 일두 이렇게 말썽만 되지 않겠니?"

"그럼 셋째아버지도 공모를 하셨든가요?"

"그리게 망령이 났단 말이지. ……그나 그뿐이라더냐! 자식을 잘못 두어서 그랬기루서니, 어찌하란 말이냐고 되레 야단만 치시니 기막히지 않겠니?"

"그럼 당자를 붙들어내면 될 게 아녜요?"

"당자야 벌써 어디룬지 들구 튀었다 하더라만, 아마 요새는 들어와 있나 보더라. 일전에두 갔더니 셋째어머니가 앞장을 서서 우는소리를 하시며, 자식 하나 없는 세음 칠 터이니, 그놈을 붙들어다가, 징역을 시키든 목을 돌려놓든 마음대로 하고, 인제는 그 문제로 우리 집에는 와야 쓸 데가 없다고 하시는 것을 보면, 어데 갔다는 말은 공연한 소리요, 모두 부동이 되어서 귀찮게만 굴자는 수작 같아야서 실없이 화가 나지만……"

셋째삼촌이라는 이는 집의 아버니와 이복인 데다가 분재한 것을 몇

부자가 다 까불려 버린 뒤로는 한층 더 말썽이 많아졌다. 언젠지 나더러도,

"네 형두 딱하지, 기에 징역을 시키고 나면 무에 시원할 게 있니? 돈푼 더 주고 무르면 고만 아니냐? 고까짓 것쯤 더 쓰기로 얼마나 더 잘 살겠니?"

하며 갉죽갉죽하는 소리를 한 일이 있었다. 그런 소리를 들으면 머릿속까지 지끈지끈한 나는,

"내야 뭘 압니까. 그런 이야기는 형더러 하시구려."

하며 피해 버린 일도 있었다. 나는 그런 생각을 하다가,

"아무쪼록 구순하게 하시구려."

하며 말을 끊어버렸다.

실쭉한 저녁을 조금 뜨고 나서, 캄캄히 어둔 뒤에 다시 짐을 지워 가지고 형님과 같이 정거장으로 나왔다. 드문드문 전등불이 반짝이는 큰 길가에는 인적도, 벌써 드물어 가고, 모진 바람이 살살 부는 대로 가다가다 눈밭이 차근차근하게 얼굴에 끼치었다.

"오늘 밤에는 꽤 쌓일걸!"

형님은 이런 소리를 하며 앞서갔다. 정거장 안에 들어서니까, 순사보한 사람이 형님하고 인사를 하며, 나를 아래위로, 한번 훑어보았으나, 별로 조사를 하자고는 아니한다. 지워 가지고 온 짐을 맡기고 나서, 형님과 아는 일본 사람 사무원이 들어오라고 권하는 대로 우리는 사무실로 들어가서 난로 앞에 섰었다. 이삼 사무원은 우리를 돌아다보며 앉은 채 묵례를 한다. 우리들더러 들어오라고 한 사무원은,

"매우 춥지요? 동기방학에 나오시는군요."

하며, 나의 옆에 와서 말을 붙이며 불을 쪼인다. 이러한 경우에 일본 사람이 조선 사람보다 친절한 때가 있다고, 나는 생각하였다. 순사나 헌병이라도 조선인보다는 일본인 편이 나은 때가 많다. 일본 순사는 눈을 부르대이고 고만둘 일도, 조선 순사는 짓궂이 뺨을 갈기고 으르렁대이고야 마는 것이 보통이다. 계모 시하에서 자라난 자식과 같은 심사이다. 불쌍한 처지에 있는 사람끼리 만나면 피차에 동정심이 날 때도 있지만 자기 자신의 처지에 스스로 불만을 가지고, 자기 자신에 대한 증오의 염이 심하면 심할수록, 자기와 동일한 선상에 섰는 상대자에게 대하여서는 일층 더한 증오를 느끼고 혹시는 이유 없는 분풀이를 하는 것이다. 조선 사람에게 대한 조선인 관헌의 태도도 그러한 심리에서 나오는 것이 아닌가 나는 생각하여 보았다.

사무원과 유쾌히 이야기를 주거니 받거니 하며 섰으려니까, 외투에, 모자 우비까지 푹 뒤집어쓴 젊은 조선 사람 역부가 똥그란 유리등을 들고 창황히 들어오며, 일본 말로,

"불이 암만해두 아니 켜져요."

하고 울상이다. 역부의 외투에 붙었던 하얀 눈이, 훈훈한 방 안 온기에, 사르를 녹아서 조그만 이슬이 반짝거리었다.

"빠가! 안 켜지면 어떡한단 말이야. 시간은 다 되었는데."

이때까지 웃는 낯으로 나하고 이야기를 하며 섰던 사무원이 눈을 부르대이며 소리를 지르고 나서, 저쪽 구석으로 향하더니,

"이서방 이서방, 어서어서 같이 가서 켜고 오오!"

하며, 조선 말 반, 일본 말 반의 얼치기로, 이서방에게 명하였다. 나는 사무원의 살기가 등등한 뚱뚱한 얼굴을 바라보고 깜짝 놀랐다. 두 역부

는 다른 등에 또 불을 켜 들고 허둥허둥 나갔다. 두 사람이 나가는 것을 보고 사무원은 태연히 웃으며,

"참 빠가로군!"

하며 나를 치어다보았다. 나도 따라서 웃어 보이었으나, 머리로는, 눈보라가 치는 속에서 신호등으로 기어 올라가서 허둥거리는 두 청년의 검은 그림자를 그려 보았다. 조금 있으려니까, 땡땡 하는 소리가 몇 번 난 뒤에 역부들이 들어왔다. 사무원도 우리를 내어버리고 저편에 가서 짐을 뒤적거리고 있다. 우리는 플랫폼으로 나왔다.

기차 속은 석유등을 드문드문 켜기 때문에 몹시 우중충하고 기름 냄새가 심하였다. 오늘 온밤을 이 속에서 새일 생각을 하니까, 또 하룻밤을 묵고 급행으로 가고 싶은 생각이 간절하나 꾹 참고 난로 앞에 자리를 잡았다. 찻간에 사람은 많지 않았다. 끄레발에 갈물을 우그려 쓴 촌사람 오륙 인하고 양복쟁이 서너 사람이 난로 가까이 앉고 저편으로 떨어져서 대구에서 탔는 듯싶은 기생 같은 젊은 여자가 양색 왜증(倭繒)인지 보라인지, 검붉은 두루마기를 입고, 이리로 향하여 앉은 것이 마음에 반가워 보이었다. 나는 심심파적으로 잡지를 꺼내 들었으나 불이 컴컴하여 몇 장 보다가 말아 버렸다. 저편으로 중앙에 기생에게 등을 두고 앉은 사십 남짓한 신사를 바라보다가 나는 무심코 우리 집에 다니는 김의관 생각이 났다. 기생하고 동행인지 혼자 가는지를 모르나 수달피털을 대인 훌륭한 외투를 입고 금테안경을 버티고 앉았는 것이 돈푼 있어 보이기도 하나, 안경 너머로 이 사람 저 사람의 얼굴을 유심히 바라다보는 작은 눈은 교활하여 보이었다.

기차가 추풍령에 와서 닿으니까, 일본 사람의 사냥꾼의 한 떼가 개를

두 마리나 데리고 우중우중 들어와서 기다란 총을 여기저기다가 세우고 탄환 박인 혁대를 끌러 논 뒤에 난로 앞으로 모여들었다. 나는 피하여서 저편 기생 뒤로 가서 앉았다. 촌사람들도 비쓸비쓸 피하여서 이리저리 흐트러졌다.

"아, 영감! 이거 웬일이쇼?"

누구인지 이렇게 소리를 버럭 지르는 바람에 나는 무심코 고개를 돌렸다. 얼금얼금한 얼굴에, 방한모를 우그려 쓰고, 손가락 사이에는 반쯤 타다 남은 여송연을 끼워 가지고 난로를 등을 지고 섰는 자의 말소리다. 헌 양복에 각반을 치고 일본 버선에 조선 짚신을 신은 꼴이 아마 사냥꾼 일행인 모양이나, 동행하는 일본 사람이 난로 앞에 서는 자리를 사양하는 것을 보면 일행 중에서는 지위가 높은 모양이다.

"그러나, 영감은 웬일이슈?"

수달피 털을 붙인 외투를 입고 앉았던 금테안경이 앉은 채 인사를 하며 물었다.

"군청에서들 가자기에 나섰더니, 인제야 눈이 오시는구려."

하며 얼금뱅이가 웃었다.

"이 바쁜 세상에 사냥은 너무 하이칼라인 걸 허허허. 공무 태만으로 감봉이나 되면 어쩌랴우?"

김의관 같은 안경잡이가 한층 내려다보는 수작을 한다.

"영감같이 돈이나 벌려면은 세상도 바쁘지만 시골구석에 엎댔으니까 만사태평이외다. 한데 지금 어델 다녀오슈?"

"대구에를 갔다 오는데, 이때까지 장관에게 붙들려서……"

"에? 그래 그건 어떡하셨소?"

"그거라니?"

안경잡이는 딴전을 부치는 모양이다.

"아, 저 토지 사건 말요."

얼금뱅이는, 주기가 도는 뻘건 얼굴이 한층 더 벌게지는 듯하며 여전히 난로를 등지고 서서 묻는다.

"그리지 않아도 그 일체로 내려온 것인데 계약은 성립이 되었지만, 내 일이 낭패가 되어서……연이틀을 붙들고 놓아주어야지. 매일 기생에 아주 멀미를 대었소. ……참 술 잘 먹는데……"

"예! 예!"

하며, 얼금뱅이는 감탄하는 듯 부러운 듯하게 대꾸를 하다가,

"그래 지금 인천으로 가시는 길이요?"

하며 또 물었다. 금테안경은 눈살을 잠간 찌푸리는 듯하더니,

"나야, 원래 관계 있소. 저 사람이 죄다 하니까. 한데, 영감하고 이야기하던 것은 아주 틀리는 모양이요? 어떻게 과히 무엇하지도 않겠고 영감 체면도 상하지 않게 할 터이니 잘해보시구려."

하며, 한층 소리를 낮춰서 다정한 듯이 웃어 보이었다.

"글쎄 나종에 기별하지요만, 어떻든, 반승낙은 받았으니까, 그쯤만 알아두시구려."

얼금뱅이는 이렇게 대답을 하고 좌우를 한번 휙 돌아보았다. 이야기는 뚝 끊고 얼금뱅이는 그 옆에 비인 자리에 앉았다. 두 사람의 대화는 어쩐지 암호를 써서 하는 것 같으나 나도 반짐작은 하였다. 나는 첫눈에 벌써 김의관 같은 사람이라고 생각한 나의 관찰이 빠른 것을 혼잣속으로 기뻐하였다.

김의관이라면, 나는 진고개 군사령부에 쫓아가 보던 생각을 어느 때든지 한다. 우리 집이 아직 시골에 있을 때에 나는 소학교를 졸업하고 서울 와서 김의관의 큰집에서 중학교에 통학을 하였었다. 첩의 집에만 들어박혔던 김의관이 그때는 왜 본집에 와서 있었든지, 나 있는 방과 마주 보이는 뜰아랫방에 있었다. 그게 그해 팔월 스무날째쯤 되었었는지 빗방울이 뚝뚝 듣는 초가을 날 오후이었다. 학교에서 막 돌아와서 문간에 들어서려니까, 김의관 마누라가 울상을 하고 뛰어나와서 책보를 받으면서,

　"경식이 아버니가 지금 뉘게 붙들려 가셨는데, 이리 나간 모양이니 좀 쫓아가 봐 주게."

하며, 허겁지겁이다. 나도 깜짝 놀라서 가리키는 편으로 골목을 빠져서 달음박질을 하여 가노라니까, 양복쟁이 두 사람에게 옹위가 되어 가는 모시두루마기 입은 김의관이 눈에 뜨이었다. 나는 가슴이 두근두근하나 사오 간통이나 떨어져서 살금살금 쫓아갔다.

　김의관이 붙들려 가는 것을 쫓아가 본 일이 이번째 두 번이다. 몇 달 전에, 내가 학교에 들어간 지 얼마 아니 되어서다. 그때가 아마 첩과 헤어져 가지고 본집으로 기어든 지 며칠 아니 되던 때인듯싶다. 어느 날 순검이 와서 위생비든가 청결비든가를 내이라고 독촉을 하니까,

　"없는 것을 어떻게 내이란 말요? 이 몸이라두 가져갈 테거든 가져 가구려."

하며, 소리소리 질러가며 순검에게 발악을 하다가, 기에 순검이 가자고 끌어내니까 문지방에 발을 버티고 아니 나가려고 한층 더 소리를 지르며,

"이놈, 이놈, 사람 죽이네. 어구, 사람 죽이네."
하고 순검보다도 더 야단을 치다가, 기에 붙들려 가고야 말 제, 나는 가는 곳을 알려고 뒤쫓았었다. 그때에, 나는 김의관이 이 세상에 제일 잘난 사람이라고 생각하였다. 나는 시골구석에서 순검이라면 환도 차고 사람 치고 잡아가는 이 세상의 제일 무서운 사람으로 알고 자라났다. 그러나 김의관은 그 제일 무서운 사람더러 이놈 저놈 하며 할 말을 다하고 하인 부리듯이,

"이놈! 거기 섰거라. 누가 잘못했나 해 보자!"
하며 안으로 들어와서 문지방에서 벗겨진 정강이에다가 밀타승을 기름에 개어 바른다 옷을 갈아입는다 별별 거레를 다하고 나서 의기양양하게 순검보다 앞장을 서서 나가는 것을 보고 나는 어린 마음에 유쾌도 할 뿐 아니라 제일 무서운 사람이 제일 못나 보이고, 제일 우습던 김의관이 제일 잘나 보이었다. 더구나 쫓아가서, 교번소에 들어가더니 거기 앉았던 사람더러 무어라 무어라 몇 마디 하고 웃으며 나오는 김의관을 볼 제, 나는 이 사람이 이렇게두 권리가 있나 하고 혼자 놀랐었다.

그러나 이번에는 아무 말도 없이 올가미에 씌인 개새끼처럼 고개를 축 늘어뜨리고 두 양복쟁이에게 끌리어서 가더니 병정이 좌우에서 파수를 보는 커다란 퍼런 문으로 들어가서 자취가 스러지고 말았다. 나는 무서워서 가까이 가지도 못하고 가던 길로 급히 돌아와서 집안 식구더러 이러저러한 데더라고 가르쳐주었다. 그날부터 경식이와 행랑아범은 하루 세끼 밥을 나르기에 골몰이었다. 그리더니 한 보름 지나니까 김의관은 해쓱한 얼굴로 별안간 풀려나왔다. 그때의 김의관은 조금도 잘나 보이지 않았다. 그러나 무슨 까닭인 줄은 나도 짐작하였었다. 그런데

반달쯤 갇혔다가 나온 김의관은 금시로 부자가 되었는지 양복을 몇 벌씩 새로 작만하고 헤지었던 첩을 다시 불러다가 큰마누라하고 살게 하며, 매일 나가서는 술이 취하여 들어오기도 하고 새 양복을 찢어 가지고 들어오는 때가 있었다. 그리한 지 한 달쯤 되어서는 시골다가 집과 땅을 장만하였으니 내려가자 하고 처첩을 다 데리고 낙향을 하여 버렸다. 그때서야, 제일 무서운 사람에게도 발악을 쓰든 김의관이, 두어 달 전에, 올가미 쓴 개새끼처럼 유순하여지던 까닭을 알게 되었다.

내가 일본에 가기 전에는 자기 시골에서 학교를 세워 가지고 교장 노릇도 하고 장거리에 나와서는 정미소를 한다는 소문을 들었으나, 그 후에, 나와서 들으니까 그것도 인천 가서, 다 까불리고 지금은 남의 집에 들어서 다른 첩과 산다고 한다. 지금 이 좋은 외투에 몸을 싸고 금테 안경을 쓴 신사도 인천을 가느니 토지의 계약을 하였느니 하는 말을 들으면 이전에 붙들려 가 보기도 하고 낙향도 하고 정미소도 하여 보다가 인천 미두에 다니지나 않는가 하는 생각이, 머리에 떠올랐다.

'그리다가 호상차지나 하러 다니구?'

나는 이렇게 생각을 하여 보고 혼잣속으로 웃으며, 또 한번 돌려다 보았다.

기차가 영동역에 도착하니까 사냥꾼의 일행은 내리고 승객의 한 떼가 몰켜 올라왔다.

"눈이 이렇게 몹시 왔다가는 내일 어디 장이 서겠나? 오늘두 얼마 손인지 알 수가 없는데……"

"공연히 우는소리 말게. 누가 빼앗아가나? 허허허."

하며, 장군 같은 일행이 들어와서, 자리들을 잡느라고 어수선하게 쿵쾅거리며 주거니 받거니 제각기 떠들어대인다.

정거장에 도착할 때마다 드나드는 순사와 헌병보조원은 차례차례로 한번씩 휘돌아 나갔다. 기차는 또다시 움직이기 시작하였다.

내 앞에는 역시 갓에 갈물을 쓰고 우산에 수건을 매어 들은 삼십 전후의 촌사람이 들어와서 앉았다. 곰방담뱃대에 엽초를 부스러뜨려서 힘껏 담고 나더니, 두루마기 속에 손을 넣어서 이 주머니 저 주머니를, 한참 뒤적거리다가, 내 옆에 성냥이 놓인 것을 보고,

"이것 잠간만……"

하며, 내 얼굴을 뚫어지게 들여다보았다. 갓쟁이로는 구격이 맞지 않게, 손끝과 머리를 끄떡하며 빠르게 나의 눈치를 보는 것이, 분명히 내가 일본 사람인가 아닌가 하는 염려를 가진 모양이다. 나는 웃으며 성냥통을 집어 주었다.

담배를 붙이고 난 촌자(村者)는 또 한번 고개를 끄떡하며 나에게 성냥갑을 도로 주고 나서 인제는 안심하였다는 듯이, 싱글싱글 웃으며 나의 얼굴을 멀거니 치어다보다가,

"우리 인사하십시다."

하며 번잡스럽게 말을 붙인다.

나는 몹시 덜렁대는 위인이라고 생각하고 웃으며 하자는 대로 하였다.

인사를 한 뒤야 매캐한 독한 연기를 훅훅 뿜으며,

"어데로 오세요?"

하며, 궐자가 묻는다.

"김천서요."

나는 마주 앉은 자의 광대뼈가 내밀고, 두꺼운 입술을 커다랗게 벌린

까맣게 건 얼굴을 치어다보며 대답을 하였다.

"고향이 거기세요?"

"네-"

"말소리가 다르신데요?"

"……"

"어떤 학교에 다니시나요? 일본서 오시지 않으세요?"

무료한 듯이 잠자코 앉았다가 또다시 묻는다.

"어떻게 아슈?"

……나는 웃으며 물었다.

"아, 일본 갔다 오시는 분은 모두 그런 양복을 입으십디다."

하며, 궐자는 외투 위로 내다보이는 학생복 깃에 달린 금글자를 바라보고 웃었다.

"노형은 무엇을 하슈?"

나는 딴소리를 하였다.

"네-, 갓[笠] 장수를 다닙니다."

"갓이요? 그래 요새두 갓이 잘 팔리나요?"

"그저 그렇지요. 촌에서들은 그래두 여전히 갓이 씌우니까요."

나는 좀 의외로 생각하였다. 두 사람은 잠깐 말이 끊이었다가, 나는 다시 물었다.

"그러나 노형부터 왜 머리는 아니 깎으슈? 세상이 바뀌었을 뿐 아니라 구치않고 돈도 더 들지 않소?"

"웬걸요. 촌에서 머리를 깎으려면 더 패롭고 실상 돈도 더 들지요. ……게다가 머리를 깎으면 형장네들 모양으로 내지어도 할 줄 알고 시체학문도 있어야지요. 머리만 깎고 내지 사람을 만나도 대답 하나 똑똑히 못하면 관청에 가서든지 순사를 만나서든지 더 구치않은 때가 많지요. 이렇게 망건을 쓰고 있으면 '요보'라고 해서 좀 잘못하는 게 있어도 웬만한 것은 용서를 해주니까, 그것만 하여도 깎을 필요가 없지 않아요." 하며, 껄껄 웃어버린다.

"그렇지만 같은 조선 사람끼리라도 양복을 입으면, 대우가 다른 것같이, 역시 머리라도 깎는 것이 저 사람들에게 덜 천대를 받지 않소. 언제까지든지 함부로 홀뿌리는 대로 꿉적꿉적하고 '요보' 소리만 들으랴우?"

나는 궐자의 말이 일리가 있다고 동정은 하면서도 무어라고 하나 들어 보려고 이렇게 물었다.

"홀뿌리거나 '요보'라고 하거나 천대는 받을 때뿐이지요만, 머리나 깎고 모자를 쓰고, 개화장이나 짚고 다녀 보슈. 가는 데마다 시달리고 조금만 하면 뺨따귀나 얻어맞고, 유치장 구경을 한 달에 한번씩은 할 테니! 노형네들은 내지어나 능통하시지요? 하지만 우리 같은 놈이야 맞으면 맞았지 별수 있나요. 허허허."

'천대를 받아두 맞는 것보다는 낫다! 그두 그럴 것이다. 미친 체하고 떡목판에 엎드러진다는 격으로 미친 체하고 어리광 비젓한 수작을 하거나 스라소니 행세를 하여 어떻든지 저편의 호감을 사고 저편을 웃기기만 하면 목전에 닥쳐오는 핍박은 면할 것이다. 속으로는 요놈 하면서라도 얼굴에만 웃는 빛을 띠면 당장의 급한 욕은 면할 것이다. 고식, 미봉, 가식, 굴복, 비겁, ……이러한 모든 것에 만족하는 것이 조선 사람의 가장 유리한 생활방도요, 현명한 처세술이다. ……조선 사람에게 음험한 성질이 있다 하면 그것은 아무의 죄도 아닐 것이다. 재래의 정치의 죄이다. 사기 취재가 조선 사람에게 제일 많은 범죄라고 일본 사람이 흉을 보지만 그것도 역시 출발점은 동일한 것이다.'

……내가, 이러한 생각을 하고 앉았으려니까, 궐자는 무엇을 경계하는 눈치로 찻간을 한번 휘돌아 보고 나서 또다시 입을 벌렸다.

"어떻든지 우리는 그저 내지인과 동등한 대우만 해주면 나중에는 어떻게 되든지 살아갈 테에요."

하며 궐자는 또 한번 사방을 휙 돌아다보고 나서, 목소리를 한층 낮춰 계속한다.

"가령 공동묘지만 하더라도 내지에도 그런 법률이 있다 하면 싫든 좋든 우리도 따라갈 테에요? 하지만 노형은 자세히 아시겠지만 내지에도 그런 법이 있나요?"

의외에 궐자는 공동묘지 이야기를 꺼낸다. 나는, 아까 형님한테 한참 설법을 듣고 오는 길에 또 이러한 질문을 받는 것이 괴상하다고 생각하였다. 언제 규정이 된 것인지 어떻게 시행하라는 것인지는 나로서는 알 바도 아니요, 그까짓 것은 아무러나 상관이 없는 것이지만, 아마 요사이 경향에서 모여앉으면 꽤들 문젯거리로 삼는 모양이다. 나는 한번 껄껄 웃어주고 싶었으나 그리할 수는 없었다.

"일본에도 공동묘지야 있지요."

나 역시 누가 듣지나 않는가 하고, 아까부터 수상쩍게 보이든 저편 뒤로 컴컴한 구석에 금테 한 동 두른 모자를 쓴 채 외투를 뒤집어쓰고 누웠는 일본 사람과 김천서 나하고 같이 오른 양복쟁이편을 돌려다 보았다. 나의 말이 조금이라도 총독정치를 비방하는 것은 아니지만 그중에서 무슨 오해가 생길지 그것이 나에게는 염려되는 것이었다.

"정말 내지에도 공동묘지가 있에요? 하지만 행세하는 사람이야 좀 다르겠지요."

"그야 좀 다르겠지요만, 어떻든지 일본에서는 화장을 흔히 지내기 때문에 타고 남은 뼈다귀만……아마 목구멍뼈라든가를 갖다가 묻고 목패든지 비석을 세이지요. ……그리지 않아도, 살아있는 사람도 터전이 좁아서 땅 조각이 금 조각 같은데, 죽는 사람마다 넓은 터전을 차지하다가는 이 세상에는 무덤만 남고 말게요. 허허허."

나는 이러한 소리를 하면서 묘지를 간략하게 하여, 지면을 축소하고 남는 땅은 누구의 손으로 들어가고 마누 하는 생각을 하여 보았다.

"그리구서니 자기의 부모나 처자를 죽었다구 금세루 살라야 버릴 수가 있습니까. 더구나 대대로 내려오는 자기 집 산소까지를……"

궐자는 나의 말이 옳다는 모양으로 고개를 끄덕끄덕하면서도 그래도 반대를 한다.

"화장을 지낸다기루 상관이 뭐겠소. 예전에 애급이라는 나라에서는 왕후장상의 시체는 방부제를 쓰고 나무 관에 넣은 시체를, 다시 석관까지에 튼튼히 넣어서 '피라미드'라는 큰 굴속에 넣어두었지만, 지금 와서는 '미이라'밖에는 되지 않고 말은 것을 보면 죽은 송장에게 능라주의(綾羅紬衣)를 입히고 백 평 천 평 되는 땅에다가 아무리 굳게 파묻기로 그것이 무엇이란 말이요. 동상을 세이면 무얼 하고 송덕비를 세이면 무엇에 쓴다는 말이요……"

내 앞에 앉았는 촌자(村者)는 무슨 소리인지 귀에 자세히 들어오지 않는 모양이다. 어리둥절하여 앉았다가,

"무어요? '미이라'라는 건 무어에요?"

하며 묻는다.

"'미이라'라는 것은 한문자로 목내이(木乃伊)라고 쓰는 것인데, 사람의 시체가 몇 백 년 몇 천 년을 지내서 돌로 변하여진 것이라우. ……조선박물관에도 있는지는 모르지만 일본에는 동경의 제국박물관에 있습디다."

"에, 그런 게 있에요?"

"글쎄 그리고 보니 말요, 가만히 생각하면 사람의 일이라는 것은 얼마나 헛된 것이요. 이 몸이 땅에 파묻히면 여러 가지 원소로 해체되어 이 우주의 공간에 떠돌아다니다가 내 자식 내 손자 증손자의 콧구멍으로도 들어가고 입구멍으로도 들어가서 살이 되고, 뼈가 되고 피가 되다가 남으면 똥이 되어서 다시 밭으로 기어나가고 하는 동안에, 이 몸은 흙이 되어서 몇 백 년 몇 천 년 지낸 뒤에는 박물관에 가서 자빠지거나 지질학자, 골상학자나 인류학자의 손에 걸리어서 이러저리 디굴디굴 굴러다니고 말 것이 아니요? 그러면서도 배에서 쪼르륵 소리가 나게 될 날이 미구불원한 것은 꿈에도 생각해 보지 않고 죽은 뒤에 파묻힐 곳부터 염려를 하고 앉았다는 것은 너머도 얼빠진 늦둥이 수작이 아니요? 허허허."

나는 형님에게 하고 싶던 말을 아무것도 모르는 이자를 붙들고 한참 푸념을 하였다. 이야기를 하고 나니까 어쩐지 열적었다. 그러나 내가 한참 떠드는 바람에 여러 사람은 이리로 시선을 보내는 모양이다. 등 뒤에 앉았는 기생아씨도 몸을 틀고 앉아서 귀에 들어오지도 않을 이야기를 열심히 듣는 모양이다.

"나는 모르겠습니다만, 그래 노형께서도 양친이 계시겠지요만, 어떻게 하실 텐가요?"

갓장수는 역시 불평이 있는 듯이 물었다.

"되어가는 대로 하지요."

하며, 나는 웃고 입을 답치었다.

"그래두 우리나라 풍속에 부모나 조상을 위하는 것은, 좋은 일이겠지요."

나는 더 말해야 쓸데가 없다고 생각하고 암말 아니하려다가, 그래도 오해를 하면 아니 되겠기에 또 대꾸를 하여 주었다.

"누가 그르다고 하였소? 물론 부모와 조상을 위하여야 하겠지요. 하지만, 장사를 잘 지내고 무덤을 잘 만드는 것이 효라고는 못하겠지요. 그리고 조상의 분묘를 잘 거두는 것은 좋은 일이겠지만 산소치레를 하라는 말은 아니겠지요. 그뿐 아니라 부모를 생각하여 조부모의 산소를 돌보고 조부모를 위하여 증조의 묘를 찾는다 하면 어찌하여 오대조를 위하여 십대조의 묘를 찾지 않고 십대조를 위하여 백대조의 묘를 찾아 올라가지 않는가요? 노형은 지금 시조의 산소가 어데 있는지나 아슈? 허허허. 결국에 말하자면 자기에게 친근할수록 더 생각하고, 찾는 것이니까, 그 친근한 정리만 어떠한 수단 형식으로든지 표시하였으면 고만이 아니요? 일부러 표시를 할 게 아니라 마음에만 먹고 있어도 상관없지요."

"나는 모르겠습니다."

하며 갓장수는 픽 웃었다. 나는 잠자코 말았으나 어쩐지 불유쾌하였다. 갓장수를 데리고 그러한 논란을 한 것이 점잖지 않은 짓 같기도 하고 남이 들으면 웃을 것 같아서 혼자 부끄러웠다.

두 사람이 잠자코 앉았으려니까, 차는 심천(深川) 정거장엔지 도착한

모양이다. 승객도 별로 없이 종용한 속에 순사가 두리번두리번하고 뚜
벅 소리를 내이며 들어와서 저편 찻간으로 지나간 뒤에 조금 있으려니
까, 누런 양복바지를 옹구바지로 입고 작달막한 키에 구두 끝까지 철철
내려오는 기다란 환도를 끌면서, 조선 사람의 헌병보조원이 또 들어왔
다. 여러 사람의 눈은 또 일시에 구랄만한 누렁저고리를 입은 조그만한
사람에게로 모이었다. 이 사람은 조고만 눈을 똥그랗게 뜨고 저편서부
터 차츰차츰 한 사람씩 얼굴을 들여다보며 이리로 온다. 누구를 찾는
것이 분명하다. 나는 공연히 가슴이 선뜻하였으나 이 찻간에는, 나를
미행하는 사람이 있으리라는 생각을 하니까 안심이 되었다. 찻간 속은
괘괘하고 헌병보조원의 유착한 구두 소리만 뚜벅뚜벅 난다. 그러나 여
러 사람의 가슴은 컴컴한 램프의 심지불이 떨리듯이, 떨리었다. 한 사
람 두 사람 들여다보고 지나친 뒤의 사람은 자기는 아니로구나 하는 가
벼운 안심이, 가슴에 내려앉는 동시에 깊은 한숨을 쉬는 모양이 얼굴에
현연히 나타났다. 헌병보조원의 발자취는 점점 가까워 왔다. 나는 등을
지고 돌아앉았고 내 앞의 갓장수는 담뱃대를 든 채 헌병의 얼굴을 똑바
로 치어다보고 앉았다. 헌병보조원은 내 곁에 와서 우뚝 섰다. 나는 가
슴이 뜨끔하며 무심코 치어다보았다. 그러나 헌병보조원은 나는 본체
만체하고 내 앞에 앉았는 갓장수를 한참 내려다보고 섰더니 손에 들었
던 종잇조각을 펴본다. 나의 가슴에서는 목이 메이게 꿀떡 삼키었던 토
란 같은 것이 쑥 내려앉는 것 같았다.

　"당신, 이름이 뭐요?"

　헌병보조원은 갓장수더러 물었다.

　"나요? 김-에요."

하며, 허둥허둥 일어났다.

"당신이 영동서 갓을 부쳤소?"

"네-."

"그럼 잠간 나립시다."

찻간 속은 쥐 죽은 듯한 침묵에서 겨우 벗어났다. 여기저기서 수군수군하는 소리가 난다. 나의 말동무는 헌병보조원의 앞을 서서 허둥지둥 차에서 내렸다.

그러나 문밖으로 나간 뒤에 정신을 차리고 보니까, 내 앞에는 수건으로 질끈 동인 헌 우산 한 개가 의자의 구석에 기대어 섰다. 나는 유리창을 올리고, 캄캄한 밖을 내어다보며, 소리를 쳤으나 벌써 간 곳이 없었다. ……난로에 석탄을 넣으러 온 역부에게 내어 주었다. 그러나 누구의 것이냐고 서투른 일본 말로 묻기에, 나는 벌써 조선 사람인 줄 알아채이고, 일부러 조선 말로 대답을 하였더니,

"나니?(무엇이야?) 나니?"

하며 여전히 못 알아들은 체하고 일본 말로 묻는 데에는 어이가 없었다.

자정이나 넘은 뒤에 차는 대전에 와서 닿았다. 김의관 같은 하이칼라 신사는 커다란 가죽가방에 담요를 비끄러매어서 옆에 놓았던 것을 앞에 앉았던 사람에게 들려가지고 내려갔다. 그러나 기생은 내리지 않았다.

얼마나 정차하느냐고 소제하는 역부더러 물어보니까, 삼십 분 동안이라고 멱따는 소리를 꽥 지르고 달아난다. 나는 하도 심심하기에 모자를 집어쓰고 차에서 내려서 플랫폼으로 어슬렁어슬렁 걸어 나갔다. 그동안에 눈이 오륙 촌은 쌓인 모양이다. 지금은 뜸하나 뼈에 저린 밤바

람이 모가지를 자라목처럼 오그라뜨리었다. 맨 끝에 달린 찻간 앞까지 오니까 불을 환하게 켠 차장실 속에 얼굴이 해끄무레한 두 청년이 검정 방한모에 소매통이 좁은 옥색 두루마기를 입고 누런 복장을 입은 헌병 과 마주 서서 웃으며 이야기를 하는 것이 환히 보이었다. 얼굴 모습이 같은 것을 보면 두 청년은 형제 같고 헌병 가슴에 권총을 달은 검은 줄이 늘어진 것을 보면 일본 사람이 분명하다. 나는 수상히 여기어서 창 밑으로 가까이 가 보니까, 세 사람은 여전히 웃으며 무어라고 속살 거린다. 그러나 그 청년들의 어설프게 웃는 미소와 입술이 경련적으로 위로 뒤틀린 것은 공포 그 자체 같았다. 나는 발을 돌이키어 목책으로 막은 입구 앞으로 가서 서슴지 않고 내 손으로 열고 나갔다. 아무것도 막지 않고 좌우편으로 눈발이 쳐들어오는 휑뎅그레한 속에는 한가운데 에 난로랍시고 놓고 그 가에 옹기옹기 사람들이 모여 섰다.

'대합실도 없이 이런 벌판에 세워둘 지경이면 어서 찻간으로 들여보 냈으면 작히나 좋을까!'

나는 이런 생각을 하고 난로 옆을 힐끈 보려니까 결박을 지은 범인이 너더댓 사람이나, 나무 의자에 걸어앉고 그 옆에는 순사가 삼 명이나 앉아서 지키는 것이 눈에 뜨이었다. 나는 깜짝 놀랐다, 그중에는 머리 를 파발을 하고 땟덩이가 된 치마저고리의 매무시까지 흘러내리운 젊 은 여편네도 역시 결박을 하여 앉히었다. 부끄럽지도 않은지 나를 부러 워하는 듯한 눈으로 물끄러미 치어다보다가 고개를 숙이었다. 뒤에는 쌕쌕 자는 아이가 매달렸다. 나는 가슴이 선뜻하고 다리가 떨리었다. 모든 광경이 어떠한 책 속에서 본 것을 실연(實演)하여 보여 주는 것 같 은 생각이 희미하게 별안간 머리에 떠올라왔다. 나는 지금 꿈을 보지 않았나 하는 의심까지 났다.

정거장 문밖으로 나서서 눈을 바삭바삭 밟으며 큰길거리로 나가니까 칠 년 전에 일본으로 도망갈 때에 오정 때 대전에 내려서, 점심을 사 먹던 집이 어데인지 방면도 알 수가 없었다. 길 맞은편으로 쭉 늘어선 것은 컴컴스그레해서 자세히는 아니 보이나 일본 사람 집인 모양이다. '夜鍋饂飩'(밤에 파는 일본국수)을 파는 수레[車]가 적막한 밤을 깨트리며 호 젓하고 처량하게 쩔렁쩔렁 요령을 흔드는 것을 한참 바라보고 섰다가, 그때에 밥을 팔던 삼십 남짓한 객줏집 계집은 지금쯤 어데 가서 파묻혔 누? 하는 생각을 하며 다시 정거장 구내로 들어왔다. 발자국 하나 말 한마디 데꺽 소리도 없이 얼어붙은 듯이 앉았는 승객들은, 웅숭그리뜨 리고 들어오는, 나의 얼굴을 치어다보며 여전히 오그라뜨리고 앉았다. 결박을 지은 계집은 또다시 나를 치어다보았다. 곁에 앉았는 순사까지 불쌍히 보이었다. 목책 안으로 들어오며 건너다보니까 차장실 속에 섰 던 두 청년과 헌병은 여전히 이야기를 하고 섰는 것이 보인다. 나는 까 닭 없이 처량한 생각이 가슴에 복받쳐 오르면서 몸이 한층 더 부르를 떨리었다. 모든 기억이 꿈같고 눈에 뜨이는 것마다 가엾어 보이었다. 눈물이 스며 나올 것 같았다. 나는, 승강대로 올라서며, 속에서 분노가 치밀어 올라와서 이렇게 부르짖었다. ……

'이것이 생활이라는 것인가? 모두 뒈어져 버려라!'

찻간 안으로 들어오며,

'무덤이다. 구데기가 끓는 무덤이다!'

라고 나는, 지긋지긋한 듯이 입술을 악물어 보았다. 모자를 벗어서 앉 았던 자리 위에 던지고 난로 앞으로 가서 몸을 녹이며 섰었다. 난로는 꽤 달았다. 배암의 혀 같은 빨간 불길이 난로 문틈으로 날름날름 내어 다보인다. 찻간 안의 공기는 담배 연기와 석탄재의 먼지로 흐릿하면서 도 쌀쌀하다. 우중충한 램프불은 웅크리고 자는 사람들의 머리 위를 지 키는 것 같으나, 묵직하고도 고요한 압력으로 사뿟이 내리누르는 것 같 다. 나는 한번 휙 돌려다 본 뒤에,

'공동묘지다! 구데기가 우글우글하는 공동묘지다!'
라고 속으로 생각하였다.

'이 방 안부터 여불없는 공동묘지다. 공동묘지에 있으니까 공동묘지 에 들어가기를 싫어하는 것이다. 구데기가 득시글득시글하는 무덤 속 이다. 모두가 구데기다. 너두 구데기, 나두 구데기다. 그 속에서도 진화 론적 모든 조건은 한 초 동안도 거르지 않고 진행되겠지! 생존경쟁이 있고 자연도태가 있고 네가 잘났느니 내가 잘났느니하고 으르렁대일 것이다. 그러나 조만간 구데기의 낱낱이 해체가 되어서 원소가 되고 흙 이 되어서 내 입으로 들어가고, 네 코로 들어갔다가 네나 내나 거꾸러 지면, 미구에, 또, 구데기가 되어서 원소가 되거나 흙이 될 것이다. 에 뒈어져라! 움도 싹도 없어져 버려라! 망할 대로 망해 버려라! 사태가 나 든지 망해 버리든지 양단간에 끝장이 나고 보면 그중에서 혹은 조금이 라도 나은 놈이 생길지도 모를 것이다. ……'

나는 차가 떠나기 전에 자기 자리로 와서 드러누웠다. 등 너머에 누 운 기생의 머리에서 가끔가끔 끼쳐오는 머릿내와 향긋한 기름내 분내 를 코로 훅훅 맡아가며 눈을 감고 누웠었다.

'이것도 구데기 썩는 냄새다.'
나는 이런 생각을 하여 보면서도 코를 막으려고는 아니하였다. 차가

움직이기 시작하였다. ……어느덧 잠이 소르를 왔다.

몇 번이나 깨었다 들었다 하며 편치 못한 잠을 잔 둥 만 둥 하고 눈을 떠보니까 긴긴밤도 어느덧 훤히 밝았다. 으스스하기에 난로 앞으로 가며, 옆엣사람더러 물어보니까 시흥에서 떠났다 한다.

인제는 서울도 다 왔구나! 생각하니까, 그래도 반갑지 않을 수 없었다. 영등포를 지나서 한강철교를 건널 때에는 대리석으로 은구를 놓은 듯한 사람 그림자라고는 없는 빙판을 바라보고 무심코 기지개를 한번 켰다. 용산역에까지 오니까 뒤의 기생이 일어나서 매무시를 만작거리며 곧 나릴 사람같이 나를 유심히 바라보고 머뭇거리다가 차가 떠나려고 호각을 부는 소리가 나니까 그대로 앉아버렸다. 처음 서울 오는 기생 같지는 않으나 아는 사람이 없어서, 마음이 불안해서 그리하는지 수상하였다. 내가 자기 자리로 와서 선반의 짐을 내려놓고 앉은 뒤에도 나의 일거일동을 눈으로 쫓으면서, 무슨 말을, 비칠 듯 비칠 듯하다가 입을 벌리지 못하는 모양이다. 서울서 찾아갈 길을 묻자든지 무슨 까닭이 있는 것 같아서 이편에서 먼저 입을 벌리고 싶었으나 대학 제복 제모에 경의를 표하기 위하여 입을 다물어 버렸다.

기차는 남대문에 도착하였다. 집에서 나온 큰집 종형님과 짐을 들고 나와서 인력거를 탈 때까지는, 그 기생이 출구 목책 앞에서 혼자 쩔쩔매이는 양이, 멀리 보이었으나, 내 인력거채는 남으로 향하다가 북으로 꼽들여버렸다.

6

온밤 새도록 쏟아진 눈은 한 자 길이나 쌓인 모양이다. 인력거꾼은 끙끙 매이며 끄는 모양이나 바퀴가 마음대로 돌지를 않는다. 북악산에서 내리질리는 바람은 타고 앉았는 사람의 발끝, 코끝을 쏙쏙 쑤시게 하고 안경을 쓴 눈이 어른어른하도록 눈물을 핑 돌게 한다. 남문안 장으로 나가는 술집 더부살이 같은 것이 굴뚝으로 기어나온 사람처럼 오동(烏銅)이 된 두루마기 위로, 치룽을 짊어지고 팔짱을 끼고 충충충 걸어가는 것이 가끔가끔 눈에 뜨일 뿐이요 거리에는 사람 자취도 별로 없다. 아직 불이 나가지 않은 길가의 헌등은 졸린 듯이 뽀얗게 김이 어리어 보인다. 인력거꾼은 여전히 허연 입김을 헉헉 뿜으며 다져진 눈 위로 꺼불꺼불하며 달아난다.

나는 일 년만에 보는 시가를 반가운 듯이 이리저리 돌려다 보고 앉았다가, 어느덧 머릿속에 가죽만 남은 하얗게 세인 얼굴이 떠올랐다.

'이래두 역시 서방이라구 기대리구 있을 테지?'

나는 이런 생각도 하여 보았다. 그리자, 별안간 대구 기생의 얼굴이 떠올랐다. 갸름하고 감숭한 얼굴, 무슨 불안을 호소하려는 듯한 눈.
……

'지금쯤, 어데를 헤매이누? 말을 좀 붙여 보았더면 좋을걸!'
하며, 정거장 앞에서 짤짤거리며 아는 사람이나 나왔는가 하고 헤매이
던 꼴을 그려 보면서, 이러한 후회도 하였다.

'그러나 이야기를 해 보면 무얼 해! 갈 놈은 어서어서 가구 스러질
것은 한시바삐 스러져야 할 것이다……'

나는 치운 생각도 잊어버리고 멀거니 앉았다가 우리 집 들어가는 동
구를 지나쳤다. 인력거꾼의 꾸지람을 들어가며 두어간 통이나 되짚어
내려와서 내렸다.

집안 식구들은 벌써 일어나서 수세까지 하고 앉아서 기다리었다.

"공부두 중하지만 그렇게두 좀 아니 나온단 말이냐."
하며 어머님은 벌써부터 우는 목소리다.

"그래두 눈을 감기 전에 만나보게 되었으니 다행이다."
하고 또 우신다. 과부가 된 뒤로 본가살이를 하는 큰누이도 훌쩍훌쩍하
고 섰다. 작은누이도 덩달아서 운다. 뜰에서 멀거니 바라보고 섰던 큰
집 사촌형수도 돌아서며, 행주치마로 콧물을 씻는 모양이다. 그래도 아
버니만은 사랑에서 들어오셔서 잠자코 절을 받으셨다.

"초상난 집 모양으로 울기들은 왜 이리 우슈."
하며 나는 핀잔을 주었다. 해마다 오면 어머니의 울고 맞아주는 것이
귀치않다. 그러한 때에는 내 처도 의례히 제 방으로 피해 들어가서 훌
쩍거리었다. 그러나, 나는 왜 우는지 알 수가 없었다. 혼자서 눈물이 핑
돌 때가 없지 않지만 남이 우는 것을 보면 도리어 웃어 주고도 싶고

무어라고 입을 벌릴 수가 없다.

"좀 어떤 세음예요?"

인사가 끝난 뒤에 어머니에게 물으니까,

"그저 그렇지, 어서 들어가 보렴."

하며 어머니가, 안방에서 나와서 건넌방으로 앞장을 서서 들어갔다.

"아가 아가! 서방님 왔다. 얘, 얘, 일본서 서방님 왔어……"

혼수상태에 있던 병인은 눈을 슬며시 뜨고 시어머니의 얼굴을 바라다보고 나서 곁에 섰는 나를 물끄러미 치어다보고 까맣게 탄 입술을 버리고 생그레 웃는 듯하더니, 껄떡 질린 눈에, 눈물이 글썽글썽하여지며 외면을 한다. 두꺼운 이불을 덮은 가슴이 벌렁거리며 괴로운 듯이 흐흘 느낀다.

"우지 마라, 우지 마라, 인제 낫는다."

어머니는 이렇게 달래면서도 역시 훌쩍거리며, 나가 버리셨다. 병풍으로 꼭꼭 막고 오줌똥을 받아내이는 오랜 병인의 방이다. 퀴퀴한 냄새에 약내가 섞이어서, 밤차에 피로한 사람의 비위를 여간 거슬리는 게 아니지만, 그래도 금세로 나가 버릴 수가 없어서 그 옆에 앉았었다.

"울지 말아요. 병에 해로우니."

나는 겨우 한마디 하고 무슨 말로 위로를 해야 좋을지 몰라서 벙벙히 앉았었다.

"중기, 중기 보셨소?"

병인은, 눈물을 씻으며, 겨우 스러져 가는 목소리로 한마디를 하고 나를 치어다보았다. 곁에 앉았는 계집애년이 집어주는 수건을 받는 손을 볼 제, 나는 비로소 가엾은 생각이 났다. 가죽이, 착 달라붙고 뼈가 앙상한 손이 약간 바르를 떨리었다.

'저 손이 이 몸에 닿든 포동포동하고 제일 귀여워하던 그 손이든가.' 하는 생각을 하여 보니까, 어쩐지 마음이 실쭉하여졌다.

"……난, 나는 죽는 사람이에요. ……하, 하지만, 저 중기만은……" 하며 또 기운 없이 입을 벌리다가, 목이 메이고 말았다. 시원하게 울고 싶으나 기운이 진하여서 눈물만 쏟아지는 모양이다.

"그런 소리 말아요. 죽기는 왜 죽어. ……마음을 턱 놓고 있으면, 나요."

"……인제는 더 살구두 싶지 않아요. ……어, 어떻든 저것만은 잘 맡으세요……"

또다시 흘흘 느끼다가,

"……저것을 생각하니까, 하-하루라두 더 살려는 것이지……" 하며, 응응 목을 놓고 우나, 가다가다 목이 메어서 모기소리만큼 좔아들어갔다.

나는 무어라고 대꾸를 하여야 좋을지 망단하였다. 죽어가면서도 자식 생각을 하는 것이 불쌍하기도 하고 우습기도 하였다. 오래 앉았으면 점점 더울 것 같고, 또 사실 더 앉았기도 싫기에 나는 울지 말라고 달래면서, 안방으로 건너와서, 아랫목에 깔아 놓았던 조선 옷과 갈아입었다. 정거장에 나갔던 사촌형이 들어와서,

"사랑에서 부르시네."

하며, 이르고 자기 방으로 들어갔다. 이 형님은 종가의 장남으로 태어난 덕에 일평생 손 하나 까딱하지 않고 우리 집에서 사십 년을 지내왔다. 그러나 이 형님에게 자식 없는 것이 집안의 큰 걱정거리란다.

사랑에 나가서, 깜짝 놀란 것은 김의관이 아버님 옆에 앉았는 것이다.

'언제부터 또 와서 있누?'

하며 어제 차 속에서 보던 금테안경을 생각하고 들어가서 인사를 하니까,

"잘 있었나? 얼마나 걱정이 되나?"

하며 한층 더 점잔을 빼이고 장죽을 물고 앉았다. 아랫목에 도사리고 앉았던 아버님은,

"거기 앉어라."

하며, 그동안 내 처의 병세를 소상히 이야기를 하며 무슨 탕(湯)을 몇 첩이나 썼더니 어떻게 변하고, 무슨 음(飮)을 몇 첩을 써보니까 얼마나 효험이 있었고 무엇이 어떻게 걸리어서 얼마나 더치었다는 이야기를 기다랗게 들리어 주었으나 나에게는 무슨 소리인지 잘 알아들을 수가 없었다.

나는 가만히 듣고 앉았다가,

"그 유종(乳腫)은 총독부병원에 가서 얼른 파종(破腫)을 시키었드면 좋았을 걸요."

하며 한마디 하니까,

"요새 양의가, 무어 안다든? 형두 그따위 소리를 하기에 죽여도 내 손으로 죽인다고 하였다만……"

하며 역정을 내이셨다. 나는 잠자코 말았다.

안에 들어와서 급히 차려 주는 조반을 먹다가,

"김의관은 왜 또 와 있에요?"

하며 어머니께 물어보았다.

"집을 뺏기구 첩하고 헤어진 뒤에 벌써부터 와 있단다."

"자기 큰집은 어떡하구요?"

"큰집은 있기야 있지만, 은제는 돌아다나 보든. 더구나 셋방으로 돌아다니는데, ……매일 술타령이요 사람이 죽을 일이다."

하며 어머니는 눈살을 찌푸리셨다.

"그, 왜, 붙여요."

김의관에 대한 숭배심을 잃은 나는 진정으로 보기가 싫었다.

"왜 붙이는 게 뭐냐? 아버니께서는 이 세상에 김의관만한 사람이 없다고 누가 무어라고만 하면 소리소리 지르시고 꼭 겸상해서 잡수다시피 하시는데……"

김의관은 서자작이라는 합방할 때까지 대각(臺閣)에 열(列)하여 합방에 매우 유공한 사람의 일긴(一緊)으로 그 서씨의 집을 얻어 들었었는데, 서씨가 올여름에 죽은 뒤에는 집까지 빼앗긴 모양이다. 그러나 그 대신으로 서씨가 하던 사업-이라야 별다른 게 아니라 장사집 호상차지 하는 것이지만, 이것만은 대를 물려받았다 한다.

"그건 고사하고 여보 김의관이 유치장에 들어갔다가 그저께야 나왔다우……모닝코트를 입구, 하하하."

시험이, 며칠 아니 남았다고 책상머리에 앉아서 무엇인지를 꼼지락 꼼지락하고 앉았던 누이동생이 돌아다보며 말참견을 하였다.

"응? 허허허. 무슨 일루?"

"누가 아우. 밤중에 요릿집에서 부랑자 취체로 붙들려 들어갔다가 이 주일 만에 나왔다우. 하하하."

"허허허."

나는 칠팔 년 전에 군사령부에 가던 일을 생각해 보며, '이번에는 누가 쫓아갔든구?' 하고 또 한번 웃었다.

"아, 참 너두 밤출입 하지 마라. 요새는 부랑자 취체로 퍽 심한 모양 인데……"

어머니는 곁에서 주의를 시켜 주셨다.

"왜 내가 부랑잔가요. 그런데 나와서 무어라구 해?"

하며 누이더러 물어보았다.

"아버니께서는 누가 먹어내기 때문에 들어갔다구 하시지만 큰집 오빠가 그리는데, 요릿집에 다니는 놈들은 모두 잡아갔다는데요……그리구두 호기 좋게 정무총감을 보고 막 해냈다고 혼자 떠들더라든가. 하하하. 아무튼지 미친놈야!"

"그 왜 남의 집 사내더러 미친놈이 다 뭐냐. 너야말로 미친년이로구나."

어머니는 잠깐 꾸짖고 나가시더니, 아랫방에서 중기가 깨었다고 안고 나오는 것을 받아 가지고 들어오신다.

"자-, 너 아범 봐라. 너 아범 왔다. 얼마 만요?"

어머니는 겨우 핏덩어리를 면한 조고만 고깃덩어리를 얼러 가며 나에게 디미셨다. 천의에 쌓인 바짝 마른 아이는 추워서 그리는지 두 팔을 오그라뜨리고 바르를 떨면서 핏기 없는 앙상한 얼굴을 이리 향하고 말끄러미 치어다보다가, 으아 하며 가냘픈 목소리로 운다.

"그, 왜, 그 모양이에요?"

나는 눈살을 찌푸리며 고개를 돌렸다.

"왜 어때? 모습이 이쁘지 않으냐? 인제 석 달쯤 된 게 그렇지. ……그러나 나면서 어디 에미 젖이라군 변변히 먹어 보았니, 유모를 한 달쯤 대었다가 나가 버린 뒤로는 똑 우유로만 길렀는데."

울음을 시작한 어린아이는 좀처럼 그치지를 않고, 점점 더 발악을 한다. 파랗게 질리어서 두 발을 버둥그리뜨리고 배를 발딱발딱 쳐들어가며 방 안을 발깍 뒤집놓는다.

"에그, 이게 웬 야단이야?"

하며 누이는 보던 책을 덮어 놓고 눈살을 찌푸리며 마루로 홱 나가버렸다. 나도 상을 밀어 놓고 총총히 일어났다. 사랑으로 나가서 건넌방에 들어가 담배를 피우며 누웠으려니까, 낯 서투른 청년 하나가 찾아왔다. 소할경찰서(所轄警察署)로 지금 본정서(本町署)에서 인계를 하여 왔는데 다시 떠날 때까지 자기가 미행을 하겠다 하면서,

"얼마 아니 계실 테지요? 늘 쫓아다니지는 않겠습니다. 가끔가끔 올 테니 그 대신에 문밖이나 시골을 가시거든 요 앞 교번소로 통기를 좀 해 주슈."

하며, 매우 생색이나 내이는 듯이 중언부언하고 가버렸다. 마음대로 하라고 하였다.

7

삼사일은 집구석에서 그럭저럭 세월을 보냈다. 아버니는 무슨 일이 그리 분주하신지 매일 아침만 자시면 김의관하고 나가셨다가 어슬어슬 해서야 약주가 취하여 들어오시기도 하고 친구를 한 떼씩 몰아 가지고 들어오시기도 하였다. 큰집형님한테 들으니까, 요사이 동우회의 연종 총회가 있어서 그렇다 한다.

"그런데 상관을 마시래도 한사코 왜 다니신단 말요? 모두 반미친놈 들이 모여서 협잡질들이나 하고 남한테 시비꺼리만 작만하면서…… 공 연히 김의관이 들추어내서 엄벙뎅하고 돈푼이라두 갚아먹으랴구 그리 는 것을 그걸 왜 짐작을 못허서?"

"내가 아나? 평의원이라는 직함 바람에 다니시는 게지, 하하하. 그런 데 중추원 부찬의라두 하나 생길 줄 아시는지도 모르지."

큰집형님은 이런 소리를 하며 웃었다.

"중추원 부찬의는 벌써 철겨운 지가 언젠데? 설령 그게 된다기루 그 건 왜 하지 못해 애를 쓰셔? 참 딱한 일이야."

"그래두 김의관은 무엇이든지 하나 운동해 드리마든데, 하하하."

"미친놈! 저두 못하는 것을 누구를 시키구 말구. 흥 또 유치장에나 들어가구 싶은 게로군."

"그래두 김의관 말은 자기가 총독이나 정무총감하고 제일 긴하다는데, 하하하."

"서가의 집을 빼앗겼으니까, 아버니께 알랑알랑하고 집이나 한 채 얻어내려는 게 제일 긴한 게지."

"하……"

동우회라는 것은 일선인(日鮮人)의 무엇인가를 표방하고 귀족들을 중심으로 하고 전후 협잡꾼들이 모이어서 바둑장기로 세월을 보내고 저녁때면 술추렴이나 다니는 회이다. 회의 유일한 사업은 기생 연주회의 후원이나 소위 지명지사(知名之士)가 죽으면 호상차지나 하는 것이다.

"나는 요새 좀 바뻐서 약 쓰는 것도 자세히 볼 수 없구 하니, 낮에는 들어앉아서 잘 살펴보아라."

내가 도착하던 날 아침에 아버니께서 이렇게 주의를 하시기도 하였고 또 나가야 갈 데가 없는 것은 아니지만 신산하기에 들어엎드려서 큰집형님하고 저녁때면 술잔 먹고 사랑 구석에서 버둥거리고 있었지만 알고 보니 다니신다는 데라야 고작해야 그러하다. 병인은 하루 한번씩이고 두어 번 들여다보아야 더 나은 것 같지도 않고 더친 것 같지도 않고 의사가 와서 맥인가 본 뒤에 방문을 내이면 큰집형님이 쫓아가서 약봉지를 받아다가 끓여 디밀면 먹는지 마는지 하는 모양이다. 어머니께서만은 여전히 혼자 애를 쓰시나, 인제는 병구완에 피로도 하고 식구들의 마음도 심상하여져서 일과로 약시중만 하면 고만인 모양이다. 나부터 약 묘리를 알 까닭이 없으니까 어떻게 되어가는지를 모르겠다.

"그 망한 놈의 흰지 무언지 좀 고만두고 어떻게 다잡아서 약이나 잘 쓸 도리를 하였으면 아니 좋을까."

하며 어머니께서 원망을 하시는 소리도 들었다.

"오늘두 또 나가우? 어젯밤부터는 좀 이상한 모양이든데……"

며느리를 들어가 보고 나오시는 아버니를 치어다보며, 어머니께서 책망하듯이 물으시니까,

"오늘은 좀 늦을지도 모를걸! 그리 다를 것은 없던데."

하며 나가시는 날도 있었다. 그러나 더하다는 날도 그 모양이요 낫다는 날도 제턱이다. 또 며칠, 음산한 날이 계속하였다.

'어서 끝장이나 났으면!'

하는 생각이 불쑥 날 때에는 정자의 생각이 반드시 뒤미처 머리에 떠올라왔다.

'지금쯤 무얼 하구 있누? 경도로나 가지 않았나?'

하고 엽서를 떼인 것은, 일주일이나 지난 뒤이었다.

정자에게 엽서를 부치던 날 저녁때에 '을라는 그동안 나왔나.' 하고 인사 겸 병화의 집을 찾아가 보았다. 병화는 동경 유학시대에는 나의 감독자 행세를 하였을 뿐 아니라, 비교적 정답게 지냈지만, 을라의 문제가 있은 후로는 그럭저럭 나하고 데면데면하여지기도 하고, 만나면 어쩐지 묵은 부스럼자국을 만지는 것 같아서 근질근질하기도 하고, 피차에 겸연쩍게 되었다. 더구나 이 사람 역시 지금 집에 있는 큰집형님의 이복동생이기 때문에 형제간 자별하지도 못하려니와 우리 집에는 한 달에 한두 번쯤 들를 뿐이다.

나는 동대문 밑에서 전차를 내려서 아직도 눈에 녹은 땅이 질척거리는 길을 휘더듬어 들어가며, 반가운 듯이 여기저기를 휘 돌아보았다. 작년 여름에는 여기를 날마다 대어 섰었다. 하루가 멀다고 와서는, 밤이고 낮이고 을라와 형수를 데리고, 문안을 헤매이기도 하고 달밤에 병화 내외와 을라하고 탑골승방까지 가 본 것도 그때이었다. 밤이 늦었다고 붙들면 마지못해 자는 척하고서 이틀 사흘씩 묵은 일도 한두 번이 아니었다.

'그러나 그때는 참 단순하였어!'

나는 발자국 난 데를 따라서 마른 곳을 골라 디디며 속으로 이렇게 생각하였다. 김장을 다 뽑아내인 밭에는 눈이 길길이 쌓이고 길가로 막아놓은 산 울은 말라빠진 가지만 앙상하게 남았고 얽어매인 새끼도 꺼멓게 썩어 문드러졌다.

'그때에는 여기에 퍼런 호박덩굴 외덩굴이 쫙 깔리우고 누런 꽃이 건들거리었었겠다.'

벽돌담을 쌓은 어떤 귀족의 별장인가 하는 것을 지나서 좁은 길을 일정쯤 걸어가려니까, 오른편은 낭떠러지가 된다.

'응, 저기가 날마다 세수를 하고 달밤에 나와서 을라하고 수건을 잠가 놓고 물 튀기기를 하던 데로군.'

하며 바위 밑을 내려다보니까, 물이 말랐는지 얼음 눈이 허옇게 뒤집어 씌어 있다.

"언제 나왔나? 나온다는 말은 들었지만. 한번 간다면서 자연 바빠서……"

하며 양복을 입은 병화는 방에서 튀어나왔다. 지금 막 들어온 모양이다. 방으로 쫓아 들어가서 아랫목에 앉으니까,

"아씨는 좀 어떠세요?"

하며 형수도 반가운 듯이 어린아이를 안고 마주 앉아서 인사를 한다.

"죽지 않으면 살겠지요. 하나를 낳아 놓았으니까 신진대사로 하나는 가야지요."

하며 나는 웃어버렸다.

"에그 흉한 소리두 하십니다."

"아, 참, 좀 차도가 있는 모양인가? 처음부터 양의를 대어 가지고 수술을 한 뒤에 한약을 들이대인다든지 하였더면 좋을걸……언젠가 그런 말씀을 하였더니 아버지께서는 펄쩍 뛰시는 모양이기에 시키지 않은 참견하기가 싫어서 고만두었지만……"

"나 역시 하시는 대루 내버려 두지. 지금 무어니무어니 해야 쓸 데두 없구, 제 계집이니까 어쩐다구 하실까 봐서 되어가는 대루 내버려 두지. 하지만 며칠 못 가리다."

"악담을 하십니까."

형수가 웃으며 눈살을 찌푸렸다. 한참 병인의 이야기를 주거니 받거니 하다가,

"아, 그런데 을라 오지 않았에요?"

하며 형수를 치어다보았다.

"아뇨. 왜, 나왔대요?"

하고 형수는 나의 얼굴을 살피듯이 치어다보며 웃었다. 병화는 못 들은 체하고 일어나서, 양복을 벗기 시작하였다.

"아뇨, 글쎄, 나왔는가 하구요."

"아뇨."

하며 형수는 생글생글 웃다가 끼고 앉은 어린애를 들여다보고 말았다. 어쩐지 온 것을 속이는 것 같았다.

"오는 길에 신호에 들렀더니, 부득부득 같이 가자는 것을 떼버리고 왔는데, 이삼일 후에는 떠나겠다든데요."

하며 나도 웃어 보이었다.

"네-"

하며 나를 한참 바라보다가,

"바쁘신데 거기는 어째 들르셨에요."

"심심하기에, 들렀다가 형님께 소식이라두 전해 드리랴구요."

하며 나는 슬쩍 웃어버렸다. 형수도 기가 막힌 듯이 웃었다.

"미친 소리로군."

병화는 옷을 갈아입고, 자기 사리로 와서 앉으며, 웃고 나서,

"그 무어 없지? 무얼 좀 사오라구 하지."

하며 화두를 옮기려고 딴전을 붙이었다.

"아, 난 곧 갈 테에요. ……그런데 작년 생각하십니까?"

하며, 나는 짓궂이 형수하고 을라의 이야기를 꺼내었다. 형수는 얼굴이 발개지며 픽 웃고 말았다. 나도 상기가 되는 것 같았다.

"자네두 퍽 변하였네그려."

병화는 웃으며 나를 치어다보았다. 다른 때 같으면 을라하고 아무 상관은 없더라도 누가 을라의 을자만 물어보아도 얼굴이 발개지던 사람이 되짚어서 을라의 이야기를 근질근질하리만치 태연히 하고 앉았는

것이 병화에게는 다소 불쾌하기도 하고 이상쩍은 모양이다.

형수는 일 년 전에 두 틈바구니에 끼여서 마음만 졸이고 있던 일을 머리에 그려 보았던지 한참 얼없이 앉았다가,

"그래, 공부는 잘해요."

하며 물었다.

"그저 여전하더군요."

하며 모자를 들고 일어서려니까,

"조금만 앉았어. 좋은 술이 한 병 생겼으니 한잔하구 가란 말이야. 어디 나가서 할까?"

"술이 웬 거요? 아, 참 올가을에 한 동 올랐답디다그려. 인제는 한턱 해야 하지 않소?"

하며 내가 웃으니까, 병화는 매우 유쾌한 듯이 따라 웃다가,

"어쨌든 앉아요. 누가 양주를 한 병 선사를 하였는데……"

하며 묻지도 않은 말을 끌어내었다. 아닌 게 아니라 한 동 올라간 덕에 집안 세간두 그전보다는 느는 모양이다. 윗목에는 양복 의걸이도 들여놓고 조끼에는 금시곗줄도 늘이었다. 아버니가 보내주시던 넉넉지 않은 학비를 가지고 삼첩방에 들어엎드려서 구운 감자를 사다 놓고 혼자 몰래 먹던 옛날을 생각하면 여간한 출세가 아니다. 나는 더 앉아서 이야기를 듣고 싶었으나, 늦으면 귀치않기에 병인 핑계를 하고 나와 버렸다.

해가 거진 다 떨어진 뒤에 집에 들어와 보니까, 사랑에는 벌써 영감님들이 채를 잡고 앉아서 술상이 벌어졌다.

'그럴 줄 알았더면 좀 늦게 들어올걸.'

하며 안으로 들어가 보니까 저녁밥 때에 술 치다꺼리가 겹쳐서 우환 있

는 집 같지도 않게 엉정벙정하고 야단이다.

"사랑에 누가 왔니?"

나는 마루로 올라오며, 약두구리를 올려놓은 화로에 부채질을 하고 앉았는 누이더러 물으니까,

"누가 아우? 차지(差支)가 또 왔단다우."

하며 깔깔 웃었다.

"뭐? 그게 무슨 소리야?"

"자네, 차지도 모르나? 일본 갔다 와서 그것두 모르다니, 헷공부했네 그려. 허허허."

술이 알근하게 취해서 축대 위에 섰던 큰집형이 놀리듯이 웃으며 치어다보았다. 여편네들도 깔깔 웃었다.

"차지라니 누구 집 택호요?"

"버금 차(差) 자하고 지탕 지(支) 자의 차지를 몰라?"

하며 또 웃었다. 나는 무슨 소리인지 몰라서,

"그래 차지라니?"

하며 덩달아 웃었다.

"일본 말로 붙여보시구려."

이번에는 누이가 웃는다.

"サシツカヘ(差支)란 말이지?"

"하……"

"허……"

어리둥절해서 자세히 물어보니까, 바깥에 온 손님이 김의관의 '봉'인데 처음에 찾아왔을 때에 방으로 들어오라니까 들어가도 관계없느냐는

말을 가장 일본 말이나 할 줄 아는 듯이 '차지 없습니까.' 한 것을 큰집 형이 옆에서 듣고 앉았다가 나중에 김의관더러 물어보니까, 그것이 일본 말로 이러저러한 것이라고 설명을 하여준 것을 듣고 안에 들어와서 흉을 보기 때문에, 어느덧 '차지'라는 별명을 듣게 된 것이라 한다. 집안 에서들은 코빼기도 못 보고 이름도 모르면서, '차지 차지' 하고 부르는 모양이다.

"미친놈이로군! 무얼 하는 놈인데 그래?"

나는 다 듣고 나서 큰집형더러 물어보았다,

"무얼 하긴 무얼 해, 김의관한테 빨리랴 다니는 놈이지. ……그러나 한잔 먹지 않으랴나?"

하며, 큰집형은 마루로 올라온다. 목이 촉촉해서 핑계핑계 먹자는 말 이다.

"또 먹어요? 형님이나 자슈."

"언제 먹었나? 나는 한잔했지만."

나는 먹고도 싶지만 조선에 돌아오면 술이 금세로 느는 것이 걱정이 었다. 조선 와서 보아야 술이나 먹고 흐지부지하는 것밖에는 할 일이라 고는 없는 것 같기도 하지만, 생각하면, 조선 사람이란 무엇에 써먹을 인종인지 모를 것 같다. 아침에도 한잔, 낮에도 한잔, 저녁에도 한잔, 있는 놈은 있어 한잔 없는 놈은 없어 한잔이다. 그들이 찰나적 현실에 서 벗어나는 것은 그들에게 무엇보다도 가치 있는 노력이요, 그리하자 면 술잔 이외에 다른 방도와 수단이 없다.

그들은 사는 것이 아니라 산다는 사실에 끌리는 것이다. 'To live'가 아니라, 'To compel to live'이다. 능동이 아니라, 피동이다. 그들에게 과거에 인생관이 없고 이상이 없었던 것과 같이 현재에도 또한 그러하다. 그들은 자기의 생명이 신의 무절제한 낭비라고 생각한다. 조선 사람에 게서 술잔을 빼앗아?-그것은 그들에게 자살의 길을 교사하는 것이다.

'마셔라! 마셔라!. 그리고 잊어버려라!' ……이것만이 그들의 인생관 이다.

"그럼 한잔하십시다."

하며, 나는 큰집형을 안방으로 청하였다.

저녁상을 받고 앉으니까, 어머니께서 다가앉으시면서,

"아까 김의관의 친구의 천(薦)이라구 용한 시굴의원이 있다고 해서 들어와 보았는데 또 약을 갈아대이면 어떻게 되는지……"

하며 못 미덥다는 듯이 나를 바라보셨다.

"김의관의 친구가 누구예요?"

"차지 말일세."

잔이, 나기를 기다리고 앉았던 큰집형이 대신 대답을 하였다.

"그까짓 게 무얼 안다구……"

하며 내가 눈살을 찌푸리니까,

"글쎄 말일세. 김의관이나 '차지'가 대인 것이 된 게 있을 리가 있나?"

"어떻든 나는 모르니까 아버님께 잘 여쭈어 보구 하십쇼그려."

"난 모른다면 누가 안단 말이냐? 아버니는 밤낮 저 모양으로 돌아다 니시거나 술로 세월을 보내시고……"

어머니는 나는 모르겠다는 말이 매우 귀에 거슬리고 화증이 나시는 모양이다.

"글쎄 내야 무얼 알아야지요. ……그래 지금 그 의원이란 자를 대접하는 것이에요?"

"아니란다네. 김의관이 일전에 유치장에 들어갔다 나왔지."
하며 큰집형이 대답을 한다.

"글쎄 그랬다는군요."

"그런데, 잡혀가든 날이 바루 '차지'가 한턱을 내이든 날인데, 그러한
횡액을 당하여서 미안하다고, '차지'가 나오든 이튿날 또 한턱을 내었다
나. 그래서 오늘은 김의관이 베르고 베르다가 어디 가서 돈을 만들어왔
는지 일금 오 원을 내어서 지금 한턱 쓰는 모양이라네. 그런데 의원인
가 하는 자는, 말하자면, 곁두리지."

"차진가 무언가 하는 자는 무엇하는 자길래, 두 번씩이나 턱을 내어
가며 그렇게 김의관을 떠받친담?"

"그게, 다-후림새지. 자세히는 몰라두 저희끼리 숙덕거리는 소리를
들으면 군수나 하나 얻어 하든지 하다못해 능참봉 차함이라도 하나 하
려고 연해 돈을 쓰며 다니나 보대. ……그런 놈이 내게두 하나 얻어걸
렸으면 실컨 빨아먹구 혹 불어세겠구면……하하하."

큰집형은 이따위 소리를 하고 유쾌한 듯이 웃었다. 옆에 앉으셨던 어
머님은,

"그것두 재조가 있어야지. 아무나 되는 줄 아는군."
하며 웃으셨다.

"응! 그래서 일본 말 하는 체를 하고 '차지 있습니까 없습니까' 하면
서 다니는 게로군. 참 정말 차지 있는 걸!"

나는 하도 어이가 없어서 이렇게 한마디 하고, 또 한잔을 기울인 뒤에,
"그래 그 틈에 아버니께서두 끼셨나요?"

147

하며 물으니까,

"아닐세, 천만에 김의관이 그런 것은 변변히 이야기나 한다든가."
하며 말을 막았다.

속이고 속고 뺏고 빼앗기고 먹고 마시고 그리고 산다고 한다. 살면 무얼 하나? 죽지! ……그러나 죽어도 공동묘지에 들어갈까 보아서 안심을 하고 눈을 감지 못한다. 아……. 나는 또 한잔 따라 달라고 잔을 내밀었다.

술이 취하여 갈수록 독한 것이 비위에 당기어서, 어머니께서 고만 먹고 어서 밥을 뜨라시는 것을 들은 체 만 체하고 어제 먹다가 둔 위스키를 가져오라고 해서 다시 시작을 하였다.

"얘는 병구완하랴 오지 않구 술만 먹으랴 왔나. 죽어가는 송장은 뻐드뜨려 놓고 안팎에서 술타령만 하구……응!"
하며 어머니께서는 한숨을 쉬시고 밥상을 받으셨다. 생각하면 그두 그렇지만 하는 수 없는 일이다.

"참, 아까 병화 형한테 다녀왔지요."

나는 양주가 생겼으니 먹고 가라던 것을 생각하고 이런 말을 꺼내었다.

"응!, 잘들 있던가? ……그놈 주임대우인지 뭔지 했다면서 돈 한 푼 써보란 말두 없구……"

얼쩡하여진 큰집형은 또 아우의 시비를 꺼내려는 모양이기에, 나는,

"맡겼습디까. 주면 주나 보다 안 주면 안 주나 보다 할 뿐이지. 시비는 왜 하슈. 저두 살아가야지."
하며 말을 막 잘라버렸다.

"그래 아우에게 얻어먹어야 하겠나, 삼촌이나 사촌에게 비럭질을 해

야 하겠나?"

"……."

"계집은 둘씩이나 데리구, 그래 명색이 형이라면서 모른 체 해야 옳단 말이야?"

하며 소리를 빽빽 지른다.

"계집이 둘이라니요?"

"아, 그 을란가 하는 미친년의 학비를 대어 주지 않나? 그저껜가 잠간 들렀더니 벌써 나와 있더군!"

"네? 와 있에요? 그럼 왜 내게는 그런 말이 없으셋소."

나는 아까 병화 집 형수가 웃기만 하고 말을 시원히 아니하던 것을 생각하며 좀 책를 잡듯이 물었다.

"웬 세음인지 자네더러는 말 말라대그려."

"응!"

하며 나는 웃었다. 분할 것도 없지만 숨길 것이야 무에 있누 하는 생각을 하여 보았다.

"그래 정말 학비를 대이나요?"

"정말이지 거짓말일까. 아마 올 일 년 동안은 대었나 보대. 한 달에 삼십 원씩은 대나 보대."

하면서, 언젠지 찾아갔다가 편지를 보았다는 이야기까지 하여 들리어 주었다.

"그 전부터 대어 주는 사람이 있는데 그건 또 웬일인구? 얌체 빠진 계집년이로군……"

하며 나는 속으로 웃었다.

그 이튿날 무슨 생각이 났든지 병화 집 형수가 을라를 데리고 왔다.

"어제 저기 오셨더라지요. 오늘 아침 차에 들어와서 동무 집에 짐을 두고 놀라갔다가, 끌려왔습니다."

하며 묻기도 전에 발뺌을 한다.

"그래 병화 형님은 만나셨소?"

하고, 내가 웃으니까,

"사진(仕進)하신 한 뒤에 갔으니까……"

하며 을라는, 말끝을 흐리고 고개를 숙여버렸다. 팔뚝에 감은 조고만 금시계를 보고 나는 무심코 눈을 찌푸렸다.

8

　민주를 대이면서도, 하루바삐 납시사고 축원을 하고 축원을 하면서
도 민주를 대이던 병인은 기에 숨이 끊치고 말았다. 김의관이나 차지가
대인 의원의 약이 맞지를 않아 그랬든지 죽을 때가 된 뒤에 횡액에 걸
려드느라고 그 의원이 불쑥 뛰어 들었든지는 모르지만, 그 약을 쓴 지
이틀 만에 죽고 말았다. 누구보다도 어머니께서 인사정신 모르고 가엾
어하시고 슬퍼하셨다. 사람의 정이란 서로 들면 저런 것인가? 하여 보
았다. 어머니 말씀마따나 시집이라고 왔어야 나하고 살아 본 동안이 날
짜로 따져도 며칠이 못 될 것이다. 내가 열셋, 당자가 열다섯에 비둘기
장 같은 신랑방을 꾸미었으니까, 십 년 동안이나 시집살이를 한 세음이
다. 그러나 내가 열다섯 살에 동경으로 도망하였으니까, 실상은 부부라
고 말뿐이다. 섣달그믐날에 시집온 새아씨가 정월 초하룻날에 앉아서
시집온 지 이태나 되었다는 세음밖에 아니 된다.

　“그러나 하는 수 없지 않아요. 그것도 제 팔자니까.”

　어머니께서 불쌍하다고는 우시고 우시고 할 때마다, 나는 냉정히 이

렇게 대답을 하였다. 그러나, 나종에는 '그 망한 놈이 의원을 천거한달 때부터 실쭉하더라……' 하시며 김의관을 원망하시었다. 그러나 하는 수 없다. 사(死)라는 사실만이 엄연히 남아있을 뿐이다. ……

죽던 날 밤중이었다. 사랑 건넌방에서 널치가 되어서 한잠이 깊이 들어가는 판에 '여보게 여보게' 하며, 깨우는 바람에 눈을 떠보니까, 큰집 형이 얼굴이 해쓱하고 두 눈이 똥그래져서 암말 못하고,

"일어나게, 어서 일어나!"

하며 앞에 섰었다. 나는 '벌써, 그른 게로구나!' 하며 옷을 걸치고 따라나섰다. 전편 방에서 주무시던 아버님도 창황히 나오셨다. 안으로 들어가서 건넌방을 들여다보니까, 식구마다 조그만 방에 그득히 들어섰다. 어머니는 염주를 돌려가며 무슨 소리인지 중얼중얼하시다가, 자리를 비켜 앉으시며 병인의 얼굴 앞으로 가라고 손짓을 하셨다. 아무도 입을 벌리는 사람은 없이 무슨 장엄하거나 그렇지 않으면 일로부터 시작되려는 자미있는 구경이나 하듯이 숨도 크게 쉬이지 못하고 우중우중 늘어섰다. 나는 하라는 대로 병인 앞에 가서 앉으면서 그저 숨을 쉬이나 하고 손을 코에다가 대어 보니까, 따뜻한 김이 살짝 힘없이 끼치었다.

"언제부터 그래?"

하며 물으시는, 아버님의 잠에 취한 그렁그렁한 소리가 뒤에서 들린다. 병인의 목은 점점 재어지게 발랑거린다. 감았던 눈을 실만큼 떠서 옆에 앉은 내게로 향하더니, 별안간 반짝 뜨며 한참 노려보다가 다시 감았다. 나는 머리끝이 쭈뼛하고 가슴이 선뜻하였다. 숨이 콕 막히는 것 같았으나, 방긋이 벌린 입가에 생긋하는 낯빛이 보이는 것을 보고 마음을 놓았다.

나는 어머님이 이르시는 대로, 지금 데워서 들여온 숭늉 같은 미음을 한술 떠서 열린 둥 만 둥 한 입술에 흘려 넣었다. 병인은 또 한번 눈을 힘없이 뜨더니 곧 다시 감았다. 또 한술 떠서 넣었다. 병인은 한 숟가락 반의 미음이 흘러 들어가던 입을 반쯤이나 벌리더니, 가죽만 남은 턱을 쳐들면서 입에 문 것을 삼키려는 듯이 고개를 뒤로 젖히고 두어 번이나 연거푸 안간힘을 썼다. 목에서는 담이나 걸린 듯이 가랑가랑하는 소리가, 모기소리만큼 났다.

여러 사람들은 눈을 한층 더 크게 뜨며 고개를 앞으로 내미는 듯하고 들여다보았다. 어머님은 여전히 염불을 부르시면서 베개 위로 넘어가려는 머리를 쳐들어 놓으셨다. 베개를 만지시던 어머님의 손이 떨어지자 깔딱하는 소리가 겨우 들릴 만치 숨소리도 없는 환한 방에 구석구석이 잔잔하게 파동을 치며, 문틈으로 흘러나갔다. ……이것이 모든 것이었다. 이 이상 아무것도 없었다. 다만 나는 이상할 뿐이었다. 대관절 이것이 죽음이라는 것인가 하며 눈을 꼭 감은 하얀 얼굴을 물끄러미 들여다보고 앉았었다. 가엾은지 슬픈지 아무 생각도 머리에 떠오르지는 않았으나, 나를 치어다보는 그 눈! 방긋한 화평스런 입이 머릿속에서 오락가락하는 일편에 내 손으로 미음을 떠 넣어 준 것이 무슨 큰일이나 한 것같이 유쾌하였다. 어머님은 윗입술을 쓰다듬어서 입을 담게 하여 주시고 가만히 들여다보시더니, 염주를 놓고 눈물을 뚝뚝 흘리셨다.

나는 벌떡 일어나 나왔다. 사랑에 나와서 책상머리에 기대어 궐련을 한 개 피워 물고 앉았으려니까, 큰집형님이 데리고 온 양의가 허둥지둥 들어왔다. 마침 나의 아는 의사이기에 들어와서 녹여 가라고 하였더니 죽었다는 말을 듣고 똥줄이 빠져서 나가버렸다. 못난 자제라고 나는 속으로 코웃음을 쳤다.

이튿날 어둔 뒤에 김천형님 내외가 딸까지 데리고 올라온 뒤에는 두 서가 잡히고, 나도 모든 것을 휩쓸어 맡기고 사랑에 나와서 담배만 피우며 가만히 누웠었다. 그러나 시체를 청주까지 끌고 내려간다는 데에는 절대로 반대를 하였다. 오일장이니 어쩌니 하는 것도 극력반대를 하여 삼일 만에 공동묘지에 파묻게 하였다. 처가편에서 온 사람들은 실쭉해 하기도 하고 내가 죽은 것을 시원히나 아는 줄 알고 야속해 하는 눈치였으나 나는 내 고집대로 하였다. 그러나, 초상 중에 또 한 가지 나의 고통은 눈물 안 나오는 울음을 울라는 것이었다. 이것도 자기네끼리라든지 집안 식구들은 뒷공론을 하는 모양이나, 파묻고 들어올 때까지 나는 눈물 한 방울 흘릴 수가 없었다.

"팔자가 사납거든 계집으로 태어날 거야. 어쩌면 눈물 한 방울 안 흘리누……"

하며 과부댁 누이가, 마루에서 나더러 들으라는 듯이 한마디 하니까 김천형수가,

"남편네란 다 그렇지. 두구 보시구려. 달이 가시기도 전에 여학생을 끌어들이실 테니."

하며 소곤거리는 것을 나는 안방에서 혼자 술을 먹다가 들었다. 나는 속으로 웃었다.

"너도 내년 봄이면 졸업이지? 인젠 어떻게 할 세음이냐? 곧 나와서 무어라두 붙들 모양이냐? ……더 연구를 하랸?"

장사지낸 지 이틀 만에, 사랑에서 아침을 같이 먹다가, 종용한 틈을 타서, 형님은 불쑥 이런 소리를 꺼내었다.

"글쎄 되어가는 대로 하지요. 하지만 무어든지 내 일은 내게 맡겨 두시는 게 좋겠지요."

나는 이렇게 위선 한마디 해 놓고 나의 계획을 대강 말하였다. 그리하여 자식은 요행히 잘 자라면, 김천형님이 데려가거나, 만일 김천형님이 아들을 낳게 되면 큰집형님이 데려가는 대신에 내 앞으로 오는 것이 다소간 있으면 반분만은 양육비와 교육비로 제공하되, 장성할 때까지 김천형님이 보관하기로 김천형님과만 내약을 하게 되었다. 간단한 일이지만, 이렇게 온순하게 끝이 나니까, 한시름 잊은 것 같고 새삼스럽게 자유로운 천지에 뛰어나온 것 같았다.

일주일 동안이나 청명한 겨울날이 계속하더니 오늘은 또 무에 좀 오려는지 암상스런 계집이, 눈살을 잔뜩 찌푸린 것처럼 잿빛 구름이 축 처지고 하얗게 얼어붙은 땅이 오후가 되어도 대그락거리었다. 사랑은 무거운 침묵과 깊은 잠에 잠긴 것같이 무서운 증이 날만치 잠잠하다. 김의관은 자기가 칭원이나 들을까 보아서 제풀에 미안하여 그리는지 장사를 지내던 날부터 눈에 뜨이지 않았다.

우중충한 사랑방에 온종일 혼자 가만히 드러누웠으려니까, 무슨 무거운 돌덩이나 납덩어리로 가슴을 내리누르는 것 같았다. 안에서는 집을 가신다고 무당이 이상한 조자(調子)로 고리짝을 득득득 긁는 소리도 나고 가끔가끔 여편네들의 흑흑 느끼는 소리도 섞이어 들린다. 그리다가는 또 무어라고 중얼중얼하는 소리가 한참 계속한 뒤에 '옳소이다' 하는 나직한 소리도 들린다.

'무에 옳단 말인구?'

나는 이런 생각을 하고 가만히 누워서 여전히 귀를 기울여보았다. 조금 있다가 누가 안으로 난 사랑문을 후딱뚝딱 열어젖뜨리고, 우중충충 나오는 발자취가 나더니, 무엇인지 사랑마루에다가 대이고 쫙쫙 뿌리는 소리가 들린다. 나는 깜짝 놀라서 일어나 앉으며 미닫이를 화닥닥 열어젖뜨리고 내다보니까 나이 사십 남짓한 우둥퉁한 계집이 뻘건 눈을 세로 뜨고 하얀 소금을 담은 다리미를 들고 축대 밑에 다가서서 흰 가루를 한 줌씩 쥐어 가지고 마루에 끼어얹다가, 내가 앉았는 것이 눈에 보이지 않든지 건넌방 창으로 향하고 또 끼어얹는다.

'내가 죽었단 말인가 죽으라는 예방이란 말인가?'

나는 슬며시 화가 불끈 났으나 다시 창문을 닫고 그대로 쓰러졌다. 기분은 점점 더 까부라져 들어가는 것 같은데 가슴속만은 지향을 할 수 없이 용솟음을 하며 끓는 것 같다.

'대관절 내가 무얼하랴구 나왔더람?'

이렇게 생각을 하여 보니까 나올 때는 도리어 잘되었다고 뛰어나왔지만, 암만해도 주착없는 짓을 하였다는 후회가 아니 날 수 없다.

'엣! 가 버린다. 역시 혼자 가서 가만히 누웠는 게 얼마나 편할는지 모른다!'

나는 이렇게 속으로 작정을 하고 벌떡 일어나서 가방 속을 정리를 하며 가지고 갈 의복을 개어 넣고 앉았으려니까, 안에 있던 병화 집 형수가 을라를 데리고 쏙 나오더니, 마루 끝에 와서,

"계십니까?"

하며 우둑우둑 섰다. 나는 짐 꾸리는 것을 보이기가 싫어서 가방을 구석으로 치우며 미닫이를 열고 가로막아 서며 내다보았다.

"얼마나 언찌않으십니까."

하며 상처 후에 처음 만나는 을라가 인사를 한다.

"나면 죽는 것은 인생의 당연한 도정이라고만 생각하면, 고만이지요."

나는 한참 을라의 얼굴을 바라보다가 이렇게 대답을 하였다.

"그래두 섭섭하시겠지요."

하며 나의 얼굴을 살피듯이 치어다보는 을라의 얼굴에는 떠오르는 미소를 감추려는 듯한 빛이 역력히 보이었다.

'그래두 섭섭해?'

나는, 속으로 이렇게 뇌이면서, 사람이 죽은 데에 보통 하는 인사는 아니라고 생각하였다.

"암만해두 죽었다구 생각할 수는 없는 것 같애요. 그러면 살았느냐 하면 물론 산 것두 아니지만."

나는 자기의 생각을 다시 한번 관조하여 볼 새도 없이 이러한 어리뻥뻥한 소리를 불쑥하였다.

두 사람이 도로 안으로 들어간 뒤에, 나는 짐을 말짱히 꾸려놓고, 가방 속에서 나온 정자의 편지를 다시 한번 펴 보고 쪽쪽 찢어서 아궁지에 내다버렸다. 초상 중에 온 것을 잠간 보고 넣어두었던 것이지만, 다시 자세히 보니까 암만해도 학비를 대어 달라거나 어떻게 같이 살아보았으면 하는 의사를 은근히 비치었다. 어떻든 경도의 고모 집으로 온 것은 카페에 있는 것보다 훨씬 낫다고도 생각하여 보았다.

'돈 백이고 일시에 변통해 달라면 그건 될지 모르지만……'

나는 이런 생각을 하고 김천형님이 돌아오기만 기다리면서, 정자에게 대한 태도를 어떻게 정할까 하는 생각을 하고 앉았었다.

'아무래두 데리고 살 수는 없어!'

속으로 이렇게 결심을 하고 책상을 끌어 잡아다녀 놓고 무어라고 편지 사연을 만들어야 지금의 나의 심리를 오해하지 않도록 표시할 수 있을까 하고, 머뭇거리며 앉았으려니까, 사랑문이 삐걱 하는 소리가 났다. 깜짝 놀라서 유리 구멍으로 내어다보니까 형님이다. 뒤미처서 병화도 따라 들어왔다. 나는 마루로 나가서, 병화에게 인사를 한 뒤에, '형님, 잠간 이리……' 하고 김천형님을 큰방으로 끌고 들어갔다. 병화는 안으로 들어갔다.

"형님! 난 오늘 떠나겠습니다."

나는 다짜고짜 이렇게 말을 붙이었다. 형님은 좀 놀란 모양이다.

"왜 그렇게 급히?"

"역시 종용하게 가서 있어야 무슨 생각두 하겠구, 게다가 미리 가야 추후 시험 준비를 하지요."

나는 귀국할 때에 H교수더러 어머님 병환을 팔고 어물어물하던 것을 생각하며 형님을 치어다보았다.

"그리구서니 하루 이틀 더 묵지 못할 거야 무에 있니? ……그리구 어머니께서두 섭섭해 하실텐데."

형님 말은 옳은 줄 알면서도, 집안에서 섭섭해 하고 아니하고를 돌볼 여유가 없었다.

"어떻든 삼백 원만 주슈. 어디를 잠간 갔다가 또 오는 한이 있더라두……"

"어델 갈 텐데 삼백 원템이?"

다른 때 같으면 깜짝 놀라며 잔소리를 늘어놀 테지만, 초상을 치른 끝이라 아무쪼록 나의 비위를 거스르지 않으려고 하는 터이요 또 처음

예산보다는 장비가 거진 절반이나 절약이 되었기 때문에 남은 돈도 있어서, 어떻든 승낙을 받았다.

형님이 안으로 들어간 뒤에 내 방으로 건너와서, 다시 정자에게 편지를 쓰려고 붓대를 드니까, 병화가 또 나왔다.

"자네 오늘 떠난대지?"

병화는 들어와 앉으며, 놀란 듯이 묻는다.

"글쎄 그릴까 하는데요?"

나는 좀 머릿살이 아프나, 붓대를 놓으며 온화한 낯빛으로 치어다보았다.

"아직 개학은 멀었겠지?"

"개학이야 아직 반달이나 넘어 남았지만, 시험두 보다가 두고 나왔구 졸업이 불원하니까, 하루바삐 가 보아야지요."

"그두 그렇군!"

하며 병화는 한참 덤덤히 앉았더니,

"자네, 지금 틈 있나?"

하고 고개를 쳐들었다.

"왜요?"

"아, 글쎄 이번에 나왔다가, 종용히 이야기할 새도 없었구 하기에......"

"좀 바쁜데요. 두서너 달 있으면 어떻든, 또 나올 테니까......"

나는 벌써 알아차리고 거절하듯이 이렇게 대답하였다.

"아, 그래두 한잔 나가서 먹세그려. 잠간만이라두 좋으니......"

"먹으려면 예서 먹지요. ......이 편지 써 놀 동안만 잠간 안에 들어가

159

서 기대리시구려."

하며 나는 붓대를 만작만작하였다. 병화는 '글쎄-' 하며 또 잠자코 앉아서 나의 기색을 한참 노려보다가,

"그런데, 그것두 그렇지만 오늘 마침 자네두 간다구, 안에 을라두 와서 있는데, 기회가 좋으니 우리끼리 한번 만나잔 말이야. 일전부터 을라두 우리끼리 한번 만나서 해혹두 할 겸 하룻저녁 이야기를 하자구 하기에 말야.

"해혹은 무슨 해혹이에요. 나는 별로 오해한 것도 없는 줄 아는데……"

하며 나는 시치미를 떼었다.

"아, 글쎄 말야. 아무 까닭두 없이 작년 이래로 피차에 설면설면해진 것은 그 중간에 무슨 오해나 없지 않은가 해서 말야."

하고, 내가 무슨 말을 하려는 것을 막으며,

"……또 이번에 그런 일이 있어서 자네두 상심이 될거니 위로 삼아종용히 만나자는 말인가 보대."

병화 생각에는 내가 아무 눈치도 모르고 있는 줄 아는지 말씨가 좀 이상하였다.

"아무 까닭이 있는지 없는지는 나는 모르겠소마는 어떻든 내게는 아무 오해가 없으니까, 그런 이야기를 을라에게라도 전해주시는 게 좋겠지요. ……그리구, 내가, 상심을 하든 말든 을라가 특별히 위로니 무어니 하는 것은 우스운 소리겠지요."

"……"

"아무튼지 형님 말씀도 감사하지만 을라에게두 감사하다구 말해주시

구려.”

“암만해두 자네에겐 무슨 오해가 있는 모양야? 언제든지 모든 것을 자네 일류의 신경과민적 해석을 지나치게 하기 때문에 병통이야……”

병화의 말이 나의 귀에는 좀 수상쩍게 들리었다. 을라와 병화와의 관계를 내가 너무 의심을 한다는 말 같게도 들리지만, 어떻든 병화가 을라를 연모하였고, 을라도 나종에는 어떻게 되었든지 병화의 심중을 알아주고 어떠한 정도까지는 마음을 허락한 것은 분명하다. 그리기에 지금도 학비를 주고받는 것이다. 그뿐 아니라 을라는 현재에도 쌍수집병의 태도이다. 그리면서도 또다시 나에게 아무쪼록 가까이하고 싶어서 애를 쓰며 병화까지를 이용하려는 것은 괘씸도 하거니와, 얌체 빠지게 그런 소리를 하고 돌아다니는 병화의 얼굴이 다시 치어다 보이지 않을 수 없다. 나는 잠자코 붓대를 들었다.

“자네는 무슨 생각을 가지고 그리는지는 모르네마는, 아무튼지 을라는 자네를 평생의 좋은 친구로 생각하고 자네를 매우 동정하는 모양일세……”

이런 말은 제정신을 가지고 하는 소리인지 까닭을 알 수가 없었다. 나는 들었던 붓대를 탁 놓고 병화를 똑바로 치어다보며,

“형님! 그건 무슨 소리요?”

하고 될 수 있는 대로 목소리를 가다듬어서,

“……지금 새삼스럽게 형님이, 을라하고 나하고를 어떻게 하려는 것은 물론 아니겠지요.”

“……”

“……지금 와서 내게 떼어 맡기려는 것은 아니겠지요.”

나는 일부러 이런 소리를 한마디 하고 병화의 숙이고 앉았는 얼굴을 들여다보았다.

"그게 무슨 소린가. 새삼스럽게구 아니구 간에 어떻게 하긴 무얼 한 단 말인가. 다만 자네에게 깊은 동정이 있단 말이지. ……그리구 자네 는 늘 오해를 하나 보대마는, 나는 다만……"

"글쎄 그런 이야기는 고만두세요. 지금 그런 이야기를 할 경황두 업 구……하지만 대관절 나는 남의 동정을 받구 싶어 하는 사람도 아니요 남에게 동정할 줄도 모르는 사람이니까, 그쯤만 알아두시구려. 더구나 을라가 동정이니 무어니……이렇게 말하면 너무 심한 말이지만 어줍지 않은 말이지요. ……동정이란 것은 그 사람의 '아(我)'라는 것을 무시하 고 빼앗는 것인 줄이나 알구 그런 소리를 하나요. 동정이란 말은 그렇 게 뉘게나 함부루 할 말이 아닙니다."

나는 어쩐지 신경이 흥분하여서 나중에는 여지없이 쏘았다.

"그렇게 말할 게 아닐세. 내 말이 잘못되었는지는 모르지만, 그건 자 네의 편견일세."

병화는 의외에 공박을 만나서 방패막이를 할 길이 없는 모양이다.

"글쎄 내가 너무 지나치게 말을 하였는지도 모르겠소마는, 인제는 피 차에 냉정히 생각을 하여 가지고 제각기 제 분수대로 제 길을 걸어 나 가야 할 때가 되었겠지요. 남에게 동정을 하고 어쩌고 하기 전에 위선 마음을 가라앉혀 가지고 내성을 할 때가 돌아와야 하겠지요. 을라나 형 님이나 내나 우리는 원심적 생활을 하여 왔다고 하겠으니까 인제는 구 심적 생활을 시작하여야 하겠지요. 어떻든 무엇보다도 냉정하고 심각 하게 생각을 하여서 내적 생활의 방향 전환에 노력하는 것이 자기생활을 스스로 지도하는 데에 제일 착수점이겠지요……"

병화는 한 십 분 동안이나 무료한 듯이 앉았다가,

"아무튼지 내가 말을 잘못하였는지 모르나 하여간 오해는 말게."
하며 일어나갔다.

나는 유쾌한 듯이 혼자 웃고 붓대를 들었다. ……

경도에서 주신 글월은 반갑습니다. 나는 당신을 생각할 때마다 M헌의 하룻밤……동경역의 밤을 생각하여 보고는 혼자 기뻐합니다. 그러나 나의 주위는 그러한 기쁨을 마음껏 맛보도록, 나를 편하고 자유롭게 내버려 두지는 않습니다. 다른 것은 고만두더라도 나의 주위는 마치 공동묘지 같습니다. 생활력을 잃은 백의의 민(民)=망량(魍魎)같은 생명들이 준동하는 이 무덤 가운데에 들어앉은 지금의 나로서 어찌 '꽃의 서울'을 꿈꿀 수가 있겠습니까. 눈에 뜨이는 것 귀에 들리는 것이 하나나 나의 마음을 보드랍게 어루만져 주고 기분을 유쾌하게 돋아주는 것은 없습니다. 이리다가는 이 약한 나에게 찾아올 것은 아마 질식밖에 없겠지요. 그러다, 그것은 방순한 장미 꽃송이에 파묻히어서 강렬한 향기에 취하는 벌레의 질식이 아니라 대기와 절연한 무덤 속에서 구데기가 화석(化石)하는 것과 같은 질식이겠지요.

시즈코상(靜子樣)!

그러나 나는 스스로를 구하지 않으면 아니 될 책임이 있는 것을 깨달았습니다. 스스로의 길을 찾아내이고 개척하여 나가지 않으면 아니될 자기 자신에게 스스로 부과한 의무가 있는 것을 깨달았습니다. 나의 처는 기어코 모진 목숨을 끊었습니다. 그러나 그는 결코 죽었다고는 생각할 수 없습니다. 왜 그러냐 하면 그 남편 되는 나에게 '너를 스스로 구하여라! 너의 길을 스스로 개척하여라!' 는 귀엽고 중한 교훈을 주고 가기 때문이올시다. 과연 그렇습니다. 그는 나에게-그의 일생 중에 제일 유정하여야 할 데이면서도 제일 무정하게 굴던 나에게 이러한 교훈을 남겨 주고 이 세상을 떠났습니다. 그것을 생각하면 그는 결코 죽었다고는 생각할 수 없습니다. 그의 육체는 흙에 개가하였으나 그리함으로 말미암아 정신으로는 나에게 영원히 거듭 시집왔다고 하겠지요. 그뿐 아니라, 그는 나의 단 한 씨[種子]를 남겨 주고 갔습니다. 유일이 아니라 단일이외다. 나는 그 씨를 북돋워서 남보다 낫게 기를 의무와 책임을 느낍니다. 물론 나는 장래에 나에게 분배가 돌아오리라고 예상하는 재산의 반분을 제공하는 조건으로 우리 종가에 양자로 주기를 자청하였지만, 그것은 형식과 물질의 문제요 근본적 내면과 소질에 있어서는, 그의 행복에 대한 전책임을 질 책무가 의연히 나에게 있다고 나는 굳게 명심합니다.

시즈코상!

아까도 내가 왜 귀국을 하였던가 하는 생각을 하여 보고 자기의 어리석은 것을 스스로 비웃어 보았습니다. 그리하여 오늘 밤으로라도 곧 떠나려고 결심까지 한 터이외다. 그러나 이러한 모든 생각을 하여 보면 여기에 온 것이 결코 무의미하였다고는 생각할 수 없습니다. 사실 이번에 와서 처를 잃고 갑니다. 그러나, 나는 잃고 가는 것이 아니라 얻고 간다고 생각 않을 수 없습니다. 어떻든 우리는 우리의 길을 찾아서 나가십시다. 사(死)라는 것이 멸망을 의미하든 영생을 의미하든 어떠한 지수(指數)를 가리키든 그것은 우리로서 조금도 간섭할 권리가 없겠지요.

우리는 다만 호흡을 하고 의식이 남아있다는 명료하고 엄숙한 사실을 대할 때에 현실을 정확히 통찰하며 스스로의 길을 힘 있게 밟고 굳세게 살아나가야 할 자각만을 스스로 자기에게 강요함을 깨달아야 할 것이외다.

시즈코상!

이제 구주의 천지는 그 참담하던 도륙도 종언을 고하고 휴전조약이 완전히 성립되지 않았습니까? 구주의 천지, 비단 구주천지뿐이리요, 전 세계에는 신생의 서광이 가득하여졌습니다. 만일 전체의 알파와 오메가가 개체에 있다 할 수 있으면 신생이라는 광영스런 사실은 개인에게서 출발하여 개인에 종결하는 것이 아니겠습니까. 그러면 우리는 무엇보다도 새로운 생명이 약동하는 환희를 얻을 때까지 우리의 생활을 광명과 정도로 인도하십시다. 당신은 실연의 독배에 청춘의 모든 자랑과 모든 빛과 모든 힘을 무참하게도 빼앗겼다고 우시지 않았습니까. 그러나 오는 세계에는 그러한 한숨을 용납할 여지가 없겠지요. ……가슴을 훨씬 펴고 모든 생의 힘을 듬뿍히 받으소서.

시즈코상!

이번에 동경 가는 길에 다녀가라고 하셨지요? 그러나 노하지 마십시요. 가고 싶은 마음이야 참 정말 간절하지 않을 수 없습니다. 그러나 주위의 사정이 허락치를 않습니다. 실로 바쁩니다. 아시다시피 시험을 중도에 던지고 나왔고 게다가 졸업논문이 그대로 있습니다. 용서해 주시겠지요?

그러나 사랑이란 것은 간섭이나 소유에 있는 것이 아닌 것을 당신은 아시겠지요. 피차의 생활을 간섭하고 그 내부에 들어가서 밀접한 관계를 맺는 것이 사랑의 극치가 아닌 것은 더 말할 것 없습니다. 또한 사랑의 상대자를 전연히 소유하지 않으면 만족할 수 없다는 것도 사랑의 절정은 못 되는 것이외다. 비록 절정이라 할지라도 사랑의 이상은 아니외다. 나는 늘 주장하는 것이지만 그 사람의 행복을 진순한 마음으로 기축(祈祝)하는 것만이 진정한 사랑이외다. 이 세상에는 나를 사랑하여 주는 사람이 있거니, 또 내가 사랑하는 사람이 있거니 하는 생각만 가져도 얼마나 행복스럽고 사는 것 같습니까. 과연 그러한 것만이 순결무구한 신에 가까운 사랑이외다.

너무 장황하오나 용서하고 보아주시옵소서. 나머지는 일후에 만나뵈일 날까지 싸서 두옵니다. 내내 만안하심 비옵니다.

보내옵는 것은 변변치 않으나마 학비의 일부에 충용하실까 함이오니 허물 마시고 받으시옵소서.

이인화 배(拜)

니시무라 시즈코(西村靜子) 상

나는 편지를 써 가지고 시계를 꺼내 본 뒤에 형님에게 받은 삼백 원이 든 지갑을 넣고 우편국으로 총총히 달아났다.

×

정거장에는 김천형님, 큰집형님, 병화 내외, 을라 등 다섯 사람이 나왔다. 을라는 물론 입도 벌리지 않고 우두커니 섰지만 병화 내외도 플

랫폼의 보꾹에 매달린 시계만 치어다보며 선하품을 하고 섰었다. 그러
나 병화의 얼굴에는 그렇게 보아서 그런지 안심하였다는 듯한 화평한
기색이 도는 것 같았다.

차가 떠나려 할 제 김천형님은 승강대에 섰는 나에게로 가까이 다가
서며,

"내년 봄에 나오면, 어떻게 다시 성례를 해야 하지 않니? 네겐 무슨
심산이 있니?"

하며 난데없는 소리를 묻기에,

"겨우 무덤 속에서 빠져나가는데요? 따뜻한 봄이나 만나서 별장이나
하나 작만하고 거드럭거릴 때가 되거든요? ……"

하며 나는 웃어버렸다.

만세전

수선사

序를 대신하야

내가, 웨 이것을, 썼느냐 하면, 전혀 뒤를 후회멋는 이作自身이 나들이싫어하야

諸君에게 말할것이다.

이作品, 정당한 生命과 價值가있느냐는것은, 또는, 글속, 諸君이

혼용대신하야 말할것이다.

나는, 이 두가지를 미룸으로, 쓴다시 될을버리랴고는 않이한다.

癸酉九月

作 者

1

조선에 '만세'가 일어나던 전해 겨울이다. 세계대전이 막 끝나고 휴전 조약이 성립되어서 세상은 비로소 번해진 듯싶고, 세계개조의 소리가 동양천지에도 떠들썩한 때이다. 일본은 참전국이라 하여도 이번 전쟁 덕에 단단히 한밑천 잡아서, 소위 나리킨(成金), 나리킨 하고 졸부가 된 터이라, 전쟁이 끝났다고 별로 어깻바람이 날 일도 없지마는, 그래도 또 한몫 보겠다고 발버둥질을 치는 판이다.

동경 W대학 문과에 재학 중인 나는 때마침 반쯤이나 보던 연종시험 (年終試驗)을 중도에 내던지고 급작스레 귀국하지 않으면 안될 일이 생겼다. 그것은 다름 아니라, 그해 가을부터 해산 후더침으로 시름시름 앓던 아내가 위독하다는 급전(急電)을 받았기 때문이었다.

내가 동경에서 떠나오던 날은 마침 시험을 시작한 지 둘째 날이었다. 그날 나는 네 시간 동안이나 시험장에서 추운 데 휘달리다가 새로 한시 가 지나서 겨우 하숙으로 허덕지덕 나아오려니까, 시퍼렇게 언 찬밥뎅 이(생기기도 그렇게 생겼지마는, 밤낮 찬밥뎅이만 갖다가 주는 하녀이기에 내가 지어 준 별명이다)가 두 손을 겨드랑이에다 찌르고 뛰어나오는 것하고, 동구 모퉁이에서 딱 마주쳤다.

"앗! 리상, 지금 오세요? 막 금방 댁에서 전보환(電報換)이 왔던데요. 한턱내셔야 합넨다, 하하하."

하고 지나쳐 간다.

그러지 않아도 사오 일 전에 김천의 큰형님이 부친 편지가 생각나서, 어쩌면 오늘 내일쯤 전보나 오지 않을까? 하는, 근심인지 기대인지 자기도 알 수 없는 막연한 생각을 하며 오던 차에 그런 소리를 듣고 보니, 가슴이 뜨끔하면서도 잘 되었든 못 되었든 하여간 일이 탁방이 난 것 같아서 실없이 마음이 턱 가라앉는 듯도 싶었다.

'흥, 찬밥뎅이를 만났으니 무에 되겠니? 그예 나오라는 게로구나!'

나는 속으로 이렇게 생각을 하며, 그래도 총총걸음으로 들어갔다. 채 문지방에 발을 들여놓기도 전에 주인 여편네가 곁방에서 앉은 채 미닫이를 열고 생글 웃어 보이며,

"인제 오십니까? 춥지요? 댁에서 전보가 왔는데요……"

하고 전보환 봉투와 함께 하얀 종잇조각을 내민다.

일전에 김천형님이 서울 올라가서 편지를 부치시며, 집에서 시급하다는 통기가 왔기로 자기 집 동리의 명의라는 자를 데리고 어제 올라왔는데, 아직은 그만하거니와 수일간 차도를 보아서 정 급한 경우면 전보를 놓겠노라고 한 세세한 사연을 볼 때에는, 전보는 쳐서 무얼 하누? 하던 나도 전보를 받고 보니 암만해도 죽으려나? 하는 생각이 나서 손에 든 책보를 내려놓을 새도 없이 당황히 펴보았다. 그러나 일전에 온 편지의 말대로 위독하다는 말은 없고, 다만 어서 나오라는 명령과 전보

환을 보낸다는 통지뿐인 것을 보면, 언제라고 그리 걱정을 해본 일이 있었던 것은 아니지마는,

'아직 죽지는 않은 게로군!'

하고 안심이 되면서도 도리어 좀 의아한 생각도 떠올랐다.

'그리 시급히 턱을 까부는 것은 아니라도 죽기 전에 한번 대면이라도 시키려구 그러는 것인지? 죽었다고 하기가 안되어서 이러니저러니 잔사설 할 것 없이 그저 나오라고만 한 것인지? ……'

나는 구두를 벗으면서 이런 생각을 하고는, 죽었으면 나 안 가기로 장사 지낼 사람이 없어서 시험 보는 사람더러 나오라는 것인가? 하고, 공연히 불뚝하는 심사가 일어나는 것이었다.

돈은 그 달 학비까지 얼러서 백 원이나 보내왔다. 병인은 죽었든 살았든 하여간에, 돈 백 원은 반가웠다. 시험 때는 당하여 오고 미구에 과세(過歲)를 하려면 돈 쓸 일은 한두 가지가 아닌데, 우환이 있는 집에다 대고 철없이 돈 청구만 할 수도 없어 걱정인 판에 마침 생광스럽다. 사실 돈 아쉰 생각을 하면, 시험 본다는 핑계로 귀국은 그만두고 노자를 잘라 써버리고도 싶으나, 아버님 꾸지람이나 집안의 시비도 시비려니와, 실상 묵은 돈을 얻어 오려면 나가는 것이 상책이기도 한 것이다. 시험도 성이 가신 판에 두 번에 질러 보는 것이 유리하였다.

"아주 일어나실 가망이 없으신 게로군요? 얼마나 걱정이 되시구 그립겠습니까?"

내 내자가 앓는 것을 전부터 아는 주부는, 정중한 인사가 아니라 방 안에서 농인지 인사인지 알 수 없는 소리를 하며 해해 웃는다.

"걱정이나마나 요새 밥맛이 다 제쳐졌는데!"

나는 코대답을 하고 자기 방으로 들어가서 책 보퉁이를 내어던지고, 서랍에서 도장을 꺼내 넣고 다시 나왔다. 주부는 내가 문간으로 나오는 기척에 다시 내다보며 역시 농담 진담 반으로,

"아, 점심도 아니 잡숫구 왜 이리 급하슈? 돌아가시기두 전에 진지를 못 잡숫도록 그렇게 설우셔야 몸이 축가지 않나요?"

하며 점심을 먹고 나가라고 권한다. 천생 밥장수란 돈푼 생긴 것을 보면 까닭 없이 금시로 대접이 다른 것이 배냇병 같은 제 버릇이다.

"암, 실상은 그래야 할 거요. 좀 그래 봤으면 좋겠는데, 주머니밑천이 든든해지면 계집애한테 문안 갈 생각부터 드니 걱정이지!"

"왜 안 그렇겠에요! 다다미[疊]하구 계집은 새롤수록 좋다고, 벌써부터 장가가실 궁리부터 바쁘신 게로군?"

주부는 심심파적으로 이런 실없는 소리도 하고 새새 웃는다.

"세상 남자가 다 그렇대도 나만은 예외니까!"

나는 구두끈을 매고 일어서며 혼자 웃었다.

"하아, 서방님이 그러실 제야, 돌아가는 아씨 마음은 어떨라구!"

주부는 또다시 이렇게 감탄도 한다.

나는 거리로 나오면서, 주부의 지금 말이 딴은 옳은 말일지도 모른다고 생각하여 보았다. 자식이나 주줄이 달린 중년 상처꾼이면 모르겠마는, 그렇지 않은 젊은 놈이면 계집이 죽어 간대도 눈 하나 깜짝 안하고 제물 이혼이라고 은근히 잘 된 듯싶이 장가들 궁리부터나 하는 것이 십상팔구일지 모를 것이다. 그렇게 생각하면 나부터도 어려서 정이 들지 않기 때문이지마는, 아무 통양(痛癢)을 느끼지 않는 것은 아직 젊기 때문이다. 나는 이런 생각을 하며, 큰길로 빠져나와서 우편국으로

향하였다.

십 원짜리 지폐 열 장을 양복 주머니에 든든히 집어넣고, 우편국에서 나온 나는 우선 W대학 정문을 향하여 총총걸음을 걸었다.

교수실에는 마침 H주임교수가 서류가방을 만작거리면서 나오려고 머뭇거리며 있었다. 나는 H교수가 모자까지 쓰고 나오기를 기다려서 쫓아 나오면서 전보를 내보이고 급자기 귀국하여야 할 사정을 말하였다. H교수는,

"응, 응, 옳지! 그래서?"

하며 듣고 나서 고개를 한참 기울이고 섰더니,

"사정이 정 그렇다면 하는 수 없겠지. 그러나 추후 시험은 좀 귀찮을 걸! 삼사 일간쯤 어떻게 연기할 수 없을까?"

"글쎄요…… 그러나 사정도 딱하고, 기위 이렇게 되고 보니 좀처럼 착심이 될 것 같지도 않고 해서 갔다가 곧 오려는데요……"

"응! 그도 그래! 그러면 정식으로 수속을 하게그려."

H교수는 이같이 허가를 하여 준 후에 몇 가지 주의와 인사를 남겨 놓고, 교무실로 분별을 하여 주러 들어간다. 나도 뒤따라섰다.

의외에 얼른 승낙을 하여 주기 때문에, 나는 할인권까지 얻어가지고 나오기는 나왔으나 시험 치르기가 귀찮아서 하는 공연한 구실이라고 오해나 하지 아니할까 하는 자곡지심이 처음부터 앞을 서서, 좀 쭈뼛쭈뼛한 것이 암만하여도 불유쾌하였다. 전차 종점으로 나와서 K정으로 향하는 전차에 올라앉아서도, 아까 H선생더러 얼떨결에 한다는 소리가, '어머님 병환이……'라고 한 것을 다시 생각하여 보고, 혼자 더욱이 찌뿌드드한 생각을 이기지 못하였었다.

'왜 하필 왈 어머님의 병환이라 했누? 내 계집이 죽게 되어서 가겠다면 어디가 어때서 어머니를 팔았더람?'

이같이 뇌고 뇌었으나 공연한 신경질로 그러는 것이었었다.

그럭저럭 시간은 벌써 세 시가 넘었었다. 어차피에 네 시 차로는 떠날 꿈도 아니 꾸었었지마는, 인젠 열한 시의 야행으로나 출발할 수밖에 없다고 결심을 하고, 나는 K정에서 전차를 내리는 길로 쓰카다니야(塚谷屋)로 들어갔다.

반 시간 남짓하게나 돌아다니면서 이것저것 뒤적거리다가, 우선 급한 자켓 한 벌을 사 가지고 그 자리에서 양복저고리 밑에 두둑이 입고 나서 몇 가지 여행제구를 사 들고 거리로 나왔다.

그러나 그 외에는 또 별로 긴급히 갈 데는 없었다. 인제는 그 카페로 가서 점심이나 먹을까 하다가, 돈푼 가진 바람에 그랬던지 아직 그리 급하지도 않건마는 머리치장이 하고 싶은 생각이 나서 근처의 이발소로 찾아 들어갔다.

"다 깎으세요? 아직 괜찮은데요. 면도나 하시지요?"

한 손에 가위를 든 이발장이는 왼손으로 머리 뒤를 살금살금 빗기면서 이렇게 묻는다.

"그럼 면도나 할까!"

나는 이같이 대답을 하고 나서 깎지 않아도 좋을 머리까지 깎으려는 지금의 자기가 별안간 야비하게 생각되는 것을 깨닫고, 앞에 붙은 체경 속을 멀거니 들여다보다가, 혼자 픽 웃어버렸다. ……가만히 눈을 감고 자빠져서도 이처럼 여유 있고 늘어진 자기의 심리를 의심스러운 눈으로 들여다보지 않을 수 없었다.

'싫든 좋든 하여간 근 육칠 년간이나, 소위 부부란 이름을 띠고 지내 왔는데……, 당장 숨을 몬다는 지급전보를 받고 나서도, 아무 생각도 머리에 떠오르지 않고 유산태평인 것은 마음이 악독해 그러하단 말인 가. 속담의 상말로, 기가 하두 막혀서 맥힌 둥 만 둥해서 그런가? …… 아니, 그러면 누구에게 반해서나 그런다 할까? 그럼 누구에게……?'

그러나 '그러면 누구에게……?'냐고 물을 제, 나는 감히 대답할 수가 없었다. 그럴 용기가 나지 않았다. 다만 뱃속 저 뒤에서는 정자! 정자! 하는 것 같았으나 죽을힘을 다 들여서 '정자'라고 대답하여 본 뒤에는, 또다시 질색을 하며 머리를 내둘렀다. 실상 말하면 정자가 아니라는 것 도 정자라고 대답하려니만치 본심에서 나온 대답이었었다. 그러면서도 자기가 지금 머리를 깎으려고 들어온 동기가 애초에 어디 있었더냐는 것은 분명히 의식도 하고 부인하지도 않았다.

'과연 지금 나는 정자를, 내 아내에게 대하는 것처럼 냉연히 내버려 둘 수는 없으나, 내 아내를 사랑하지 않으니만치 또 다른 의미로 정자 를 사랑할 수는 없다. 결국 나는 한 여자도 사랑하지 못할 위인이다.'

이 같은 생각을 할 제 나는 급작스레 고독을 느끼지 않을 수 없었다. 생활의 목표가 스러져 버리는 것 같았다.

'그러나저러나 지금 이다지 시급히 떠나려는 것은 무슨 때문인가. 내 가 가기로 죽을 사람이 살아날 리도 없고, 기위 죽었다 할 지경이면 내 가 아니 간다고 감장할 사람이야 없을까? 육칠 년이나 같이 살아온 정 으로? 참 정말 정이 들었다 할까? 입에 붙은 말이다. 그러면 의리로나 인사치레로? 그렇지 않으면 일가에게 대한 체면에 그럴 수가 없다거나, 남편 된 책임상 피할 수 없어서 나가 봐야 한다는 말인가. 흥! 그런 생

각은 염두에도 없거니와 그런 마음에도 없는 것을 하지 않으면 안될 이유는 어디 있는가?'

여기까지 와서는 더 생각을 이어 할 용기가 없었다. 만일에 어디까지든지 캐물을 것 같으면 자기 자신의 명답을 얻었을지 모르나 그것은 잇몸이 근질근질하는 것 같아서 다시 건드리지도 않고 자기 마음을 살짝 덮어 두었다.

면도를 하고 세수를 하고 치장을 차린 뒤에, 어디로 가리라는 결심도 채 하지 못하고, 이발소에서 뛰어나왔다.

'바로 하숙으로 돌아갈까? 정자에게로 가 보나?'

혼자 이렇게 또 망설이면서도 머릿속으로는 떼치지 못할 어떠한 그림자를 쫓으면서 길 밖에서 머뭇거리다가 잡지 권이나 살까 하고 동경당을 들여다보았다. 공연히 이 책 저 책을 한참 뒤적거리다가 손에 잡히는 대로 잡지 한 권을 사 들고 나와서도 우두커니 길거리를 내다보며 섰다가 아래로 향하고 발길을 떼어 놓았다. 어느덧 X정 삼거리로 나와 발끝은 M헌(軒) 문전에 와서 뚝 섰다.

아직 손님이 듬성긋한 홀 속은 길거리보다도 음산하게 우중충하고, 한가운데 놓인 난로에도 불기가 스러져 가는 모양이었다.

"에그, 잊어버리게 되었습니다그려! 왜 그리 한번도 안 오셨에요."

밖에서 들어온 사람의 눈에는 그림자만 얼쑹덜쑹하는 컴컴스레한 주방문 곁에 서서 탁자를 훔치던 손을 쉬고, 하얀 둥근 상(相)만 이리로 돌리며 인사를 하는 것은 P자이었다.

나는 난로 앞으로 의자를 끌어당겨 놓고 앉으면서,

"그럼 시험 안 보고 술 먹으러 다닐까? 그러나 오늘은 P코가 보구 싶어 책이 어디 눈에 들어가던가! 허허허."

"왜 안 그러시겠어요, 홍! 하지만 시험 문제를 내건 칠판 위에는 시즈코상(靜子樣)의 얼굴이 왔다 갔다 했겠죠? 하하하."

하고 P자는 걸레를 내던지고 이리로 오며 웃는다.

"응, 잘 알았어! 그리구 그 뒤에서는 P코상의 이런 눈이 반짝이구······."

하며 나는 눈을 흘기는 흉내를 지어 보였다.

"그런 애매한 소린 마세요. 두 분이 보따리를 싸시거나, 정사를 하시거나 내게 무슨 상관이나 있게요? 시즈코상!"

P자는 반쯤 웃으면서도 호젓한 표정으로 정자를 목청을 돋워 길게 빼며 부른다.

아직까지도 조선 유학생이라면 돈 있는 집 자질이요, 인물 좋다고 동경바닥서 평판이 좋은데, 문과대학생이 이런 데에서는 장을 치는 '태평시대'다. 나는 동창생들에게 끌려 우연히 와본 뒤로 벌써 반년 가까이 드나드는 동안에 이만큼 친숙하여졌다. 이런 자유의 세계에서만도 얼마쯤 무차별이요 노골적 멸시를 안 받는 데에, 감정이 눅어지고 마음이 솔깃하여 내 발길은 자연 잦았던 것이다.

여우(女優) 머리를 어푸수수하게 쪽찌고, 새로 빨아 다린 에이프런을 뒤로 매며 살금살금 나오는 정자는 우선 시선을 P자에다가 보내며,

"이거 웬 야단야?"

이렇게 한마디 하고 나서, 그 신경질적인 똥그란 눈을 이리로 향하고 공손히 인사를 한다. 나는 고개만 끄덕하고 잠자코 말았다.

"시즈코상! 이번에 리상이 성적이 좋지 못하시다면 그 죄는 시즈코상

에 있습넨다."

둘의 거동을 한참 건너다보던 P자는 이같이 한마디를 내던지듯이 하고 저리로 다시 가서 탁자를 정돈하고 섰다. 정자는 거기에는 대꾸도 아니 하고,

"참 요새 시험 중예요?"

하며 나에게 묻는다. 얼마쯤 반가운 기색이나, 언제나 그러한 자기의 감정을 감추는 정자다.

"그럼, 시험 보다가 말구 보러 왔길래 정성이 놀랍다구 P코상이 놀리는 게 아닌가? 그러나 P코상을 찾아왔는지 시즈코상을 보러 왔는지, 술이 그리워서 왔는지, 그것은 내 염통이나 쪼개 보기 전에야 알 수 없는 일이지. P코! 일이 끝나건 올라와요."

나는 P자에게 일러 놓고 정자를 따라서 위층으로 올라갔다.

이맘때쯤은 제일 한산한 개시머리지마는 이층은 아무도 없다.

난로 앞에 자리를 만들어 나를 앉혀 놓고, 정자는 저편에 가 서서 영채가 도는 똥그란 눈으로 무슨 기미를 찾아내려는 듯이 내 얼굴을 똑바로 쳐다보다가 눈이 마주치니까 생긋 웃는다. 이 계집의 정기가 모두 그 눈에 모였다고도 할 만하지마는 항상 모든 것을 경계하는 눈치가 역력하다. 혹간은 무심코 고개를 돌릴 만치 차디차고 매정스러울 때도 있다. 그러나 어느 때든지 생긋 웃는 그 입술에는 젊은 생명이 욕구하는 모든 것을 아무리 하여도 감출 수가 없었다. 그러면서도 결코 소리를 내지 않고 웃는 호젓한 미소에서, 침정(沈靜)과 애수(哀愁)의 그림자를 어느 때든지 볼 수 있었다. 남성이란 남성을 못 믿고 저주하면서도 그래도 내버리고 단념할 수 없는 인간다운 애착이며 성적 요구에서 일어

나는 답답한 심정을 그대로 상징한 것이 이 계집애의 그 시선과 미소이었다.

"왜 그리 풀이 죽으셨에요. 너무 공부를 하시느라고 얼이 빠지셨습니다그려?"

정자는 남자가 잠자코 있으니까 좀 어색한 듯이 체경 있는 쪽으로 잠깐 고개를 돌리우고 머리를 만작거리며 입을 벌렸다. 이 계집애의 나직나직한 목소리에도 좀 더 크게 하였으면 좋겠다 하는 생각이 날 만치 절제하고 압축된 탄력이 있었다. 이 계집은 자기의 목소리에서까지 자기를 억제하고 숨기려 하는가 싶었다.

"왜 누가 얼이 빠져? 어서 가서 술이나 갖다 주구려. 벌써 거진 네 시나 되었을걸?"

나는 시계를 꺼내 보며 재촉을 하였다. 정자는 나가려다가 돌쳐서며,

"왜 어딜 가세요?"

하고 물으며 가까이 온다. 내가 앉았는 안락의자의 등덜미에 한 손을 걸쳐 놓으며 무릎이 맞닿도록 다가서며 생글하는 것은 언제나와 같은 애무를 바라는 표정이다.

"가긴 어딜 가!"

"뭘, 인제 시험을 마쳐 놓고 어디든지 조용한 데루 여행을 하시는 게지! 어디 두고 보면 알겠지!"

하며 저쪽 체경 탁자로 가서 그 위에 놓은, 내가 들고 들어온 봉지를 두 손으로 만작거리며 건너다보고 서 있다. 그 속에는 내가 아까 쓰카다니야에서 사 가지고 온 풍침과 여행용 물잔이며, 부친을 위한 여송연 상자, 과자 상자, 비단 여편네 목도리를 넣은 종이갑…… 이것저것이

들어 있었다.

장난꾸러기처럼 먼 산을 쳐다보며 한참 만작만작하던 정자는,

"웬 선사품이 이렇게 많은구? 댁에 가시나 보군요?"

하며 체경 속을 들여다보고 생글 웃으며,

"어디 좀 펴 봐야! 뭘 이렇게 많이 무역을 해 가시나?"

하고 제멋대로 풀기를 시작한다. 나는 웃으며 하는 대로 내버려 두었다.

풍침, 고뿌, 왜비누, 담뱃갑, 과자 상자…… 탁자 위에다가 진열대처럼 벌여놓더니, 맨 밑에 있는 솔 갑을 펴들고 생글생글 웃다가 난로 앞으로 와서 서며,

"이건 아가씨 것이군요?"

하며 내민다. 그때의 그의 눈과 그 입술에는 시기에 가까운 막연한 감정을 감추려고 애를 써 웃는 빛이 살짝 지나갔다.

"잘 알았소!"

하며 나는 홱 뺏으며 정자를 껴안듯이 부둥켜안다가 목도리를 다시 개킨다.

"잘못했습니다. 누가 줄 사람을 주지 말라고 했습니까, 하하하."

하고 정자는 좀 어색한 듯이 웃고 섰다. 그러나 기회가 마침 좋다고 생각한 나는 벌떡 일어나는 길로, 손에 든 자주 바탕에 흰 안을 받친 목도리를 눈 깜짝 새에 둘둘 말아 가지고 정자의 앞으로 덤벼들며, 목을 껴안으면서 소매 속에 쑥 넣으면서 술 취한 사람처럼 장난 비슷이……
하였다. 불의에 난폭한 습격을 받은 정자는 어쩔 줄을 모르면서도 생글 웃는 낯을 본 법하였다. 일 분쯤 지났을까, 정자는 나의 팔을 뿌리치고 얼굴이 발개서 내려가 버렸다. 뒷모양을 가만히 노려보고 섰던 나는 두

세 걸음 쫓아 나가며,

"노하지 말아요. 그리구 어서 가져와!"

하고 곱게 일렀다.

나의 한 일은 점잖지는 못하였으나, 다른 손이 올라오기 전에 주고 싶고, P자에게 알리기 싫으니 그 외의 수단을 모르는 나는 그리하는 수밖에 없었다.

나는 멀거니 섰다가 여기저기 흐트려 놓은 물건을 빈 갑까지 싸서 놓고 자기 자리로 와서 앉았다.

위스키병을 들고 올라온 정자는 한잔 따라 놓고 뾰로통하여 섰다가, 체경 앞으로 가서 머리를 고치고 다시 와서는 멈칫멈칫하며 바로 앉지를 않았다. 나의 눈에는 부끄러워하는 그 기색이 도리어 기뻤다. 더구나 노기가 있는 것은 인격적 자각의 반영(反映)이라고 생각할 때, 미안하기도 하고 위로하여 주고 싶은 생각이 들었었다.

"왜 그래? 오늘 밤에 어딜 갈 텐데 섭섭하기에 변변치는 않은 것이나마 사 가지고 온 것이야. 조금이라도 어떻게 생각지는 않겠지? 남의 눈에 띄는 것이 재미없겠기에 그런 거야."

그것도 객기로 산 것이지마는 참답게 주지 못한 것을 나는 후회하였다.

"천만에요! 되레 미안합니다. 그러나 댁에를 가세요? 지금 떠나실 테에요?"

정자는 될 수 있는 대로 냉연히 물었으나 흥분한 마음을 무리로 억제하는 양이 역력히 보이었다.

"글쎄, 집엘 좀 가야 할 일이 있는데, 밤에 떠날지? 아직 시험이 끝나지 않아서……"

나는 어느 틈에 정숙한 말씨로 변하였다.

"무슨 볼일이 계시기에 시험을 보시다가 말구 가세요?"

하며 정자는 비로소 고개를 들고 쳐다본다. 그때에 마침 요리가 승강기로 올라오기 때문에 정자는 일어섰다. 나는 그 길에 P자를 부르라고 일렀다. 정자는, '예에?' 하고 한참 나를 돌아다보고 섰다가 다시 돌쳐서서 P자를 소리쳐 부른 뒤에 요리 접시를 들어다 놓는다. P자도 뒤따라 들어왔다.

"재미있게 노시는데, 쓸데없이 폐올시다그려, 하하하."

하며 P자는 내가 가리키는 교의에 털썩 앉으며 식탁에 놓였던 잡지를 들어서 뒤적거리기 시작한다. P자의 푸근푸근한 얼굴도 언제 보아도 반가웠다.

명상적(瞑想的)이요 신경질일 뿐 아니라 아직 순결한 맛이 남아 있는 정자에게 비하면, P자는 이러한 생애에 닳고 닳아서, 되지 않게 약은 체를 하면서도 상스럽고 천한 구석이 있지마는 그래도 나는 이러한 여자에게 흥미를 느꼈다.

"올라오라니까 왜 그리 우자스러운 거야? 꼭 모시러 가야만 하나?"

나는 잡지를 뺏어서 손을 내미는 정자에게 넘겨 주고 P자의 포동포동한 손을 잡아서 만작거리며 시비를 걸었다.

"우자하긴 누가 우자해요? 이런 문학가 양반네들만 노시는 데에는 감히 올 수가 없으니까 그렇지요."

하며 P자는 손을 슬며시 빼고 정자를 살짝 건너다보고는 나를 다시 향하여 방긋 웃었다.

P자에게 대한 정자는, 어떠한 때든지 눈엣가시이었다. 비단 나뿐 아

니라 어떠한 손님이든지 P자와 친숙한 사람도 내종에는 정자에게로 빼앗기는 모양이었다. 그러나 정자가 고등여학교를 졸업하였을 뿐 아니라 문학서적과 소설을 탐독한다는 것이 P자로서는 경앙(景仰)하는 동시에 한 손 접히는 것이다. 그러나저러나 나는 어느 때든지 두 계집애를 다 데리고 이야기하지 않는 때가 없었다. P자나 정자가 다른 손님을 맡은 때에라도 밤이 늦도록 기다려서 만나보고야 나왔다. 더욱이 P자가 없을 때에 그리하였다. 이것이 정자에게는 눈치를 채이면서도 의문인 모양이었다.

"참 그런데 언제 떠나세요?"

정자는 보던 책을 식탁 위에다가 놓으며 나를 쳐다보고 물었다.

"글쎄……"

나는 어정쩡한 대답을 하며 정자의 기색을 유쾌한 듯이 건너다보고 앉았었다.

"왜 어딜 가세요?"

P자는 일어나서 정자가 앉은 교의 뒤로 가며 물었다.

"오늘 밤에 떠나세요?"

또다시 잼처 정자가 묻는다. 나는 지금 막 들어온 전등불을 쳐다보며 앉았다가,

"실상은 내 마누라가 앓는 모양인데, 턱을 까부니 어서 오라고 야단은 야단이지만 아직도 갈까 말까다."

"네, 그래요? 그럼 어서 가 보셔야죠. 그동안에 돌아가셨으면 어떡하나요!"

P자는 나를 책망하듯이, 눈을 똑바로 뜨고 쳐다본다.

"죽으면 죽었지, 어떡하긴 무얼 어떡해."

나는 잠자코 앉았는 정자를 건너다보며 웃었다.

"사내는 다 저래! 저런 남편을 믿고 어떻게 사누?"

P자는 기가 막힌다는 듯이 혼자 탄식을 하며, 정자의 교의 뒤에 매달려서 정자의 얼굴을 들여다보며 동의를 구한다.

"누가 믿구 살라는 것을 사나? ……"

하고 나는 실없이 한마디 하다가 다시 정색으로 말을 이었다.

"부부간에 서로 믿는다는 것은 결국 사랑한다는 말이지만, 사랑한다는 것도 극단에 가서는 남이 나를 사랑하거나 말거나 저 혼자의 일이다. 저 사람이 받지 않더라도 자기가 사랑하고 싶으면, 자기가 만족할데까지 사랑할 것이다. 외기러기 짝사랑이라고 흉을 본다기로 그거야알 배 아니거든. 그와 반대로 사랑치 않는 것도 자유다. 사람에게는 사랑할 자유도 있거니와 사랑을 하지 않을 자유도 있다. 부부간이라고 반드시 사랑하여야 한다는 법이 어디 있을까. 없는 사랑을 의무적으로 짜낼 수야 있나? 하하하……"

나는 문학청년의 버릇으로 이런 논리를 캐고 깔깔 웃었다.

정자와 P자는 나의 입을 똑바로 노려보고 앉아서 들으며, 정자는 무엇을 생각하는 것처럼 가끔가끔 고개를 끄떡거리고 있었다. 나는 따라놓았던 술 한잔을 들어 마시고 나서 또다시 말을 꺼냈다.

"그러나 문제는 선도 아니요 악도 아닌 그 어름에다가 발을 걸치고있는 것이다. 죽거나 살거나 눈 하나 깜짝거리지도 않으면서 하는 공부를 내던지고 보러 간다는 것이 위선이다. 더구나 여기 술 먹으러 오는것을 무슨 큰 죄나 짓는 것같이 망설이는 것부터 큰 모순이다. 목숨 하나가 없어진다는 것과 내가 술 먹는다는 것과는 별개 문제다. 그러면서도 '내 처'가 죽어가는데 술을 먹다니? 하는 오죽잖은 '양심'이 머리를 들지만, 그것이 진정한 양심이라기보다도 관념이란 가면이 목을 매서 끄는 것이다. 사람은 관념의 노예가 되는 수가 많다. 가식의 도덕적 관념에서 해방되는 거기에서 참된 생명을 찾는 것이다. 사랑치 않으면 눈도 떠보지 않을 것이요, 사랑하고 싶으면 이렇게 해도 상관이 없는 것이란다!"

하며 나는 벌떡 일어나서, 정자의 어깨를 짚고 꾸부리고 섰는 P자를 껴안으며 키스를 하려는 흉내를 내었다. 무심코 섰던 P자는 질겁을 하며,

"에구머니, 사람을 죽이네!"

하고 깔깔대며 뛰어 달아나가서 저만치 가서 앉는다. 그 사품에 나는, 웃으면서 일어나는 정자와 맞장구를 쳤다. 그대로 얼싸안았다.

술이 얼쩡하게 취하여 문간으로 나오는 나를 앞질러서 따라 나오며 정자는 거진 입이 닿도록 내 귀에다 대고,

"정말 밤차로 가세요?"

하며 소곤거린다.

"생각나는 대로 하지…… 그런데 왜?"

"글쎄요……"

하고 나서 정자는 무슨 말을 할 듯하다가, P자가 쫓아 나오는 것을 보고 한걸음 물러섰다.

"하여간 갈 길이니까 어서 가야지. 그럼, 한 달쯤 있다가 올 테니까 그때 또 만납시다."

나는 이같이 한마디 남겨 놓고 길거리로 나왔다.

거리는 아직 초저녁이지마는 첫추위인데다가, 낮부터 음산하였던 일기는 마치 눈이나 오려는 듯이 밤이 들어갈수록 쌀쌀하여졌다. 사람 자취도 점점 성기어가고 길바닥에 부딪는 나막신 소리는 한층 더 요란히 들린다. 점두에 매달린 전등 불빛까지 졸리운 듯 살얼음이 잡히어가는 듯 보유스름하게 비치는 것이 더욱 쓸쓸하여 보였다.

나는 곧 차에 뛰어오르려다가, 사람이 붐비는 갑갑한 차 속으로 기어들어 갈 생각을 하니, 얼근한 김에 차마 올라설 용기가 나지를 않아서 그대로 돌쳐서서 O교 방향으로 꼽들었다.

화끈화끈 다는 뺨을 살금살금 핥고 달아나는 저녁 바람에 정신이 반짝 날 듯하면서도, 마음은 어찌하여 그렇다고 꼭 집어 말할 수 없이, 조 비비듯 조바심이 나서 못 견딜 지경이다. 자기 자신에게 대한 반항인지, 자기 이외의 무엇에 대한 반항인지 그것조차 뚜렷이 알 수 없으면서, 덮어놓고 앞에 닥치는 대로 무엇이든지 해내려는 듯한 터무니없는 울분이 가슴속에서 용심지같이 치밀어 올라왔다. 컴컴한 속에서 열병에나 띄운 놈 모양으로 포켓에 찔렀던 두 손을 꺼내 가지고 뿌리쳐보기도 하고, 입었던 외투나 웃저고리를 벗어서 O교 다리 밑으로 보기 좋게 던져 버렸으면 하는 객기도 머릿속에 떠오르면서, 발은 기계적으로 움직이어 O교 정거장을 지나 S교를 향하고 돌쳐서서 여전히 컴컴한 천변가로 헤매며 내려갔다.

이러한 공상이 한참 계속된 뒤에는 별안간에 눈물이 비집어 나올 만치 지향할 수 없는 애처로운 생각이 물밀듯하고 참을 수 없이 허전하고 외로운 생각에 긴 한숨을 뿜어냈다. 그러나 그다음 순간에는,

'무슨 때문에 눈물이 필요하단 말이냐. 실상 완전한 자유는 고독에

있고 공허에 있지 않은가?'

나는 속으로 이같이 변명하여 보았다.

그것은 마치 종로에서 뺨맞은 놈이, 행랑뒷골에서 눈을 흘기다가, 자기의 약한 것을 분개하여 보기도 하고 혼자 변명하기도 하여 보는 세음이었다. 그러나 이렇게 겁겁증이 나서 몸부림을 하는 일종의 발작적 상태는 자기의 내면에 깊게 파고들어 앉은 '결박된 자기'를 해방하려는 욕구가 맹렬하면 맹렬할수록, 그 발작의 정도가 한층 더하였다. 말하자면 유형무형한 모든 기반(羈絆), 모든 모순(矛盾), 모든 계루(繫累)에서 자기를 구원하여 내지 않으면 질식하겠다는 자각이 분명하면서도, 그것을 실행할 수 없는 자기의 약점에 대한 분만(憤懣)과 연민과 변명이었다.

나는 참을 수 없어서 포병공창 앞으로 달아나는 전차에 뛰어올랐다. 이러한 때에 미인의 얼굴이라도 쳐다보면 캠플주사만한 효과가 있으리라 생각하기 때문이었으나 나의 이지(理智)는 그것조차 조소하였다.

그러나저러나, 노역과 기한에 오그라진 피부가 뒤틀린 얼굴밖에 내 눈에는 비치지 않았다. 그들은 시든 얼굴을 서로 쳐들고 물끄럼말끄럼 마주 건너다보기도 하고, 곁의 사람을 기웃이 들여다보기도 하고 앉았다. 나는 그들의 얼굴을 이 사람 저 사람 쳐다보다가,

'여러분, 장히 점잖구 무섭소이다그려!'

이렇게 한마디 하고 일부러 허허허 하며 웃어 보면 좋겠다는 생각을 하고 나서, 나 혼자 제풀에 빙긋하여 버렸다.

이렇게 안 나오는 거드름을 빼고, 될 수 있는 대로 우자한 태도로 좌우를 돌려다 보는 것은 비단 일본 사람이 조선 사람에게만 한한 무의식한 습관이 아니라 사람의 공통한 성질인 동시에 사람이란 동물이 얼마

189

나 약한가를 유감없이 말하는 것이다. 약하기 때문에 조그만 승리와 조그만 자랑을 얻으려 애쓰고, 약하기 때문에 성세(聲勢)를 허장(虛張)하며, 약하기 때문에 자기의 주위에 경계망을 쳐놓고 다른 사람을 주시할 필요가 있는 것이다. 상대자의 용모나 옷 입은 것, 행동거지, 말씨⋯⋯ 이런 것을 가만히 바라보고 음미함으로써, 자기의 비열한 호기심을 만족시키려는 본능적 요구가 있는 것도 물론이겠지마는, 저편을 엿보는 데는 여러 가지 의미가 있는 것 같다.

우선은 자기방어상 저편의 강약과 빈부의 정도를 감정할 필요를 느끼고, 그다음에는 의복과 말씨와 행동거지가 남에 빠지면 도회생활에 있어서는 큰 고통이요 수치이기 때문에 신경이 여기에 집중된다. 또한 그들에게는 피차에 구하는 것이 있으니 아첨하고 농락하려는 한편에 농락되지 않으려는 우월감과 경계와 추세라는 등 잡념으로 말미암아 자연히 저편의 표정이나 비식(鼻息)을 엿보는 데 명민한 것을 서로 자랑한다. 또 여자는 여자대로 자기의 목숨인 사랑을 얻기에 목이 말라서 그 불순의 도가 한층 더하다. 이런 점으로 보면 제일 순진하고 아름다운 것은 전차 속에서나 거리에서 청춘남녀가 본능적으로 이성의 미(美)를 부산히 찾으면서도 담담히 지나치는 것일지 모른다. 이성(異性)을 꿈꾸는 순진한 청춘남녀에게는 불순한 욕심이 없다. 적어도 물질적 욕심이 없다. 아첨할 필요도 없고 우월감이나 농락하려는 야심도 없고 방어하고 반발하려는 적대심이란 손톱만큼도 없다. 다만 미를 동경하고 감상하며 이에 도취하고 감격한다. 더구나 그러한 생명의 연소가 영원히 흐르는 물결에 뿌려지는 월광의 은박(銀箔)같이 아무 더러운 집착 없이 순간순간에 반짝이며 스러져 버리는 것이 더욱이 향기롭고 깨끗하다.

그러나 위선 없이 살지 못하리라는 것이 오늘날 우리의 운명이다. 그리하여 인생의 움[芽] 같은 그들도 미인의 얼굴을 똑바로 보는 법이 없다. 도적질을 해서 본다. 그것이 무엇보다도 고약한 버릇이다.

그러나 그보다도 순박하고 순진한 것은 소위 하층사회의 기습(氣習)일 것이다. 노동자에 이르러서는, 자랑할 것도 없고 숨길 것도 없고 부끄러울 것도 없는 대신에 적나라한 자기와, 이웃에 대한 동정과, 방위적 단결이 있을 따름이다. 생활의 실질이나 양식이나 제일 진실되고 본질적이다. 그들은 사람과 사람끼리 만날 때에 결코 노려보거나 음미하거나 탐색하지는 않는다. 가식도 필요 없고 자기네끼리 아유구용(阿諛苟容)할 필요도 없다. 그러나 그들의 병은 무지일 따름이다. 무질서일 따름이다.

하고 보면 결국 사람은 제 소위 영리하고 교양이 있으면 있을수록(정도의 차는 있을지 모르나) 허위를 되풀이하여 가면서 비굴한 타협이 아니면 옆사람을 자기에게 동화시키지 않고는 살 수 없는 이기적 동물이다. 구구한 타협도, 남의 동화도 강요하려 들지 않는 전아(全我)의 생활, 자유로운 생활을 꿈꾼다면 우선 세속적으로는 낙오자에 자적(自適)하겠다는 각오를 필요조건으로 한다. ……

나는 어느덧 이러한 난데없는 생각에 팔려, 역시 이 사람 저 사람 쳐다보고 앉았다가, 정자의 지금의 생활을 생각하여 보았다.

정자는 저의 집에서 뛰어나왔다 한다. 사정을 들어 보면 그도 그럴 것이다.

나는 그 애가 반역자라는 점은 찬성이다. 그러나 자기의 생활을 자율하여 나갈 길이 있을까 의문이다. 자기 생활의 중류(中流)에 뛰어 들어

갈 용기가 있을까? 자각도 있고 영리는 하지만…… 그러나 허영심이 앞을 서기 때문에 믿을 수 없는 것이다. ……

전차는 종일 노역에 기진하여, 허덕허덕 다리를 끌면서 잠이 들어가는 집집의 적막을 깨뜨리려는 듯이, **빽빽** 기를 쓰는 듯한 외마디 소리를 치며, 에도가와 가도의 컴컴한 길을 겨우 기어나와서 대낮같이 전등이 환한 차고 앞에 와서 한숨을 휘 쉬며 우뚝 선다. 졸음 졸듯이 고요하던 찻간 안은 급작스레 와자하여지면서 우중우중 내린다.

나도 검은 양복바지에 푸른 저고리를 입고 벤또갑을 든 사오 인의 직공 뒤를 따라 내려왔다. 쌀쌀한 바람이 휙 끼치었다.

"아, 요새도 밤일을 하슈? 오늘은 제법 춥지요?"

"예, 인제 참 겨울인데요."

"이리 들어와 좀 녹여 가시구려."

차고 문간에 섰던 차장과 이런 수작을 하며, 따뜻하여 보이는 차장 휴게실로 끌려 들어가는 직공들의 뒤를 부러운 듯이 건너다보며 나는 그 샛골짜기로 들어섰다.

하숙으로 휘돌아 들어가는 길에 뒷집에 있는 ×군을 들여다볼까 하며 망설이다가, 결국 들어가 보았다. 알리면 정거장에를 나와 주고 하여 폐가 되겠기 때문에 망설인 것이다. ×군은 내가 이 밤으로 귀국하게 되었다는 말을 듣고, 당자인 나보다도 놀라며 진정으로 가엾어하는 모양이었다. 나는 사람 좋은 ×군을 도리어 웃으면서 하숙으로 함께 돌아왔다.

×군과 같이 짐을 수습하여 주인에게 맡긴 뒤에 인사 받을 새도 없이 총총히 가방을 들고 우리 둘이서 동경역으로 향한 것은 그럭저럭 열 시

가까워서였다. ×군이 재촉을 하는 대로 나는,

"늦으면 내일 떠났지, 하는 수 있나!"

하면서도 허둥허둥 동경역에 나와 보니까, 내 시계가 틀리었던지 그래도 십 분 가량이나 여유가 있었다.

가방을 뒤에 섰는 ×군에게 맡겨 놓고 차표를 사려고 출찰구 앞에 가서 섰으려니까, 곁에서 누가 살짝 건드리며,

"리상!"

하는 귀에 익은 소리가 들린다. 나는 깜짝 놀라서 돌아다보았다. 역시 정자다. 노르끄레한 곱다란 보자에다가 네모진 것을 싸서 들고, 옆에 선 ×군의 시선을 꺼리는 듯이 힐끔힐끔 흘겨보고 섰다.

"웬일이야? 이 춘 밤에."

나는 의외인 데에 놀라며, 나무라듯 위무하는 듯이 한마디 하였다.

"난 안 가시는 줄 알았지!"

"한참 기다렸어?"

"아뇨, 난 늦을까 봐 허둥지둥 나왔더니……"

"미안하구려, 어서 들어가지. 그럼……"

정자는 거기에는 대답도 아니 하고, 맞은편 출찰구로 입장권을 사러 총총걸음으로 걸어갔다. ……

×군이 자리를 잡으려고 앞서 들어간 뒤에 정자와 맨 끝으로 둘이 나란히 서서 걸으며 입을 벌렸다.

"오래 되실 모양이에요?"

"뭘, 고작해야 이 주일쯤이지."

"오래되시건 편지라도 해주세요. 그동안에 나도 어떻게 될지 모르지

만……"

"왜, 어딜 가겠기에?"

"글쎄 봐야 하겠지마는…… 밤낮 이 모양으로만 하고 있을 수도 없으니까……"

정자는 말을 끊고 잠깐 고개를 기울이고 걷다가 가까이 와서 매달리듯이 몸을 살짝 실리며,

"이렇게 급하지만 않았더면 나도 같이 경도(京都)까지라도 가는 것을……"

하며 나를 쳐다보고 호젓이 웃는다. 나는 잼처 무엇을 물으려다가 ×군이 황망히 손짓을 하며 부르는 바람에, 정자와는 총총히 인사를 하고 차에 올라서 ×군과 바꾸어 앉았다.

친구에게 전송을 받거나 물건을 받는 일은 별로 없었기도 하려니와 도리어 귀찮은 일이지만, 정자가 무엇인지 보자에 싼 채 창으로 디밀며 지금 펴볼 것 없다 하기에, 나는 그대로 받아서 선반에 얹을 새도 없이 차는 움직이기 시작하였다.

반 간통쯤 떨어져서, 오두커니 섰던 정자의 똑바로 뜬 방울 같은 두 눈이 힐끈 하더니 몰려나가는 전송인 틈에 사라져 버렸다.

2

반찬 찬합같이 각다구니를 여기저기 함부로 벌여놓고 꼭꼭 끼여 앉
았는 틈에서 겨우 잠이랍시고 눈을 붙였다가 깨니까, 아직 동이 트려면
한두 시간이나 있어야 할 모양. 찻간은 야기에 선선하면서도 입김과 담
배 연기에 흐렸다. 다시 눈을 감아 보았으나 좀처럼 잠이 들 것 같지도
않고, 외투자락을 걸친 어깨가 으스스하여, 일어나 앉으며 담배를 피워
물고 나서 선반에 얹힌 정자가 준 보자를 끌어내렸다. 아까 받아 얹을
때에 잠깐 보니까 과자 상자 위에 술병 같은 것이 두두룩히 얹혀 있는
것 같아서 긴하게 생각이 든 것이다. 네 귀를 살짝 접어서 싼 보자의
귀를 들치고 보니까 과연 갑에 넣은 위스키병이 얹히어 있다. 어한으로
한잔할 작정으로 병을 쑥 빼려니까 갸름한 연보랏빛 양봉투가 끌리어
나왔다.

'별안간에 편지는 무슨 편지인구……'

그래서 나중에 펴보라고 한 것이라고 나는 혼잣속으로 생각하며 그
래도 반갑지 않을 수 없었다. 편지는 포켓에 집어넣고 술부터 따라서

한숨에 켰다.

영리한 계집애요 동정할 만한, 카페의 웨이트리스로는 아까운 계집애다라고 생각은 하였어도 그 이상으로 어떻게 해보겠다는 정열을 느끼는 것은 아니었다. 같은 값이면 정자를 찾아가서 술을 먹는 것이요, 만나면 귀여워해 줄 뿐이다. 원래가 이지적, 타산적으로 생긴 나는, 일시 손을 대었다가 옴칠 수도 없고 내칠 수도 없게 되는 때에는 그 머릿살 아픈 것을 어떻게 조처를 하나? 하는 생각이 앞을 서는 동시에, 무슨 민족적 감정의 구덩이가 사이에 가로놓인 것은 아니라도, 이왕 외국 계집애를 얻어가지고 아깝게 스러져 가려는 청춘을 향락하려면 자기에게 맞는 타입을 구하겠다는 몽롱한 생각도 없지 않아서 그리하였다. 그러나 오늘은 무슨 생기가 났다느니보다도 세찬 삼아서 사다 준 솔 한 개가 인연이 되어 편지까지 받게 되고 보니, 막연히 반갑다는 정도를 지나서 좀 실답게 자기 태도를 생각해 보아야 하겠다는 책임감 비슷한 것을 느끼는 것이다. 귀엽다고는 생각하였지마는 연애를 해보려는 열정이 있는 것도 아니요, 물론 목도리 한 개로 환심을 사려는 더러운 야심이 있었던 것도 아니었다. 진정한 애욕이 타오르면 그런 것을 사 주거나 하지는 않았을 것이다. 하여간 젊은 여자와 어울려 노는 것은 좋으나 그 이상 깊게 끌려 들어갔다가 자기 생활에 파탄을 일으키고 공연한 고생을 사서 할까 보아 경계를 하는 자기이다.

나는 이런 생각을 하며 두어 잔 술을 마신 뒤에 비로소 편지를 꺼내서 피봉을 들여다보았다. 침착하고도 생기 있는 정돈된 필적은 그 애의 모습과 같이 재기가 발리어 보였다. 나는, 앞사람은 졸고 앉았지만 누가 보지나 않을까 하고 좌우를 돌려다 보며 그래도 궁금증이 나서 쭉 뜯어 보았다.

　지금은 이런 편지를 올릴 기회가 아닌지도 모릅니다. 왜 그러냐 하면, 아무리 이 지경이기로 물질로 좌우되는 천착한 계집이라고 생각하실 것이 너무도 창피하고 원통해서 말입니다. 그러나 그러할수록에…….

　이렇게 허두를 내놓고 나의 실답지 않은 태도에 대한 불만과 공격이 있은 다음에, 자기의 지금 처지와 장래에 대한 희망 등을 요령만 간단히 쓴 뒤에, 형편 따라서는 세말쯤, 혹은 경도의 고모 집으로 갈지 모르겠다고 하였다.
　나는 한번 쭉 보고 나서 혼자 웃었다. 그러나 그것은 조소거나 나에게 대한 이 여자의 신뢰에 대하여 만족한 미소는 아니었다. 애를 써 설명하자면, 그 계집애의 조리가 정연한 이론과 이지적이요 명민한 그 애의 머리에 만족을 느꼈다 할까?
　나는 곧 답장을 써볼까 하다가, 하나둘씩 일어나 앉는 사람들의 시선이 귀찮아서 그만두어 버렸다.

　……왜 우롱을 하세요? 무슨 까닭에 농락을 하세요? P코와 저를 놓고 희롱하시는 것은 유쾌하시겠지요. 그러나 너무 참혹하지 않습니까. 물론 당신 말씀과 같이, 사랑은 유희가 아니라는 것은 아시겠지요.

　……누가 당신께서 손톱만큼이라도 나를 사랑하신다는 것은 아니지

만, 나에게는 견딜 수 없는 고통입니다. 혹시는 모욕입니다. 당신의 태도가 그밖에는 어떻게 할 수 없으시면 우리는 이 이상 교제를 끊는 것이 옳은 일이겠지요. ……

이것이 정자의 제일 큰 불평이었다. 정자는 자기의 과거를 한만히 이야기하지는 않으나, 흔히 있는 계모 시하의 불화와 부친의 몰이해에다가 실연이 한꺼번에 왔던 모양이다. 그러나 좀체 거기에 휘어 넘어가지 않고, 앙버티고 현재의 경우에서 제 손으로 헤어나려고 허비적대는 그 심보가 취할 점이요 동정이 가는 것이다. 지금도 책을 보는 모양이지마는 문학에 대한 감상력이 호락호락히 볼 것이 아닌 데에 나는 귀엽고 경애를 느끼는 것이다. 될 수 있으면 어떻게 붙들어 주고 싶었다. 그러나 그것은 역시 공상이다.

'계집애하고 키스를 하면서도 침 맛을 아는 놈에게 사랑이 있다는 것부터 틀린 수작이다.'

이런 생각을 하며, 아까 M헌 이층의 광경을 머리에 그려 보았다. 모욕이란 의식부터 머리에 떠올랐다는 말이나, 제 말마따나 이때껏 한 남자의 입밖에는 몰랐었다는 말이 정말이라면 정자는 그래도 아직은 행복하다. 침 맛을 알아내지 않는 것만도 행복하다. ……이런 생각을 할 제 사람의 행복은 사람다운 정조를 잃지 않는 데 있는가도 싶다.

'그러나 자기는 이때껏 연애다운 연애를 하여 본 일도 없으면서 청춘의 자랑이요 왕일한 생명력인 정열이 말라 버린 것은 웬 까닭인가. 하여간 성격이 기형적으로 성장하였다는 것은 사실일지 모른다. 이것은 정열을 식히는 첫째 원인이지만 동시에 인간성의 타락이다. 하지만 자기를 살리기 위하여 어떠한 경우에는 정열을 억제하여야 할 필요도 있으니까, 반드시 성격이 뒤틀렸다거나 인간성이 타락하여 그렇다고만도 할 수 없지……'

그러나 자기를 살린다는 것이 자기의 비열한 쾌락을 만족시킨다는 것이 아닌 이상, 사람을 우롱한다는 것은 죄악이다. 정열이 없으면 없을 뿐이지, 그렇다고 사람을 우롱하라는 것은 아니다. 사람을 우롱한다는 것은 몰염치한 이야기다. 사람을 우롱하는 것은 인생을 유희함이라는 의미로서 결국에 자기 자신을 우롱하고 유희함이다.

무슨 까닭에, 자기는 굳세고 높게 살리겠다면서 가련한, 저 갈 길을 찾겠다고 발버둥질치는 불쌍한 여성을 농락하려는가? 사실 말하자면 오늘까지 나의 정자에게 대한 태도는 실없었다. 저편이 나를 범연히 생각지 않았다면 더욱이 불쾌하고 모욕이라고 생각하는 것은 당연한 책망일 것이다. 그러나 정자 자신이 얼마나 실답고 자기 자신에게 충실한가는 누가 알 일인가? 사랑이니 무어니 머릿살 아픈 노릇이다마는 세상이 경멸하는 조선 청년에게 그런 호소를 하고 오는 것은 실연을 한 일본 남성에게 대한 반항이라는 것인가? ……나는 이런 생각을 하며 누웠다가 숨이 괴로워서 벌떡 일어나서 데크로 나왔다.

차 안의 전등은 아직 아니 나갔으나, 젖빛 같은 하늘이 허예져 가며, 인기척 없이 꼭꼭 닫은 촌가가 가끔가끔 눈앞으로 날아가는 것을 보면, 동은 벌써 튼 모양이었다. 아침 바람이 너무도 세어서, 나는 무심코 외투깃을 올리며 머리를 식히고 섰다가, 그래도 견딜 수가 없어서 다시 들어와 자기 자리에 드러누웠다.

한 두어 시간이나 잤을지, 사람이 너무 붐비는 바람에 잠이 깨어서 눈을 뜨고 내다보니, 기차는 플랫폼에서 어슬렁어슬렁 기어나가는 모양. 나는 일어나기가 싫기에 지금 바꾸어 들어와 앉은 앞자리의 사람더러 예가 어디냐고 물어보니까, 명고옥(名古屋)이라 한다.

"에? 인제야 나고야?"

나는 이같이 놀란 듯이 반문을 하고, 암만하여도 중도에서 하루 묵어가야 하겠다는 생각을 채 결심도 못 하고 또 잠이 들어 버렸다.

한잠 늘어지게 자고 나서 보니, 기차는 아직도 기내(畿內) 지방 어귀에서 헤매는 모양. 시간표를 들쳐 보니 경도에서 내리려면 아직도 세 시간, 신호(神戶)에서 묵어 간다면 다섯 시간 가량이나 있어야 할 터이다.

'을라나 가서 볼까?'

내년 신학기에는 동경 음악학교로 전학을 하겠다고 규칙서를 얻어보내라고 한 을라의 부탁을 이때껏 월여나 되도록 답장도 아니 한 것을 생각하여 보았다. 그것은 나의 태만도 태만이거니와 만 일년간이나 음신이 끊였던 오늘날에 불쑥 편지를 하는 것도 이상하고, 또다시 서신을 왕복하는 것은 피차에 머릿살 아픈 일이기 때문이었다.

'지금 만나면 어떤 얼굴로 볼꾸?'

창턱에 기대어 앉아서 방울방울 방울을 지어 올라가는 담배 연기를 물끄러미 쳐다보며 가장 정숙한 듯이, 가장 부끄러운 듯이 꾸미는 을라의 팔초한 하얀 얼굴을 머릿속에 그려 보았다.

'요샌 히스테리가 좀 낫나? 병화하고는 어떻게 되었누? 그러나 내게 또 불쑥 규칙서를 얻어 보내란 핑계로 편지를 한 것을 보면, 어떠면 별일은 없이 흐지부지되었는지도 모를 일이다.'

이런 생각을 하고 보니 별안간에, 이왕 고단해서 내릴 바에는 신호에서 내려서 을라를 찾아보려는 객기가 와락 나서, 또다시 시간표를 뒤적거리며 누웠었다.

도지개를 틀면서 그럭저럭 또 네 시간 동안을 멀미를 내고, 겨우 감방에서 풀려나오듯이 삼등 찻간에서 해방이 되어 신호 역두에 내려선 것은, 은빛같이 비치는 저녁해가 육갑산(六甲山) 산등성이에 걸리었을 때이었다. 큰 가방은 역에다가 맡겨 두고, 오글오글 끓는 정거장에서 빠져나와 한숨을 돌리니 사람이 살 것 같았다.

동무의 반연으로 중학교를 이 지방에서 마친 나는 을라를 만나는 것보다도 이 지방이 반갑기도 한 것이다. 전차에 올라탈까 하다가 저녁이나 먹고 나서 을라에게 찾아가리라 하고 원정통(元町通)으로 향하였다. 작년 방학에 들렀을 때 놀던 생각을 하고, A카페의 아래층으로 들어가서, 여기저기 옹기옹기 앉았는 다른 손들을 피하여 한구석에 자리를 잡았다. 두세 접시나 다 먹도록 작년에 보던, 두 팔을 옥여쥐고 아기족아기족 돌아다니던 그때의 그 계집애는 보이지 않았다. 차를 가지고 온 계집애더러 물어보니까,

"왜요?"

하고 의미 있는 듯이 웃을 뿐이다.

"왜, 어딜 갔나? 그저 여기 있긴 있겠지?"

"흥! 언제 만나 보셨에요? 아세요?"

"글쎄 말이야!"

"벌써 극락 갔답니다!"

나는 다소 실망이라느니보다도 놀랐다. 작년 여름방학에, 올 적 갈 적 두 번이나 들른 것은 을라 때문도 있고, 고등상업에 있는 중학 동창

과 노는 맛에 그랬지마는, 그 계집애가 끄는 힘이 더 많았던 것이다. 별일 있었던 것은 아니요, 그저 만나고 마시고 먹고 노닥거리는 재미로 이었지마는 퍽 인상에 남았던 것이다.

"응? 무슨 병으로?"

"폭발탄정사라는 파천황의 죽음을 하였답니다."

하며 계집애는 깔깔 웃다가, 다른 손이 부르니까 뛰어 달아난다.

폭발탄정사라는 말에 귀가 번쩍해서, 그 계집애가 다시 오기만 어느 때까지 기다려도 돌아본 체도 아니 하고 분주히 돌아다닌다. 기다리다 못하여 불러 가지고 세음을 하면서,

"어쩌다가 그랬어?"

하며 물어보았으나, 내 얼굴만 말끄러미 쳐다보다가 알아보는 점이 있었던지 생글 웃으며,

"사람이 너무 좋아 그랬죠! 또 오세요. 이야기를 할게요."

하고 바쁜 듯이 팔딱팔딱 신소리를 내며 가버렸다.

'사실, 그것은 알아 무얼 하나!'

나는 이렇게 혼자 웃으면서도 그 상냥하고 원만한 성격에 홀딱 반한 놈이, 사업에 실패나 하고 자살하려는 길에, 무리 정사를 하는 것은 일본에 얼마든지 있는 일이라고 생각해 보았다. 나는 정자 생각이 났다. 그러나 정자는 현대여성이다. 그런 어리배기는 아니다.

레스토랑에서 나온 나는 하여간 갈 데가 없으니 C음악학교로 향하였다. 실상은 완행이 하도 지리해서 내렸을 뿐이지 을라를 꼭 찾아보고 싶은 생각은 그다지 없었다.

시간은 아직 늦지 않았으나 밤은 들어가는 것 같았다. 저녁 뒤의 연습

인지 아래층 저 구석에서 은근하고도 화려하게 울리어 나오는 피아노 소리에 귀를 기울이며 기숙사 문간에 섰으려니까, 을라는 기별하러 들어간 여하인의 앞을 서서, 발을 벗은 채 통통거리며 이층에서 내려왔다.

"이게 웬일예요, 소식두 없이! 어서 올라오세요."

인사할 말을 미리 생각하였던 사람처럼 이렇게 한마디 한 을라는 미소가 어린 그 옴폭한 눈으로 힐끗 나를 쳐다보고는 부끄럽다는 듯이 눈을 내리깔며 태연히 문설주에 기대어 섰다. 나는 빨간 끈이 달린 발 째진 짚신 위에 가벼이 얹어 놓은 하얀 조그만 발을 들여다보며, 구두끈을 풀고 올라서서 을라의 뒤를 따라섰다.

"응접실은 추우니까 내 방으로 가시지요."

을라는 이렇게 한마디 하고 아까 내려오던 층계를 지나서 끌고 들어가다가, 잠깐 섰으라고 하고 사감의 방인지 들어갔다. 방문을 열어 놓은 채 꿇어앉아서 무어라고 한참 재깔재깔하더니, 생글생글 웃으며 나와서 이층으로 나를 데리고 올라갔다.

"사내를 함부루 끌어들여도 상관없나요?"

나는 자리를 한구석으로 뚤뚤 말아서 밀어 놓은 것을 돌려다 보며 이렇게 말을 붙였다.

"걱정 마세요. ……그렇지만, 혹시 이따가 사감이 들어오더라도 서울서 오는 오빠라구 하세요."

"그런 꾸어다 박은 오빠 노릇은 어려운데……"

이런 실없는 소리를 정색으로 하며, 을라가 권하는 대로 책상 앞에 앉았다.

"그래, 지금 조선 나가시는 길예요? 방학 때두 되긴 했지만."

을라는 방 안에 늘어놓인 것을 부산히 치운다.

"송장을 치러 나가는지? 또 한번 사모 쓸 일이 있어 좋아서 나가는 셈인지……?"

하고 나는 코웃음을 쳐보였다.

"왜? ……아씨가 앓으시는군? 그 안됐군요."

하고 을라는 놀라는 소리로 인사를 하고 나서, 그 윤광 있는 쌍꺼풀진 눈귀를 처뜨리며,

"그래 그런 급한 길에 여기를 왜 내리셨에요?"

하며 좀 나무라는 어조다.

"당신두 만날 겸, 후보자두 선을 볼 겸…… 허허허."

만나면 어떠한 태도로 대하게 될지 작년 일을 생각하면 어금니에 무에 끼인 것같이 거북하고 근질근질한 것 같더니, 마주 앉고 보니 의외로 소탈하게 이런 실없는 소리도 나왔다.

"기가 막혀! 아씨가 운명도 하기 전에 선보러 다니는 사람이 어디 있단 말예요? 그래 선을 보셨에요?"

"선을 보러 왔더니, 폭발탄정사를 했다니 기가 막히지 않소!"

"그건 또 무슨 소리예요? 이 양반이 일 년 동안에 이렇게두 변했을까!"

작년 여름 일을 생각하면 그렇게 수줍던 내가 이런 실없는 소리를 탕탕 하는 것이 을라의 눈에는 이상히 보였을 것이다.

"나두 이번 방학에는 나갔다가 들어오려는데, 같이 가셨더면!"

"심심한데 그거 좋지! 그러나 이 밤으루 준비되시겠소?"

"이 밤으룬 좀 어려운데……"

을라는 곧 따라나서고 싶은 듯이 눈에 영채가 돌며 생긋 웃다가,

"정말 병환이 급하지 않거든 내일 하루만 더 묵어 주시구려?"

하고 아양스럽고 의논성스럽게 조른다.

"무어 할 일이 있어야지. 모처럼 만나려던 사람은 정사를 해버렸구! 나도 정사라도 하겠다는 사람이나 있으면 묵을지 모르겠지만, 허허 허……"

"참 변한다 변한다 하니 인화 씨같이 변하신 양반이 어디 계세요. 아 아, 참……"

을라는 급작스레 무엇에 충격을 받은 듯이 얕은 한숨을 쉬며 고개를 숙인다. 그것이 무엇을 의미하느냐는 것을 직각한 나는, 얄밉기도 하고 일종의 모욕 같은 생각도 나서,

"왜 실연한 남자의 타락한 꼴을 보는 듯싶소?"

하고 나는 커닿게 웃다가,

"나보다는 을라 씨야말로 참 변했구려."

하며 비꼬아 보았다.

"무엇 땜에? ……어디가 어때요?"

"세상물이 들어가느라구! 혹은 예술가로 대성하느라구 그런지는 모르지마는."

"세속물도 들겠지만, 그렇다면 예술가로 대성하는 것과는 정반대 아닌가요?"

"그러게 말씀이죠! 연애도 예술적으로 청고하게는 안 되는 것인지?"

"매우 로맨틱하시군!"

하고 을라는 냉소를 하다가,

"어쨌든 참 정말 모레쯤 나하구 같이 가세요. 같이 못 가시더래두 내

일 오후부터는 자유니까 이야기할 것도 있고, 구경도 시켜드릴게……"

외로운 객지에서 단조하고 이성이 그립던 그때의 을라에게는, 나의 불시의 방문이 의외일 뿐 아니라 마음으로 반가웠던 모양이다.

"글쎄 그래두 좋지만, 작년과도 달라서 여기에는 인제는 친구가 없으니……"

나는 을라를 위하여 이틀씩 묵기는 싫었다.

"아, 참, 내일은 어차피 대판 공회당 음악회에도 갈까 하는데요. 거기에라도 가시지. 내일은 학생들이 죄다 제집에 가버릴 텐데……"

을라가 왜 이렇게 지성껏 붙들려는지 알 수가 없다고 생각하면서, 언젠가 기숙사에 들어가기 전에 어떤 절간에 있을 제 일본 중놈하고라든지, 향기롭지 못한 소문이 퍼졌다는 말이 머리에 떠올라 와서 불쾌한 연상이 일어났다.

"그럼 내일 함께 떠나십시다그려. ……한데 요새 병화군 소식 들으슈?"

나는 을라의 얼굴을 한참 쳐다보다가 이렇게 말을 돌렸다.

"별루 소식 없에요. 내가 그 언니한테 편지를 하면 답장이 올 뿐이지. 사실은 이번에두 그 언니 답장을 기대리구 있는 판인데……"

조금도 거리낌없는 이런 대답을 을라에게서 듣는 것은 좀 의외였다.

"왜? 학비라두 대어 오는 거요?"

저편이 노골적으로 수작을 붙이기에 나도 직통 대고 쏘아 보았다. 작년 여름에 만났을 때 그런 말눈치를 귓결에 들었기에 말이다.

"학비는 무슨 학비! 하두 꿀릴 때면 몇십 원씩 올 일 년내 두세 번 꾸어다 쓴 일두 있구, 방학에 나갔다가 들어올 제 노잣냥 언니가 보태 주기에 받아 가지고 왔을 뿐이지! 인화 씨부터두 그런 데에 무슨 오해가 있는지 모르지만, 그 밖에야 오해받을 일이라군 손톱만큼도 없에요!"

이 말을 하는 을라는 분연한 어조이었다. 내가 오해하는 듯한 것이 불쾌하여 이 사품에 변명을 하려는 말눈치거니와, 이번도 나갈 노자를 변통해 달라고 편지를 해 놓고 기다리는 모양 같다. 그 말을 듣고 보니 혹은 그럴지 모르겠고, 내일이면 방학이라는데 하루를 더 기다려서 같이 가자고 애걸을 하는 것도 노자 때문인 듯싶다. 그렇다면 조금 절약을 해서 서울까지 데려다주고도 싶으나, 병화와의 교제가 그뿐이거나 말거나, 이제는 그런 친절까지 보여 주고 싶지는 않다고 돌려 생각하고 말았다.

을라가 신호로 온 것이, 내가 신호에서 중학을 졸업하고 동경으로 간 뒤이기 때문에 작년 여름방학에 들렀을 때 만난 것이 처음이지마는, 을라의 이야기는 전부터 병화댁에게 들었던 것이다. 을라가 병화댁과의 한 반 아래인 동창생이요, 둘이 여학교에서부터 친한 사이인 관계로 병화 집을 제집같이 드나들고, 학비가 부족한 때면 편지질을 해서 취해 쓰는지도 모르겠으나, 작년 여름방학에 신호에서 만나서 놀다가 함께 서울로 나가서는 의외로 설면하여졌던 것이다. 그래도 처음에는 퍽 재미있게 지냈었다. 실상은 내가 너무 솔직했던 때문인지도 모르지마는 차차 눈치가 다른 것을 보고는 나는 일체 교제를 끊기로 결심하였던 것이다. 생각하면 내가 지나치게 신경과민한 지레짐작을 하였던 것인지도 모른다. 하여튼 오해이었거나 말거나, 지금 새삼스럽게 구의(舊誼)를 이어 보고자 여기 내린 것은 아니다. 다만 어째 내렸든지 간에 내린 바에는 을라를 안 만나고 간다는 것도 인사가 아니었다.

"어, 고단해서 어서 가서 누워야 하겠습니다."

병화 이야기가 나오니까 피차에 흥이 빠지는 것 같아서 나는 일어서 버렸다.

"앨 써 내리셨다가 이렇게 섭섭하게 가셔서 어떻게 해요. 내일 아침에 못 떠나시거든 오정 때까지 기다릴 테니 들러 주세요."

을라는 문간까지 나오면서도, 나를 이대로 놓치는 것을 섭섭해하였다.

"무얼! 서울 가서 만나 뵙죠."

구두를 신고 난 나는 정자나 카페 여자들에게 하던 버릇으로 악수하자고 손을 내밀었다. 을라는 얼굴이 살짝 발개지며 생긋 웃으며 주저주저하는 눈치더니 손을 내밀어 꼭 붙든다.

장난이 아니라 을라를 이성으로 생각한다느니보다도 보통 친구나 같은 뜻으로 악수를 청해 본 것이나, 그래도 컴컴한 거리로 나오도록 내 손바닥에는 여자의 따뜻한 살 김이 남아 있는 것을 깨달았다.

3

그날 밤은 역 앞의 조고만 여관에서 노독을 풀고, 이튿날 아침 차로 떠나서 저녁에는 연락선을 타게 되었다.

하관(下關)에 도착하니, 방죽이 터져 나오듯 일시에 꾸역꾸역 쏟아져 나오는 시꺼먼 사람 떼에 섞이어서 나는 연락선 대합실 앞까지 왔다.

어디를 가나, 그 머릿살 아픈 형사떼의 승강이를 받기가 싫어서 배로 바로 들어가고 싶었으나, 배에는 아직 들이지 않기에, 나는 하는 수 없이 대합실로 들어갔다. 벤또나 살까 하고 매점 앞에 가서 섰으려니까 어느 틈에 벌써 알아차렸는지 인버네스를 입은 낯 서툰 친구가 와서 모자를 벗으며 끄덕하고 국적이 어디냐고 묻는다. 나는 암말 아니 하고 한참 쳐다보다가, 명함을 꺼내서 주고 훌쩍 가게로 돌아서 버렸다.

"본적은……?"

내 명함을 받아 들고 내가 흥정을 다하기까지 기다리고 있던 인버네스는 또 괴롭게 군다. 나는 그래도 역시 잠자코 그 명함을 도로 빼앗아서 주소를 써서 주고는, 사놓았던 물건을 들고 짐 놓는 자리로 와서 앉

았다. 그러나 궐자는 또 쫓아와서,

"나이는? 학교는? 무슨 일로? 어디까지……?"

하며 짓궂이 승강이를 부린다. 나는 실없이 화가 나서 그까짓 건 물어 무엇에 쓰려느냐고 소리를 지르고 싶었으나 꾹 참고 간단간단히 응대를 하여 주고 부리나케 짐을 들고 대합실 밖으로 나와 버렸다.

"미안합니다그려."

하며 좀 비웃는 듯이 인사를 하는 궐자의 흘겨뜨는 눈은 부리부리하고 험상궂었으나, 내 뱃속에서도 제게 지지 않게 바지랑대 같은 것이 치밀어오르는 것을 참는 판이었다.

승객들은 북적거리며 배에 걸쳐 놓은 층층다리 앞에 일렬로 늘어섰다. 나도 틈을 비집고 그 속에 끼였다.

아스팔트 칠(漆)을 담았던 통에 썩은 생선을 담고 석탄산수를 뿌려서 절이는 듯한 고약한 악취에 구역질이 날 듯한 것을 참으며, 제각기 앞을 서려고 우당퉁탕대는 틈을 빠져서 겨우 삼등실로 들어갔다. 참외 원두막으로서는 너무도 몰풍경하고 더러운 침대 위에다가 짐을 얹어 놓고 옷을 갈아입은 뒤에 나는 우선 목욕탕으로 재빨리 뛰어갔다.

내가 제일착이려니 하였더니 벌써 사오 인의 욕객이 목욕탕 속에 들어앉아서 떠들어 댄다.

"오늘은 제법 까불릴걸!"

"뭘, 이게 해변가니까 그렇지, 그리 세찬 바람은 아니야."

시골서 갓 잡아 올라오는 농군인 듯한 자가 온유하여 보이는 커다란 눈이 쉴 새 없이 디굴디굴하는 검고 우악한 상을 이 사람 저 사람에게로 돌리면서 말을 꺼내니까, 상인인지 회사원 같은 앞의 사람이 이렇게 대꾸를 하는 것이었다.

"조선은 지금쯤 꽤 출걸?"

"그렇지만 온돌이 있으니까, 방 안에만 들어엎디었으면 십상이지."

조선 사정에 익은 듯한 상인 비슷한 위인이 받는다.

"응, 참 온돌이란 게 있다지."

촌뜨기가 이렇게 말을 하니까, 나하고 마주 앉았는 자가 암상스러운
눈으로 그자를 말끔히 쳐다보더니,

"당신 처음이슈?"

하며 말참례를 하기 시작한다. 남을 멸시하고 위압하려는 듯한 어투며
뾰족한 조동아리가 물어보지 않아도 빚놀이쟁이의 거간이거나 그따위
종류라고 나는 생각하였다.

"이 추위에 어째 나섰소? 어딜 가슈?"

"대구에 형님이 계신데 어머님이 편치 않으셔서 가는 길이죠."

"마침 잘 되었소그려. 나도 대구까지 가는 길인데. 그래 백씨께서는
무얼 하슈?"

"헌병대에 계시죠."

"네? 바로 대구 분대에 계신가요? 네…… 그러면 실례입니다만, 백씨
께서는 누구신지? 뭘로 계셔요?"

시골자의 형이 헌병대에 있다는 말에, 나하고 마주 앉은 자는 반색을
하면서 금시로 말씨가 달라진다. 나는 그자의 대추씨 같은 얼굴을 또
한번 쳐다보지 않을 수 없었다.

"네, 우리 형님은 아직 군조(軍曹)예요. 니시무라(西村) 군조, 혹 형공
도 아시는지? 그런데 형공은 조선에 오래 계신가요?"

211

"네, 난 십여 년래로 그저 내 집같이 드나드니까요."

하고 궐자는 시골자를 한참 멀뚱멀뚱 쳐다보다가,

"암, 대구 헌병대의 그 양반이야 알구 말구요. 그 양반은 나를 모르실지 모르지만……"

어째 그 말눈치가 안다는 것보다도 모른다는 말 같다.

"어쨌든 십 년이라면 한밑천 잡으셨겠구려."

이번에는 상인 비슷한 자가 입을 벌렸다.

"웬걸요, 이젠 조선도 밝아져서 좀처럼 한밑천 잡기는 어렵지만."

"그러나 조선 사람들은 어때요?"

"요보 말씀요? 젊은 놈들은 그래도 제법들이지마는, 촌에 들어가면 대만(臺灣)의 생번(生蕃)보다는 낫다면 나을까. 인제 가서 보슈…… 하하하."

'대만의 생번'이란 말에, 그 욕탕 속에 들어앉았던 사람들은 나만 빼놓고는 모두 껄껄 웃었다. 그러나 나는 기가 막혀 입술을 악물고 쳐다보았으나, 더운 김이 서리어서 궐자들에게는 분명히 보이지 않은 모양이었다. 욕객은 차차 꾸역꾸역 쏟아져 들어온다.

사실 말이지, 나는 그 소위 우국지사(憂國志士)는 아니나 자기가 망국 백성이라는 것은 어느 때나 잊지 않고 있기는 하다. 학교나 하숙에서 지내는 데는 일본 사람과 오히려 서로 통사정을 하느니만치 좀 낫다. 그러나 그 외의 경우의 고통은 참을 수 없는 때가 많다.

그러나 또 한편으로 생각하면 망국 백성이 된 지 벌써 근 십 년 동안, 인제는 무관심하도록 주위가 관대하게 내버려 두었었다. 도리어 소학교 시대에는 일본 교사와 충돌을 하여 퇴학을 하고 조선 역사를 가르치는 사립학교로 전학을 한다는 둥, 솔직한 어린 마음에 애국심이 비교적 열렬하였지마는, 차차 지각이 나자마자 일본으로 건너간 뒤에는 간혹 심사 틀리는 일을 당하거나 일 년에 한번씩 귀국하는 길에 하관에서나 부산·경성에서 조사를 당하고, 성이 가시게 할 때에는 귀찮기도 하고 분하기도 하지마는, 그때뿐이요, 그리 적개심이나 반항심을 일으킬 기회가 적었었다. 적개심이나 반항심이란 것은 압박과 학대에 정비례하는 것이나, 기실 그것은 민족적으로 활로를 얻는 유일한 수단이다. 그러나 칠 년이나 가까이 일본에 있는 동안에, 경찰관 이외에는 나에게 그다지 민족 관념을 굳게 의식게 하지 않았을 뿐 아니라, 원래 정치 문제에 흥미가 없는 나는 그런 문제로 머리를 썩어 본 일이 거의 없었다 하여도 가할 만큼 정신이 마비되었었다. 그러나 요새로 와서 나의 신경은 점점 흥분하여 가지 않을 수가 없다. 이것을 보면 적개심이라든지 반항심이라는 것은 보통 경우에 자동적, 이지적이라는 것보다는 피동적, 감정적으로 유발되는 것인 듯하다. 다시 말하면 일본 사람은 지나치는 말 한마디나 그 태도로 말미암아 조선 사람의 억제할 수 없는 반감을 끓어오르게 하는 모양이다. 그러나 그것은 결국에 조선 사람으로 하여금 민족적 타락에서 스스로를 구하여야 하겠다는 자각을 주는 가장 긴요한 원동력이 될 뿐이다.

지금도 목욕탕 속에서 듣는 말마다 귀에 거슬리지 않는 것이 없지마는, 그것은 될 수 있으면 많은 조선 사람이 듣고, 오랜 몽유병에서 깨어날 기회를 주었으면 하는 생각을 자아낼 뿐이다.

그들은 여전히 이야기를 계속하고 있다.

"그래 촌에 들어가면 위험하진 않은가요?"

조선에 처음 간다는 시골자가 또다시 입을 벌렸다.

"뭘요, 어딜 가든지 조금도 염려 없쇠다. 생번이라 하여도 요보는 온순한데다가 가는 곳마다 순사요 헌병인데 손 하나 꼼짝할 수 있나요. 그걸 보면 데라우치(寺內) 상이 참 손아귀 힘도 세지만 인물은 인물이야!"

매우 감격한 모양이다.

"그래 촌에 들어가서 할 게 뭐예요?"

"할 것이야 많지요. 어딜 가기로 굶어 죽을 염려는 없지만, 요새 돈 몰 것이 똑 하나 있지요. 자본 없이 힘 안 들고……하하하."

표독한 위인이 충동이는 수작이다.

"그런 벌이가 어디 있예요?"

촌뜨기 선생은 그 큰 눈을 더 둥그렇게 뜨고 큰 기대와 호기심을 가지고 마주 쳐다보는 모양이다.

"왜요, 한번 해보시려우?"

그는 이렇게 한마디 충동이며, 무슨 의미나 있는 듯이 그 악독하여 보이는 얼굴에 교활한 웃음을 띠고 한참 마주 보다가,

"시골서 죽도록 땅이나 파먹다가 거꾸러지는 것보다는 편하고 재미있습넨다. 게다가 돈은 쓰고 싶은 대로 쓸 수 있고……"

여전히 뱅글뱅글 웃으면서 이 순실한, 어머니 뱃속에서 나온 그대로 있는 듯한 촌뜨기를 꾄다.

"그런 선반에서 떨어지는 떡 같은 장사가 있으면 하다뿐이겠나요."

촌뜨기는 차차 침이 괴어 오는 수작이다.

"그러나 밑천이 아주 안 드는 것은 아니지요. 우선 얼마 안 되지만 보증금을 들여놓아야 하고, 양복이나 한 벌 장만하여야 할 터이니까. ……그러나 당신이야 형님이 헌병대에 계시다니까 신분은 염려 없을

테니 보증금은 없어도 좋겠지."

제판은 누구를 큰 직업이나 얻어 주는 듯싶이, 더구나 보증금은 특별히 면제하여 주겠다는 듯이 오만한 태도로 어깨를 뒤틀며 호기만장이다. 일편 촌뜨기는 양복신사가 돼야 하는 직업이라는 데에 속으로 헤에 하는 기색이다. 그러나 정작 그 직업의 종류가 무엇인가는 좀처럼 가르쳐 주지 않는다. 실상 곁에서 엿듣고 앉았는 나 역시 궁금하지만, 이러한 소리를 듣는 시골 궐자는 더한층 호기의 눈을 번쩍이며 앉았는 모양이다. 그러나 그것을 토설치 않는 것은 나와 그 외의 두세 사람이 들을까 꺼리어서 그리하는 것 같기도 하고, 또는 그 시골뜨기가 좀 더 몸이 달아 덤비며 자기의 부하가 되겠다는 다짐까지 받고서야 이야기하려는 수단 같기도 하다.

"그래 그런 훌륭한 직업이 무엇인데, 어디 있단 말요?"

이번에는 그 시골자의 동행인 듯한 사람이 가만히 듣고 있다가 욕탕에서 시뻘겋게 단 몸뚱어리를 무거운 듯이 끌어내며 물었다. 그자도 물속에서 불쑥 일어서서 수건을 등 뒤로 넘겨서 가로잡고 문지르며 한번 목욕탕 속을 휘 돌아다보고, 다른 사람들이 자기네의 이야기에는 무심히 이 구석 저 구석에서 몌을 감는 것을 살펴본 뒤에, 안심한 듯이 비로소 목소리를 낮추며 입을 벌린다.

"실상은 누워 떡 먹기지. 나두 이번에 가서 해 오면 세 번째나 되오마는, 내지의 각 회사와 연락해 가지고 요보들을 붙들어 오는 것인데……즉 조선 쿨리[苦力] 말씀요. 농촌 노동자를 빼내 오는 것이죠. 그런데 그것은 대개 경상남북도나, 그렇지 않으면 함경, 강원, 그다음에는 평안도에서 모집을 해오는 것인데, 그중에도 경상남도가 제일 쉽습넨다, 하하하."

그자는 여기 와서 말을 끊고 교활한 웃음을 웃어버렸다.

나는 여기까지 듣고 깜짝 놀랐다. 그 불쌍한 조선 노동자들이 속아서 지상의 지옥 같은 일본 각지의 공장과 광산으로 몸이 팔리어 가는 것이, 모두 이런 도적놈 같은 협잡부랑배의 술중(術中)에 빠져서 속아넘어 가는구나 하는 생각을 하며, 나는 다시 한번 그자의 상판대기를 쳐다보지 않을 수 없었다.

'옳지! 그래서 이자의 형이 헌병 군조라는 것을 듣고 이용할 작정으로 반색을 한 게로군!'

나는 이런 생각도 하여 보며 가만히 귀를 기울이고 앉았었다.

궐자는 벙벙히 듣고 앉았는 그 두 사람의 얼굴을 이리저리 바라보고 빙긋 웃으며 또다시 말을 잇는다.

"왜 남선 지방에 응모자가 많고 북으로 갈수록 적은고 하니, 이 남쪽은 내지인이 제일 많이 들어가서 모든 세력을 잡았기 때문에, 북으로 쫓겨서 만주로 기어들어 가거나 남으로 현해탄을 건너서거나 두 가지 중에 한 가지 길밖에 없는데, 누구나 그늘보다는 양지가 좋으니까, 요보들 생각에도 일 년 열두 달 죽도록 농사를 지어야 주린 배를 채우기는 고사하고 보릿고개[麥嶺]에는 시래기죽으로 부증이 나서 뒈질 지경인 바에야, 번화한 동경, 대판에 가서 흥청망청 살아 보겠다는 요량이거든. 그러니 촌의 젊은 애들은 말할 것도 없고 계집애들까지 나두 나두 하고 나서거든. 뭐 모집이야 쉽지!"

"흥……그럴 거야!"

"아직 북선 지방은 우리 내지인이 덜 들어갔기 때문에 비교적 편안히 사니까 응모자가 적지만, 그것도 미구불원에 쪽박을 차고 나설 거라. 허허허."

이자는 자기 설명에 만족한 듯이 대단히 득의만면이다.

"그래 그렇게 모집을 해가면 얼마나 생기나요?"

촌뜨기는 구수하다는 듯이 침을 흘리며 듣는다.

"얼마가 뭐요. 여비가 있지, 일당이 또 있지, 게다가 한 사람 모집하는 데에 일 원서부터 이 원이니까-그건 회사와 일의 종류에 따라서 다르지만, 가령 방적회사의 여직공 같은 것은 임금도 싼 데다가 모집원의 수수료도 헐하고, 광부 같은 것은 지금 시세로도 일 원 오십 전으로 이 원 오십 전까지라우. 가령 천 명만 맡아 가지고 와서 보구려. 이삼 삭 동안 여비나 일당에서 남는 것은 그까짓 건 다 그만두고라도 일천오륙 백 원, 근 이천 원은 간데없는 것일 게니, 그런 벌이가 이판에 어디 있소? 하하하. 나도 맨 처음에-그건 제주도에서 모집하여 갔지만-그때에 오백 명 모아다 주고 실살고로 남긴 것이 천 원이었고, 둘째 번에는 올 가을 팔백 명이나 북해도 족미(足尾)탄광에 보내고 이천 원 돈이 들어왔다우."

노동자 모집원이라는 자는 입의 침이 없이 천 원, 이천 원을 신이 나서 뇌며 목욕탕 속에서 나왔다.

"예에, 예에, 그럴 거예요!"

하며, 일평생에 들어 보지도 못하던 천(千)자가 붙은 돈 액수에 눈을 휘둥그렇게 뜨고 귀를 기울이고 앉았던 시골자는, 때를 다 밀었는지 그 장대한 구릿빛 나는 유착한 몸집을 벌떡 일으키어 다시 욕탕 속에 출렁 집어넣으면서 만족한 듯이 또다시 말을 붙이었다.

"그래 조선 농군들이 가서 그런 공사 일을 잘들 하나요?"

"잘하구 못하는 것은 내가 아랑곳 있겠소마는, 하여간 요보는 말을 잘 듣고 쿨리만은 못해도 힘드는 일을 잘하는데다가 삯전이 헐하니까 안성맞춤이지. ……그야 처음 데려갈 때에는 품삯도 많고 일은 드러누워서 떡먹기라고 푹 삶아야 하긴 하지만, 그래도 갈 노자며 처자까지 데리고 가게 하고, 게다가 빚까지 갚아 주는 데야 제 아무런 놈이기로 아니 따라나설 놈이 있겠소. 한번 따라나서기만 하면야 전차(前借)가 있는데 그야말로 독 안에 든 쥐지. 일이 고되거나 품이 헐하긴 고사하고 굶어 뒈진다기루 하는 수 있나. 하하하."

벌써 부하가 되었다는 듯이 득의만면하여 모집 방법의 비책까지 도도히 설명을 하여 주고 앉았다.

나는 좀 더 들으려고 일부러 머뭇머뭇하며 앉았으려니까, 승객이 다 올라탔는지, 별안간에 욕객의 한 떼가 또 왁자하고 들이 밀려오기에 나는 그만 듣고 몸을 훔치기 시작하였다.

스물두셋쯤 된 책상도련님인 나로서는 이러한 이야기를 듣고 놀라지 않을 수 없었다. 인생이 어떠하니, 인간성이 어떠하니, 사회가 어떠하니 하여야 다만 심심파적으로 하는 탁상의 공론에 불과한 것은 물론이다. 아버지나 조상의 덕택으로 글자나 얻어 배웠거나 소설 권이나 들쳐 보았다고, 인생이니 자연이니 시니 소설이니 한대야 결국은 배가 불러서 투정질하는 수작이요, 실인생, 실사회의 이면의 이면, 진상의 진상과는 얼마만한 관련이 있다는 것인가? 하고 보면 내가 지금 하는 것, 이로부터 하려는 일이 결국 무엇인가 하는 의문과 불안을 느끼지 않을 수가 없었다. '일 년 열두 달 죽도록 농사를 지어야 반년짝은 시래기로 목숨을 이어 나가지 않으면 안 되겠으니까……' 하는 말을 들을 제, 그 것이 과연 사실일까 하는 의심이 날만치 나의 귀가 번쩍하리만치 조선 의 현실을 몰랐다. 나도 열 살 전까지는 부모의 고향인 충청도 촌 속에 서 자라났고, 그 후에도 일 년에 한두 번씩은 촌락에 발을 들여놓아 보 았지만, 설마 그렇게까지 소작인의 생활이 참혹하리라고는 꿈에도 생 각해 본 일이 없었다.

'시를 짓는 것보다는 밭을 갈라고 한다. 그러나 밭을 가[耕]는 그것이 벌써 시가 아니냐. ……사람은 흙에서 나와서 흙에 돌아간다. 흙의 향 기로운 냄새에 취할 수 있는 자의 행복이여! 흙의 북돋아 오르는 생기 야말로 너 인간의 끊임없는 새 생명이니라……'

언젠가 이따위의 산문시 줄이나 쓰던, 자기의 공상과 값싼 로맨티시 즘이 도리어 부끄러웠다. 흙의 냄새가 향기롭지 않다는 것도 아니다. 그 향기에 취할 수 있는 자가 행복스럽지 않다는 것도 아니다. 조반 후 의 낮잠은 위약이라는 고등 유민의 유행병에나 걸릴까 보아서 대팻밥 모자에 연경(煙鏡)이나 쓰고, 아침저녁으로 호밋자루를 잡는 것이 행복 스럽지 않고 시적이 아니라는 것이 아니다. 그러나저러나, 일 년 열두 달, 소나 말보다도 죽을 고역을 다 하고도 시래기죽에 얼굴이 붓는 것 도 시일까? 그들이 삼복의 끓는 햇볕에 손등을 데면서 호밋자루를 놀릴 때, 그들은 행복을 느끼는가? ……그들은 흙의 노예다. 자기 자신의 생 명의 노예다. 그들에게 있는 것은 다만 땀과 피뿐이다. 그리고 주림뿐 이다. 그들이 어머니의 뱃속에서 뛰어나오기 전에, 벌써 확정된 단 하 나의 사실은 그들의 모공이 막히고 혈청이 마르기까지, 흙에 그 땀과 피를 쏟으라는 것이다. 그리하여 열 방울의 땀과 백 방울의 피는 한 톨의 나락을 기른다. 그러나 그 한 톨의 나락은 누구의 입으로 들어가는가? 그에게 지불 되는 보수는 무엇인가. -주림만이 무엇보다도 확실한 그의 밭을 품삯이다. ……

나는 몸을 다 훔치고 옷 입는 터전으로 나왔다.

나는 사람, 드는 사람, 한참 복작대는 틈에서 부리나케 양복바지를 꿰며 섰으려니까, 어떤 보지 못하던 친구가 문을 반쯤 열고 중절모자를 쓴 대가리를 불쑥 디밀며, 황당한 안색으로 방 안을 휘휘 둘러보더니,

"실례올시다만, 여기 이인화란 이가 계십니까?"

하고 묻는다.

"네에, 나요. 왜 그러우?"

나는 궐자의 앞으로 두어 발짝 나서며 이렇게 대답을 하였다. 궐자는 한참 찾아다니다가 겨우 만난 것이 반갑다는 듯이 빙글빙글 웃으며, 문을 활짝 열어젖히고 서서 이리 좀 나오라고 명령하듯이 소리를 친다. 학생복에 망토를 두른 체격이며, 제딴은 유창하게 한답시는 일어의 어조가 묻지 않아도 조선 사람이 분명하다. 그래도 짓궂이 일어를 사용하고 도리어 자기의 본색이 탄로될까 보아 염려하는 듯한, 침착지 못한 행색이 나의 눈에는 더욱 수상쩍기도 하고 마음이 근질근질하기도 하였다. 나의 성명과 그 사람의 어조를 듣고, 우리가 조선 사람인 것을 짐작한 여러 일인의 시선은, 나에게서 그자에게, 그자에게서 나에게로 올지 갈지 하는 모양이었다. 말하자면 우리 두 사람은 일본 사람 앞에서 희극을 연작하는 앵무새 모양이었다.

"무슨 이야긴지 할 말 있건 예서 하구려."

그래도 나는 기연가미연가하여 역시 일어로 대답하였다.

"하여간 이리 좀 나오슈."

말씨가 벌써 그러한 종류의 위인인 것을 의심할 여지가 없다고 생각한 나는, 그 언사의 교만한 것이 첫째 귀에 거슬리어서 다소 불쾌한 어조로,

"그럼 문을 닫고 나가서 기대류."

하며 소리를 지르고, 다시 내 자리로 와서 주섬주섬 옷을 마저 입기 시작하였다. 여러 사람의 경멸하는 듯한 시선은 여전히 내 얼굴에 어리는 것을 깨달았다. 더구나 아까 노동자를 모집할 의논을 하던 세 사람은, 힐끔힐끔 곁눈질을 하는 것이 분명하였으나, 나는 도리어 그 시선을 피하였다. 불쾌한 생각이 목구멍 밑까지 치밀어오는 것 같을 뿐 아니라, 어쩐지 기운이 줄고 어깨가 처지는 것 같았다.

옷을 다 입고 문밖으로 나오니까, 궐자는 맞은편에 기대어 웅숭그리고 서서 기다리는 모양이다.

"미안합니다만, 나하고 짐을 가지고 저리 좀 나갑시다."

뒤를 쫓아오면서 애원하듯이 말을 붙이는 양이, 아까와는 태도가 일변하였다.

"댁이 누구길래, 어딜 가잔 말요?"

"네에, 참 나는 서(署)에서 왔는데 잠깐 파출소로 가십시다."

자기의 직무도 명언하지 아니하고 덮어놓고 가자고 한 것이 잘못되었다는 듯도 하고, 한편으로는 자기가 일인 행세를 하는 것이 내심으로 부끄럽고, 또한 나에게 '노형이 조선 사람이 아니오?' 하고, 탄로나 되지 않을까 하는 염려가 있어서 앞이 굽는다는 듯이, 언사와 태도는 점점 풀이 죽고 공손하여졌다. 이것을 본 나는 도리어 불쌍하고 가엾은 생각

이 나서, 층계를 느런히 서서 내려가다가, 궐자의 얼굴을 쳐다보았다. 아무 의미 없이 빙글빙글 웃는 그 얼굴에는 어색하여 하는 빛이 역력히 보였다. 나는 잠자코 자기 자리로 가서 순탄한 말로,

"나는 나갈 새도 없고 짐이라곤 이것밖에 없으니, 혼자 가지고 가서 조사할 게 있건 조사하고 갖다 주슈."

하고 가방 두 개를 들어내어 주었다.

"안 돼요, 그건. 입회를 해 줘야 이걸 열죠. 그러지 마시고 잠깐만 나가 주세요. 이건 내가 들고 갈 테니."

선실 안의 수백의 눈은 모두 나에게로 모여들었다. 여기저기서 수군거리는 소리도 들리었다. 나는 얼굴이 화끈화끈하여 더 섰을 수가 없었다.

"내가 도적질이나 한 혐의가 있단 말이오? 가지고 가서 마음대로 하라는 데야 또 어쩌란 말이오. 정 그럴 테면 이리로 들어와서 조사를 하라고 하구려. 배는 떠나게 되었는데 나가자는 사람도 염치가 있지……"

나는 분이 치밀어 올라와서 이렇게 볼멘소리를 질렀다.

"그러지 마시고 오늘 이 배로 꼭 떠나시게 할 테니, 제발 잠깐만 나가 주세요. 자꾸 시간만 갑니다. ……여기선 창피하실까 봐 그러는 것 아닙니까?"

"창피하다? 흥, 창피? 얼마나 창피하면 예서 더 창피할꾸. 그런 사패 볼 것 없이 마음대로 하슈!"

홧김에 이렇게 소리는 질렀으나, 그 애걸하는 양이 밉살스런 중에도 가엾어 보이지 않는 것도 아니요, 어느 때까지 승강이만 하다가는 궐자 말마따나 이로울 것도 없고 시간만 바락바락 가겠기에 나가기로 결심하고 웃저고리를 집어 입고서, 어떻게 될지 사람의 일을 몰라서 아까

사 가지고 들어온 벤또 그릇까지 가지고, 가방을 들고 앞서 나가는 형사의 뒤를 따라섰다. 형사가 큰 성공이나 한 듯이 득의만면하여,

"진작 그러시지요. 별일은 없을 거예요."

하며 웃는 그 얼굴에는 달래는 듯하기도 하고 빈정대는 듯한 빛이 보였다. 나는 무심중에 주먹이 부르르 떨리는 것을 깨달았다.

갑판으로 나와서 승강구까지 불러다가 조사를 하게 하라 하여 보았으나, 그것도 들어주지 않아서 화가 나는 것을 참고 결국 잔교로 내려섰다.

대합실 앞까지 오니까, 아까 내 명함을 빼앗아간 인버네스가 양복에 외투를 입은 또 한 사람과 무시무시하게 경계를 하고 섰다가, 우리를 보더니 아무 말 아니 하고 기선 화물을 집더미같이 쌓아 놓은 뒤로 앞서 들어갔다. 가방을 가진 자도 아무 말 아니 하고 따라섰다. 나는 가슴이 선뜻하는 것을 참고, 아무 반항할 힘도 없이, 관에 들어가는 소처럼 뒤를 대어 섰다. 네 사람이 예정한 행동을 취하는 것처럼, 묵묵하고 침중한 가운데에 모든 행동을 경쾌하게 하는 것이, 마치 활동사진에서 보는 강도단이나 그것을 추격하는 탐정 같았다. 네 사람은 화물에 가리어 행인에게 보이지 않을 만한 곳에 와서 우뚝우뚝 섰다. 대합실의 유리창에서 흘러나오는 전광(電光)만은, 양복쟁이의 안경테에 소리 없이 반짝 비치었다.

"오늘 하루 예서 묵지 못하겠소."

양복쟁이가 우선 입을 벌리며 가방을 빼앗아 든다. 좁은 골짜기에서 나직하게 내는 거세고도 굵은 목소리는 이 세상에서 들어 본 목소리 같지 않았다. 나는 얼빠진 놈 모양으로 아무 생각 없이 안경알이 하얗게

어룽어룽하는 그자의 두툼하고 둥근 상을 쳐다보며 섰었다. 그자도 나의 표정을 하나라도 놓치지 않으려는 듯이 입술을 악물고 위협하는 태도로 노려보다가 별안간에 은근한 어조로,

"하루 쉐서 가시구려."

하는 양이, 마치 정다운 진객을 만류하는 것 같았다. 무슨 죄가 있는 것은 아니나, 이같이 으슥한 골짜기에서 을러 보았다 달래 보았다 하는 것을 당하는 것은 나의 수명이 줄어들어 가는 것 같았다. 만일 내가 부호로서 이런 꼴을 당하였더면, 위불위없이 강도나 맞았다고 생각하였을 것이다. 나는 정신을 바짝 차리고 대답을 하려 하였으나, 참 정말 귓구멍이 막혀서 입을 벌릴 기운이 없었다.

"묵긴 어디서 묵으란 말이오? 유치장에나 가잔 말씀요? 이 배에 떠나게 한다는 약조를 하였기 때문에 나왔으니까 약조대로 합시다."

이렇게 강경히 주장은 하면서도, 마음은 차차 두근거려지고 신경은 극도로 긴장하여졌다. 대체 나 같은 위인은 경찰서의 신세를 지기에는 너무도 평범하지만, 그래도 이 배만 놓치면 참 정말 유치장에서 욕을 볼 것은 뻔한 일, 하늘이 두 쪽이 되는 한이 있더라도 이 배를 놓쳐서는 큰일이라고 결심을 단단히 하고서도 웬일인지 가슴은 여전히 두근두근하지 않을 수가 없었다.

"그럼 예서 잠깐 할까?"

양복쟁이가, 나와 인버네스를 반반씩 보며 저희끼리 의논을 한다. 나는 우선 마음을 놓았다.

"네, 그리지요."

인버네스가 찬성을 하니까, 양복쟁이는 나에게로 향하여,

"이것 좀 열어 보아도 상관없겠소?"

하고 열쇠를 내라고 한다. 나는 급히 열쇠를 내어 주었다. ……가방은 양복쟁이의 손에서 덜컥 열리었다.

어린아이 관(棺) 같은 긴 모양의 트렁크를 유리창 그림자가 환히 비치는 화물 쌓인 밑에다가 열어 놓고 들쑤시는 동안에, 그 옆에서 인버네스는 조그만 손가방을 조사하고 앉았다. 나는 이편에 느런히 섰는 학생복 입은 자와 함께 두 사람의 네 손길만 내려다보고 섰었다. 큰 트렁크를 맡은 자는 잠깐 쑤석쑤석하여 보더니, 그 위에 얹어 놓은 양복이며 화복(和服)들을 손에 잡히는 대로 휘휘 집어서 내 옆에 선 형사에게 주섬주섬 던져주고 나서, 그 밑에 깔리었던 서류 뭉텅이와 서적 몇 권을 분주히 들척거리고 앉았다. 조그만 트렁크 속에서 소득이 없었던지 그대로 뚜껑을 닫아서 옆에 놓고 인버네스도 다시 큰 가방으로 달려들어서 들여다보고 앉았다가 양복쟁이의 분부대로 서적을 한 권씩 들어 보아가며 일일이 책명을 수첩에 기입하며 앉았다. 가방 속에서 갈팡질팡하는 형사의 네 손은 일 분 이 분 시간이 갈수록 가속도로 움직인다. 나는 이놈들이 또 무슨 망령이나 부리지 않을까 하는 불안과 의혹을 가지고 전광에 벌겋게 번쩍이는 양복쟁이의 곁뺨을 노려보고 섰었다.

여덟 눈과 네 손길은 앞에 뉘어 놓은 트렁크 한 개에 모든 정력을 집중하고, 일 분의 빈틈없이 극도로 긴장하였으면서도 여덟 입술은 풀로 붙인 듯이, 아무도 입을 벌리려는 사람이 없었다. 절대 침묵이 한 간통쯤 되는 컴컴한 골짜기에 숨이 막힐 듯이 가득히 찼다. 비릿한 해기(海氣)를 품은 차디찬 저녁 바람이 귓가로 솔솔 지날 때마다 바삭바삭하는 종잇장 구기는 소리밖에 나에게는 들리지 않았다. 그보다 큰 배에 짐 싣는 인부의 소리도, 잔교 밑에 와서 부딪는 출렁출렁하는 파도 소리도, 아마 이 네 사람의 귀에는 들리지 않았을 것이다. 무겁고 찌뿌드드한 침묵 속에 흐릿한 불빛에 싸여서 서고 앉고 하여 꾸물꾸물하는 양이, 마치 바다에 빠진 시체를 건져 놓고 검시(檢屍)나 하는 것같이 처량하고 비장하며 엄숙히 보였다. 그러나 일 분, 이 분, 삼 분, 오 분, 십 분…… 시간이 갈수록 나의 머릿속은 귀와 반비례로 욱신욱신하여졌다. 그 세 사람들이 일부러 느럭느럭하는 것은 아니건마는 뺏어 가지고 내 손으로 하고 싶으리만치 초조하였다. 나는 참다못하여 시계를 꺼내 들고,

"이제 이 분밖에 안 남았소. 난 갈 테요."
하고 재촉을 하였다. 그제야 양복쟁이는 눈에 불이 나게 놀리던 손을 쉬고 서류 뭉텅이를 들어 뵈면서,

"이것만은 잠깐 내가 갖다가 보고, 댁으로 보내 드려도 관계없겠지요."
하고 일어선다. 서두른 분수 보아서는 아무 소득이 없어 섭섭하고 열적으니, 서류뭉치나 뺏어 두자는 눈치 같다. 나는 두말없이 쾌락하였다. 사실 그 속에는 집에서 온 최근의 편지 몇 장과 소설 초고와 몇 가지 원고 외에는 아무것도 없었다. 애를 써서 기록한 서적이라야 원래 나에게는 사회주의라는 '사'자나 레닌이라는 '레'자는 물론이려니와, 독립이라는 '독'자도 없을 것은 나의 전공하는 학과만 보아도 알 것이었다. 아니, 설령 내가 볼셰비키에 관한 서적을 몇백 권 가졌거나 사회주의를 연구하거나, 그것은 학문의 연구라 물론 자유일 것이요, 비록 독립사상을 가진 나의 뇌 속을 X광선 같은 것으로나 심사법(心寫法)으로 알았다 할지라도, 행동이 없는 다음에야 조사하기로 소용이 무엇인가-이러한 생각은 나중에 한 것이지만 그 당장에는 하여간 무사히 방면되어 배에

오르게 된 것만 다행히 여겨 궐자들과 같이 허둥지둥 행구를 수습하여 가지고 나섰다.

짐을 가볍게 하여 준 트렁크를 두 손에 들고, 어서 올라오라는 선원의 꾸지람을 들어가며 겨우 갑판 위에 올라서자, 기를 쓰는 듯한 경적과 말울음[馬嘶] 소리 같은 기적 소리가 나며 신경이 재릿재릿한 징[鉦] 소리가 교향적으로 호젓이 암흑에 싸인 부두 일판에 처량하고도 요란하게 울리었다. 배는 소리 없이 미끄러져 벌써 두어 간통이나 잔교에서 떨어졌다. 전송하러 온 여관 하인들이며 인부들의 그림자가 쓸쓸한 벌판에 성기성기 차차 조고맣게 눈에 띄고 선창 위에서 휘두르며 가는 등불이 쓸쓸한 바람에 불리어 길어졌다 짧아졌다 한다.

나는 선실로 들어갈 생각도 없이 으스름한 갑판 위에 찬바람을 쐬어 가며 웅숭그리고 섰었다. 격심한 노역과 추위에 피곤하여 깊은 잠에 들어가는 항구는, 소리 없이 암흑 속에 누웠을 뿐이요, 전시의 안식을 지키는 야광주는 벌써부터 졸린 듯이 점점 불빛이 적어 가고 수효가 줄어 가면서 깜박깜박 졸고 있다. 나는 인간계를 떠나서 방랑의 몸이 된 자와 같이 그 불빛의 낱낱이 어떠한 평화로운 가정의 대문을 지키고 있으려니 하는 생각을 할 제, 선뜩선뜩하게 반짝이는 별보다도 점점 멀리 흐려 가는 불빛이 따뜻이 보였다. 나의 머릿속은 단지 혼돈하였을 뿐이요, 눈은 화끈화끈 단다.

외투 포켓에다가 두 손을 찌르고 어느 때까지 우두커니 섰는 내 눈에는 어느덧 뜨끈뜨끈한 눈물이 비어져 나와서, 상기가 된 좌우 뺨으로 흘러내렸다. 찬바람에 산뜩산뜩 스며들어 가는 것을 나는 씻으려고도 아니 하고 여전히 섰었다.

4

　사람이란 자기보다 우월하거나 열등한 사람에게 대할 때처럼, 자기의 지위나 처지라는 것을 명료히 의식할 때가 없는 모양이다. 동위동격 자끼리는 경우가 같기 때문에 서로 공명하는 점도 많고 서로 동정할 수도 있을 뿐 아니라, 누가 잘난 체를 하고 누가 굽힐 여지가 없다. 그렇지만 우열이 현격하면 공명이나 동정이라는 것보다는 먼저 자기의 지위나 처지에 대한 의식이 앞을 서서, 한편에서는 거드름을 빼면 한편에서는 고개가 수그러지고, 저편이 등을 두드리는 수작을 하면 이편은 마음이 여린 사람일 지경 같으면 황송무지해서 긴한 체를 하여 보이기도 하고, 자존심이 굳센 자면 굴욕을 느끼어서 반감을 품을 것이요, 또 저편이 위압을 하려는 태도로 나오면 이편은 꿈질하여 납청장이가 되거나, 그렇지 않으면 반항적 태도로 나오는 것이다. 사회 조직이라든지 교육이라든지, 한층 더 들어가서 사람의 심리가 근본적으로 잘 되어 그렇든지 못 되어 그렇든지 하여간 사람이란 그리하여 보고 싶은 것이다.

　그러나 자기가 저편보다는 낫다, 한 손 접는다고 생각할 때에 느끼는 자랑과 기쁨이 자기를 행복게 하고 향상케 함보다는 저편보다 못하다, 감잡힌다고 생각할 제에 일어나는 굴욕과 분개가 주는 불행과 고통과 저상(沮喪)이 곱이나 큰 것이다. 더구나 자존심이 강한 사람에게 대하여는 보통사람보다도 열 곱 스무 곱 백 곱이나 큰 것이다. 그뿐 아니라 그 우열감이 단순한 개인과 개인과의 관계를 벗어나서 집단적 배경이 있을 때에는 순전한 적대심으로 변하는 동시에, 좁고 깊게 사람의 마음속에 파고들어 앉아서 혹은 노골적으로 폭발되기도 하고 혹은 은근히 일종의 세력을 기르게 되는 것이다.

그러나 그중에도 다행한 일은 자존심이 많고 의지가 강한 사람일수록 그 굴욕과 비분으로 말미암아 받는 바 불행과 고통과 저상이 도리어 반동적으로 새로운 광명의 길로 향하여 용약게 하는 활력소가 된다는 것이다. 그러나 사람이란 얼마나 강한지 의문이다. 약하기 때문에 잘난 체도 하여 보고, 약한 죄로 남을 미워도 하여 보고, 웃지 않을 때에 웃어도 보며, 울지 않아도 좋을 것을 울고야 마는 것이라고 생각하는 나는, 나 자신까지를 믿을 수가 없다.

되지 않게 감상적으로 생긴 나는 점점 바람이 세차 가는 갑판 위에서, 나오는 눈물을 억제하여 가며 가만히 섰다가, 목욕한 뒤의 몸이 발끝부터 차차 얼어 올라오는 것을 견디다 못하여 가방을 좌우 쪽에 들고 다시 선실로 기어들어 갔다. 아까 잡아 놓았던 자리는 물론 남에게 빼앗기고 들어가서 끼일 자리가 없었다. 나는 실없이 화가 나서 선원을 붙들어 가지고 겨우 한구석에 끼었으나, 어쩐지 좌우에 늘어 앉았는 일본 사람이 경멸하는 눈으로 괴이쩍게 바라보는 것 같아서 불쾌하기 짝이 없다. 사 가지고 다니던 벤또를 먹을까 하여 보았으나 신산하기도 하고 어쩐지 어깨가 처지는 것 같아서 외투를 뒤집어쓰고 누워 버렸다.

동경서 하관까지 올 동안을 일부러 일본 사람 행세를 하려는 것은 아니라도 또 애를 써서 조선 사람 행세를 할 필요도 없는 고로 그럭저럭 마음을 놓고 지낼 수가 있었지마는, 연락선에 들어오기만 하면 웬 세음인지 공기가 험악하여지는 것 같고 어떠한 압력이 덜미를 잡는 것 같은 것이 보통이다. 그러나 이번처럼 휴대품까지 수색을 당하고 나니 불쾌한 기분이 한층 더하지 않을 수 없었다. 눈을 감고 드러누워서도 분한 생각이 목줄띠까지 치밀어 올라와서 무심코 입살을 악물어보았다. 그러나 사면을 돌아다보아야 분풀이를 할 데라고는 없다. 설혹 처지가 같고 경우가 같은 동행자를 만난다 하더라도 하소연을 할 수는 없다. 왜 그러냐 하면 여기는 배 속이니까 그렇다는 말이다. 나를 한 손 접고 내려다보는 나보다 훨씬 나은 양반들이 타신 배 속이기 때문이다. ……

날이 새었다. 밝기가 무섭게 하나둘씩 부스스부스스 일어나 쿵쾅거리며 오르락내리락하는 바람에 나도 일어나서 소세를 하였다. 수백 명이나 되는 식구가 송사리새끼 끼우듯이 끼여서 자고 난 판두방 같은 속이 지저분하기도 하고 고약한 냄새에 머릿골이 아파서 나는 치장을 차리고 갑판으로 나갔다. 훨씬 해가 돋지는 못하여서 물은 꺼멓게 보일 뿐이요 훤한 하늘에는 뽀얀 구름이 처져 있는 것이 희미하게 보이나, 아직도 컴컴스그레하였다. 춥기는 하지만 그래도 상쾌하다. 선실 속에서는 벌써 아침밥이 시작되었는지 연해 밥통을 날라 들여가고, 갑판에 나왔던 사람들도 허둥지둥 뒤쫓아 들어가는 모양이다.

이 삼등실에 모인 인종들은 어디서 잡아온 것들인지 내남직 할 것

없이 매사에 경쟁이다. 들어가는 것도 경쟁, 나오는 것도 경쟁, 자는 것도 경쟁, 먹는 것에 이르러서는 한층 더한 것이 예사다. 조금만 웬만하면 이등을 탔겠지마는 씀씀이가 과한 나로는 어느 때든지 지갑이 얄팍얄팍하여서도 못 타게 되고, 그 돈으로 차 한 잔이라도 사 먹겠다는 타산도 없지 않아서, 대개는 이 무료숙박소 같은 데에서 밤을 새는 것이다. 하여간 차림차림으로 보든지 하는 짓으로 보든지 말씨로 보든지 하층사회의 아귀당들이 채를 잡았고, 간혹 하층관리 부스러기가 끼어 있을 따름이다. 나는 그들을 볼 제 누구에게든지 극단으로 경원주의를 표하고 근접을 안 하려고 하지만, 그것은 나 자신보다는 몇 층 우월하다는 일본 사람이라는 의식으로만이 아니다. 단순한 노동자라거나 무산자라고만 생각할 때에도 잇살을 어우르기가 싫다. 덕의적 이론으로나 서적으로는 무산계급이라는 것처럼 우리 친구가 되고 우리 편이 될 사람은 없다고 생각하면서도, 실제에 그들과 마주 딱 대하면 어쩐지 얼굴을 찌푸리지 않을 수 없다. 혹은 그들에게 대한 혐오가 심하여지면 심하여질수록, 그 원인이 그들 자신에게 있는 것이 아니라는 논법으로, 더욱더욱 그들을 위하여 일을 하여야 하겠다는 결론에 이르게 될지는 모르나, 감정상으로 그들과 융합할 길이 없다는 것은 아마 엄연한 사실일 것 같다.

나는 이런 생각을 하다가 어제저녁도 궐하였기 때문에 시장한 증이 나서 선실로 기어들어 갔다. 한차례 치르고 난 식탁 앞에 우글우글하는 사람 떼가 꺼멓게 모여 서서 무엇인지 말다툼을 하고 있는 모양이다.

"……그래 갖다 놓기 전에 와서 앉으면 어떻단 말이야?"

신경질로 생긴 바짝 마른 상에 독기를 품고 빽빽 소리를 지르는 것은, 윗수염이 까무잡잡하게 난 키가 조그만 사람이다. 그리 상스럽지 않은 얼굴로 보아서 어쩌면 외동다리 금테(판임관)쯤은 되어 보인다.

"글쎄 그래두 아니 되어요. 차례가 있으니까, 지금부터 앉았어두 안 드려요."

검정 학생복을 입은 선원은 골을 올리려는 듯이 순탄한 어조로 번죽 번죽 대꾸를 하고 섰다.

"우리로 말하면 이 배의 손님이지? 그래 손님을 그따위로 대접하는 법이 어디 있단 말이야……? 대관절 우리를 요보루 알고 하는 수작이란 말야?"

애꿎은 요보를 들추어 낸다.

"누가 대접을 어떻게 했단 말예요. 밥상은 차려 놓거든 와서 자시라는 게 무에 틀렸단 말씀유?"

"급하니까 얼른 가져오라는 게 어째서 잘못이란 말이야? 조선에서만 볼 일이지마는, 그래 자네들은 어쨌다구 호기를 부리는 거야?"

까만 수염을 가진 자의 어기가 차차 줄어 가는 것을 보고 섰던 구경꾼 속에서는 불길을 돋우려는 듯이,

"뚜들겨 주어라. 되지 않게 관리 행세를 하려구, 건방지게!……"

"참 건방진 놈이다!"

"되지 않은 놈이 하급 선원쯤 되어 가지고 관리 행세는, 마뜩지 않게! ……홍!"

이런 소리가 여기저기서 떠들썩한다. 관리면 으레히 그렇게 하여도 관계없고 또 자기네들도 불복이 없겠다는 말눈치다.

"도시 조선의 철도가 관영(官營)이기 때문에 저런 것까지 제가 잰 척

을 하는 거야. 사영(私營) 같으면야 꿈쩍이나 할 텐가."

누구인지 일리 있는 듯한 이런 소리를 분연히 하는 강개가도 있다. 여러 사람이 왁자히 떠드는 바람에 선원도 입을 답치고 슬슬 빠져 달아나가니 싸움은 실미지근히 흐지부지되고, 그 자리에 모였던 사람은 그대로 식탁에 부산히들 들어앉았다. 나는 그 싸우는 양이 다라워 보이기도 하고 마음에 께름하여 다시 바깥으로 나가려다가 그래도 고픈 배를 참을 수가 없어서 누가 권하는 것은 아니지마는 마지못해 먹는 것처럼 제 출물에 쭈뼛쭈뼛하여 한구석에 끼어 앉아 먹기를 시작하였다.

'먹는 데 더러우니 구구하니 아귀들이니 하여도 배가 고프면 하는 수 없는 거다.'

젓가락을 짓고 물을 마시며 나는 이런 생각을 해보고 혼자 뱃속으로 웃었다.

선실 속에서는 쌈 싸우듯 하여 가며 겨우 아침밥들을 먹고 와서는 이 구석 저 구석에서 짐들을 꾸리는 빛에, 악다구니를 하여 가며 간신히 얻어먹은 밥을 다시 꿱꿱 하며 돌르는 빛에, 또 한참 야단이다. 나도 밥을 먹고 나니까 어쩐지 메슥메슥한 중이 나서 자기 자리로 가서 누웠었다.

육지가 차차 가까워오는지 배가 그리 흔들리지도 않고 선객의 절반쯤은 벌써부터 갑판으로 나갔다. 나도 짐을 꾸려 가지고 나갔다. 의외에 퍽 가까워진 모양이다. 선원들은 오르락내리락 갈팡질팡하며 상륙할 준비에 분주하고, 경적은 쉴 새 없이 처량하고 우렁찬 소리를 아침 바람에 날린다. 삼등 승객들은 일이등과 격리를 시키려고 인줄같이 막아 매인 밑에 우글우글 모여 서서 제각기 앞장을 서려고 또 한참 법석이다. 그래야 일이등의 귀객들이 다 나간 뒤라야 풀릴 것을.

배는 부산 선창에 와서 닿았다.

"영치기 영차, 영치기 영차……"

닻줄을 나꾸는 인부들 틈에서 누렇게 더러운 흰 바지저고리를 입은 조선 노동자가 눈에 띌 제, 나는 그래도 반가운 것 같기도 하고 인제는 제집에 돌아왔다는 안심으로 마음이 턱 놓이는 것 같기도 하였다.

배에서 끌어 내린 층층다리가 선창 위에 걸리니까, 앞장을 서서 올라오는 것은 흰 테를 두른 벙거지를 쓰고 외투를 입은 순사보와 육혈포 줄을 어깨에 늘인 일본 순사하고, 누런 복장에 역시 육혈포의 검은 줄을 늘인 헌병들이다. 그리고 올라오는 길로 배에서 내려서는 어귀에 좌우로 지키고 서고, 그다음에는 이쪽저쪽으로 승객이 지나쳐 나가는 길의 중간에도 지키고 섰다. 이렇게 경관과 헌병이 소정한 자리에 서니까, 그제서야 일이등 승객이 하나둘씩 풀리기 시작하였다. 교통차단을 당한 우리들 삼등객은 배 속에 갇힌 포로 모양으로 매우 부러운 듯이 모든 광경을 바라만 보고 섰었다.

"삼 원이로군! 삼 원만 더 냈더면 한번 호강해 보는걸!"

이런 소리가 복작대이는 속에서 들린다. 삼 원만 더 내면 이등을 타는 것이다. 이번에는 우리들의 차례가 되었다. 나는 한 중턱에서 천천히 걸어 나갔다. 무슨 죄나 진 듯이 층계에서 한 발을 내려 디딜 때에는 뒤에서 외투자락을 잡아다니는 것 같았다. 그러나 열 발자국을 못 떼어 놓아서 층계의 맨 끝에는 골독히 위만 쳐다보고 섰는 네 눈이 있다. 그 것은 육혈포도 차례에 못 간 순사보와 헌병보조원의 눈이다. 그 사람들은 물론 조선 사람이다.

나는 될 수 있는 대로 태연히 그들에게는 눈을 거들떠보지도 않고 확실한 발자취로 최후의 층계를 내려섰다. ―될 수 있으면 일본 사람으로 보아 달라고 속으로 빌면서. 유학생으로, 조선 사람으로 알면 붙들리기 때문이다. 그러나 나의 그 태연한 태도라는 것은 도수장에 들어가는 소의 발자취와 같은 태연이었다.

"여보, 여보!"

―물론 일본 말로다.

나는 나의 귀를 의심하였다. 으레 한번은 시달리려니 하는 겁을 집어먹었기 때문에 헛소리를 들은 듯싶었다. 나는 모르는 체하고 두서너 발자국 떼어 놓았다. 하니까 이번에는 좌우편에 쭉 늘어섰는 사람 틈에서, 일복(日服)에 인버네스를 입은 친구가 우그려 쓴 방한모 밑에서 이상하게 번쩍이는 눈을 무섭게 뜨고 앞을 탁 막는다. 나의 등에서는 식은땀이 쭈르륵 흘렀다.

"저리 잠깐 갑시다."

인버네스는 위협하듯이 한마디 하고 파출소가 있는 방향으로 나를 끈다. 나는 잠자코 따라섰다. 뭣도 모르는 지게꾼은 발에 채이도록 성화가 나서 '나리, 나리' 하며 쫓아온다. 그 소리에는 추위에 떠는 듯도 하고, 돈 한 푼 달라고 애걸하는 것같이 스러져 가는 애조가 섞여 있었다. 나는 고개만 흔들면서 가다가 파출소로 끌려 들어갔다.

파출소에 들어선 나는 하관에서 조사를 당할 때와는 다른 일종의 막연한 공포와 불안에 말이 어눌하여졌다. 더구나 일본서 그런 종류의 사람들에게 대하듯이 퉁명을 부릴 수 없다는 생각이 머리에 떠올라 와서 제풀에 자기를 위압하는 자기의 비겁을 속으로 웃으면서도, 어쩐지 말씨도 자연 곱살스러워지고 저절로 고개가 수그러지는 것을 깨달았다.

형사의 심문은 판에 박은 듯이 의외에 간단하였다. 나중에 가방에는 무엇이 들어 있느냐 하기에, 나는 하관에서 빼앗길 것은 다 빼앗겼으니까 볼 만한 것은 없겠지만, 그래도 미심쩍거든 열어 보라고 열쇠를 꺼내서 주려고 하였다. 아무리 형사라도 사람이란 우스운 것이다. 열쇠까지 내어 주니까 웃으면서 그만두라고 하며, 생색이나 내는 듯이 어서 나가라고 쾌쾌히 내쫓는다. 아마 하관서 온 형사에게 벌써 자세한 이야기를 듣고 있는 모양 같았다. 나는 겨우 마음이 놓여서 한숨을 휘 쉬고 나와서, 우선 짐을 지게꾼에게 들려 가지고, 정거장으로 가서 급히 맡겨 놓고 혼자 나섰다.

5

　현대적 생활을 영위할 수단 방도도 없고 생산화식(生産貨殖)에 어둡거든, 안빈낙도의 생활철학에나 철저하다든지, 이도 저도 아닌 비승비속으로 엉거주춤하고 살아온 가난뱅이의 이 민족이, 그 알뜰한 살림이나마 다 내놓고 협포로 물러앉고 나니 열 손가락을 늘이고 앉아서 팔아라, 먹자! 하고 있는 대로 깝살리는 것이 능사라, 그러나 팔고 깝살리는 것도 한이 있지 화수분으로 무작정하고 나올 듯싶은가! 그렇거나 말거나 이따위 백성을 휘둘러 내고 휩쓸어 내기야 누워서 떡 먹기다. 그래도 속임수에 빠진 노름꾼은 깝살릴 대로 깝살리고 두 손 털고 나서면서도 몸은 달건마는, 이 백성은 다 털리고 나서도 몸이 달긴커녕 고작 한다는 소리가,

　"그저 굶어 죽으라는 세상야."

하는 한마디에 지나지 않는다.

　그도 그럴 것이, 워낙이 구차한 놈이 책상물림으로 세상물정은 모르고, 게다가 유혹은 많은데 안고수비(眼高手卑)하니 씀씀이는 남에 지지

않겠다, 뒤주 밑이 긁히면 밥맛이 더 난다는 세음으로 없는 놈이 대돈변을 내서라도 돈푼 만져 보면 조상대부터 걸려보지 못하던 것이나 얻은 듯이 전후불각하고 쓸 데 안 쓸 데 함부로 써 버려야지, 한 푼이라도 까불리지를 못하고 몸에 지녀 두면 병이 되는 것이 구차한 놈의 버릇이다. 구차하기 때문에 이러한 얌전한 버릇이 생긴 것인지 이따위로 버릇이 얌전하여 구차한 것인지는 별문제로 치고라도, 어떻든 자기도 모르는 중에 흐지부지 까불리고 나서 안타까워하는 것이 구차한 놈의 갸륵한 팔자라는 것이다.

그러나 이러한 팔자가 좋고 그른 것은 제이문제로 하고, 하여간 조선 사람의 팔자를 아무리 비싸게 따져 본대야 이보다 더 나을 것도 없고 더 신기할 것도 없다. 우선 부산이란 데로만 보아도, 부산이라 하면 조선의 항구로는 첫손 꼽을 데요 조선의 중요한 첫 문호라는 것은 소학교에 한 달만 다녀도 알 것이다. 그러니만치 부산만 와 봐도 조선을 알 만하다. 조선을 축사(縮寫)한 것, 조선을 상징한 것이 부산이다. 외국의 유람객이 조선을 보고자거든 우선 부산에만 끌고 가서 구경을 시켜 주면 그만일 것이다. 나는 이번에 비로소 부산의 거리를 들어가 보고 새삼스럽게 놀랐고 조선의 현실을 본 듯싶었다.

나는 배 속에서 아침은 먹었건만, 출출한 듯하기도 하고, 차 시간까지는 서너 시간 남았고, 늘 지나다니는 데건마는 이때껏 시가에 들어가서 구경하여 본 일이 없기에, 조선 거리로 들어가 보기로 하고 나섰다.

부두를 뒤에 두고 서편으로 꼽들여서 전찻길을 끼고 큰길을 암만 가야 좌우편에 이층집이 쭉 늘어섰을 뿐이요, 조선 사람의 집이라고는 하나도 눈에 띄는 것이 없다. 얼마도 채 못 가서 전찻길은 북으로 꼽들이게 되고 맞은편에는 극장인지 활동사진인지 울그대불그대한 그림 조각이며 깃발이 보일 뿐이다. 삼거리에 서서 한참 사면팔방을 돌아다보다 못하여 지나가는 지게꾼더러 조선 사람의 동리를 물어보았다. 지게꾼은 한참 망설이며 생각을 하더니 남쪽으로 뚫린 해변으로 나가는 길을 가리키면서 그리 들어가면 몇 집 있다 한다. 나는 가리키는 대로 발길을 돌렸다. 비릿하기도 하고 고릿하기도 한 냄새가 코를 찌르는 해산물 창고가 드문드문 늘어선 샛골짜기를 빠져서 이리저리 휘더듬어 들어가니까, 바닷가로 빠지는 지저분하고 좁다란 골목이 나타났다. 함부로 세운 허술한 일본식 이층집이 좌우로 오륙 채씩 늘어섰는 것이 조선 사람의 집 같지는 않으나 이 문 저 문에서 들락날락하는 사람은 조선 사람이다. 이 집 저 집 기웃기웃하며 빠져나가려니까, 어떤 이층에는 장고를 세워 놓은 것이 유리창으로 비치어 보인다. 그러나 문간에는 대개 여인숙이라는 패를 붙였다. 잠깐 보기에도 이런 항구에 흔히 있는 그러한 너저분한 영업을 하는 데인 것이 분명하다. 그러나 아침결이 돼서 그런지 계집이라고는 씨알머리도 눈에 아니 띈다.

쓸쓸한 거리를 이리저리 돌다가 그 여인숙이란 데를 한 집 들어가 보고 싶은 호기심이 불쑥 났으나, 차 시간이 무서워서 발길을 돌쳤다. 다시 큰길로 빠져나와서 정거장으로 향하다가, 그래도 상밥 파는 데라도 있으려니 하고 이 골목 저 골목 닥치는 대로 들어가 보았다. 서울 음식같이 간도 맞지 않을 것이요 먹음직할 것도 없겠지마는, 무엇보다도 김치가 먹고 싶고 숟가락질이 하여 보고 싶어서 찾아다니는 것이다. 그러나 조선 사람 집 같은 것은 그림자도 보이지를 않는다. 간혹 납작한 조선 가옥이 눈에 띄기에 가까이 가서 보면 화방을 헐고 일본식 창틀을 박지 않은 것이 없다. 그러나 우스운 것은 얼마 되지도 않는 좁다란 시가이지마는 큰길이고 좁은 길이고 거리에 나다니는 사람의 수효로 보면 확실히 조선 사람이 반수 이상인 것이다.

'대체 이 사람들이 밤이 되면 어디로 기어들어 가누?'

하는 생각을 할 제, 큰 의문이 생기는 동시에 그 불쌍한 흰옷 입은 백성의 운명을 생각해 보지 않을 수 없는 것이었다.

몇 백 천 년 동안 그들의 조상이 근기 있는 노력으로 조금씩 조금씩 다져 놓은 이 땅을 다른 사람의 손에 내던지고 시외로 쫓겨 나가거나 촌으로 기어들어 갈 제, 자기 혼자만 떠나가는 것 같고, 자기 혼자만 촌으로 기어가는 것 같았을 것이다. 땅마지기나 있던 것을 까불려 버리고, 집 한 채 지녔던 것이나마 문서가 이 사람 저 사람의 손으로 넘어 다니다가 변리에 변리를 쳐서 내놓고 나가게 될 때라도 사람이 살려면 이런 꼴도 보고 저런 꼴도 보는 것이지 하며, 이것도 내 팔자소관이라는 값싼 낙천주의나 단념으로 대대로 지켜 내려오던 제 고향의 제집, 제 땅을 버리고 문밖으로 나가고 산으로 기어들 뿐이요, 이것이 어떠한 세력에 밀리기 때문이거나 혹은 자기가 착실치 못하거나 자제력과 인내력이 없어서 깝살리고 만 것이라는 생각은 꿈에도 없었던 것이다. 그리하여 천 가구면 천 가구에서 한 집쯤 줄었어야, 다만 '아무개네는 이번에 아무 데로 이사를 간다네' 하고 그야말로 동릿집 이야기삼아 저녁밥 후의 인사 대신으로 주고받을 뿐이요, 어떠한 사정이 어떻게 되어서 한 가구가 주는지 그 내막이야 아무도 몰랐을 것이다. 그뿐 아니라 천 가구에서 한 가구쯤 줄어진대야 남은 구백구십구 가구에게는 별로 영향이 없을 것이요, 또 한 가구가 줄었는지 늘었는지조차 전연 모르고 있는 사람이 대부분이었을 것이다. 그러는 동안에 한 집 줄고 두 집 줄며, 열 집이 바뀌고 백 집이 바뀌어 쓰러져 가는 집은 헐리고 어느 틈에 새집이 서고, 단층집은 이층으로 변하며, 온돌이 다다미[疊]가 되고 석유불이 전등불이 된 것이었다.

"아무개 집이 이번에 도로로 들어간다대."

하며 곰방담뱃대에 엽초를 다져 넣고 뻑뻑 빨아 가며 소견(消遣) 삼아 숙덕거리다가, 자고 나면 벌써 곡괭이질 부삽질에 며칠 동안 어수선하다가 전차가 놓이고, 자동차가 진흙덩어리를 튀기며 뿡뿡거리고 달아나가고, 딸꾹 나막신 소리가 날마다 늘어 가고, 우편국이 들어와 앉고, 군아가 헐리고 헌병주재소가 들어와 앉는다. 주막이니 술집이니 하는 것이 파리채를 날리는 동안에 어느덧 한구석에 유곽이 생기어 사미센(三味線) 소리가 찌링찌링 난다. 매독이니 임질이니 하는 새 손님을 맞아들인 촌서방님네들이, 병원이 없어 불편하다고 짜증을 내면 너무 늦어 미안하였습니다는 듯이 체면 차릴 줄 아는 사기사가 대령을 한다. 세상이 편리하게 되었다.

"우리 고을엔 전등도 달게 되고 전차도 개통되었네. 구경 오게. 얌전한 요릿집도 두서넛 생겼네. ……자네 왜갈보 구경했나? 한번 보여 줌세."

몇천 년 몇백 년 동안 가문에 없고 족보에 없던 일이 생기었다. 있는 대로 까불릴 시절이 돌아왔다. 편리해 좋아, 놀기가 좋아서 편해 하며 한섬지기 파는가 하면, 한편에서는,

"우리겐 인젠 이층집도 꽤 늘고 양옥도 몇 채 생겼다네. 아닌 게 아니라 여름엔 다다미가 편리해. 위생에도 매우 좋은 거야."

하고 두섬지기 깝살릴 수밖에 없게 된다. 누구의 이층이요 누구를 위한

241

위생이냐.

양복쟁이가 문전 야료를 하고, 요리장수가 고소를 한다고 위협을 하고, 전등값에 졸리고, 신문대금이 두 달 석 달 밀리고, 담배가 있어야 친구 방문을 하지. 원 찻삯이 있어야 출입을 하지 하며 눈살을 찌푸리는 동안에 집문서는 식산은행의 금고로 돌아 들어가서 새 임자를 만난다. 그리하여 또 백 가구 줄어지고 또 이백 가구 줄었다.

"어디 살 수가 있어야지. 암만해두 촌살림이 좋아! 땅이라두 파먹는 게 안전해."

하며 쫓겨 나가고 새로 들어오며 시가가 나날이 변화하여 가는 동안에 천 가구의 최후의 한 가구까지 쓸려 나가고야 말지만, 첫째 집이 쫓겨 나갈 때에는 벌써 첫째로 나간 사람은 오동잎사귀의 무늬를 박은 목배(木杯)를 고리짝에 넣어 가지고 압록강을 건너가 앉아서 먼 길의 노독을 배갈 한잔에 풀고 얼쩡하여 화푸념만 하고 있는 것이다.

까불리는 백성, 그들은 부지깽이 하나 남기지 않고 들어내고 집어 낼 때에 자기가 이 거리에서 쫓겨 나갈 줄이야 몰랐으렷다. 구차한 놈이 주머니를 털 적에 내일부터 밥을 굶을지 거리에 나앉을지 저도 모르게 최후의 일 원까지를 말리듯이. 그러나 이 시가의 주인인 주민이 하나씩 둘씩 시름시름 쫓겨 나갈 제, 오늘날 씨알머리도 남지 않고 아주 딴판의 새 주인이 독점을 하리라는 것은 한 사람도 꿈에도 정신을 차리고 생각지는 못하였으렷다. 역시 구차한 놈의 주머니가 털리듯이 부지불식간에 그럭저럭 흐지부지 자취를 감추고 만 것이다.

이런 생각을 하여 볼 제, 잗단 세간 나부랭이를 꾸려 가지고 북으로 북으로 기어나가는 '패자의 떼'의 쓸쓸한 뒷모양이 눈에 보이는 것 같다. 나는, 그리 늦을 것은 없으나 쓸쓸한 찬바람이 도는 큰길을 헤매기가 싫어서 단념하고 돌아서는 길에, 어떤 일본국수집 문간에서 젊은 계집이 아침 소제를 하고 있는 것을 보고 별안간 들어가 보고 싶은 생각이 나서 우뚝 섰다. 이때까지 혼자 분개하고 혼자 저주하던 생각은 감쪽같이 스러지고, 눈에 보이는 것은 걷어 올린 옷자락 밑에 늘어진 빨간 고시마기(무지기)하고 그 아래로 하얗게 나타난 추울 듯한 토실토실한 종아리다.

"어서 오세요."

모가지에만 분 때가 허옇게 더께가 앉은 감숭한 상을 쳐들며 언제 본 사람이라고 나를 반갑게 맞는다. 뒤를 이어서,

"어서 오십쇼, 들어옵쇼."

하고 줄레줄레 나와서 맞아들이는 계집애가 서넛은 되었다.

이러한 조그마한 집에 젊은 계집이 네다섯씩이나 있는 것은 물어보지 않아도 알조다. 나는 걸려드나 보다 하는 불안이 있으면서도 더러운 호기심을 가지고 구경 삼아 이층으로 올라가서, 인도하는 대로 너저분한 다다미방에 들어앉았다. 우선 간단한 음식을 시키고 앉았으려니까, 다른 계집애가 부삽에 화롯불을 담아 가지고 바꾸어 들어왔다. 화로에 불을 쏟아 놓고 화젓가락으로 재를 그러모으며 앉았던 계집애는 젓가락을 든 손을 잠깐 쉬며,

"어디까지 가세요."

하고 나를 쳐다본다. 넓은 양미간이 얼크러져서 음침하기도 하고 이맛전이 유난히 넓기 때문에 여무져 보이지는 않으나, 그래도 해끄무레한 이쁘장스런 상판이다.

"서울까지…… 너는 어디서 왔니?"

"서울까지에요? 참 서울 구경을 좀 했으면…… 여기보다 좋겠죠?"

묻는 말에는 대답을 아니 하고 이런 소리를 한다.

"그리 좋을 것은 없어도 여기보다는 좀 낫지."

우리의 수작은 음식이 나오는 바람에 허리가 잘리고 말았다. 나는 몸이 녹으라고 술을 몇 잔이나 폭배를 하고 나서, 계집애들에게도 권하였더니 별로 사양들도 아니 하고 돌려가며 잔을 주고받았다. 이번에는 다른 계집애가 갈아 들어오는 술병을 들고 들어왔다. 이 계집애도 판을 차리고 화로 앞에 앉는다. 이쁘든 밉든 세 계집애를 앞에 다가 놓고 앉아서 술을 먹는 것은 그리 싫을 것은 없지만, 너무 염치가 없이 무례하고 뻔뻔하게 구는 데에는 밉살맞고 불유쾌하지 않을 수 없었다. 술 한 잔이라도 얻어걸린다는 것보다는 주인에게 한 병이라도 더 팔게 하여 주는 것이 저의 공로요, 주인의 따뜻한 웃는 얼굴을 보게 될 것이니 그도 그럴 것이나, 내가 조선 사람이기 때문에 한층 더 마음을 놓고 더욱이 체면도 아니 차리고 저희 마음대로 휘두르며, 서넛씩 몰켜 들어와서 바가지를 씌우려고 판을 차리는 것이 못마땅하였다. 그래도 그중에 화롯불을 가져온 계집애만은 저희들 축에서 좀 쫄려 지내는지 한풀이 죽어서 떠드는 꼴만 웃으며 가만히 바라보고 앉았다.

"담바구야, 담바구야, 동래(東萊)나 우루산[蔚山]의 담바구야……"

"잘하는구먼. 그러나 너희들은 몇 해나 되었니? 여기 온 지가."

한 년이 담바귀타령의 입내를 우습게 내며 콧노래를 부르는 것을 들으며 물었다. 이것이 조선에 와 있는 일본 사람에게는 남녀를 물론하고 누구더러든지 물어보는 나의 첫인사다. 그것은 얼마나 조선 사람에게 대하여 오만한 체를 하며 건방지게 구는가 그 정도를 알아보는 바로미터이기 때문이다. 아무리 불량하게 생긴 녹아도패(우리 조선 사람은 일본 노동자를 특히 이렇게 부른다)라도, 처음에는 온순할 뿐 아니라 도리어 이국 풍정에 어두우니만치 처음에는 공포를 품는 것이 보통이지만, 반년 있어 다르고, 일 년 있어 달라진다. 오 년, 십 년 내지 이십 년이나 있어서 조선의 이무기가 된 자에 이르러서는 더 말할 것도 없는 것이다. 그러나 여기서 제군이 생각할 것은 어찌하여 일 년, 이 년, 오 년, 십 년…… 해가 갈수록 그들의 경모(輕侮)하는 눈이 나날이 날카로워 가고, 따라서 십 배, 백 배나 오만무례하도록 만들었느냐는 것이다.

여기에는 여러 가지 이유가 있는 것이다. 그러나 이러한 사실도 그중의 중요한 원인들이 되었을 것이다-조선 사람은 외국인에게 대해서 아무것도 보여 준 것은 없으나, 다만 날만 새면 자리 속에서부터 담배를 피워 문다는 것, 아침부터 술집이 번창한다는 것, 부모를 쳐들어서 내가 네 애비니 네가 내 손자니 하며 농지거리로 세월을 보낸다는 것, 겨우 입을 떼어 놓는 어린애가 엇먹는 말부터 배운다는 것, 주먹 없는 입씨름에 밤을 새고 이튿날에는 대낮에야 일어난다는 것…… 그 대신에 과학지식이라고는 소댕뚜껑이 무거워야 밥이 잘 무른다는 것조차 모른다는 것을, 외국 사람에게 실물로 교육을 하였다는 것이다. 하기 때문에 그들이 조선에 오래 있다는 것은 그들이 우리를 경멸할 수 있는 사실을 골고루 보고 많이 안다는 의미밖에 아니 되는 것이다.

"담바구야 담바구야…… 노이구곤 오데기루네……"

입을 이상하게 뾰족이 내밀었다 오므렸다 하고, 젓가락으로 화롯전을 두들겨 가며 장단을 맞춰서 콧노래를 하다가 뚝 그치더니,

"얘가 제일 잘 해요. 우리는 온 지가 삼사 년밖에 아니 되었지만······"
하며 벙벙히 앉았는 화롯불 가져온 아이를 가리킨다.

"응! 그래? 너는 얼마나 있었길래?"

말땀도 별로 없이 종용히 앉았는 것이 어디로 보아도 건너온 지 얼마
안 되는 숫배기로만 생각하였던 것이, 조선 소리를 잘한다니 조선애가
아닌가도 싶다.

"예서 아주 자라났답니다. 제 어머니가 조선 사람인데요."
하며 담바귀타령을 하던 계집애가 이때까지 하고 싶던 이야기를 겨우
하게 되었다는 듯이 입이 재게 즉시 대답하고 나서,

"그렇지!"
하며 당자에게 얼굴을 들이댄다. 그 소리가 너무도 커닿기 때문에 조소
하는 것같이 들리었다. 일인 애비와 조선인 에미를 가졌다는 계집애는
히스테리컬하게 얼굴이 주홍빛이 되고 눈초리가 샐룩하여졌다. 어쩐지
조선 사람 어머니를 가진 것이 앞이 굽는다는 모양이다.

"정말 그래? 그럼 어머니는 어디 있기에?"

나는 호기심이 생겨서 물었다.

"대구에 있어요."

고개를 숙이고 앉았다가 간신히 쳐들면서 대답을 한다.

"그래 어째 여기 와서 있니? 소식은 듣니?"

왜 여기까지 와서 있느냐고 묻는 것은 우스운 수작이지만 나는 정색
으로 이렇게 물었다.

그 계집애는 생글생글하며 나를 쳐다보더니,

"글쎄 그러지 않아두 누가 대구 가시는 이나 있으면 좀 부탁을 해서

알아보고 싶어두 그것도 안 되구. ……천생 언문으로 편지를 쓸 줄 알아야죠."

하며 이번에는 자기 신세를 조소하듯이 마음 놓고 커다랗게 웃는다.

"그럼 아버지하군 지금 헤져서 사는 모양이구나?"

"그야 벌써 헤졌죠. 내가 열 살 적인가, 아홉 살 적에 장기(長崎)로 갔답니다."

"그래 그 후에는 소식은 있니?"

"한참 동안은 있었는데 지금은 어떻게 되었는지……? 하지만 이 설이나 쇠고 나건 찾아가 볼 테에요."

하며 흑흑 느끼듯이 또 한번 어색하게 웃는다. 그 웃음은 어느 때든지 자기의 기이한 운명을 스스로 조소하면서도 하는 수 없다는 단념에서 나오는, 말하자면 큰일을 저지르고 하도 기구멍이 막혀서 나오는 웃음 같았다.

"아무리 조선 사람이라두 길러 낸 어머니가 정다울 테지? 너의 아버지란 사람이 어떤 사람인지는 모르겠다마는, 지금 찾아간대야 그리 반가워는 아니 할걸?"

조선 사람 어머니에게 길리어 자라면서도 조선 말보다는 일본 말을 하고, 조선 옷보다는 일본 옷을 입고, 딸자식으로 태어났으면서도 조선 사람인 어머니보다는 일본 사람인 아버지를 찾아가겠다는 것은, 부모에 대한 자식의 정리를 지나서 어떠한 이해관계나 일종의 추세라는 타산이 앞을 서기 때문에 이별한 지가 벌써 칠팔 년이나 된다는 애비를 정처도 없이 찾아간다는 것이라고 생각할 제, 이 계집애의 팔자가 가엾은 것보다도 그 에미가 한층 더 가엾다고 생각지 않을 수 없었다.

"어머니도 불쌍하지만, 아버지두 나쁜 사람은 아니니까 찾아가면 설마 내쫓기야 할까요?"

하며 아범을 찾아가면 어떻게 맞아 줄까 하는 그 광경이나 그려 보듯이 멀거니 앉았다.

"그래두 어머니가 조선 사람이니까 싫구, 조선이니까 떠나겠다구 하는 게지, 조선이 일본만큼 좋았더면 조선 사람 뱃속에서 나왔다기루서니 불명예 될 것도 없고 아버지를 찾아가란 생각도 안 났을 테지?"

나는 물어보지 않아도 좋을 것까지 짓궂이 물었다. 계집애는 잠자코 웃을 뿐이었다. 나는 차 시간을 생각하고 인제야 들어온 밥을 먹기 시작하였다.

"애, 이 양반께 대구에 데려다 달라구 하렴! 너야말로 후레딸년이다. 어머니를 내버리고 뛰어나오는 망할 년이 어디 있단 말이냐."

담바귀타령 하던 계집애가 놀리듯 꾸짖듯 찧고 까분다.

"참 그리는 게 좋겠지. 여기 있어야 무슨 신기한 꼴이나 볼 줄 아니? 나 같으면 그런 어머니만 있으면 벌써 쫓아갔겠다!"

이번에는 곁에 앉았던, 커다란 입귀가 처지고 콧등이 얼크러진 계집애가 역시 놀리는 수작으로 말을 받는다. 저희들끼리도 업신여기면서 한편으로는 얼굴이 반반한 것을 시기를 하는 모양이다. 나는 밥을 먹다 말고,

"그럼 너는 왜 이런 데까지 와서 난봉을 피우니?"

하며 실없는 말처럼 역성을 들어 주었다.

"그야 부모도 없구 의지할 데가 없으니까 그렇죠."

하며 좀 분개한 듯이 한마디 하고 나서,

"그런 소린 고만하구 술이나 좀 더 먹자. ……또 가져올까요."

하고 그만두라는 것도 듣지 않고 뛰어 내려갔다.

"그러나 너 아버지를 찾아간대야 얼굴이 저렇게 이쁘니까, 그걸 미끼로 팔아먹으려고 무슨 짓을 할지 누가 아니? 그것보다는 여기서 돈푼 있는 조선 사람이나 하나 얻어가지고 제 맘대로 사는 게 좋지 않으냐. 너 같은 계집애를 데려가지 못해 하는 사람이 조선 사람 중에도 그득하리라."

나는 타이르듯이 이런 소리를 하고, 계집애의 얼굴을 들여다보며 웃었다.

"글쎄요. ……하지만 조선 사람은 난 싫어요. 돈 아니라 금을 주어도 싫어요."

계집애는 진담으로 이런 소리를 한다. 조선이라는 두 글자는 자기의 운명에 검은 그림자를 던져 준 무슨 주문이나 듣는 것같이 이에서 신물이 나는 모양이다. 이때에 나는 동경의 정자를 생각하면서,

"그럼 나도 빠질 차례로구나?"

하며 웃었다. 계집도 웃으며 잠자코 내 얼굴을 익숙히 쳐다본다. 입귀가 처진 밉살맞은 계집이 술병을 들고 올라왔다. 나는 먹고도 싶지 않은 술잔을 받으면서,

"이거 보게, 이 미인을 데려갈까 하고 잔뜩 장을 대고 연해 비위를 맞춰 드렸더니, 나중에 한다는 소리가 조선 사람은 죽어도 싫다는 데야 눈물이 쩔끔 하는 수밖에, 하하하. 너는 그러지 않겠지?"

"객지에서 매우 궁하신 모양이군요. 글쎄……실컷 한턱내신다면…… 히히히."

이 계집애는 나의 한 말을 이상스럽게 지레짐작을 하고 딴청을 한다.

"넌 의외에 값이 싼 모양이로구나?"

하며 나는 인력거를 부르라 명하고 일어서 버렸다. 계집아이들이 짓궂이 붙들고 승강이를 하는 것을 간신히 뿌리치고 나섰다.

'이러기 때문에 시골자들이 빠지는 것이다!'

나는 일종의 불쾌를 느끼면서 인력거 위에서 이런 생각을 하여 보았다.

기차는 하마터면 놓칠 뻔하였다. 짐을 맡기고 간 것까지 잔뜩 눈독을 들여 둔 '그쪽 사람들'은 은근히 찾아보았던지, 내가 허둥지둥 인력거를 몰아오는 것을 아까 만났던 인버네스짜리가 대합실 문 앞에서 힐끔 보고 빙긋 웃는다. 나는 본체만체하고 맡겼던 짐을 찾아 가지고 허둥허둥 폼에 들어와 찻간으로 뛰어올라 왔다. 형사도 차창 밖으로 가까이 와서 고개를 끄덕하며 무어라고 중얼중얼하기에 나는 창을 열어 주었다.

"바루 서울로 가시죠?"

하며 왜 그러는지 커닿게 소리를 지른다. 나는 웃으면서, 내 처가 죽게 되어서 시험을 보다가 말고 가니까 물론 바로 간다고(나중에 생각하고 혼자 웃었지만) 하지 않아도 좋을 말까지 기다랗게 늘어놓았다.

형사는 또 무엇이라고 중얼중얼하는 모양이었으나, 바람이 휙 불고 기차는 움직이기 때문에 자세히 들리지 않았다. 그러나 웬 세음인지 나하고 수작을 하면서도 연해 왼편을 바라보는 게 수상스러웠다. 그러나 차가 움직이자 양복쟁이 하나가 저쪽 문으로 들어오는 것은 나 역시 무심코 보았을 뿐이었다.

6

　기차가 김천역에 도착하니까, 지금쯤은 으레히 서울집에 있으려니 하였던 형님이 금테모자에다 망토를 두르고 마중을 나왔다. 그렇지 않아도 혹시 아는 사람이나 있을까 하고 유리창 바깥을 내다보며 앉았던 나는 깜짝 놀라 일어나서 창을 올리고 인사를 하려니까, 형님은 웃으며 창 밑으로 가까이 오더니 어떻든 내리라고 재촉을 한다. 어찌할까 하고 잠깐 망설이다가 형님이 그동안에 내려와서 있는 것을 보든지 웃는 낯을 보든지 병인이 그리 급하지는 않은 모양이기에, 나는 허둥허둥 짐을 수습하여 가방을 창밖으로 내어 주고 내려왔다. 뒤미처서 양복쟁이 하나도 창황히 따라 내리었다.

　형님은 짐을 들려 가지고 가려고 심부름꾼 아이까지 데리고 나왔었다. 출구 앞에 섰던 아이 놈에게 가방을 내어 주고 우리들이 나가려니까, 그 밑에 바짝 다가섰던 헌병보조원이 내 뒤로 내린 양복쟁이와 수군수군하다가 형님을 보고,

　"계씨가 오셨어요? 오늘 저녁에 떠나시나요?"

하며 묻는다. 형님은 웃는 낯으로,

"네, 대개 밤차로 올라갑니다."

하고 거진 기계적으로 오른손이 모자의 챙에 올라가 붙었다. 부자연하고 서투른 그 모양이 나에게는 우습게 보이면서도 가엾었다. 어떻든 형님 덕에 나는 별로 승강이를 아니 당하고 무사히 빠져나왔다.

형님은 망토 밑으로 들여다보이는 도금을 물린 검정 환도 끝이 다리에 터덜거리며 부딪는 것을 왼손으로 꼭 붙들고 땅이 꺼질 듯이 살금살금 걸어 나오다가, 천천히 그동안 경과를 이야기하여 들려준다.

"네게 돈 부치던 날 아침은 아주 시각을 다투는 것 같았으나 낮부터 조금씩 돌리기 시작하여 그저께 내가 내려올 때에는 위험한 고비는 넘어선 모양이지만, 지금도 마음이야 놓겠니. 워낙이 두석 달을 끌었으니까. ……그러나 곧 떠나지 않은 모양이로구나? 나는 어제쯤 올 줄 알고 이틀이나 정거장에 나왔지!"

하고 형님은 차근차근한 목소리로 이렇게 물었다.

"전보 받던 날 밤에 떠났죠마는 오다가 신호에서 하룻밤을 묵었지요."

나는 꾸며댈까 하다가, 입에서 나오는 대로 대답을 하였다.

"무슨 급한 볼일이 있기에 돈을 들여가며 노중에서 묵었단 말이냐?"

벌써부터 형님의 말소리는 차차 거칠어 갔다.

"별로 볼일은 없지만, 몸도 아프고 완행이 되어서 여간 지리하여야지요."

"웬만하면 그대로 내친 길에 올 게지. 너는 그저 그게 병통야."

하며 형님은 잠깐 눈살을 찌푸리는 듯하였다.

이 형님이라는 사람은 한학으로 다져 만든 촌생원님이나 신학문에도 그리 어둡지는 않을 뿐 아니라, 우리 집에는 없으면 안 될 사람이다. 부친이 합방 전후에 거진 정치열 명예광에 달떠서 경향으로 동분서주하며 넉넉지 않은 가산을 흐지부지 축을 내어 놓은 분수로 보아서는 지금쯤 내가 유학을 하기는 고사하고 밥을 굶은 지가 벌써 오랜 일이었겠지마는, 얼마 아니 남은 것을 이 형님이 붙들고 앉아서 바자위게 꾸려나가기 때문에 이만치라도 부지를 하게 된 것이다. 다른 것은 그만두라도 보통학교 훈도쯤으로 이천여 원 돈이나 모은 것을 보면 규모가 얼마나 째인 사람인가를 상상하기에 어렵지 않을 것이다. 그러나 나로서는 존경하면서도 성미가 맞을 수는 없었다. 생각하면 우리 삼부자같이 극단으로 다른 길을 제각기 걸어 나가는 사람들은 없다. 세상에는 정치밖에 없다는 부친의 피를 받았으면서 보수적, 전형적 형님과 무이상한 감상적 유탕적 기분이 농후한 내가 태어났다는 것이 세상도 고르지 못한 아이러니다.

"그래 학교의 시험은 어떻게 되었단 말이냐?"

형님은 한참 있다가 또 물었다.

"보다가 두고 왔지요."

나는 또 무슨 소리가 나올까 보아서 우물쭈물할까 하다가 역시 이실직고를 하고 말았다.

"그럴 줄 알았더면 전보를 다시 놓을 걸 그랬군!"

하며 시험을 중도에 폐하고 온 것을 매우 애석해하는 모양이나, 나는 전보를 다시 아니 놓아 준 것이 잘 되었다고 생각하며 잠자코 따라 걸었다.

"그래 추후 시험이라도 봐야 하겠구나? 언제도 추후 시험인가 본다고 일찍이 나와서 돈만 들이고 성적도 좋지 못한 적이 있었지 않았니? ……어떻든 문학이니 뭐니 하구 공연히…… 그까짓 건 하구 난대야 지금 세상에 얻다가 써먹는단 말이냐?"

이런 소리는 일 년에 한번이나 두어 번 귀국할 때마다 꼭 두 번씩은 듣는다. 형님한테 한번, 아버님한테 한번이다. 그러나 어떠한 때에는 아버님에게는 귀에 못이 박히도록 들을 때가 있다. 처음에는 열심으로 반대도 하여 보았다. 교육이라는 것은 '사람'을 만들자는 것이요 기계를 제조하는 것이 아니니까, 학문을 당장에 월급푼에 써먹자고 하는 것도 아니요, '똥테'(나는 어느 때든지 금테를 똥테라고 불렀다) 바람에 하는 것도 아니라는 말도 하여 드리고, 개성은 소중한 것이니까 제각기 개성에 따라서 교육을 하여야 한다는 문제를 들추어 가지고 늘 변명을 하여 왔다. 그러나 결국은 단념하는 수밖에 없는 것을 깨달았다. 그들의 세계와 자기의 세계에는 통로가 전연히 두절된 것을 발견하였다. 그것은 마치 무덤 속과 무덤 밖이 판연히 다른 딴 세상임과 같은 것이라고 생각하게 되었다. 그래서 그 후부터는 부자나 형제로서 할 말 이외에는, 그리고 학비 이야기 이외에는 아무 말도 입을 벌리지 않기로 결심을 하였다. 모친이나 자기 처나 누이동생에게 하듯이만 하면 집안에 큰소리가 없을 줄 알았다. 되지 않은 이론이니 설명이니 사상 발표니 하기 때문에 감정이 상하고 충돌이 생기는 것이라고 생각하였다. 그러나 이렇게 생각을 하고 나니까 자기의 주위가 어쩐지 적막하여진 것 같고, 가정이란 것은 밥이나 먹고 잠이나 재워주는 여관 같았다. 여관 중에도 제일 마음에 맞지 않는 여관 같았다.

지금도 일 년 만에 만나는 첫대바기에 형님에게 또 새판으로 그러한 소리를 들으니까 불쾌하지 않을 수 없는 동시에 작년 여름에 나왔을 때에 학교 문제로 삼부자가 한참 논쟁을 하다가

"집구석이라고 돌아오면 이렇게들 사람을 귀찮게 굴 테면 여관으로라도 나간다."

하고 이틀 사흘씩 친구의 집으로 공연히 떠돌아다니던 생각을 하여 보면서 잠자코 말았다. 어쩐지 마음이 쓸쓸하여지고 섭섭한 생각이 든다.

우리는 한참 동안 잠자코 걷다가, 형님 집으로 들어가는 동구까지 와서 전에 보지 못하던 일본 사람의 상점이 길가로 하나 생기고 골목 안으로 들어서서도 두 집 문에 일본 사람의 문패가 붙은 것을 보고,

"그동안에 꽤 변하였군요!"

하며 형님을 쳐다보니까, 형님은 조금도 이상할 것이 없다는 듯이 태연 무심히 고개만 끄덕끄덕하였다.

나는 앞장을 선 형님을 따라 들어가며 작년보다도 한층 더 퇴락한 대문을 쳐다보고,

"거진 쓰러지게 되었는데 문간이나 좀 고치시지?"

하며 혼잣말처럼 한마디 하였다.

"얼마나 살라구! 여기두 좀 있으면 일본 사람 거리가 될 테니까 이대로 붙들고 있다가 내년쯤 상당한 값에 팔아 버리란다. 이래 봬도 지금 시세루 여기가 제일 비싸단다."

형님은 칠팔 년 전에 살 때와 비교하여서 거진 두세 곱이나 시세가 올랐다고 매우 좋아하는 모양이다. 나는 오늘 아침에 부산에서 본 광경을 생각하며,

"그야 다른 물가는 따라서 오르지 않았나요. 전쟁 이후에 어떤 것은

삼 배 사 배나 올랐는데요."

하고 대꾸를 하며 안으로 쫓아 들어갔다.

형수와, 작은아버지 오신다고 깡충깡충 뛰는 일곱 살짜리 딸년이 안방에서 나와서 맞았다. 작년에 보던 것과는 다른 상스럽지 않은 노파도 하나 있었다. 나는 안방으로 들어가서 귀찮은 맞절을 형수와 하고 나서 조카딸의 절도 받았다. 동경에서 가져온 과자를 절 값으로 내놓으니 계집애년은 경중경중 뛴다. 인사가 끝난 뒤에 형님은 무슨 생각을 하는 눈치로 벙벙히 앉았다가,

"건넌방에서두 나와 보라지!"

하며 형수를 쳐다본다. 형수는 아무 말 아니하고 섰더니,

"애! 너 가서, 건넌방어머니 오라구 해라."

하며 딸을 시키었다. 나는 어리둥절하며,

"건넌방어머니가 누구예요?"

하며 형수를 쳐다보았으나 머리에는 직각적으로 어느 생각이 떠올랐다. 형수는 애를 써서 헛웃음을 입가에 띠며 잠자코 말았다.

"네게는 이야기를 한다면서도 우환두 있구 해서 자연 이때껏 알리지를 못하였다만, 작은형수가 하나 생겼단다."

하며 형님이 웃는다. 단형제가 사는 집안에 작은형수라는 말도 우습지만, 나는 대개 짐작하면서도,

"작은형수라니요?"

하고 되물으니까, 윗목에 섰던 형수가,

"그동안에 난 죽었답니다."

하며 풀 없는 웃음을 일부러 보인다. 형수는 그동안에 완연히 늙은 것

같았다. 눈가가 유난히 퍼래지고 이마와 눈귀에 주름이 현연히 보이었다. 형수의 말을 받아서 형님이 무어라고 입을 벌리려 할 제, 건넌방형수가 들어오는 바람에 닫혀 버렸다. 분홍 저고리에 왜반물치마를 입고 분을 하얗게 바른 시골 새악시가, 아까 눈에 띄던 늙은 부인이 열어 주는 방문으로 살짝 들어왔다. 고작해야 열아홉 살쯤 되어 보이는 조촐한 색시다. 이맛전이 넓고 코가 펑퍼짐한 듯하고, 이 집에서 상성이 난 아들깨나 날 것 같기도 하다. 그렇게 보아서 그러한지 뻣뻣한 치마가 앞으로 떠들썩한 것이 벌써 무에 든 것 같고, 얼굴에는 윤광이 돌아 보인다. '큰형수'와 느런히 세워 놓고 보면 고식(姑息)이라 하는 것이 알맞을 것 같다. 나는 형님의 소원대로 상우례를 하였다. 두 사람의 맞절이 끝나니까 형수는 앞장을 서서 휙 나가 버렸다. 새 형수도 뒤미처 나갔다. '큰형수'는 마루에 앉아서 짐을 지고 들어온 아이더러 무엇을 사 오라고 분별을 하고, 새 형수와 마누라는 뜰로 내려가서 나를 위하여 점심을 차리는 모양이다. 머리도 안 빗은 조그만 늙은 아씨가 마루 끝에서 왔다 갔다 하는 것이 창에 붙은 유리 밖으로 마주 내어다 보일 제, 시들어 가는 강국 같다는 생각이 머릿속에 떠올라 왔다. 어쩐지 가엾어 보이었다.

'그래두 세 식구가 구순하게 사는 것이 희한한 일이다.'

나는 이런 생각을 하며 벙벙히 앉았으려니까, 형님은 무슨 말을 꺼낼 듯 꺼낼 듯하다가,

"넌 지금 일 년 만에 나오지?"

하며 딴소리를 붙인다.

"올 여름방학에는 안 나왔지요."

"응, 그래…… 너도 혹 짐작할지 모르겠다만, 청주 읍내에서 살던 최

참봉이라면 알겠니?"

하며 형님은 목소리를 한층 더 낮추었다.

"알지요."

"그 집이 지금 말이 아니 되었지. 웬만큼 가졌던 것은 노름을 해서 없앴겠니마는, 최씨가 작고하기 전에 벌써 다 까불려 버렸지. ……지금 데려온 저것이 그이의 둘째딸이란다. 어렸을 젠 너두 보았을걸?"

"네에!"

하며 나는 무심코 웃었다. 최참봉이라면 내가 어렸을 때에는 우리 집하고 격장에서 살던, 청주 일군은 고사하고 충청도 원판에서도 몇째 안 가는 재산가이었다. 술 잘 먹기로도 유명하고 외입깨나 하였지마는 보짱 크기로도 유명하였다. 작은형수라는 사람은 내가 소학교에 들어갈 때에 지금 마루에서 뛰어다니는 형님의 딸년만 하였었다. 그렇게 생각을 하여 보니까, 부엌에서 음식을 차리고 있는 노부인이 낯이 익은 법하기도 하고 일편 반갑기도 하여서 혼자 웃으며,

"그럼 저 마님이 최참봉의 부인이 아녜요?"

하고 물어보았다. 형님은 반색을 하면서,

"응, 참 너는 그 집에 늘 드나들며 놀지 않았니?"

하며 나를 쳐다보았다. 나는 어쩐지 가슴이 선뜩하면서 몸이 근질근질한 것 같았다. 최참봉 마누라라는 이는 딸 형제밖에는 낳아 보지 못한 사람이었다. 내가 어려서 놀러 가면, '내 아들 왔니!' 하기도 하고, '내 사위 왔구나!' 하기도 하며 퍽 귀여워하였었다.

'금순아, 금순아! 넌 어디루 시집가련? 저 경만이(내 아명) 집으로 가지?' 하면, 지금의 저 형수는 똥그란 눈으로 나를 말똥말똥 쳐다보다가,

어떤 때에는 '응!' 하기도 하고, 나는 시집 안 간다고 짜증을 내어 보이기도 하였던 것이다. 지금 학교에 다니는 내 누이동생과는 한 살이 위든가 하기 때문에 나보다는 두 살이 아래일 것이다. 나는 우리 남매하고 돌아다니던 십사오 년 전의 어렴풋한 기억을 머릿속에 그려 보면서 제풀에 얼굴이 화끈거리는 것을 깨달았다. 어렸을 적 일이니까 당자도 잊어버렸을 것이요, 누이도 모르겠지마는, 저 마누라는 나를 알아볼 것이요, 실없는 소리라도 사위니 아들이니 하는 말을 하였던 것을 생각하여 본다면 마주 대면하기가 피차에 어떠할꾸 하고 지금부터 내가 도리어 얼굴이 간지러운 것 같다. 아무튼지 이상한 연분이다. 물론 그때만 해도 반상(班常)의 별을 몹시 차리던 시절이니까 두 집의 부모끼리는 왕래가 별로 없었고, 더구나 저편에서는 나를 데리고 실없는 소리를 하였을 뿐이지 감히 내 딸을 누구의 몫으로 데려가시오라고는 못하였었다. 하지만, 지금 형님의 장모요 그때의 금순 어머니는 혹시 정말 나를 사위로 삼았으면 하는 공상이 있었던지 모른다. 그러면서도 기어코 우리 집으로 들여보내고야 만 그 어머니의 심사는 알 수 없는 것이다. 형님은 잠깐 동을 떼어서 다시 입을 벌렸다.

"그래 우리 집이 서울로 이사한 뒤에는 최참봉이 실패하고 울화에 떠서 연전에 죽었다는 것은 알았지만, 그렇게까지 참혹하게 된 줄은 몰랐었더니, 올여름에 산소[墓地] 일절로 해서 청주에 들어갔다가 최씨의 큰 사위를 만나니까, 장모하고 처제가 자기 집에 들어와서 사는데, 저 역시 실패를 하고 지금은 자동차깨나 부리지마는, 그것도 근자에는 세월이 없어 지탱을 해갈 수가 없는 터이요, 혼기가 넘은 처제를 처치할 가망조차 없다면서, 어떻게 한밑천을 대어 주었으면 좋을 듯이 말을 비치

259

기에, 집에 올라가서 무슨 말끝에 우연히 그런 이야기를 하였더니……"

"최참봉 큰사위라면 그때 우리 살 때에 혼인한 김현묵이 말씀이죠?"

나는 어려서 보던 조고만 초립둥이를 머리에 그려 보며 듣다가 형님 말의 새치기로 물었다.

"옳지 그래! 그때는 열두어 살밖에 안 되었지만, 지금은 퍽 건강해지기두 하고 위인이 착실해서 조치원에서는 상당한 신용이 있지. ……그래 아버니께서두 얼마간 밑천을 대어 주는 것도 좋겠지마는, 그보다도 그 처제 애를 데려오는 것이 어떠냐고 하시기에 들을 때뿐이요 흐지부지하였었지. 그런데, 그 후에 아버니께서 내려오셨던 길에 김현묵이를 만나 보시고, 우리 집안이 절손이 될 지경이니 우리 집으로 데려오고 싶은즉, 저편 의향을 들어 보라고 별안간 일을 버르집어 놓으시니까, 현묵이야 어떻든 인연을 맺어 놓기로만 위주니라 물론 찬성이요, 그 집안에서들도 유처취처라는 것을 매우 꺼리는 모양이나 우리 집안 내력도 알고, 그보다도 자기네 형편이 매우 급하니까 결국은, 승낙을 한 모양이지."

형님은 장황히 변명 삼아 설명을 하는 것이었다.

"어쨌든 큰아주머니만 불평이 없으시다면 잘 되었습니다그려. 어머니께서도 좋게 생각하시겠죠?"

나는 구태여 잘잘못을 말할 일도 아니기에 좋도록 대꾸를 하였다.

"아버니께서는 원래 큰형수를 미흡하게 여기시니까 말씀할 것도 없지만, 어머니께서는 처음에는 반대를 하시다가, 역시 손주새끼를 보겠다고 첩을 얻어 들이는 것보다는 낫다고 하시고, 당자도 인제는 자식이라고는 나 볼 가망도 없구 하니까 아무려나 하라기에, 되어 가는 대로 내버려 두었지."

나는 잠자코 듣기만 하였다. 그러나 아들자식이란 그렇게도 낳고 싶은 것인지 나에게는 알 수 없는 일이었다. 무후(無後)한 것이 조상에 대한 죄라거나 부모에게 불효가 된다는 말부터 나에게는 이해할 수 없는 것이었다. 우연이든 필연이든 낳은 자식은 죽일 수 없으니까 남과 같이 길러 놓기는 하여야 하겠지마는, 그렇게 성화를 하면서 부친까지 나서서 서두르고 애를 쓸 것이 무엇인지? 사람이란 의외의 호사객이라고 생각하였다. 나이 먹으면 생각이 달라질지는 모르지마는, 아들자식을 낳아서 공을 들여 길러 논다기로 그것이 어떻다는 것인지 알 수 없다. 요행 장수하여서 자기보다 앞서지 않을 지경이면 삿갓가마나 타고 상여 뒤에 따르리라는 것만은 분명히 예기할 수 있는 일이겠지만 그다음 일이야 누가 알 일인가. 위인이 착실할 지경이면 부모가 남겨 주고 간 땅뙈기나 파서 먹다가 뒤따라 땅속으로 굴러 들어가 버릴 것이요, 그렇지도 못하면 그나마 다 까불리고 제 몸뚱어리 하나도 추스르지 못하는 것은 말할 것도 없지만 거기에 매달린 처자의 운명까지 잡쳐 놓을지도 모른다. 기껏 잘났대야 저 혼자 속을 썩이다가 발자취도 없이 스러질 것이며, 자칫하면 제 목숨까지가 성이 가시다고 낳아 준 부모를 원망할지도 모를 것이다. 그러나 종족을 연장하려는 것이 생물의 본능이라고 할지도 모른다. 하지만 종족의 보전이나 연장이라는 의식으로 사람은 결혼을 원하는 것인가. 그보다도 한층 더한 충동이 더 굳세게 사람의 마음속에서 움직이지는 않는 것일까. 자식이 주줄이 있어도 첩 얻지 않던가? 그는 고사하고 절손이 무섭고 자기가 돌아간 뒤에 술 한잔이라도 부어 놓을 맏손주를 생전에 보겠다고 애를 부득부득 쓰는 부친이 가엾고, 의외로 완고인 데에 놀랐다. 사람의 관념이란 무서운 것이라고 새삼스럽게 생각되는 것이었다.

"서울집에 있는 것이나 데려다가 기르셨더면 좋았죠. 에미두 죽게 되구, 저는 있는 게 도리어 귀찮을 지경인데."

하며 형님의 눈치를 보았다. 나는 자기 소생을 형님에게 떼어 맡겼으면 짐이 덜리어서 시원스럽겠다는 말이나, 듣는 사람에게는 양자라도 할 수 있는데 왜 유처취처까지 해서 남 못 할 일을 하였느냐고 나무라는 것같이 들린 모양이다.

"글쎄 그두 그렇지마는 너두 앞일을 생각하면 그럴 수야 있니. 그뿐 아니라 저편 처지가 말 못되었으니까, 사람 하나 구하는 셈 치고 어떻든 데려온 것이지."

하고 형님은 변명을 하였다. 나는 그 이상 더 말할 필요가 없다고 생각하면서도 사람 하나 구한다는 말이 귀에 거슬리기에, 밖에서 듣지 않도록 일본 말로 반대의 의사를 늘어놓았다.

"그건 형님 잘못 생각이세요. 설혹 결혼을 하여서 한 사람이 구하여졌다 하더라도 형님은 그것을 자기의 공으로 아실 것도 못 되거니와, 처음부터 구한다는 생각을 가지고 결혼을 하셨다는 것은 형님이 자기를 과대평가하신 것이죠. 또 사실상 그러한 것은 둘째 셋째로 나오는 문제이겠지요. 누구든지 저 사람을 행복스럽게 할 사람은 이 넓은 세상에는 나밖에 없다고 생각하는 것은 한편으로 보면 좋은 일 같지마는 다른 한편으로 보면 불완전한 '사람'으로서는 너무 지나치는 자긍이겠지요."

형님이 잠자코 앉았는 것을 보고 나는 또다시 입을 벌렸다.

"진정한 사랑은 그 사람의 행복을 비는 마음에서 나오는 것이요, 그 사람의 생활을 지배하고 운명의 진로까지를 간섭하는 것은 아니겠지요. 구(救)한다는 것은 이기적 충동을 떠나서 자기를 다소간 희생하게 될 것 인데, 형님은 아들 낳겠다는 욕심으로 한 결혼이 아닙니까? 하하하."

나는 아니 하여도 좋을 말을 오금을 박듯이 입바른 소리를 하고 말았다. 형님은 잠자코 듣고 앉았다가,

"구한다는 사실이 이 세상에 없다 하면 너부터 굶어 죽을라? 그는 고사하고 여기 어린 아이가 우물로 기어들어 가면 너두 쫓아가서 붙들겠구나?"

하며 형님은 웃으면서도 덜 좋은 기색이었다.

"그건 구제가 아니라 의무지요."

나는 구하지 않으면 너부터 굶어 죽으리라는 말에 불끈해서 한마디한 뒤에 다시 뒤를 이었다.

"의무라 하면 당연히 할 일, 또는 하지 않아서는 안 될 일을 의미하는 것이 아니겠습니까? 그러면 자식을 나서 교육을 시키든지, 우물에 빠지려는 아이를 붙들어낸다는 것을 자선적 행위라고야 할 수 없겠지요. 그는 그만두고 지금 자살하려는 사람을 붙들어냈다 하기로 그 행위가 자선도 아니요, 그 사람의 행복을 위한 것도 아니죠. 다시 말하면 목숨이라든지 산다는 데에, 공통한 처지에서 자기는 사는 것을 긍정하기 때문에 생(生)을 부정하는 자를 자기의 의견에 동화시키려고 하는 행위가 즉 자살을 방지하는 노력이외다그려. 하고 보면 결국은 자기를 중심으로 하고 하는 일이 아닌가요? …… 하여간 소위 구제니 자선이니 하는 것을 향기 있고 아름다운 말이나 행위로 알지만, 실상은 사회가 병들었다는 반증밖에 아니 되고, 그 어느 구석에든지 이기적 충동이 있

다고 보이는데요……"

무에나 반항적 태도로 자기 의견을 한마디 꺼내 놓고야 마는 이맘때의 나로는 형님이 어떻게 듣거나 말거나 한바탕 주워섬기고 말았다. 형님은 내 이론이 되고 안 된 것을 별양 탄하고도 싶지 않고, 그저 못마땅하나 먼 데서 온 아우를 불쾌케 아니 하려는 듯이 웃으면서,

"너같이 극단으로 나가면 이 세상에 살아갈 수 있겠니? 그래도 상호부조의 정신두 있어야 하고 인생의 이상이니 목적이라는 것은 없어 안될 거요……"

하고 온화한 낯빛으로 입을 다물었다. 아까 문학은 배운대야 써먹을 데가 없다고 눈살을 찌푸리던 때보다는 달라졌다.

"인생의 이상이란 것은 나는 생각해 본 일도 없습니다마는, 구태여 말하자면 자기를 위하여 산다 할까요. 하지만 결코 천박한 이기주의로 하는 말은 아닙니다."

내가 이렇게 대답을 하니까 형님은 나를 잠깐 쳐다보는 양이,

'너야말로 이기주의자로구나?'

하고 핀잔을 주고 싶은 것을 참아 버리는 모양이다.

부산히 차려 들여온 점심을 형제가 겸상을 하여 먹은 뒤에 나는 아랫목에 잠깐 누웠었다. 어쩐둥 잠이 들어 한잠 늘어지게 자고 나서 눈을 떠보니까, 흐린 날이 저물어 들어가는지 방 안이 한층 더 우중충하여졌다. 아까 식후에 학교에 다시 갔다가 온다던 형님은 벌써 돌아와서 건넌방에 들어가 앉았는 모양이다. 내가 일어나서 양치질을 하는 소리를 듣고 형님은 안방으로 건너와서,

"눈이 올지 모르는데 술이나 한잔 먹고 떠나랴?"

하며 밖에다 대고 술상을 차리라고 일렀다. 형님이 나에게 술을 권하는 것은 여간한 마음으로 하는 것이 아니다. 더구나 학교에서 오다가 자기는 먹을 줄도 모르는 일본 청주를 사 들고 온 것이라 한다. 나는 이것이 혼인상 대신인가? 하는 실없는 생각을 하여 보며 속으로 웃었다. 형님도 대작을 하기 위하여 억지로 몇 잔 한다.

"그런데 이번에 올라가거든 좀 집에 붙어 앉아서 약 쓰는 것두 다잡아 살펴보구, 모든 것을 네가 거두어 줄 도리를 차려라."

형님은 두 잔째 마시고 나서 이런 소리를 들려주었다. 나는 잠자코 말았다. 사실 내가 약 쓰는 묘리를 알 까닭이 없는 일이다. 형님은 또 화두를 돌렸다.

"나두 며칠 있다가 형편 되는 대루 곧 올라가겠지만, 아버님께 산소 사건은 아직도 사오 일은 더 있어야 낙착이 날 듯하다고 여쭈어라. 역시 공동묘지의 규정대로 하는 수밖에 없을 모양이야."

나의 귀에는 좀 이상하게 들리었다. 내 처가 죽을 것은 기정의 사실이라 치더라도 죽기도 전에 들어갈 구멍부터 염려들을 하고 있는 것은, 아들을 낳지 못하여서 성화가 난 것보다도 구석 없는 짓이요 일없는 사람의 헛공사라고 생각 않을 수 없다.

"죽으면 묻을 데가 없을까 봐서 그러세요. 공동묘지는 고사하고 화장을 하든 수장을 하든 상관없는 일이 아닌가요? 아버니께서는 공연히 그런 걱정을 하시지만, 이 살기 어렵고 바쁜 세상에 그런 걱정까지 하는 것은 생각해 볼 일이지요."

나는 이렇게 핀잔을 주듯이 역시 반대의 의사를 표시하였다.

"공연히가 무에 공연히란 말이냐?"

형님은 눈을 똑바로 뜨고 나를 꾸짖고 나서 말을 이었다.

"너두 지각이 났으면 생각을 해보렴. 총독부에서 공동묘지 제도를 설정한 것은 잘 되었든 못 되었든 하는 수 없이 쫓아간다 하더라도, 대대로 내려오는 자기의 선산이 남의 손에 들어가게 되고 게다가 앞길이 멀지 않으신 늙은 부모가 계신데, 불행한 일이 있는 날에는 어떻게 한단 말이냐? 그래 아버님 어머님을 공동묘지에다가 모신단 말이 될 말이냐? 자식된 도리는 그만두고라도 남이 부끄러워서 어떡한단 말이냐. 계수만 하더라도 만일에 불행한 경우를 당하면 어떻든 작은산소 아래다가 써야지 여기저기 뿔뿔이 흐트러져 있으면 그게 무슨 꼬락서니란 말이냐?"

형님은 매우 화가 난 모양이다. 그러나 내게는 그리 다급히 들리는 문제는 아니었다.

"그래 어떡하신단 말씀예요?"

다만 산판이나 묘위전(墓位田)이 남의 손에 들어갔다는 데에는 나도 잠자코 있을 수가 없었다.

"어떻든지 간에 충북 도장관과는 아버님께서도 안면이 계시고 나도 아주 모르는 터는 아니니까, 아버님 대만이라도 작은산소에 모시도록 지금부터 허가를 맡아 두고 계수도 사람의 일을 모르니까 이번에 아주 자리를 잡아 놓아 두자는 말이야. 그런데 그보다도 더 시급한 것은 큰 산소하고 가운데 산소의 제절 앞의 산판을 물러 가지고 식목이라도 다시 하자는 것인데…… 뭐 아주 말이 아니야, 분상이 벌거벗은 세음이요……"

분상이 벌거벗었다는 말에 나는 속으로 웃었다.

"그 문제가 이때껏 낙착이 안 났어요?"

하며 나는 또 한잔 들었다.

"낙착이 다 무어냐. 뼛골은 뼛골대로 빠지고 일은 점점 안 돼가니, 어떻게 해야 좋을지……지금 붙들어다가 징역을 시킨달 수도 없고……"

하며 형님은 눈살을 찌푸린다.

산소 문제라는 것은 셋째집 종형이 문서를 위조해서 팔아먹은 것이다. 우리 집이 종가는 아니나 실권은 여기서 잡고 있는, 말하자면 우리 문중 소유로 만들어 놓은 것인데, 몇 평이나 되는지 노름에 몰려서 두 군데의 분상만 남겨 놓고 상당히 굵은 송림째 얼러서 불과 백여 원에 팔아먹은 모양이나, 워낙 헐가로 산 것이기 때문에 당자가 좀처럼 물러주지 않는 터이라 한다. 제절 앞에 거름을 하고 논을 풀든 밭을 갈든 그는 고사하고 이해관계로라도 물러야 할 것은 물론이다.

"어떻든 무를 수는 있겠죠?"

공동묘지에 성화가 나서 하는 것은 코웃음 치는 나도 조상의 산소를 팔아먹은 데에는 분개하고 있는 터이다.

"글쎄, 셋째아버니께서만 증인으로 서셨으면 아무 말 없이 본전에 찾겠지마는, 번연히 자기가 관계를 하시고 내용까지 자세히 아시면서 모른다고만 하시니까 무사히 될 일두 이렇게 말썽만 되지 않겠니?"

"그럼 셋째아버지도 공모를 하셨던가요?"

"그러게 망령이 나셨단 말이지. …… 그나 그뿐이라던! 자식을 잘못 둬서 그랬기루서니 어찌하란 말이냐고 되레 야단만 치시니 기막히지 않니?"

"그럼 당자를 붙들어내면 될 게 아녜요?"

"당자야 벌써 어디룬지 들구 튀었다 하더라만, 아마 요새는 들어와 있나 보더라. 일전에두 갔더니 셋째아버니가 앞장을 서서 우는소리를 하시며 자식 하나 없는 세음 칠 테니 그놈을 붙들어다가 징역을 시키든 목을 돌려놓든 마음대로 하고, 인제는 그 문제로 우리 집에는 와야 쓸 데가 없다고 하시는 것을 보면, 어디 갔다는 말은 공연한 소리요, 모두 부동이 되어서 귀찮게만 굴자는 수작 같애서 실없이 화가 나지만……"

셋째삼촌이라는 이는 집의 아버니와 이복인 데다가, 분재한 것을 몇 부자가 다 까불려 버린 뒤로는 한층 더 말썽이 많아졌다. 언젠지 나더러도,

"네 형두 딱하지, 그예 징역을 시키고 나면 무에 시원할 게 있니? 돈 푼 더 주고 무르면 고만 아니냐? 고까짓 것쯤 더 쓰기로 얼마나 더 잘 살겠니?"

하며 갉죽갉죽 꼬집는 소리를 한 일이 있었다. 그런 소리를 들으면 머릿속까지 지끈지끈한 나는,

"내야 뭘 압니까. 그런 이야기는 형더러 하시죠."

하며 피해 버렸었다. 원체 나는 적서의 차별 관념이란 꿈에도 없건마는 머릿살 아픈 일이다.

"아무쪼록 구순하게 하시구려."

하고 나는 말을 끊어 버렸다. 그러나 형님으로서 생각하면 단 형제뿐인 데 내가 집안일에 탐탁히 의논 한마디라도 거들지 않는 것이 불만인 모양이다.

실쭉한 저녁을 조금 뜨고 나서, 캄캄히 어둔 뒤에 다시 짐을 지워 가지고 형님과 같이 정거장으로 나왔다. 드문드문 전등불이 반짝이는 큰

길가에는 인적도 벌써 드물어 가고, 모진 바람이 쌀쌀히 부는 대로 가다가다 눈발이 차근차근하게 얼굴에 끼치었다.

"오늘 밤에는 꽤 쌓이겠다!"

형님은 이런 소리를 하며 앞서간다. 정거장 안에 들어서니까, 순사보한 사람이 형님하고 인사를 하며 나를 아래위로 한번 훑어보았으나, 별로 조사를 하자고는 아니 한다. 지워 가지고 온 짐을 받아 가지고 형님과 아는 일본 사람 사무원이 들어오라고 권하는 대로 우리는 사무실로 들어가서 난로 앞에 불을 쬐고 섰었다. 이삼 사무원은 우리를 돌아다보며 앉은 채 묵례를 한다. 우리들더러 들어오라고 한 사무원은,

"매우 춥지요? 동기방학에 나오시는군요."

하며 나의 옆에 와서 말을 붙이며 불을 쬔다. 이러한 경우에 일본 사람이 조선 사람보다 친절한 때가 있다고 나는 생각하였다. 순사나 헌병이라도 조선인보다는 일본인 편이 나은 때가 많다. 일본 순사는 눈을 부르대고 그만둘 일도, 조선 순사는 짓궂이 뺨을 갈기고 으르렁대고서야 마는 것이 보통이다. 계모 시하에서 자라난 자식과 같은 몹쓸 심보다. 불쌍한 처지에 있는 사람끼리 만나면 피차에 동정심이 날 때도 있지마는, 자기 자신의 처지에 스스로 불만을 가지고 자기 자신에 대한 증오가 심하면 심할수록 자기와 똑같은 처지에 있는 사람이 더 밉고 보기싫어서 그런가 보다. 혹시는 제 분풀이를 여기다가 하는 것일 것이다. 조선 사람에게 대한 조선인 관헌의 태도가 그러한 심리에서 나오는 것인지? 혹은 일본 사람은 뒤로 물러서고 시키니까 그러는지? 하여간 조선인 순사나 헌병보조원이 더 미우면서도 불쌍도 하다.

사무원은 내가 일본서 왔다는 데에 흥미를 가지고 이야기를 자꾸 건

다. 한참 주거니 받거니 하며 섰으려니까, 외투에 모자 우비까지 푹 뒤집어쓴 젊은 조선 사람 역부가 똥그란 유리등을 들고 창황히 들어오며 일본 말로,

"불이 암만해도 안 켜져요."

하고 울상이다. 역부의 외투에 쌓였던 하얀 눈이 훈훈한 방 안 온기에 금시로 녹아서 조그만 이슬이 반짝거리며 뚝뚝 듣는다.

"빠가! 안 켜지면 어떡한단 말이야. 시간은 다 되었는데."

이때까지 웃는 낯으로 나하고 이야기를 하고 섰던 사무원이 눈을 부르대이며 소리를 지르고 나서 저쪽 구석으로 향하더니,

"이서방, 오소오소, 같이 가서 켜고 와요!"

하며 조선 말로 이서방에게 명한다. 나는 사무원의 살기가 등등한 뚱뚱한 얼굴을 바라보고 외면을 하였다. 두 역부는 다른 등에 또 불을 켜 들고 허둥허둥 나갔다. 두 사람이 나가는 것을 보고 사무원은 픽 웃으며,

"허는 수 없어!"

하며 무책임한 이 꼴을 좀 보라는 듯이 혀를 차며 나를 쳐다보았다. 나도 따라서 웃어 보였으나, 머리로는 눈보라가 치는 속에서 신호등으로 기어 올라가서 허둥거리는 두 역부의 검은 그림자를 그려 보며 익숙지 않은 일에 가엾은 생각도 난다. 조금 있으려니까 땡땡 하는 소리가 몇 번 난 뒤에 역부들이 들어왔다. 불은 켜지고 차는 조금 있다가 들어왔다. 눈이 푹푹 내리는 속을 나는 형님과 헤어져서 차에 올랐다.

석유불을 드문드문 켠 써늘한 기차 속은 몹시 우중충하고 기름 냄새가 코를 찌른다. 외투를 벗어서 눈을 털었으나 몸은 구중중하고, 컴컴한 석유불을 볼수록 조선은 이런 덴가 싶어 새삼스레 을씨년스럽다. 하

여간 난로 앞에 가서 자리를 잡고 앉아 보니 찻간에 사람은 그리 많지 않았다. 끄레발에 갈모를 우그려 쓴 촌사람 오륙 인하고 양복쟁이 서너 사람이 난로 가까이 앉고, 저편으로 떨어져서 대구에서 탔는 듯싶은 기생 같은 젊은 여자가 양색 왜증인지 보라인지 검붉은 두루마기를 입고 이리로 향하여 앉은 것이 그중에 반가워 보였다. 나는 심심파적으로 잡지를 꺼내 들었으나 불이 컴컴하여 몇 장 보다가 덮어 버렸다.

저편으로 중앙에 기생에게 등을 두고 앉은 사십 남짓한 신사를 바라보다가 나는 무심코 우리 집에 다니는 김의관 생각이 났다. 기생하고 동행인지 혼자 가는지는 모르나 수달피 댄 훌륭한 외투를 입고 금테안경을 쓰고 버티고 앉았는 것이 돈푼 있어 보이기도 하나, 안경 너머로 이 사람 저 사람의 얼굴을 유심히 바라보는 작은 눈은 교활하여 보였다.

기차가 추풍령에 와서 닿으니까, 일본 사람의 사냥꾼 한 떼가 개를 두 마리나 데리고 우중우중 들어와서 기다란 총을 여기저기다가 세우고 탄환 박힌 혁대를 끌러 논 뒤에 난로 앞으로 모여든다. 객차에 산 짐승은 아니 태우는 법인데 이 행차는 특대우인 모양이다. 하여간 개가 싫어서 나는 자리를 피하여 저편으로 가서 앉았다. 촌사람들도 비쓸비쓸 피하여서 이리저리 흩어졌다.

"아, 영감! 이거 웬일이쇼?"

누구인지 이렇게 소리를 버럭 지르는 바람에 나는 무심코 고개를 돌렸다. 방한모를 우그려 쓴 얼금얼금한 사냥꾼 하나가 손가락 사이에는 반쯤 타다가 남은 여송연에 불을 붙이며 난로를 등을 지고 섰는 자의 말소리다. 헌 양복에 각반을 치고 일본 버선에 조선 짚신을 신은 꼴이 손에 든 여송연과는 어울리지 않으나, 동행하는 일본 사람이 난로 앞에

설 자리를 사양하는 것을 보면 일행 중에서는 지위가 높은 모양이다.

"그러나, 영감은 웬일이슈?"

수달피 털을 붙인 외투를 입고 앉았던 금테안경이 앉은 채 인사를 하며 묻는다. 이자도 그만큼 버틸 힘이 있기에 이러한 '똥테' 두 동달이쯤은 되는 영감을 앉아서 인사하는 것일 거라.

"군청에서들 산에 가자기에 나섰더니 인제야 눈이 오시는구려."
하며 얼금뱅이가 웃었다.

"이 바쁜 세상에 사냥은 너무 호강이신걸, 허허허. 공무 태만으로 감봉이나 되면 어쩌려우?"

김의관 같은 안경잡이가 한층 내려다보는 수작을 한다.

"영감같이 돈이나 벌려면은 세상도 바쁘지만 시골구석에 엎댔으니까 만사태평이외다. 한데 지금 어딜 다녀오슈?"

"대구에를 갔다 오는데, 이때까지 장관에게 붙들려서……"

"에? 그래 그건 어떡하셨소?"

"그거라니?"

안경잡이는 딴청을 붙이는 말눈치다.

"아, 저 토지 사건 말씀요."

얼금뱅이는 주기가 도는 뻘건 얼굴이 한층 더 붉어지는 듯하며 여전히 난로를 등지고 서서 묻는다.

"그러지 않아도 그 일절로 내려온 것인데, 계약은 성립이 되었지만 내 일이 낭패가 돼서…… 연이틀을 붙들고 놓아 주어야지. 매일 기생에 아주 멀미를 대었소. ……술 잘 먹고 놀기 좋아하고 참 노당익장(老當益 壯)야……"

경북 도장관이라면 일본 사람이거니와, 도장관을 칭송을 하는 것인지 긴하게 보인 자랑이 더 긴해서 떠드는 것인지 알 수 없다.

"예! 예!"

하며 얼금뱅이는 감탄하는 듯 부러운 듯하게 대꾸를 하다가,

"그래 지금 인천으로 가시는 길인가요?"

하며 또 묻는다. 금테안경은 또 한번 눈살을 잠깐 찌푸리는 듯하더니 다시 얼굴빛을 고치며,

"내야 원래 관계 있소. 저 사람이 죄다 하니까. 한데, 영감하고 이야기하던 것은 아주 틀리는 모양이오? 어떻게 과히 무엇 하지도 않겠고, 영감 체면도 상하지 않게 할 터이니 잘 해보시구려."

하며 한층 소리를 낮춰서 다정한 듯이 웃어 보인다.

"글쎄 나중에 기별하지요마는 어떻든 반승낙은 받았으니까 그쯤만 알아 두시구려."

얼금뱅이는 이렇게 대답을 하고 좌우를 한번 획 돌아보았다. 이야기는 뚝 끊기고 얼금뱅이는 그 옆에 빈자리에 앉았다. 두 사람의 수작은 어쩐지 암호를 써가며 하는 수수께끼 같으나 누가 듣든지 반짐작은 할 것이다. 첫눈에 벌써 김의관 같은 위인이라고 대중을 댄 것이 틀림없던 것이 한편으로 유쾌도 하지마는 불하운동을 다니는 놈을 도장관이 한박 먹였다는 것은 이자의 허풍이기도 하겠지마는 사실이면 까닭수가 있는 것이리라.

김의관이라면, 나는 진고개 헌병사령부에 쫓아가 보던 생각을 어느 때든지 잊지 않고 있다. 우리 집이 아직 시골에 있을 때에 나는 소학교를 졸업하고 서울 와서 김의관의 집에서 중학교에 통학을 하였었다. 첩

의 집에만 들어박혔던 김의관이 그때는 돈에 꿀려서 본집에 와서 있었던지, 나 있는 방과 마주 보이는 건넌방에 있었다. 그게 그해 팔월 스무날께쯤 되었었는지 빗방울이 뚝뚝 듣는 초가을날 오후이었다. 학교에서 막 돌아와서 문간에 들어서려니까 김의관 마누라가 울상을 하고 뛰어나와서 책보를 받으면서,

"경식이 아버지가 지금 뉘게 붙들려 가셨는데 이리 나간 모양이니 좀 쫓아가 봐주게."

하며 그렇게 못마땅해하던 영감이건마는 허겁지겁이었다. 나도 깜짝 놀라서 가리키는 편으로 골목을 빠져서 달음박질을 하여 가노라니까, 양복쟁이 두 사람에게 옹위가 되어 가는 모시두루마기를 입은 김의관의 뒷모양이 눈에 띄었다. 나는 가슴이 두근두근하나 사오 간통이나 떨어져서 살금살금 쫓아갔었다.

김의관이 붙들려 가는 것을 쫓아가 본 일이 이번째 두 번이다. 몇 달 전에 내가 학교에 들어간 지 얼마 아니 되어서다. 그때가 아마 첩과 헤어지자고 싸우고 본집으로 기어든 지 며칠 안 되던 때인 듯싶다. 어느 날 순검이 와서 위생비든가 청결비든가를 내라고 독촉을 하니까,

"없는 것을 어떻게 내란 말요? 이 몸이라두 가져갈 테거든 가져가구려."

하고 소리소리 질러가며 순검에게 발악을 하다가 그예 순검이 가자고 끌어내니까 문지방에 발을 버티고 아니 나가려고 한층 더 발악을 하며,

"이놈, 이놈, 사람 죽이네. 어구, 사람 죽이네……"

하고 순검에게 멱살을 붙들린 김의관은 순검보다도 더 야단을 치다가 그예 붙들려 가고야 말 제, 나는 가는 곳을 알려고 뒤쫓아 나섰었다.

그때에 나는 김의관이 이 세상에서 제일 잘난 사람이라고 생각하였었다. 나는 시골구석에서 순검이라면 환도 차고 사람 치고 잡아가는 이 세상의 제일 무서운 사람으로 알고 자라났다. 그런데 김의관은 그 제일 무서운 사람더러 이놈 저놈 하며 할 말을 다 하고 하인 부리듯이,

"이놈! 거기 섰거라. 누가 잘못했나 해보자!"

하며 안으로 들어와서 문지방에서 벗겨진 정강이에다가 밀타승을 기름에 개어 바른다, 옷을 갈아입는다, 별별 거레를 다 하고 나서 의기양양하게 순검보다 앞장을 서서 나가는 것을 보고 나는 어린 마음에 유쾌도 할 뿐 아니라 제일 무서운 사람이 제일 못나 보이고, 제일 우습던 김의관이 제일 잘나 보였던 것이다. 더구나 쫓아가서 교번소에 들어가더니 거기 앉았던 일본 순검더러 무어라 무어라 몇 마디 하고 웃으며 나오는 김의관을 볼 제, 나는 이 늙은이가 이렇게도 권리가 좋은가 하고 혼자 놀랐었다.

그러나 이번에 붙들려 가는 것을 보니, 아무 말도 없이 올가미를 씌운 개새끼처럼 고개를 축 늘어뜨리고 두 양복쟁이에게 끌리어가더니, 병정이 좌우에서 파수를 보고 섰는 커다란 퍼런 문으로 들어가서 자취가 사라지고 말았다. 나는 무서워서 가까이 가지도 못하고 가던 길을 휘더듬어 급히 돌아와서 집안 식구더러 이러저러한 데더라고 가르쳐 주었었다.

그날 저녁부터 경식이와 행랑아범은 하루 세끼 밥을 나르기에 골몰하였었다. 그러더니 한 보름쯤 지나니까 한일합병이 반포되고 뒤미처서 김의관은 해쓱한 얼굴로 별안간 풀려 나왔다. 그때의 김의관은 조금도 잘나 보이지 않았다. 그러나 무슨 까닭인 줄은 나도 참작하였었다.

그런데 반달쯤 갇혔다가 나온 김의관은 금시발복이 되었는지 늙은이가 양복을 몇 벌씩 새로 장만을 하고, 헤지었던 첩을 다시 불러다가 큰마누라하고 한집에 살게 하며, 매일 나가서는 술이 취하여 들어오기도 하고, 나이가 아깝게 새 양복을 찢어 가지고 들어오는 때도 있었다. 그러한 지 한 달쯤 되더니, 시골에다가 집과 땅을 장만하였으니 내려가자 하고 처첩을 다 데리고 낙향을 하여 버렸다. 그때서야 제일 무서운 사람에게도 발악을 쓰던 김의관이, 두어 달 전에, 올가미 쓴 개새끼처럼 유순히 끌려가던 까닭을 더 분명히 알게 되었었다.

김의관은 내가 일본에 가기 전에는 자기 시골에서 학교를 세워 가지고 교장 노릇도 하고 장거리에 나와서는 정미소를 한다는 소문도 들었으나, 그 후에 나와서 들으니까 그것도 인천 가서 미두(米豆)에 다 까불리고 지금은 남의 집의 협포에 들어서 다른 첩과 산다고 한다. 지금 이 좋은 외투에 몸을 싸고 금테안경을 쓴 신사도 인천을 가느니 토지의 계약을 하였느니 하는 말을 들으면, 이전에 붙들려 가 보기도 하고 낙향도 하고 정미소도 하여 보다가 인천 미두에 다니지나 않는가 하는 생각이 머리에 떠올랐다.

'그리다가 호상차지나 하러 다니구……?'

나는 이렇게 생각을 하여 보고 혼잣속으로 웃으며 금테안경을 또 한 번 돌려다 보았다.

기차가 영동역에 도착하니까 사냥꾼의 일행은 내리고 승객의 한 떼가 몰려 올라왔다.

"눈이 이렇게 몹시 왔다가는 내일 어디 장이 서겠나? 오늘두 얼마 손인지 알 수가 없는데……"

"공연히 우는소리 말게, 누가 뺏어 가나? 허허허."

하며 장꾼 같은 일행이 들어와서 자리들을 잡느라고 어수선하게 쿵쾅거리며 주거니 받거니 제각기 떠들어댄다.

정거장에 도착할 때마다 드나드는 순사와 헌병보조원이 차례차례로 한번씩 휘돌아 나가자 기차는 또다시 움직이기 시작하였다.

내 앞에는 역시 갓에 갈모를 쓰고 우산에 수건을 매어 든 삼십 전후의 촌사람이 들어와서 앉았다. 곰방담뱃대에 엽초를 부스러뜨려서 힘껏 담고 나더니 두루마기 속에 손을 넣어서 이 주머니 저 주머니를 한참 뒤적거리다가, 내 옆에 성냥이 놓인 것을 보고,

"이것 잠깐만……"

하며 내 얼굴을 뚫어지게 들여다본다. 갓쟁이로는 구격이 맞지 않게 손끝과 머리를 끄덕하며 빠르게 나의 눈치를 보는 것이, 분명히 내가 일본 사람인가 아닌가 하는 미심쩍고 겁이 나는 눈치다. 나는 웃으며 성냥통을 집어 주었다.

담배를 붙이고 난 장꾼은 또 한번 고개를 끄덕하며 나에게 성냥갑을 도로 주고 나서, 인제는 안심하였다는 듯이 싱글싱글 웃으며 나의 얼굴을 멀거니 쳐다보다가,

"우리 인사하십시다."

하며 번잡스럽게 말을 붙인다.

나는 몹시 덜렁대는 위인이라고 생각하고 웃으며 하자는 대로 하였다.

인사를 한 뒤에 매캐하고 독한 연기를 훅훅 뿜으며,

"어디로 오시나요?"

하고 묻는다. 내가 사방모를 쓴 것을 보고 일본에서 오나 싶어 이야기

가 하고 싶은 눈치다.

"김천서요.."

나는 마주 앉은 자의, 광대뼈가 내밀고 두꺼운 입술을 커다랗게 벌린 시커먼 얼굴을 쳐다보며 대답을 하였다.

"고향이 거기신가요?"

"네에."

"말소리가 다르신데요?"

부전부전한 친구라고 생각하며 나는 웃어만 버렸다.

"어떤 학교에 다니시나요? 일본서 오시지 않으시는가요?"

무료한 듯이 잠자코 앉았다가 또다시 묻는다.

"어떻게 아슈?"

나는 웃으며 되물었다.

"아, 일본 갔다 오시는 분은 모두 그런 양복을 입으십디다그려."

하며 궐자는 외투 위로 내다보이는 학생복 깃에 달린 금글자를 바라보고 웃었다. 일본 유학생이 더구나 합병 이후로는 신시대, 신지식의 선구인 듯이 쳐다보이는 때라, 이 촌청년도 부러운 눈으로 나를 자꾸 쳐다보며 이것저것 묻고 싶으나 무얼 물을지 몰라서 망설이는 모양 같다.

"당신은 무엇을 하슈?"

나는 대답 대신에 딴소리를 하였다.

"네에, 갓[笠] 장사를 다니는 장돌뱅이입니다."

그는 자비(自卑)하듯이 웃지도 않으며 자기 입으로 장돌뱅이라 한다.

"갓이오? 그래 요새두 갓이 잘 팔리나요?"

"그저 그렇지요. 촌에서들은 그래두 여전히 갓을 쓰니까요."

나는 좀 의외로 생각하였다. 두 사람은 잠깐 말을 끊었다가, 나는 다시 물었다.

"그러나 당신부터 왜 머리는 안 깎으우? 세상이 바뀌었을 뿐 아니라 귀찮고 돈도 더 들지 않소?"

"웬걸요, 촌에서 머리를 깎으려면 더 패롭고 실상 돈도 더 들죠. ……게다가 머리를 깎으면 형장네들 모양으로 '내지어(內地語)'도 할 줄 알고 시체학문(時體學問)도 있어야지 않겠나요. 머리만 깎고 내지 사람을 만나도 말대답 하나 똑똑히 못 하면 관청에 가서든지 순사를 만나서든지 더 성이 가신 때가 많지요. 이렇게 망건을 쓰고 있으면 요보라고 해서 좀 잘못하는 게 있어도 웬만한 것은 용서를 해주니까 그것만 해도 깎을 필요가 없지 않아요."

하며 껄껄 웃어버린다.

"그두 그럴듯하지마는 같은 조선 사람끼리라도 머리만 깎고 양복을 입고 개화장을 휘두르고 하면 대접이 다른 것같이, 역시 머리라도 깎는 것이 저 사람들에게 천대를 덜 받지 않소. 언제까지든지 함부로 홀뿌리는 대로 꿈적꿈적하고 요보란 소리만 들으려우?"

나는 궐자의 말이 일리가 있다고 동정은 하면서도, 무어라고 하나 들어 보려고 이렇게 물었다.

"홀뿌리거나 요보라고 하거나 천대는 받을 때뿐이지마는, 머리나 깎고 모자를 쓰고 개화장이나 짚고 다녀 보슈. 가는 데마다 시달리고 조금만 하면 뺨따귀나 얻어맞고 유치장 구경을 한 달에 한두 번쯤은 할 테니! 당신네들은 내지어나 능통하시지요? 하지만 우리 같은 놈이야 맞으면 맞았지 별수 있나요!"

천대를 받아도 얻어맞는 것보다는 낫다! 그도 그럴 것이다. 미친 체하고 떡목판에 엎드러진다는 세음으로 미친 체하고 어리광 비슷한 수작을 하거나, 스라소니 행세를 하거나 하여, 어떻든지 저편의 호감을 사고 저편을 웃기기만 하면 목전에 닥쳐오는 핍박은 면할 것이다. 속으로는 요놈 하면서라도 얼굴에만 웃는 빛을 띠면 당장의 급한 욕은 면할 것이다. 공포, 경계, 미봉, 가식, 굴복, 도회, 비굴…… 이러한 모든 것에 숨어 사는 것이 조선 사람의 가장 유리한 생활방도요, 현명한 처세술이다. 실상 생각하면 우리의 이러한 생활철학은 오늘에 터득한 것이 아니요, 오랫동안 봉건적 성장과 관료전제 밑에서 더께가 앉고 굳어빠진 껍질이지마는, 그 껍질 속으로 점점 더 파고들어가는 것이 지금의 우리 생활이다.

"어떻든지 그저 내지인과 동등한 대우만 해주면 나중엔 어찌 되든지 살아갈 수 있겠죠."

청년은 무엇에 쫓겨 가는 사람처럼 차 안을 휘휘 돌려다 보고 나서 목소리를 한층 낮추어서 다시 말을 잇는다.

"가령 공동묘지만 하더라도 내지에도 그런 법률이 있다 하면 싫든 좋든 우리도 따라가는 수밖에 없겠죠. 하지만 우리에게는 또 우리의 유풍이 있지 않습니까? 대관절 내지에도 그런 법이 있나요?"

의외에 이 장돌뱅이도 공동묘지 이야기를 꺼낸다. 나는 아까 형님한테 한참 설법을 듣고 오는 길에 또 이러한 질문을 받고 보니, 언제 규정이 된 것이요 어떻게 시행하라는 것인지는 나로서는 알고 싶지도 않고, 그까짓 것은 아무렇거나 상관이 없는 일이지마는, 아마 요사이 경향에서 모여 앉으면 꽤들 문젯거리, 화젯거리가 되는 모양이다. 나는 한번 껄껄 웃어 주고 싶었으나 그리할 수는 없었다.

"일본에도 공동묘지야 있다우."

나 역시 누가 듣지나 않는가 하고 아까부터 수상쩍게 보이던 저편 뒤로 컴컴한 구석에 금테를 한 동 두른 모자를 쓴 채 외투를 뒤집어쓰고 누웠는 일본 사람과, 김천서 나하고 같이 오른 양복쟁이 편을 돌려다 보았다. 나의 말이 조금이라도 총독정치를 비방하는 것은 아니지만, 그중에서 무슨 오해가 생길지 그것이 나에게는 염려되는 것이었다.

"정말 내지에도 공동묘지가 있에요? 하지만 행세하는 사람야 좀 다르겠죠?"

"그야 좀 다르겠지마는, 어떻든지 일본에서는 주로 화장을 지내기 때문에 타고 남은…… 아마 목구멍뼈라든가를 갖다가 묻고 목패든지 비석을 세운다우. ……그리지 않아도 살아 있는 사람도 터전이 좁아서 땅조각이 금 조각 같은데, 죽는 사람마다 넓은 터전을 차지하다가는 이 세상에는 무덤만 남고 말지 않겠소, 허허허."

나는 이러한 소리를 하면서도 묘지를 간략하게 하여 지면을 축소하고 남는 땅은 누구의 손으로 들어가고 마누 하는 생각을 하여 보았다.

"그리구서니 자기의 부모나 처자를 죽었다구 금세루 살라야 버릴 수가 있습니까? 더구나 대대로 내려오는 제집 산소까지를……"

이 사람은 나의 말이 옳다는 모양으로 고개를 끄덕끄덕하면서도 그래도 반대를 한다.

"화장을 지낸다기루 상관이 뭐겠소. 예전에 애급이라는 나라에서는 왕후장상의 시체는 방부제를 쓰고 나무관에 넣은 시체를 다시 석관까지에 튼튼히 넣어서 피라미드라는 큰 굴속에 묻어 두었지만, 지금 와서는 미이라밖에는 되지 않고 말은 것을 보면 죽은 송장에게 능라주의(綾羅紬衣)를 입히고 백 평 천 평 되는 땅에다가 아무리 굳게 파묻기로 그것이 무엇이란 말이오. 동상을 세우면 무얼 하고 송덕비를 세우면 무엇에 쓴다는 말이오……"

내 앞에 앉았는 장꾼은 무슨 소리인지 귀에 자세히 들어오지 않는 모양이다.

"네에, 그런 것이 있에요?"

하고 멀거니 앉았다.

"하여간 부모를 생사장제(生事葬祭)에 예로써 받들어야 할 거야 더 말할 것 없지마는, 예로 하라는 것은 결국에 공경하는 마음이나 정성을 말하는 것 아니겠소? 그러니 공동묘지 법이란 난 아직 내용도 모르지마는, 그것은 별문제로 치고라도, 그 근본정신은 생각지 않고 부모나 선조의 산소 치레를 해서 외화(外華)나 자랑하고 음덕(蔭德)이나 바란다는 것도 우스운 수작이란 것을 알아야 할 거 아니겠소. 지금 우리는 공동묘지 때문에 못살게 되었소? 염통 밑에 쉬스는 줄은 모른다구, 깝살릴 것 다 깝살리고 뱃속에서 쪼르륵 소리가 나도 죽은 뒤에 파묻힐 곳부터 염려를 하고 앉았을 때인지? 너무도 얼빠진 늦둥이 수작이 아니오? 허허허."

나는 형님에게 하고 싶던 말을 장돌뱅이로 돌아다니는 이자를 붙들고 한참 푸념을 하였다. 이야기를 하고 나니까 어쩐지 열적었다. 그러나 내가 한참 떠드는 바람에 여러 사람의 시선은 이리로 모인 모양이다. 저편에 앉았는 기생아씨도 몸을 틀고 돌려다 보며 귀에 들어오지도 않는 이야기를 열심으로 듣는 모양이다.

"나는 모르겠습니다마는 그래 형장께서도 양친이 계시겠지요? 어떻게 하실 텐가요?"

갓장수는 내 말은 어찌 되었든지 불평이 있으니만치 시비조로 덤빈다.

"되어 가는 대로 합시다."

하며 나는 웃고 입을 답쳤다.

"그래두 누구나 부모나 조상을 위하는 것은 똑같겠죠?"

나는 더 말해야 쓸데가 없다고 생각하며 아무 말 아니 하려다가, 그래도 오해를 사면 안 되겠기에 또 대꾸를 하여 주었다.

"글쎄 공동묘지가 좋으니 부모를 그리 모시겠다는 것이 아니라, 우리에게는 그보다도 더 절급한 문제가 하도 많다는 말 아니오? 그 절급한 문제는 내버려 두고-산 사람 문제는 내버려 두고 왜 죽은 뒤의 문제부터 기가 나서 법석이냔 말요. 아버지, 어머니가 굶어 돌아가도 공동묘지에만 장사를 안 지내면 되겠소? 당신은 몇 대조까지나 선영을 찾는지 모르겠지마는, 가령 십 대조 이상의 묘지를 못 찾는다면 그것은 공동묘지기 때문이란 말요……"

하고 나는 화를 버럭 내다가 목소리를 낮추면서,

"그러니까 공동묘지가 좋다는 것이 아니라 근본 문제, 앞으로의 문제, 자식의 문제를 생각하여 놓고 이야기하자는 것이 아니오."

하고 나는 농쳐 버렸다.

"나는 모르겠습니다."

하며 갓장수는 픽 웃어버린다. 나는 잠자코 말았으나 어쩐지 불유쾌하였다. 갓장수 따위를 데리고 그러한 논란을 한 것이 점잖지 않은 것 같기도 하고 남이 들으면 웃을 것 같아서 혼자 부끄러웠다.

두 사람이 잠자코 앉았으려니까 차는 심천(深川) 정거장엔지 도착한 모양이다. 새로운 승객도 별로 없이 조용한 속에 순사가 두리번두리번 하고 뚜벅 소리를 내며 들어와서 저편 찻간으로 지나간 뒤에 조금 있으려니까, 누런 양복바지를 옹구바지로 입고 작달막한 키에 구두 끝까지 철철 내려오는 기다란 환도를 끌면서 조선 사람의 헌병보조원이 또 들어왔다. 여러 사람의 눈은 또 긴장해지며 일시에 구랄만한 누렁저고리를 입은 조그마한 사람에게로 모이었다. 이 사람은 조그만 눈을 똥그랗게 뜨고 저편서부터 차츰차츰 한 사람씩 얼굴을 들여다보며 이리로 온다. 누구를 찾는 것이 분명하다. 나는 공연히 가슴이 선뜩하였으나, 이 찻간에는 나를 미행하는 사람이 있으리라는 생각을 하니까 안심이 되었다. 찻간 속은 괴괴하고 현병보조원의 유착한 구두 소리만 뚜벅뚜벅 난다. 그러나 여러 사람의 가슴은 컴컴한 남포의 심지불이 떨리듯이 떨리었다. 한 사람, 두 사람 낱낱이 얼굴을 들여다보고 지나친 뒤의 사람은, 자기는 아니로구나, 살았구나! 하는 가벼운 안심이 가슴에 내려앉는 동시에 깊은 한숨을 내쉬는 모양이 얼굴에 완연히 나타났다. 헌병보조원의 발자취는 점점 내 앞으로 가까워 왔다. 나는 등을 지고 돌아앉았고, 내 앞의 갓장수는 담뱃대를 든 채 헌병의 얼굴을 똑바로 쳐다보고 앉았다. 헌병보조원은 내 곁에 와서 우뚝 선다. 나는 가슴이 뜨끔하여 무심코 쳐다보았다. 그러나 헌병보조원은 나를 본체만체하고 내 앞에 앉았는 갓장수를 한참 내려다보고 섰더니 손에 들었던 종잇조각을 펴본다. 내 가슴에서는 목이 메게 꿀떡 삼키었던 토란만한 것이 쑥 내려앉는 것 같았다. 찻간은 고작 헌병보조원-어린 조선 청년 하나의 한마디로 괴괴하여졌다.

"당신, 이름이 뭐요?"

헌병보조원은 갓장수더러 물었다.

"나요? 김××예요."

하며 허둥지둥 일어선다.

"당신이 영동(永同)서 갓을 부쳤소?"

"네, 네."

"그럼 잠깐 내립시다."

찻간 속은 쥐 죽은 듯한 공포에서 겨우 벗어났다. 여기저기서 수군수 군하는 소리가 난다.

나의 앞에 앉아서 이때까지 노닥거리던 말동무는 헌병보조원의 앞을 서서 허둥지둥 차에서 내렸다.

그러나 문밖으로 나간 뒤에 정신을 차리고 보니까, 내 앞에는 수건으로 질끈 동인 헌 우산 한 개가 의자의 구석에 기대어 섰다. 나는 유리창을 올리고 캄캄한 밖을 내다보며 소리를 쳤으나 벌써 간 곳이 없었다. 난로에 석탄을 넣으러 들어온 역부에게 그 우산을 내주면서 물어보니, 주는 우산은 받으면서도 이편 말은 못 알아들은 듯이,

"나니(무엇이야)? 나니?"

하며 여전히 못 알아들은 체하고 일본 말로 묻는 데에는 어이가 없었다. 발길로 지르고 싶었다.

자정이나 넘은 뒤에 차는 대전에 와서 닿았다. 김의관 같은 금테안경 채비의 하이칼라 신사는 커다란 가죽가방에 담요를 비끄러매어서 옆에 놓았던 것을 앞에 앉았던 사람에게 들려가지고 내려갔다. 그러나 기생은 내리지 않는다.

얼마나 정거하느냐고 소제하는 역부더러 물어보니까, 삼십 분 동안 이라고 멱따는 소리를 꽥 지르고 달아난다. 나는 하도 심심하기에 모자를 집어쓰고 차에서 내려서 플랫폼으로 어슬렁어슬렁 걸어 나갔다. 그동안에 눈이 서너 치나 쌓인 모양이다. 지금은 뜸하나 뼈에 저린 밤바람이 모가지를 자라목처럼 오그라뜨리었다. 맨 끝에 달린 찻간 앞까지 오니까 불을 환하게 켠 차장실 속에 얼굴이 해끄무레한 두 청년이 검정 방한모에 소매통이 좁은 옥색 두루마기를 입고, 누런 양복을 입은 헌병과 마주 서서 웃으며 이야기를 하는 것이 환히 보이었다. 얼굴 모습이 같은 것을 보면 두 청년은 형제 같고, 헌병 가슴에 권총을 단 줄이 늘어진 것을 보면 보조원이 아니요 이것이 분명하다. 나는 창 밑으로 가까이 가 보니까 세 사람은 여전히 웃으며 무어라고 속살거린다. 그러나 그 청년들의 어설프게 웃는 낯빛과 입술이 경련적으로 위로 뒤틀린 것은 공포 그것 같았다.

'스파이는 아니군!'

하는 가벼운 생각으로 나는 발길을 돌이켜 목책으로 막은 입구 앞으로 가서 내 손으로 열고 나갔다. 아무도 막지 않고 좌우편으로 눈발이 쳐 들어오는 휑뎅그레한 속으로 한가운데에 난로랍시고 놓고 그 가에 옹기옹기 사람들이 모여 섰다.

'대합실도 없이 이런 벌판에 세워 둘 지경이면 어서 찻간으로 들여보낼 일이지!'

나는 이런 생각을 하며 난로 옆을 흘끗 보려니까 결박을 지은 범인이 댓 사람이나 오르르 떨며 나무 의자에 걸터앉고, 그 옆에는 순사가 셋이서 지키고 있는 것이 눈에 띄었다. 나는 무심코 외면을 하였다. 그중에는 머리를 파발을 하고 땟덩이가 된 치마저고리의 매무시까지 흘러 내린 젊은 여편네도 역시 포승을 지어서 앉아 있다. 부끄럽지도 않은지 나를 부러워하는 듯한 눈으로 물끄러미 쳐다보다가 고개를 숙인다. 자세히 보니 등 뒤에는 쌕쌕 자는 아이가 매달렸다. 여자의 이런 꼴을 처음 보는 나는 가슴이 선뜩하며 멀거니 얼이 빠져 섰었다. 나는 흉악한 꿈을 꾸며 가위에 눌린 것 같은 어리둥절한 눈으로 한참 바라보다가 발길을 돌쳤다.

정거장 문밖으로 나서서 눈을 바삭바삭 밟으며 큰길 거리로 나가니까 칠 년 전에 일본으로 달아날 제, 오정때 대전에 내려서 점심을 사 먹던 그 집이 어디인지 방면도 알 수 없이 시가가 변하였다. 길 맞은편으로 쭉 늘어선 것은 빈지를 들였으나 모두가 신축한 일본 사람 상점이다. 우동을 파는 구루마가 쩔렁쩔렁 흔드는 요령 소리만이 괴괴한 거리에 처량하다. 열네다섯쯤에 말도 모르고 단신 일본으로 공부 간다는 데에 호기심이 있었던지 친절히 대접을 해주던, 그때의 그 주막집 주인 내외가 그립다.

다시 돌쳐 들어오며 보니, 찻간에서 무슨 대수색을 하는지 승객들은 아직도 아니 들여보내고, 결박을 지은 여자는 업은 아이가 깨어서 보채니까 일어서서 서성거린다.

'젖이나 먹이라고 좀 풀어 줄 일이지.'

하는 생각을 하니 곁에 시퍼렇게 얼어서 앉은 수사가 불쌍하다가도 밉살맞다. 목책 안으로 들어오며 건너다보니까 차장실 속에 있던 두 청년과 헌병도 여전히 이야기를 하고 섰다. 나는 까닭 없이 처량한 생각이 가슴에 복받쳐 오르면서 한편으로는 무시무시한 공기에 몸이 떨린다.

287

젊은 사람들의 얼굴까지 시든 배춧잎 같고 주눅이 들어서 멀거니 앉았거나, 그렇지 않으면 빌붙는 듯한 천한 웃음이나 '헤에' 하고 싱겁게 웃는 그 표정을 보면 가엾기도 하고, 분이 치밀어 올라와서 소리라도 버럭 질렀으면 시원할 것 같다.

'이게 산다는 꼴인가? 모두 뒈져 버려라!'

찻간 안으로 들어오며 나는 혼잣속으로 외쳤다.

'무덤이다! 구데기가 끓는 무덤이다!'

나는 모자를 벗어서 앉았던 자리 위에 던지고 난로 앞으로 가서 몸을 녹이며 섰었다. 난로는 꽤 달았다. 뱀의 혀 같은 빨간 불길이 난로 문틈으로 날름날름 내다보인다. 찻간 안의 공기는 담배 연기와 석탄재의 먼지로 흐릿하면서도 쌀쌀하다. 우중충한 남폿불은 웅크리고 자는 사람들의 머리 위를 지키는 것 같으나 묵직하고도 고요한 압력으로 지그시 내리누르는 것 같다. 나는 한번 휘 돌려다 보며,

'공동묘지다! 공동묘지 속에서 살면서 죽어서 공동묘지에 갈까 봐 애가 말라 하는 갸륵한 백성들이다!'

하고 혼자 코웃음을 쳤다.

'공동묘지 속에서 사니까 죽어서나 시원스런 데 가서 파묻히겠다는 것인가? 그러나 하여간에 구데기가 득시글득시글하는 무덤 속이다. 모두가 구데기다. 너도 구데기, 나도 구데기다. 그 속에서도 진화론적 모든 조건은 한 초 동안도 거르지 않고 진행되겠지! 생존경쟁이 있고 자연도태가 있고 네가 잘났느니 내가 잘났느니 하고 으르렁댈 것이다. 그러나 조만간 구데기의 낱낱이 해체가 되어서 원소가 되고 흙이 되어서 내 입으로 들어가고 네 코로 들어갔다가, 네나 내나 거꾸러지면 미구에

또 구데기가 되어서 원소가 되거나 흙이 될 것이다. 에잇! 뒈져라! 움도 싹도 없이 스러져 버려라! 망할 대로 망해 버려라! 사태가 나든지 망해 버리든지 양단간에 끝장이 나고 보면 그중에서 혹은 조금이라도 쓸모 있는 나은 놈이 생길지도 모를 것이다.'

나는 차가 떠나기 전에 자기 자리로 와서 드러누웠다. 어느덧 난로 옆으로 등 너머에 와서 누운 기생의 머리에서 가끔가끔 끼쳐 오는 머릿내와 향긋한 기름내, 분내를 코로 은은히 맡아 가며 눈을 감고 누웠었다.

'이것도 구데기 썩는 냄새이기는 일반이다!'

나는 이런 생각을 하여 보면서도 코를 막으려고는 아니 하였다. 차가 움직이기 시작하였다. 어느덧 잠이 소르르 왔다.

몇 번이나 눈을 떴다 감았다 하며 편치 못한 잠을 잔 둥 만 둥하고 눈을 떠보니까 긴긴밤도 흐지부지 훤히 밝았다. 으스스하기에 난로 앞으로 가서 불을 쪼이며 옆사람더러 물어보니 시흥에서 떠났다 한다.

인제는 서울도 다 왔구나! 고 생각하니, 그래도 반갑지 않을 수 없다. 영등포를 지나서 한강철교를 건널 때에는 대리석으로 은구를 놓은 듯한, 사람 그림자라고는 없는 빙판을 바라보고 무심코 기지개를 켜며 두 다리를 쭉 뻗었다. 용산역에까지 오니까 뒤의 기생이 일어나서 매무시를 만작거리고 곧 내릴 사람같이 나를 유심히 바라보며 머뭇거리다가, 차가 떠나려고 호각을 부는 소리를 듣고서 그대로 앉아 버렸다. 서울이 처음 길이라 마음이 불안해서 무엇을 물어보려고 그리하는지 수상하다. 내가 자기 자리로 와서 선반에서 짐을 내려놓고 내릴 채비를 차리는 동안에도 일거일동을 눈으로 좇으면서 무슨 말을 붙일 듯 붙일 듯하다가 입을 벌리지 못하고 마는 모양이다. 서울에 내려서 찾아갈 길을 묻자든지 무슨 까닭이 있는 것 같아서 이편에서 먼저 입을 벌리고 싶었으나, 대학 제복 제모에 경의를 표하기 위하여 모른 척해 버렸다.

기차는 남대문에 도착하였다. 집에서 나온 큰집 종형님과 짐을 나누어 들고 나와서 인력거를 타다가 보니, 그 기생은 길 잃은 아이처럼 길체로 비켜서서 우두커니 이쪽을 바라보고 있다. 걱정 아니 하여도 저 찾아갈 데로 찾아가겠지마는, 어떤 사정인지 이 추운 아침에 가엾어 보였다.

7

온밤 새도록 쏟아진 눈은 한 자 길이는 쌓였을 거라. 인력거꾼은 낑낑 매며 끄나 바퀴가 마음대로 돌지를 않는다. 북악산에서 내리지르는 바람은 타고 앉았는 사람의 발끝 코끝을 쏙쏙 쑤시게 하고, 안경을 쓴 눈이 어른어른하도록 눈물을 핑 돌게 한다. 남문 안 '신창'으로 나가는 술집 더부살이 같은 것이 굴뚝에서 기어 나온 사람처럼 오동이 된 두루마기 위로 치룽을 짊어지고 팔짱을 끼고 충충충 걸어가는 것이 가다가 눈에 띌 뿐이요, 아직 거리에는 사람 자취도 별로 없다. 불이 나가지 않은 문전의 외등은 졸린 듯이 뽀얗게 김이 어리어 보인다. 인력거꾼은 여전히 허연 입김을 헉헉 뿜으며 다져진 눈 위로 꺼불꺼불하며 달아난다.

나는 일 년 반 만에 보는 시가를 반가운 듯이 이리저리 돌려다 보고 앉았다가, 어느덧 머릿속에 아내의 가죽만 남은 하얗게 센 얼굴이 떠올랐다.

'이래도 남편이라구 기대리구 있을 테지?'

나는 이런 생각도 하여 보았다. 그러나 가엾은 생각이라고는 아니 난다. 도리어 별안간 아까 정거장에서 섭섭한 듯이 바라보고 섰던 대구 기생의 얼굴이 떠올랐다. 갸름하고 감숭한 얼굴, 무슨 불안을 호소하려는 듯한 그 눈.

'지금쯤 어디를 헤매이누? 말을 좀 붙여 보았더라면 좋았을걸!'

나는 추운 생각도 잊어버리고 멀거니 이런 생각을 하고 앉았다가, 우리 집에 들어가는 동리를 지나쳤다. 인력거꾼의 꾸지람을 들어가며 두어 간통이나 되짚어 내려와서 내렸다.

집안 식구들은 벌써 일어나서 세수까지 하고 앉아서 기다리고 있던 모양이다.

"공부두 중하지만 그렇게도 좀 아니 나온단 말이냐."

하며 어머님은 벌써부터 우는 목소리다.

"그래두 눈을 감기 전에 만나라도 보게 되었으니 다행이다."

하고 또 우신다. 과부가 된 뒤로 본가살이를 하는 큰누이도 훌쩍훌쩍하고 섰다. 작은누이도 덩달아서 눈을 부빈다. 뜰에서 멀거니 바라보고 섰던 큰집 사촌형수도 까닭 없이 돌아서며 행주치마로 콧물을 씻는 눈치다. 그래도 아버니만은 벌써 안방에 들어와 앉으셔서 잠자코 절을 받으셨다.

"아, 무엇 때문에 이렇게들 우셔요?"

나는 모친 앞에서도 여러 아낙네에게 핀잔을 주었다. 해마다 오면 어머니의 울고 맞아 주는 것이 귀찮다. 그러한 때에는 내 처도 으레히 제 방으로 피해 들어가서 훌쩍거리었다. 반갑다고 우는 것이겠지마는, 아내에게 있어서는 그런 것만도 아니었다. 나는 혼자서 눈물이 핑 돌 때가 없지 않지만, 남이 우는 것을 보면 도리어 웃어 주고도 싶고 무어라고 위로할 수도 없었다.

"좀 어떤 셈예요?"

인사가 끝난 뒤에 어머니에게 물으니까,

"그저 그렇지. 어서 들어가 보렴."

하며 어머니가 안방에서 나와서 건넌방으로 앞장을 서서 들어갔다.

"아가 아가! 서방님 왔다. 얘, 얘, 일본서 서방님 왔어."

혼수상태에 있던 병인은 눈을 슬며시 뜨고 시어머니의 얼굴을 바라
다보고 나서 곁에 앉은 나를 물끄러미 쳐다보더니, 까맣게 탄 입술을
벌리고 생그레 웃는 듯하더니, 깔딱 질린 눈에 눈물이 글썽글썽하여지
며 외면을 한다. 두꺼운 이불을 덮은 가슴이 벌렁거리며 괴로운 듯이
흑흑 느낀다.

"우지 마라, 우지 마라, 인제 낫는다."

어머니는 이렇게 달래면서도 역시 훌쩍거리며 나가 버리신다. 병풍
으로 꼭꼭 막고 오줌똥을 받아 내는 오랜 병인의 방이라 퀴퀴한 냄새에
약내가 섞여서, 밤차에 피로한 사람의 비위를 여간 거스르는 게 아니지
마는, 그래도 금시로 나가 버릴 수가 없어서 그 옆에 앉았었다.

"울지 말아요, 병에 해로우니."

나는 겨우 한마디 하고 무슨 말로 위로를 해야 좋을지 몰라서 벙벙히
앉았었다.

"중기, 중기 보셨소?"

병인은 눈물을 씻으며 겨우 스러져 가는 목소리로 한마디를 하고 나
를 쳐다본다. 곁에 앉았던 계집애년이 집어주는 수건을 받는 손을 볼
제, 나는 비로소 가엾은 생각이 났다. 가죽이 착 달라붙고 뼈가 앙상한

손이 바르르 떨리었다.

'저 손이, 이 몸에 닿던 포동포동하고 제일 귀여워 보이던 그 손이던가?'

하는 생각을 하여 보니 어쩐지 마음이 아프고 실쭉하여졌다.

"……난, 나는 죽는 사람이에요. 하, 하지만 저 중기만은……"

하며 또 기운 없이 입을 벌리다가 목이 메고 말았다. 그저 그 소리지마는 시원하게 울고 싶어도 기운이 진하여서 눈물만 쏟아지는 모양이다.

"그런 소리 말아요, 죽기는 왜 죽어. ……마음을 턱 놓고 있으면 나아요."

"인제는 더 살구 싶지두 않아요. ……어떻든 저것만은 잘 맡으세요……"

또다시 흑흑 느끼다가,

"……저것을 생각하니까, 하, 하루라두 더 살려는 것이지……"

하며 엉엉 목을 놓고 우나, 가다가다 목이 메어서 모기소리만큼 졸아들어 갔다.

나는 무어라고 대꾸를 하여야 좋을지 망단하였다. 죽어가면서도 자식 생각을 하는 것이 불쌍하기도 하고, 부질없는 일 같기도 하다. 오래 앉았으면 점점 더 울 것 같고, 또 사실 더 앉았기도 싫기에 나는 울지 말라고 달래면서 안방으로 건너와서, 아랫목에 깔아 놓았던 조선옷과 갈아입었다. 정거장에 나왔던 사촌형이 들어와서,

"사랑에서 부르시네."

하며 이르고 자기 방으로 들어간다. 이 형님은 종가의 장남으로 태어난 덕에 일평생 손 하나 까딱하지 않고 우리 집에서 사십 년을 지내 왔다.

그러나 이 형님에게 자식이 없는 것이 집안의 또 큰 걱정거리란다.

사랑에 나가서 깜짝 놀란 것은 김의관이 아버님 옆에 앉았는 것이다.

'언제부터 또 와서 있누?'

하며 어제 차 속에서 보던 금테안경을 생각하고 들어가서 인사를 하니까,

"잘 있었나? 내환이 위중해서 얼마나 걱정이 되나?"

하며 한층 더 점잔을 빼고, 양복은 입었으나 장죽을 물고 앉았다. 아랫목에 도사리고 앉으셨던 아버님은,

"거기 앉어라."

하며 그동안 병세의 경과를 소상히 이야기하며 무슨 탕(湯)을 몇 첩이나 썼더니 어떻게 변하고, 무슨 음(飮)을 몇 첩을 써보니까 얼마나 효험이 있었고, 무엇이 어떻게 걸리어서 얼마나 더치었다는 이야기를 기다랗게 들려 주셨으나 나에게는 무슨 소리인지 잘 알아들을 수가 없었다. 나는 가만히 듣고 앉았다가,

"그 유종(乳腫)은 총독부 병원에 가서 얼른 파종을 시켰더면 좋았을걸요?"

하며 한마디 하니까,

"요새 양의가 무어 안다던? 형두 그따위 소리를 하기에 죽여도 내 손으로 죽인다고 하였다만……"

하며 역정을 내셨다. 나는 잠자코 말았다.

안에 들어와서 급히 차려 주는 조반을 먹다가,

"김의관은 왜 또 와 있에요?"

하고 어머니께 물어보았다.

"집을 뺏기구 첩허구 헤어진 뒤에 벌써부터 와 있단다."

"그럼 큰집은 어떡하구요?"

"큰집은 있기야 있지만, 언제는 안 돌아다니나 보던. 더구나 셋방으로 돌아다니는 터에! ……매일 술타령이요, 사람이 죽을 지경이다."

하며 어머니는 눈살을 찌푸리셨다.

"그, 왜 붙여요?"

김의관에 대한 숭배심을 잃은 나는 그 반동으로 보기가 싫었다.

"왜 붙이는 게 뭐냐? 아버니께서는 이 세상에 김의관만한 사람이 없다고, 누가 무어라고만 하면 야단이시구, 꼭 겸상해서 잡숫다시피 하시는데……"

김의관은 합방통에 무슨 대신(大臣)으로 합방에 매우 유공한 서자작(徐子爵)의 일긴(一緊)으로서 그 서씨의 집을 얻어 들었는데, 서씨가 올여름에 죽은 뒤에는 집까지 뺏겼다는 것이다. 그러나 그 대신으로 서자작이 하던 사업-이라야 별다른 게 아니라 귀족들의 초상집 호상차지하는 것이지만, 이것만은 대를 물려받아서 한다는 소문이다.

"그건 고사하고, 여보, 김의관이 유치장에 들어갔다가 그저께야 나왔다우. 모닝코트를 입구, 하하하."

시험이 며칠 아니 남았다고 책상머리에 앉아서 무엇인지를 꼼지락꼼지락하고 앉았던 누이동생이 돌려다 보며 말참견을 한다.

"응? 허허, 그거 걸작이다! 헌데 무슨 일루?"

나는 김의관이 예전에 두 번이나 붙들려 가는 것을 따라가 본 일이 있느니만큼 유치장이란 말에 커닿게 웃었다.

"누가 아우. 밤중에 요릿집에서 부랑자 취체에 붙들려 들어갔다가 이주일 만에 나왔다우, 하하하……"

"허허허……"

나는 합병통에 헌병사령부에 가던 일을 생각해 보고,

"이번에는 누가 쫓아갔던?"

하며 또 한번 웃었다.

"아, 참 너두 밤출입 하지 마라. 요새는 부랑자 취체도 퍽 심한 모양인데……"

어머니는 곁에서 주의를 시킨다.

"왜 내가 부랑잔가요? 그런데 김의관이 유치장에서 나와서 무어라구 해?"

하며 누이더러 물어보았다.

"아버니께서는 누가 먹어 내기 때문에 들어갔다구 하시지만, 큰집 오빠가 그러는데, 요릿집에서 취체를 당하니까, 물론 독립운동자를 잡으려는 것인데, 김의관이 호기 좋게 정무총감에게 전화를 걸 테라구 법석을 하기 때문에 형사들은 더 아니꽈서, 웬 되지 않은 놈이 이 기승이냐고 곯려 주었나 보다던데요."

"넌 뭘 안다구 어른들 이야기를 그렇게 하니!"

어머니는 누이를 잠깐 꾸짖고 나시더니, 아랫방에서 중기가 깨었다고 안고 나오는 것을 받아 가지고 들어오신다.

"자아, 너 아범 봐라. 너 아범 왔다. 좀 봐라! 왜 인제 오셨소?"

어머니는 겨우 핏덩어리를 면한 조그만 고깃덩어리를 얼러 가며 나에게로 데미셨다. 처네에 싸인 바짝 마른 아이는 추워서 그러는지 두 팔을 오그라뜨리고 바르르 떨면서, 핏기 없는 앙상한 얼굴을 이리로 향하고 말끄러미 나를 쳐다보다가 으아 하며 가냘픈 목소리로 운다.

"그, 왜, 그 모양이에요?"

나는 눈살을 찌푸리며 고개를 돌렸다.

"왜 어떠냐? 모습이 너 닮아 이쁘지 않으냐? 인제 석 달쯤 된 게 그렇지. ……그러나 나면서 어디 에미 젖이라군 변변히 먹어 봤니. 유모를 한 달쯤 댔다가 나가 버린 뒤로는 똑 우유로만 길렀는데."

울음을 시작한 어린아이는 좀처럼 그치지를 않고 점점 더 발악을 한다. 파랗게 질리어서 두 발을 벋디딩거리고 배를 발딱발딱 쳐들어가며 방 안을 발깍 뒤집어 놓는다.

"에그, 이게 웬 야단이야?"

하며 누이는 보던 책을 덮어 놓고 눈살을 찌푸리며 마루로 홱 나가 버렸다. 나도 상을 밀어 놓고 총총히 일어났다. 사랑으로 나가서 건넌방에 들어가 담배를 피우며 누웠으려니까, 낯 서투른 청년이 하나 찾아왔다. 동경의 소할경찰서(所轄警察署)에서 지금 종로서로 인계를 하여 왔는데 다시 떠날 때까지 자기가 미행을 하게 되었다고 하면서,

"얼마 아니 계실 테지요? 늘 쫓아다니지는 않겠습니다. 가끔가끔 올 테니 그 대신에 문밖이나 시골을 가시거든 요 앞 교번소로 통기를 좀 해 주슈."

하며 매우 생색이나 내는 듯이 중언부언하고 가버렸다. 마음대로 하라고 하였다.

8

　삼사 일은 집구석에서 그럭저럭 세월을 보냈다. 아버니는 무슨 일이
그리 분주하신지 매일 아침만 자시면 김의관하고 나가셨다가 어슬어슬
해서야 약주가 취하여 들어오시기도 하고 친구를 한 떼씩 몰아 가지고
들어오시기도 하였다. 큰집형님한테 들으니, 요사이 동우회의 연종 총
회가 있어서 그렇다 한다.

　"그런 데 관계를 마시래도 한사코 왜 다니신단 말요? 모두 반미친놈
들이 모여서 협잡질들이나 하고 남한테 시빗거리만 장만하면서…… 공
연히 김의관이 들쑤셔 내서 엄벙뗑하고 돈푼이라두 갚아먹으려고 그리
는 것을 그걸 왜 짐작을 못 허셔?"

　"내가 아나? 평의원이라는 직함 바람에 다니시는 게지, 허허허. 그런
데 중추원 부찬의라두 하나 생길 줄 아시는지도 모르지."

　큰집형님은 이런 소리를 하며 웃었다.

　"중추원 부찬의는 벌써 철겨운 지가 언젠데? 설령 그게 된다기루 그
건 왜 하지 못해 애를 쓰신답디까? 참 딱한 일이야."

"그래두 김의관은 무엇이든지 하나 운동해 드리마든데, 하하하."

"미친 소리! 저두 못 하는 것을 누구를 시키구 말구. 흥, 또 유치장에나 들어가구 싶은 게로군?"

"그래두 김의관 말은 자기가 총독이나 정무총감하고 제일 긴하다는데, 하하하."

"서가의 집을 뺏겼으니까, 아버니께 알랑알랑하고 집이나 한 채 얻어 들려는 거지."

"허허허, 그런 집 있으면 나부터 줍시사 하겠네."

사실 이 큰댁 형님을 집 한 채 주어 세간을 내야 하겠다고 생각하였다.

동우회라는 것은 일선인(日鮮人)의 동화(同化)를 표방하고 귀족 떨거지들을 중심으로 하여 파고다공원패보다는 조금 나은 협잡배들이 모여서 바둑, 장기로 세월을 보내고 저녁때면 술추렴이나 다니는 회이다. 회의 유일한 사업은 기생연주회의 후원이나 소위 지명지사(知名之士)가 죽으면 호상차지나 하는 것이다.

"나는 요새 좀 바뻐서 약 쓰는 것도 자세히 볼 수 없고 하니, 낮에는 들어앉아서 잘 살펴보아라."

내가 도착하던 날 아침에 아버니께서 이렇게 이르시기도 하였고, 또 나간대야 급히 찾아가 볼 데가 있는 것도 아니기에, 들어엎드려서 큰집 형님하고 저녁때면 술잔 먹고 사랑구석에서 버둥거리고 있었지마는, 알고 보니 다니신다는 데라야 고작 동우회뿐이다. 병인은 하루 한번이고 두어 번 들여다보아야 더 나은 것 같지도 않고 더친 것 같지도 않고, 의사가 와서 맥인가 본 뒤에 방문을 내면 큰집형님이 쫓아가서 약봉지를 받아다가 끓여 디밀면 먹는지 마는지 하는 모양이다. 그래도 어머니께서만은 여전히 혼자 애를 쓰시나, 인제는 병구완에 지치시고 집안사람들의 마음도 심상하여져서 일과로 약시중만 하면 그만인 모양이다. 나부터 병구완을 해본 일이 없으니 어떻게 되어 가는지 대중을 모르겠다.

"그 망한 놈의 흰지 무언지 좀 그만두고 어떻게 다잡아서 약이나 잘 쓸 도리를 하셨으면 아니 좋을까."

하며 어머니께서 부친을 원망을 하시는 소리도 들었다.

"오늘두 또 나가우? 어젯밤부터는 좀 이상한 모양이던데……"

며느리를 들여다보고 나오시는 아버니를 쳐다보며, 어머니께서 책망하듯이 물으시니까,

"오늘은 좀 늦을지도 모를걸! 그리 다를 것은 없군."

하시고 나가시는 날도 있었다. 그러나 더하다는 날도 그 모양이요 낫다는 날도 제턱이다. 또 며칠 음산한 날이 계속하였다.

'어서 끝장이나 났으면!'

하는 생각이 불쑥 날 때에는, 정자의 생각이 반드시 뒤미처 머리에 떠올라 왔다.

'지금쯤 무얼 하고 있누? 경도로나 가지 않았나?'

하고 엽서를 띄운 것은, 서울 온 지 일주일이나 지난 뒤이었다.

정자에게 엽서를 부치던 날 저녁때에, 을라는 그동안 나왔나? 하고 인사 겸 병화의 집을 찾아가 보았다. 병화는 동경 유학시대에는 나의 감독자 행세를 하였을 뿐 아니라 비교적 정답게 지냈지만, 을라의 문제가 있은 후로는 그럭저럭 나하고 데면데면하여지기도 하고, 만나면 어쩐지 이렇다 할 표면적 별이유가 있는 것은 아니지마는 피차에 겸연쩍게 되었다. 더구나 이 사람 역시 지금 집에 있는 큰집형님의 이복동생

이기 때문에 형제간 자별하지도 못하려니와 우리 집에는 한 달에 한번쯤 들를 뿐이다.

나는 동대문 밑에서 전차를 내려서 아직도 눈에 녹은 땅이 질척거리는 길을 휘더듬어 들어가며, 눈에 익은 거리가 오래간만에 반가운 듯이 여기저기를 휘 돌아보았다. 작년 여름에는 여기를 날마다 대어 섰었다. 그때 을라는 천안 자기 집에는 가끔 다니러만 가고 서울 와서 이 집에 묵고 있었다. 나는 하루가 멀다고 이 집에 와서는, 밤이고 낮이고 을라와 형수를 데리고 문안을 헤매기도 하고, 달밤에 병화 내외와 을라를 따라서 탑골승방까지 가 본 것도 그때였다. 밤이 늦었다고 붙들면 마지못하는 척하고 묵은 일도 한두 번이 아니었었다.

'그러나 그때는 나도 참 단순하였어!'

나는 발자국 난 데를 따라서 마른 곳을 골라 디디며 속으로 그때 재미있게 놀던 것을 생각하여 보았다. 김장을 다 뽑아낸 밭에는 눈이 길길이 쌓이고 길가로 막아놓은 산 울[生籬]은 말라빠진 가지만 앙상하게 남았고 얽어맨 새끼도 꺼멓게 썩어 문드러졌다.

'그때에는 여기에 퍼런 호박덩굴, 외덩굴이 쫙 깔리고 누런 꽃이 건들거리었었겠다.'

벽돌담을 쌓은 어떤 귀족의 별장인가 하는 것을 지나서 좁은 길을 한 마장쯤 걸어가려니까, 오른편은 낭떠러지가 된다.

'응, 저기가 자던 날 아침이면 나와서 세수도 하고, 달밤에 나와서 을라와 수건을 잠가 놓고 물튀기를 하던 데로군.'

하며 바위 밑을 내려다보니까, 물이 말랐는지 얼음눈이 허옇게 뒤집어 씌어 있다. 병화 집에는 마침 주인도 돌아와 들어 있었다.

"언제 나왔나? 나왔다는 말은 들었지만. 한번 간다면서 자연 바뻐서……"

하며 양복을 입은 병화는 방에서 튀어나왔다. 지금 막 들어온 모양이다.

"아씨는 좀 어떠세요?"

하며 형수도 반가운 듯이 어린아이를 안고 나와서 인사를 한다.

"명이 길면 살겠지요. 하나를 낳아 놓으니까 신진대사로 하나는 가야지요."

하고 나는 방으로 따라 들어갔다.

"에그, 흉한 소리두 하십니다."

"아, 참, 좀 차도가 있으신 모양인가? 처음부터 양의를 대어 가지고 수술을 한 뒤에 한약을 들이댄다든지 하였더면 좋았을걸. ……언젠가 그런 말씀을 하였더니 아버니께서는 펄쩍 뛰시는 모양이시기에 시키지 않은 참견은 하기가 싫어서 그만두었지만……"

"나 역시 하시는 대루 내버려 두지. 지금 어쩌니어쩌니 한들 쓸 데두 없구, 제 계집이니까 어쩐다구 하실까 봐서 되어 가는 대루 내버려 두지. 하지만 며칠 못 갈 듯싶어."

"그래서 어쩝니까?"

형수가 웃으면서 눈살을 찌푸린다. 한참 병인의 이야기를 하다가 나는 생각난 듯이,

"아, 그런데 을라 오지 않았에요?"

하고 형수를 쳐다보았다.

"아뇨, 왜, 나왔대요?"

하고 형수는 나의 얼굴을 살피듯이 쳐다본다. 병화는 못 들은 체하고

일어나서 양복을 벗기 시작한다.

"아뇨, 글쎄, 나왔는가 하구요."

"아뇨."

하며 형수는 생글생글 웃다가 끼고 앉은 어린애를 들여다보고 말았다. 나는 어쩐지 온 것을 속일 것은 무언구? 하며 불쾌하였다.

"오는 길에 신호에 들렀더니, 부득부득 같이 가자는 것을 떼어 버리고 왔는데, 이삼일 후에는 떠나겠다 했으니까 벌써 왔을 텐데요."

하며 숨길 것이 무어냐는 듯이 불쾌한 내색을 보였다.

"네에, 하지만 바쁘신 길인데 거기는 어째 들르셨에요?"

하고 형수는 책망하듯이 묻는다.

"심심하기에 들렀다가 형님께 소식이라두 전해 드리려구요."

하며 나는 슬쩍 웃어버렸다. 형수도 기가 막힌 듯이 웃어버린다.

"미친 소리로군. 내가 을라 소식 알겠다던가?"

병화는 옷을 갈아입고 자기 자리로 와서 앉으며,

"그 무어 없지? 무얼 좀 사오라구 하지."

하며 아내와 대접할 의논을 한다.

"아, 난 곧 갈 테에요. ……그런데 작년 생각하십니까?"

하며 나는 짓궂이 종형수에게 을라의 이야기를 꺼냈다. 형수는 얼굴이 발개지며 픽 웃고 말았다. 나도 상기가 되는 것 같았다.

"자네두 퍽 변하였네그려?"

병화는 을라가 하던 말과 똑같은 소리를 하고 나를 쳐다보았다. 그전 같으면 을라하고 아무 까닭은 없어도 누가 을라란 을 자만 물어보아도 얼굴이 발개지던 사람이 되짚어서 을라의 이야기를 태연히 하고 앉았는 것이 병화에게는 다소 불쾌하기도 하고 이상쩍은 모양이다.

　종형수는 일 년 전에 무슨 실수가 생길까 보아 두 틈바구니에 끼여서 혼자 마음만 졸이고 있던 일을 머리에 그려 보는지 한참 말없이 앉았다가,

　"그래, 공부는 잘해요?"

하고 묻는다.

　"그저 여전하더군요. 무어 노자 오기를 기다리고 있나 보던데 보내 주셨나요?"

하며 모자를 들고 일어서려니까,

　"조금만 앉었어. 좋은 술이 한 병 생겼으니 한잔하구 가란 말이야. 어디 나가서 할까?"

　"술이 웬 거요? 아, 참 올가을에 한 동 올랐답디다그려? 그러지 않아도 한턱 해야 하지 않소?"

하고 내가 웃으니까, 병화는 매우 유쾌한 듯이 따라 웃다가,

　"어쨌든 앉어요. 누가 양주를 한 병 선사를 하였는데……"

하며 묻지도 않은 말을 끌어낸다. 아닌 게 아니라 한 동 올라간 덕에 그런지 집안 세간도 그전보다는 는 모양이다. 윗목에 양복장도 들여놓고 조끼에는 금시곗줄도 늘이었다. 아버니가 보내 주시던 넉넉지 않은 학비를 가지고, 한 칸 방에 들어엎드려서 구운 감자를 사다 놓고 혼자 몰래 먹던 옛날을 생각하면 여간한 출세가 아니다. 나는 더 앉아서 이야기를 하고 싶었으나, 늦으면 귀찮기에 병인 핑계를 하고 나와 버렸다.

　해가 거진 다 떨어진 뒤에 집에 들어와 보니, 사랑에는 벌써 영감님들이 채를 잡고 앉아서 술상이 벌어졌다. 그럴 줄 알았다면 좀 늦게 들

어올걸-하며 안으로 들어가 보니까 저녁밥 때에 술 치다꺼리가 겹쳐서 우환 있는 집 같지도 않게 엉정벙정하고 야단이다.

"사랑에 누가 왔니?"

나는 마루로 올라오며 약두구리를 올려놓은 화로에 부채질을 하고 앉았는 누이더러 물으니까,

"누가 아우? 차지가 또 왔단다우."

하며 깔깔 웃는다.

"뭐, 그게 무슨 소리냐?"

"자네 차지도 모르나? 일본 가서 그것도 모르다니, 헛공부 했네그려, 허허허."

술이 얼근하게 취해서 축대 위에 섰던 큰집형이 놀리듯이 웃으며 쳐다보았다. 여편네들도 깔깔 웃었다.

"차지라니 누구 집 택호요? 내 차지(次知) 네 차지 말요?"

"그건 조선 차지지. 버금 차(差) 자하고 지탱 지(支) 자의 차지(差支)를 몰라?"

하며 또 웃는다. 나는 무슨 소리인지 몰라서,

"그래 일본 차지가 어떻했어?"

하고 덩달아 웃었다.

"일본 말로 붙여보시구려."

이번에는 누이가 웃는다.

"사시쓰카에(差支)란 말이지?"

"잘 알았네!"

하고 또들 웃는다.

지금 사랑에 온 손님이 김의관의 '봉'인데, 처음에 찾아왔을 때에 방으로 들어오라니까 들어가도 관계없느냐는 말을 가장 일본 말이나 할 줄 안다는 듯이,

"차지 없습니까?"

고 한 것을 큰집형이 옆에서 듣고 앉았다가 나중에 김의관더러 물어보니까, 그것이 일본 말로 이러저러한 뜻이라고 설명을 하여 준 것을 듣고, 안에 들어와서 흉을 보기 때문에 어느덧 '차지'라는 별명을 얻게 된 것이라 한다. 집안에서들은 코빼기도 못 보고 이름도 모르면서 '차지 차지' 하고 부르는 모양이다.

"미친 영감쟁이로군! 무얼 하는 사람인데 그래?"

나는 다 듣고 나서 큰집형더러 물어보았다.

"지금 세상에 오십이 넘어서 하긴 무얼 한단 말인가? 김의관한테 빨리러 다니는 위인이지. 그는 그렇다 하고 한잔 안 하겠나?"

하며 큰집형은 자기가 한잔 내듯이 아내더러 술상을 보라고 분부를 한다.

"또 먹어요? 형님이나 자슈."

"자네야 언제 먹었나? 나는 한잔 했지만."

나는 먹고도 싶지만 조선에 돌아오면 술이 금시로 느는 것이 걱정이었다. 조선 와서 보아야 술이나 먹고 흐지부지하는 것밖에는 사실 할 일이 없다는 것도 무리가 아닐 것 같기도 하지마는, 생각하면 조선 사람이란 무엇에 써먹을 인종인지 모르겠다. 아침에도 한잔, 낮에도 한잔, 저녁에도 한잔, 있는 놈은 있어 한잔, 없는 놈은 없어 한잔이다. 그들이 이렇게 악착한 현실 앞에서 눈을 감는다는 것은 그들에게 무엇보다도 가치 있는 노력이요, 그리하자면 술잔밖에 다른 방도와 수단이 없

다. 그들은 사는 것이 아니라 목표도 없이 질질 끌려가는 것이다. 무덤으로 끌려간다고나 할까? 그러나 공동묘지로는 끌려가지 않겠다고 요새는 발버둥질을 치는 모양이다. 하여간 지금의 조선 사람에게서 술잔을 뺏는다면 아마 그것은 그들에게 자살의 길을 교사(敎唆)하는 것일 것이다.

부어라! 마셔라! 그리고 잊어버려라-이것만이 그들의 인생관인지 모르겠다.

"그럼 한잔하십시다."

하며 나도 끌리고 말았다. 큰집형을 안방으로 청하여 저녁상을 마주 받고 앉으니까, 어머니께서 다가앉으시면서,

"아까 김의관의 친구가 천(薦)이라면서 용한 시골의원이 있다고 해서 들어와 보았는데, 또 약을 갈아 대면 어떻게 될는지? ……"

하며 못 믿겠다는 듯이 나를 바라보셨다.

"김의관의 친구가 누구예요?"

"차지 말일세."

잔이 나기를 기다리고 앉았던 큰집형님이 대신 대답을 하였다.

"차지라는 소리나 하고 다니는 위인이면, 그까짓 게 무얼 안다구? ……"

하며 내가 눈살을 찌푸리니까,

"글쎄 말일세. 김의관이나 차지가 진권한 것이 된 게 있을 리가 있나?"

"어떻든 나는 모르니까 아버님께 잘 여쭈어 보구 하십쇼그려."

"난 모른다면 누가 안단 말이냐? 아버니는 밤낮 저 모양으로 돌아다니시거나 술로 세월을 보내시고……"

어머니는 나는 모르겠다는 말이 매우 귀에 거슬리고 화증이 나시는 모양이다.

"글쎄 내야 무얼 알아야죠. ……그래 지금 그 의원이란 자를 대접하는 것이에요?"

"그건 그런 게 아니란다네. 김의관이 일전에 유치장에 들어갔었다지 않았나?"

하며 큰집형이 대답을 한다.

"글쎄 그랬다는군요."

"그런데 잡혀가던 날이 바로 차지가 한턱을 내던 날인데, 그러한 횡액에 걸려서 미안하게 되었다고, 나오던 이튿날 차지가 또 한턱을 내었다나. 그래서 오늘은 김의관이 베르고 베르다가 어디 가서 돈을 만들었는지 일금 오 원야라를 내놓고 지금 한턱 쓰는 모양이라네. 그런데 의원이란 자는 말하자면 곁두리지."

"차진가 무언가 하는 자는 무엇 하는 자길래 두 번씩이나 턱을 내어가며 그렇게 김의관을 떠받치더람?"

"그게 다 김의관의 후림새지. 자세한 것은 몰라두 저희끼리 숙덕거리는 소리를 들으면 군수나 하나 얻어 하든지, 하다못해 능참봉이라도 하나 얻어걸릴까 하구 연해 돈을 쓰며 따라다니나 보데. 그런 놈이 내게 두 하나 얻어걸렸으면 실컷 빨아먹구 혹 불어세겠구먼……하하하."

큰집형은 이따위 소리를 하고 취흥에 겨워 웃었다. 옆에 앉으셨던 어머님은,

"그것두 입담이 좋다든지 재주가 있어야지 아무나 되는 줄 아는군."

하며 웃으셨다.

"응! 그래서 일본 말 하는 체를 하고 차지를 휘두르며 다니는구마는 김의관 주제에…… 군수, 참봉은 땅에 떨어졌던가!"

나는 하도 어이가 없어서 이렇게 한마디 하고 술잔을 내주며,

"그래 그 틈에 아버니께서두 끼셨나요?"

하며 물으니까,

"아닐세, 천만에. 김의관이 그런 일야 변변히 이야기나 한다던가. 먹을 자국야 혼자 끼구 돌지. 또 그러나 지금 세상에 협잡꾼 아니구 술 한잔이나 입에 들어간다던가? 김의관만 나무라면 뭘 하겠나?"

하고 큰집형은 매우 김의관의 생화가 부럽기도 한 모양이다.

술이 취하여 가니까 독한 것이 비위에 당기어서 어머니께서 그만 먹고 어서 밥을 뜨라시는 것도 안 듣고 나는 차 속에서 먹다가 남겨 가지고 온 위스키를 가져오라고 해서 따랐다.

"얘는 병구완하러 오지 않구 술만 먹으러 왔나. 죽어가는 병인은 뻗어뜨려 놓고 안팎에서 술타령들만 하구……응!"

하며 어머니께서는 한숨을 쉬시고 밥상을 받으셨다. 생각하면 그도 그렇지마는 하는 수 없는 일이다.

"참, 아까 병화 형한테 갔더니 양주가 생겼다구 붙드는걸……"

나는 양주를 보니까 생각이 나서 이런 말을 꺼냈다.

"응! 잘들 있던가? 그놈 주임대우인지 뭔지 했다면서 돈 한 푼 써보란 말도 없구……"

얼쩡하여진 큰집형은 또 아우의 시비를 꺼내려는 모양이기에 나는,

"맽겼습디까. 주면 주나 보다 안 주면 안 주나 보다 할 뿐이지, 시비는 왜 하슈. 저도 살아가야지."

하며 말을 막아 버렸다.

"그래 아우에게 얻어먹어야 하겠나? 삼촌이나 사촌에게 비럭질을 해야 하겠나?"

"형편 되어 가는 대로 하는 거 아니겠소."

"계집은 둘씩이나 데리구, 그래 명색이 형이라면서 모른 체해야 옳단 말인가?"

하며 소리를 빽빽 지른다.

"계집이 둘이라니요?"

"아, 그 을라라든가 하는 미친년의 학비를 대어 주나 보던데! 그저껜가 잠깐 들렀더니 벌써 불러내 왔나 보더군."

"네, 와 있에요?"

나는 놀랄 것도 없으나 아까 병화댁이 웃기만 하고 말을 시원히 안 하던 것을 생각하면 역시 불쾌하다. 그러나 그 집 형수가 나와 을라가 교제하는 것을 은근히 막으려는 것은 작년부터의 일이다. 한때는 오해도 없지 않았지마는 일전 을라의 말을 들으면, 그 집 형수가 그런 태도를 취하는 데는 여러 가지로 생각되는 점이 없지도 않다. 지금 이 형님의 말을 들으면 병화와 벌써 전부터 그렇지 않은 사이 같기도 하지마는, 을라의 말 같아서는 병화댁은 친한 동무지마는 이 씨 집에 들어오게 하고 싶지 않다는 단순한 의미로 막는 것인지도 모를 일이다. 더구나 작년만 해도 아내가 시퍼렇게 살아 있으니 으레 그랬을 것이다. 또 이번은 내가 신호에 들러서 만나고 왔다니까 한층 더 경계를 하느라고 만나지도 못하게 하려는 눈치인 듯도 싶다. 혹은 아내가 죽게 되었으니까 딴생각을 먹고 신호까지 찾아갔는가 하는 의심이 있어 그러는지도

311

모를 일이다. 그러나저러나 나의 을라에 대한 향의는 작년에 멋모르고 덤비던 첫 서슬과는 지금은 딴판이다. 문제도 아니 되는 것이다.

"그래 정말 학비를 대나요? 박봉 받아 가지고 웬 돈이 자랄라구요?"

을라에게 전부터 학비를 대는 사람이 따로 있는 것을 나도 짐작하는 터이기에 채쳐 물었다.

"글쎄 자세한 내용야 누가 아나마는, 안에서들 그런 이야기들을 하기에 말일세!"

나는 그러면 그렇지! 하는 생각을 하였다. 안에서들 공연히 그러는 것이지, 다른 것은 몰라도 그 점만은 을라의 말이 진담일 것이라고 생각하였다.

그 이튿날이던가, 병화댁이 병 위문 오는 길에 을라를 데리고 왔었다.

"어제 저기 오셨더라지요. 오늘 아침 차에 들어와서 동무 집에 짐을 두고 놀러 갔다가 잠깐 뵈러 왔습니다."

하고 묻기도 전에 발뺌을 하는 것이었다.

나는 구태여 변명을 듣자는 것도 아니요, 무슨 흥미를 느끼는 것도 아니었다. 그러나 병화댁이나 을라나 제각각 그 무엇을 변명하려고 하는 눈치는 나도 잘 알아차렸다.

9

민주를 대면서도 하루바삐 납시사고 축원을 하고 축원을 하면서도 민주를 대던 병인은 그예 숨이 넘어가고 말았다. 김의관이나 차지가 댄 의원의 약이 맞지를 않아서 그랬든지 죽을 때가 된 뒤에 횡액에 걸려드 느라고 그 의원이 불쑥 뛰어 들었든지는 모르지마는, 그 약을 쓴 지 이 틀 만에 죽고 말았다. 누구보다도 어머니께서 가엾어 하시고 섧게 우셨다. 사람의 정이란 서로 들면 저런 것인가? 하여 보았다. 어머니 말씀마따나 시집이라고 왔어야 나하고 살아 본 동안이 날짜로 따져도 몇 달이 못 될 것이다. 내가 열셋, 당자가 열다섯에 비둘기장 같은 신랑방을 꾸몄으니까, 십 년 동안이나 시집살이를 한 세음이나 내가 열다섯 살에 일본으로 달아난 뒤로는 더구나 부부라고 말뿐이다. 섣달그믐날에 시집온 새색시가 정월 초하룻날에 앉아서 시집온 지 이태나 되었다는 세음밖에 아니 된다.

"그러나 하는 수 없지 않아요. 그것도 제 팔자니까."

어머니께서 불쌍하다고는 우시고 우시고 할 때마다, 나는 냉정히 이렇게 대답을 하였다.

죽던 날 밤중이었다. 사랑 건넌방에서 널치가 되어서 한잠이 깊이 들어가는 판에 '여보게 여보게' 하며 깨우는 바람에 눈을 떠보니까, 큰집 형이 얼굴이 해쓱하고 두 눈이 똥그래져서 아무 말 않고,

"일어나게, 어서 일어나 안에 좀 들어가 보게."

하며 앞에 섰었다. 나는 '인젠 그른 게로구나!' 하며 옷을 걸치고 따라나섰다. 저편 방에서 주무시던 아버님도 창황히 나오셨다. 안으로 들어가서 건넌방을 들여다보니 온 집안 식구가 조그만 방에 그득히 들어섰다. 어머니는 염주를 돌려 가며 나무아미타불을 중얼중얼 외시며 자리를 비켜 주시고 병인의 얼굴 앞으로 가라고 손짓을 하셨다. 아무도 입을 벌리는 사람은 없이 무슨 장숙(莊肅)하거나 그렇지 않으면 이로부터 시작되려는 보지 못하던 일을 구경이나 하듯이 숨도 크게 쉬지 못하고 우중우중 늘어섰다. 나는 하라는 대로 병인 앞으로 가서 앉으면서 그저 숨을 쉬나? 하고 손을 코에다가 대어 보니까 따뜻한 김이 살짝 힘없이 끼치었다.

"언제부터 그래?"

하며 아버님도 잠깐 문을 열고 들여다보시는 기척이었다. 병인의 목은 점점 재어지게 발랑거린다. 감았던 눈을 실만큼 떠서 옆에 앉은 내게로 향하더니, 별안간 반짝 뜨며 한참 노려보다가 다시 감는다. 나는 머리 끝이 쭈뼛하고 가슴이 선뜩하였다. 나를 원망하는 것이나 아닌가 하며 정이 떨어졌다. 누운 사람은 당장 숨이 콕 막히는 것 같더니 방긋이 벌린 입가에 이번에는 생긋하는 웃음빛이 보이는 것을 보고 나는 비로소 마음을 놓았다.

나는 어머님이 이르시는 대로 지금 데워서 들여온 숭늉 같은 미음을 한술 떠서 열린 둥 만 둥한 입술에 흘려 넣었다. 병인은 또 한번 눈을 힘없이 뜨더니 곧 다시 감는다. 또 한 술 떠서 넣었다. 병인은 한 숟가락 반의 미음이 흘러 들어가던 입을 반쯤이나 벌리더니, 가죽만 남은 턱을 쳐들면서 입에 문 것을 삼키려는 듯이 고개를 뒤로 젖히고 두어 번이나 연거푸 안간힘을 쓴다. 목에서는 담이나 걸린 듯이 가랑가랑하는 소리가 모기소리만큼 났다.

　여러 사람들은 눈을 한층 더 크게 뜨며 고개를 앞으로 내미는 듯하고 들여다보았다. 어머님은 여전히 염불을 부르시면서 베개 위로 넘어가려는 머리를 쳐들어 놓으셨다. 베개를 만지시던 어머님의 손이 떨어지자 깔딱 하는 소리가 겨우 들릴 만치 숨소리도 없는 환한 방에 구석구석이 잔잔하게 파동을 치며 문틈으로 흘러나갔다. ……이것이 모든 것이었다. 이 이상 아무것도 없었다. 다만 나는 이상할 뿐이었다. 대관절 이것이 죽음이라는 것인가 하며 눈을 꼭 감은 하얀 얼굴을 물끄러미 들여다보고 앉았었다. 가엾은지 슬픈지 아무 생각도 머리에 떠오르지는 않았으나, 나를 쳐다보던 그 눈! 방긋한 화평스러운 그 입이 머릿속에서 오락가락하는 일편에, 내 손으로 미음을 떠 넣어 준 것만이 무슨 큰일이나 한 것같이 유쾌하였다. 어머님은 윗입술을 쓰다듬어서 입을 닫게 하여 주시고 가만히 들여다보시더니, 염주를 들고 눈물을 뚝뚝 흘리셨다.

　나는 벌떡 일어나서 사랑으로 나왔다. 책상머리에 기대어 담배를 피워 물고 앉았으려니까 큰집형님이 데리고 온 양의가 허둥지둥 들어왔다. 마침 아는 의사이기에 들어와서 녹여 가라고 하였더니, 죽었다는 말을 듣고는 부정이나 타는 듯이 뺑소니를 쳐 가 버린다. 사망진단서니 뭐니 성이 가신 일이나 맡을까 보아서 그런지, 의사도 주검이란 싫어서 그런지 나는 속으로 코웃음을 쳤다.

이튿날 어둔 뒤에 김천형님 내외가 딸까지 데리고 올라온 뒤에는 나도 모든 것을 쓸어맡기고 사랑에 나와서 담배만 피우며 가만히 누웠었다. 미음 한 술 떠 넣어 주려 나왔던가 생각하면 공연히 온 것 같았다. 그러나 시체를 청주까지 끌고 내려간다는 데에는 절대로 반대하였다. 오일장이니 어쩌니 떠벌리는 것도 극력반대를 하여 삼일만에 공동묘지에 파묻게 하였다. 처가 편에서 온 사람들은 실쭉해 하기도 하고 내가 죽은 것을 시원하나 아는 줄 알고 야속해 하는 눈치였으나, 나는 내 고집대로 하였다.

그러나 초상 중에 또 한 가지 나의 고통은 눈물이 아니 나오는 울음을 울라는 것이었다. 이것도 처가붙이끼리라든지 집안식구들까지 뒷공론을 하는 모양이나, 파묻고 들어올 때까지 나는 눈물 한 방울을 흘릴 수가 없었다.

"팔자가 사납거든 계집으로 태어날 거야. 어쩌면 눈물 한 방울 안 흘리누? ……"
하며 과부댁 누이가 마루에서 나더러 들어 보라는 듯이 한마디 하니까, 김천 형수가,

"남편네란 다 그렇지. 두구 보시구려. 달이 가시기도 전에 여학생을 끌어들이실 거니."
하며 소곤거리는 것을 나는 안방에서 혼자 밥을 먹으며 들었다. 나는 속으로 웃었다.

"너도 내년 봄이면 졸업이지? 인젠 어떻게 할 세음이냐? 곧 나와서 무어라두 붙들 모양이냐? ……더 연구를 하련?"

장사 지낸 지 이틀 만에 사랑에서 아침을 같이 먹다가, 조용한 틈을 타서 형님은 불쑥 이런 소리를 꺼냈다.

"글쎄, 되어 가는 대로 하죠. 하지만 무어든지 내 일은 내게 맡겨 두시는 게 좋겠죠."

나는 이렇게 우선 한마디 해놓고 나의 계획을 대강 말하였다. 그리하여 자식은 요행히 잘 자라면 김천형님이 데려가거나, 만일 김천형님이 아들을 낳게 되면 큰집형님이 데려가는 대신에, 내 앞으로 오는 것이 다소간 있을 것이니, 그 반분은 양육비와 교육비로 제공하되 장성할 때까지 김천형님이 보관하기로 김천형님과만 내약을 하여 두었다. 간단한 일이지마는 이렇게 수편하게 끝이 나니까, 한시름 잊은 것 같고 새삼스럽게 자유로운 천지에 뛰어나온 것 같았다.

그동안 청명한 겨울날이 계속하더니 오늘은 또 무에 좀 오려는지, 암상스런 계집이 눈살을 잔뜩 찌푸린 것처럼 잿빛 구름이 축 처지고 하얗게 얼어붙은 땅이 오후가 되어도 대그락거리었다. 사랑은 무거운 침묵과 깊은 잠에 잠긴 것같이 무서운 증이 날 만큼 잠잠하다. 김의관은 자기가 칭원이나 들을까 보아서 제풀에 미안하여 그러는지, 그저께 발인 때 잠깐 눈에 띈 뒤로는 보이지를 않는다.

우중충한 사랑방에 온종일 혼자 가만히 드러누웠으려니까 무슨 무거운 돌멩이나 납덩어리로 가슴을 내리누르는 것 같았다. 상처를 하였다해서 별안간 섭섭하거나 설운 생각이 나서 그런 것도 아니요, 아이들이 없어서 조용한 집안이 초상 뒤에 한층 더 쓸쓸하여진 것 같아서 그런 것도 아니다. 혹시는 세계대전이 끝나고 세상은 떠들썩하며 무슨 새로운 희망에 타오르는 것 같건마는, 조선만은 잠잠히 쥐 죽은 듯이 들어엎디어서 그저 파먹기나 하며 버둥버둥 자빠져 있고, 눈에 보이지 않는 무슨 무거운 뚜껑이 꽉 덮여 있는 것 같아서 답답한 것인지도 모르겠다. 그러나 또다시 생각하면 아내가 죽어가는 꼴을 마주 앉아 보았으니만치 어느 때까지 그것이 머리에서 떠나지를 않고 지난 일이 곰곰 생각이 나서, 가엾은 추회(追懷)가 새삼스럽게 머리에 떠올라서 기분이 무거운 것도 사실이었다. 살아 있을 때에는 죽거나 말거나 될 대로 되라고 냉담하였지마는, 파묻고 들어와 보니 역시 한구석이 허전한 것 같고 지난 일이 뉘우쳐지는 것도 있는 것이었다. 아내가 살아 있을 때에는 꿈에도 생각지 못하던 가엾은 생각이, 동정하는 마음이 유연히 마음속에 괴어 오르는 것을 깨달았다.

'에잇, 하여튼 한시바삐 빠져 달아나자!'

나는 부친과 형님이 들어오시면 오늘 저녁차로라도 떠나 버릴 작정으로 건넌방으로 건너가서 가방 속을 정리하고 앉았으려니까, 어느 틈에 왔던지 안에서 병화댁과 을라가 인사를 나왔다.

"얼마나 섭섭하시구 언짢으십니까?"

을라는 위문이라느니보다도 젊은 남편의 상처란 그저 그런 거라는 듯이 생긋 웃으며 다시 장가갈 치하를 하는 듯한 어조다.

"죽은 사람이야 가엾지만, 생자필멸이니 하는 수 없지요."

나는 금방 비로소 죽은 아내가 가엾다는 생각을 하고 난 끝이라 도리어 정중히 이렇게 대거리를 하며, 사랑에 올라올 리는 없지마는 인사로 올라오라고 하였다.

"그래두 섭섭하시겠죠?"

을라는 이런 소리를 하며 말똥히 나의 기색을 살피려는 눈치다. '그래두 섭섭'이란, 인사답지 않은 인사지마는, 나는 웃고 말았다.

"언제 떠나십니까? 이번엔 꼭 같이 가세요."

인사를 온 것이 아니라 동행하자고 맞추러 온 것 같은 수작이다.

"오늘 저녁이라두 떠날까 하는데 함께 나서시겠나요? 동행을 해주시면 심심치도 않고 매우 좋기야 하겠지만."

나는 실없이 웃어 보였다.

"아, 그렇게 서두르실 게 뭐예요?"

을라가 놀라는 소리를 하려니까 한걸음 뒤처져 안에서 나온 병화가 다가오며,

"뭐, 오늘 떠나?"

하고 알은체를 하다가, 오늘 떠나든 말든 자기 집으로 가서 저녁이나 같이 먹자고 발론을 한다.

"아무려면 오늘 떠나시게 되겠에요? 아무것도 없지만 잠깐 가시죠."

병화댁도 옆에서 권한다. 자기네끼리 오늘 나를 찾아 인사도 하고 위로삼아 저녁 대접을 하려고 의논이 된 모양이다. 그러나 나는 그런 한가로운 기분이 나지를 않았다. 또 그것이 병화 내외로서는 을라에 대한 자기네끼리의 입장을 명백히 하려는 기회를 만들려는 뜻인지도 모르겠고, 을라는 을라대로 딴생각이 있는지 모르나, 나는 그런 것이 도리어 성가신 생각이 났다. 하여간 이 사람들의 이러한 눈치로만도 나는 작년 이래로 지나치게 오해였던 것이 풀린 것은 기쁘고 마음이 거뜬하여진 것 같았다.

마루 끝에서 실랑이를 하다가 이 사람들을 돌려보낸 뒤에 나는 짐을 다시 싸기 시작하였다. 서류를 정리하다가 가방 속에서 나온 정자의 편지를 다시 한번 펴보았다. 이것은 초상 중에 온 것을 대강 보고 집어넣어 두었던 것이다.

……과장 없는 말씀으로, 저는 이제야 겨우 악몽에서 깨어나서 흐리터분하고 어리둥절하던 제정신이 반짝 든 듯싶습니다. 오랜 방황에서 이제야 제 길을 찾아든 것도 같습니다. 그렇다고 무슨 신앙을 붙든 것도 아니요, 생활의 도표를 별안간 잡은 것은 아닙니다마는, 언젠가 말씀처럼 고민은 역시 제 길, 저 살 길을 열어 주고야 말았는가 합니다. ……반년 동안 레스토랑의 경험은 컴컴하고 끈적끈적한 생활이었습니다마는 그래도 저는 그 생활 속에서 새 길을 찾았는가 싶습니다. 인간 수양, 세간 수양이 조금은 되었는가 합니다. 만일 내가 지금 지향하는 길로 나갈 수 있다면 M헌에서의 반년 동안 얻은 문견이 무슨 모토가 될지도 모르겠지요. 그러나 그보다도 그동안에 당신을 만나 뵈었다는 것은 저의 일생에 잊지 못할 새로운 기록이었겠지요. ……

정자의 편지는 저번 내가 부친 엽서의 답장이나, 매우 희망과 감격에 찬 기분으로 씌었다. 동경역에서 헤어질 때 경도로 갈 듯하다더니 역시 설[正初] 전으로 M헌을 하직하고, 경도 고모 집으로 갈 작정이라는 것이다. 그리고 고모 집에를 가면 소원대로 이번 신학년부터는 동지사대학 여자부에 입학할 예정이라 한다. 아마 저의 본집과도 양해가 되어 학비도 나오게 되고, 제 자국에 다시 들어설 눈치인지 모르겠다. 저의 집이 경도, 대판에서 뱃길[船路]로 대여섯 시간이면 건너서는 사국(四國) 고송 (高松)이라는 데에서 해물상을 한다는 말은 들었지마는, 경도에 가서 동 지사대학에 들어갈 준비를 할 터이라는 말을 듣고 보니, 나는 동경서 떠나 올 제 목도리를 사다가 함부로 허리춤에 찔러 주고 온 것을 생각 하고, 혼잣속으로 찔끔하는 생각이 들며 혼자 얼굴이 뜨뜻해 왔다. 물 론 보통 카페 걸로 여긴 것은 아니지마는 좀 너무 함부로 한 것 같아야 열적은 생각이 드는 것이다. 저의 집이 얼마나 잘살거나 그것야 알 바 아니지마는 대학까지 가려는 생각인 줄은 몰랐던 것이다.

……인생은 오뇌로 쌓아 올라가는 것인가 봅니다. 아니 번민, 오뇌로 쌓아 올라가는 노력이 있어야 할 것인가 합니다. 왜 이 말씀을 하는고 하니, 당신이 너무나 인생 문제와 사회 문제에 대하여 자기의 불만 불 평보다는 더 큰 것을 위하여 애쓰시는 것이 가엾어 그럽니다. 민족의 운명에 대해서 번민하시고 오뇌하시기 때문에-또 저는 거기에 경의를 느끼기 때문에 이런 말씀을 하고 싶은 것입니다. 고진감래라는 그런 속 된 말로가 아니라 괴로움을 알아야 사람은 거듭나는가 합니다. 일본의 남자들은 너무나 괴로움을 모릅니다. 역시 대륙적이라 할지? 괴로움을 꾹 참고 딱 버티고 섰는 거기에 깊이 있는 생활이 있는가 싶습니다. ……

이런 말도 씌어 있다. 다감하고 예민한 계집애가 연애에 실패하고 집 안에서는 쫓겨나고 하니까 보통 여자와는 다르겠지마는, 어떻게 생각 하면 자기 나라 남성-일본 남성에게 반기를 들고 내게로 오겠다는 사연

321

인가도 싶다.

끝에는 동경으로 가는 길에 부디 경도로 전보를 미리 치고 자기에게 들러 달라고 고모 집 번지수까지 씌어 있었다. 그러나 이번에 만나면 전과는 달라서 퍽 여러 가지 이야기할 것도 많을 것 같지마는 한편으로는 어색도 하고 겁도 나는 것이었다.

'이번에 만나면 어떤 얼굴로 만날꾸?'

혼자 상상을 하여 보고는 큰 기대도 있고 큰 흥미도 있으리라고 궁리가 많았다. 갑갑하고 화가 나는 김에, 어서 가서 정자나 만나면 이 무거운 기분이 조금은 나을 것도 같다.

가방을 꾸려 놓고 어머님께 오늘 밤차로 떠나겠다고 여쭈러 안으로 들어가니까, 출입하였던 큰형님이 뒤미처 들어왔다.

"얘가 오늘 저녁으루 떠나겠다는구나! 내 이런 주책없는 애가 있니?"

모친으로서 생각하면은 딸자식이 죽은 것과는 다르다 하여도 둘째며느리를 열다섯부터 앞에서 키운 정이 있으니, 집이 한구석 텅 빈 것 같은데 아들마저 초상을 치르자마자 훌쩍 가버리겠다니 어이가 없는 것이다.

"별안간 이것은 무슨 소리냐? 가자면 나부터 가야지. 네가 왜 먼저 서두르느냐? 나는 아이들을 놀려 놓고 온 터 아니냐?"

하고 큰형님은 역정을 낸다. 나는 이 말에 찔끔하였다. 사실 경우가 틀렸다.

"너는 너무 기분주의야. 어쨌든 나는 내일 떠나야 하겠지만, 방학 동안은 좀 들어앉았으렴. 어머니께서 섭섭해 안 하시니."

나는 떠나는 것을 무기 연기하기로 하였다.

사람이 죽어 나간 건넌방에는 안에서들 들어가 자기를 싫어하는 모양이기에 내가 자기로 하였거니와, 형님이 떠난 뒤로는 더구나 혼자 드러누워서 이 생각 저 생각에 전전반측하며 잠을 못 이루는 날이 많았다. 곰곰 생각하면 날이 갈수록 죽은 사람에게 역시 미안한 생각이 간절하였다. 더 산대야 하나 날 자식을 두셋 더 낳았을 것밖에 별수야 없겠지마는 좀 더 따뜻이 해 주었더면 하는 후회도 난다. 그러나 생각하면 이런 뉘우침도 결국에는 자기가 당장 고적하고 아쉬우니까 그런가 보다는 생각도 든다. 지금 애인이라도 있다면 이 생각 저 생각 없이 뛰어 달아났을 것이다. 그러나 당장 어린 것을 기를 걱정은 없다 하여도 조만간-삼사 삭 후에 졸업하고 나오면 역시 혼자는 어려우니 장가는 들어야 할 것이나 누구를 고를까? 마음에 맞는 사람이 있기로 누가 선뜻 와줄까? ……이런 걱정도 머리에 떠오른다. ……

'을라……?'

나는 코웃음을 쳤다. 정자? 더구나 안 될 말이다. 공부를 시작한다는 것은 말 말고라도 인제 겨우 부모의 노염도 풀려 가는 눈치인데, 또다시 나 같은 사람과 문제가 새판으로 생긴다면 피차에 비극을 되풀이할 것이다. 그것은 고사하고 정자 같은 사람은 우리 집에 들어와서 살 수 없는 일이요, 장래를 생각하거나 민족적 감정으로나 문제도 아니 된다. 이것저것 실제 문제를 생각하면 그래도 아내가 더 살아 주었더면 내 몸 하나는 편하였던 걸 하는 생각도 든다. 죽으면 죽으라지 또 계집이 없을까 하는 방자한 생각이 뉘우쳐지기도 하였다.

그는 하여간에 정자의 열심으로 써 보내 준 편지에 어느 때까지 모른 척하고 내버려 두기도 안 되어서 이튿날 이런 답장을 써 부치었다.

모든 것이 순조로이 해결되어 가고 학교에 들어가시게 되었다 하오니 얼마나 반가운지 모르겠습니다. 과거 반년간의 쓰라린 체험이 오늘의 신생을 위한 커다란 준비시기이셨던 것을 생각하면, 그동안 나의 행동이 부끄럽지 않을 수 없습니다마는, 한편으로는 내 생애에 있어서도, 다만 젊은 한때의 유흥기분만에 그치지 아니하였던 것을 감사하며 기뻐합니다. 그러나 뒷날에 달콤하고 아름다운 추억으로 남아 있으리라고 생각할 뿐이라면 이렇게 섭섭한 일도 없고, 당신은 또 자기를 모욕하였다고 노하실지도 모르나, 언제까지 그런 기쁨과 행복에 잠겨 있도록 이 몸을 안온하고 자유롭게 내버려 두지 않으니 어찌하겠습니까. 나도 스스로를 구하지 않으면 아니 될 책임을 느끼고, 또 스스로의 길을 찾아가야 할 의무를 깨달아야 할 때가 닥쳐오는가 싶습니다. ……지금 내 주위는 마치 공동묘지 같습니다. 생활력을 잃은 백의(白衣)의 백성과, 백주에 횡행하는 이매망량(魑魅魍魎) 같은 존재가 뒤덮은 이 무덤 속에 들어앉은 나로서 어찌 '꽃의 서울'에 호흡하고 춤추기를 바라겠습니까. 눈에 보이는 것, 귀에 들리는 것이 하나나 내 마음을 부드럽게 어루만져 주고 용기와 희망을 돋우어 주는 것은 없으니, 이러다가는 이 약한 나에게 찾아올 것은 질식밖에 없을 것이외다. 그러나 그것은 장미꽃송이 속에 파묻히어 향기에 도취한 행복한 질식이 아니라, 대기에서 절연된 무덤 속에서 화석(化石)되어 가는 구더기의 몸부림치는 질식입니다. 우선 이 질식에서 벗어나야 하겠습니다. ……

소학교 선생님이 사벨(환도)을 차고 교단에 오르는 나라가 있는 것을 보셨습니까? 나는 그런 나라의 백성이외다. 고민하고 오뇌하는 사람을 존경하시고 편을 들어 주신다는 그 말씀은 반갑고 고맙기 짝이 없습니다. 그러나 스스로 내성(內省)하는 고민이요 오뇌가 아니라, 발길과 채찍 밑에 부대끼면서도 숨이 죽어 엎디어 있는 거세된 존재에게도 존경과 동정을 느끼시나요? 하도 못생겼으면 가엾다가도 화가 나고 미운증이 나는 법입넨다. 혹은 연민의 정이 있을지 모르나, 연민은 아무것도 구하는 길은 못 됩니다. ……이제 구주의 천지는 그 참혹한 살육의 피비린내가 걷히고 휴전조약이 성립되었다 하지 않습니까. 부질없는 총칼을 거두고 제법 인류의 신생(新生)을 생각하려는 것 같습니다. 그러나 이 땅의 소학교 교원의 허리에서 그 장난감 칼을 떼어 놓을 날은 언제일지? 숨이 막힙니다. ……

우리 문학의 도(徒)는 자유롭고 진실된 생활을 찾아가고, 이것을 세우는 것이 그 본령인가 합니다. 우리의 교유, 우리의 우정이 이것으로 맺어지지 않는다면 거짓말입니다. 이 나라 백성의, 그리고 당신의 동포의, 진실된 생활을 찾아 나가는 자각과 발분을 위하여 싸우는 신념 없이는 우리의 우정도 헛소리입니다. ……

나는 형님이 떠날 제 초상에 쓰고 남은 것이라고, 동경 갈 노자와 함께 책값이며 용돈으로 내놓고 간 삼백 원 속에서 백 원을 이 편지와 함께 부쳐 주었다. 혹시는 다른 의미나 있는 줄로 오해할 것이 성가시기도 하나, 동경에서 떠날 제 선사 받은 것도 있으려니와, 정자의 새출발을 축하하는 의미라고 한마디 쓰고, 다소 부조가 될까 하여 보낸 것이다. 실상은 동경 가는 길에 들르지 않겠다는 결심을 다시 하였기 때문에, 아주 이것으로 마감을 하여 버리고, 나도 이 기회에 가뜬한 몸이 되고 싶었던 것이다.

나는 한 열흘 더 있다가 졸업논문도 있고 아무래도 학교 일이 걱정이 되어서 떠나고 말았다. 정거장에는 큰집형님, 병화 내외, 을라 들이 나왔다. 을라는 입도 벌리지 않고 오도카니 섰고, 병화 내외도 플랫폼의 보꾹에 매달린 시계만 쳐다보며 선하품을 하고 섰었다. 그러나 병화의 얼굴에는 그렇게 보아서 그런지 모든 오해를 풀고, 인제는 안심하였다는 듯이 화평한 기색이 도는 것 같았다.

차가 떠나려 할 제 큰집형님은 승강대에 섰는 나에게로 가까이 다가서며,

"내년 봄에 나오면 어떻게 속현(續絃)할 도리를 차려야 하지 않겠나?"
하고 난데없는 소리를 하기에, 나는,

"겨우 무덤 속에서 빠져나가는데요? 따뜻한 봄이나 만나서 별장이나 하나 장만하고 거드럭거릴 때가 되거든요……!"
하며 웃어버렸다.

작품 해설

김종욱(서울대)

재현의 언어, 언어의 재현

「만세전」의 개작을 통해 본 염상섭의 언어의식

1. 프롤로그 : 세 겹의 텍스트

한국소설사에서 「만세전」이 차지하는 위치는 높고 뚜렷하지만, 처음부터 온전한 모습은 아니었다. 1922년 7월 《신생활》에 '묘지'라는 제목으로 연재를 시작한 후 3회가 검열로 전문삭제 조치를 당하자 돌연 연재가 중단되었다.[1] 그 후 2년 여의 시간이 흐른 뒤 《시대일보》가 창간되자 '만세전'이라는 새로운 이름으로 다시 연재되었고, 곧이어 고려공사에서 단행본으로 출간되었다. 그리고 해방이 되자 많은 부분이 수정되어 수선사에서 재간행되었다. 이에 따라 「만세전」은 하나의 이름으로 묶인 서로 다른 텍스트를 가리키게 된다.

> Ⓐ : '墓地'라는 이름으로 1922년 7월부터 9월까지 《신생활》에 3회
>   연재된 텍스트.

---

1) 「만세전」이 완결되지 못한 것을 《신생활》 폐간과 관련 짓는 이들도 있지만, 《신생활》이 '노국 혁명 5주년 기념호」(11호, 1922.11)로 재판을 받는 와중에도 1923년 1월까지 통권 16호를 발행했다는 점을 고려하면 「만세전」의 연재 중단과 큰 연관성을 찾기 어렵다.

Ⓑ : ‘萬歲前’이라는 이름으로 1924년 4월 6일부터 6월 7일까지 《시대일보》에 59회 연재(Ⓑ')된 후 1924년 8월 10일 고려공사에서 간행(Ⓑ″)된 텍스트.

Ⓒ : ‘萬歲前’이라는 이름으로 1948년 2월 25일 수선사에서 재간행된 텍스트.

따라서 「만세전」에는 삼일운동 직후부터 해방에 이르는 동안 시대적 격동과 함께 작가적 이력이 함께 새겨져 있다. 이에 따라 이재선²⁾의 문제 제기 이후 여러 연구자들이 「만세전」의 텍스트를 비교하면서 그 의미를 구명하고자 했다. 최태원³⁾과 손정수⁴⁾와 박현수⁵⁾는 Ⓐ와 Ⓑ″를 비교한 적이 있고, 신철하⁶⁾, 박정희⁷⁾도 Ⓑ″와 Ⓒ를 비교한 바 있다. 그들의 노력 덕분에 「만세전」의 개작에 대해 많은 부분이 밝혀지게 되었다.

기존의 연구를 종합하면, 염상섭은 개작을 통해 표현상의 변화를 시도했다. 일본식 한자어를 다른 단어로 바꾸기도 했고, 소설 속의 상황에 걸맞게 외래어를 고유어로 수정하기도 했다. 그리고 의미가 불분명하거나 어색한 표현을 적절한 표현으로 고치는 것 또한 게을리하지 않았다. 더불어 국한문혼용으로 표기되었던 Ⓐ, Ⓑ와 달리 Ⓒ는 국문으로 표기하되 필요한 경우에 괄호 안에 한자를 넣는 방식으로 변화하면서 번역체에

---

2) 이재선, 「일제의 검열과 ‘만세전’의 개작-식민지시대 문학 해석의 문제」, 《문학사상》 84, 1979.11.

3) 최태원, 「‘묘지’와 ‘만세전’의 거리-‘묘지’와 ‘신석현(新潟縣)’ 사건을 중심으로」, 《한국학보》 103, 2001.

4) 손정수, 「초월적 자아와 현실적 자아-‘만세전’ 주인공의 자기정체성」, 《한국근대문학연구》 5, 2002.

5) 박현수, 「‘묘지’에서 ‘만세전’으로의 개작과 그 의미-‘만세전’ 판본 연구」, 《상허학보》 19, 2007.02.

6) 신철하, 「복식 읽기의 사회시학-‘만세전’의 재해석」, 《외국문학》 20, 1989.가을.

7) 박정희, 「‘만세전’ 개작의 의미 고찰-‘수선사판’《만세전》(1948)을 중심으로」, 《한국현대문학연구》 31, 2010.08.

가까웠던 초기의 문투를 전혀 다른 분위기로 탈바꿈시킬 수 있었다.

그뿐만 아니라 내용상에서도 적지 않은 변화가 있었다. 먼저 Ⓐ에서 Ⓑ′로 개작되면서 인물들의 이름이 영어 이니셜에서 고유명으로 수정되었다. X, R, S子, N子, H 등으로 불리다가 李寅華, X, 靜子, 乙羅, 李柄華 등으로 새롭게 명명되면서 등장인물의 성격이 뚜렷해졌다. 이와 함께 장 구성도 달라졌다. Ⓐ는 제1장(하숙집~W대학~M헌), 제2장(O교 방면~하숙집~도쿄역), 제3장(도쿄역~고베)으로 구분했지만, Ⓑ′는 제1장과 제2장을 합쳐 총 8장으로 완성하였고, Ⓒ는 Ⓑ′의 제2장(도쿄역~고베~시모노세키)이 고베에서 을라와 헤어지는 장면을 전후로 둘로 나뉘어 총 9장으로 바뀐다.

그런데 기존의 연구들은 대체로 세 텍스트 사이의 삭제나 추가, 그리고 수정들에 주목하면서 일제의 검열과 연관시켰다. 예컨대 '묘지'라는 제목이 '조선의 식민지 현실을 상징한 까닭에 만세전'으로 바뀌었다는 것이다. 그런데 Ⓐ가 Ⓑ′와 유사하게 구성되었다고 가정해 보면, 검열로 전문삭제된 제3회 연재분은 주인공이 관부연락선을 타고 시모노세키에서 부산으로 향하는 대목이리라 짐작된다. 이 대목은 조선인을 모집하여 일본의 공장에 노동자로 팔아넘기는 모집책들의 만행을 폭로하고 있기는 해도, 아직 조선의 식민지적 현실을 '묘지'로 인식하는 데까지 이르지 못했다. '묘지'의 상징적 의미가 분명해진 것은 주인공이 경부선을 타고 올라가다가 대전역에 이르렀을 때의 일이다. 이처럼 표제의 의미가 구체화되기 이전이었으니 제목을 바꾼 것을 검열 때문이라고 판단하는 것은 성급한 일이다. 만약 Ⓑ가 검열로 인해 작가의 의도를 왜곡하고 있었다면 검열이 사라진 해방 후에는 그것을 복원했을텐데, 정작 Ⓒ에서 검열의 표적이 되었을 관부연락선 장면이라든가 대전역 장면 등에서 의미 있는 개작을 찾기 어렵다는 사실도 기억할 만하다.

사실 염상섭은 Ⓐ가 중단된 뒤에도 작품 발표를 포기하는 대신 출판을 준비하고 있었다. Ⓑ″에 실린 「서를 대신하여」를 집필한 1923년 9월 무렵에 Ⓑ′를 완성한 듯하다. 검열로 작품이 금지된 상황이었지만 작가 자신은 작품을 세상에 내놓을 수 있으리라 판단했던 것이다. 검열에 걸릴 만한 내용을 없애는 것이 손쉬운 일이었겠지만, 방법을 달리한다면 검열을 우회하는 것이 가능할지도 몰랐다. 그래서 이 글에서는 '화자'에 집중하여 개작의 과정과 의미를 살펴보고자 한다. 소설 혹은 서사는 본질적으로 화자가 사건을 전달하는 말하기에 의존하는 까닭에 독자들은 언제나 화자의 목소리를 통해서만 허구세계에 대한 정보를 얻을 수 있다. 따라서 소설의 모든 말은 명시적이거나 암시적으로 화자의 말일 수밖에 없다. 화자가 인물이나 사건을 어떻게 재현하느냐에 따라 이야기의 성격이 달라지는 것이다. 이러한 관점에서 작가 염상섭이 「만세전」을 개작할 때 화자의 위치나 목소리 등을 조절하여 검열을 우회하면서도 예술적 효과를 구체화할 수 있었는지 살펴볼 것이다.

2. '靜子'의 이름 : 외국어 대화를 재현하는 방법

「만세전」은 1918년 겨울, 도쿄에 유학하던 이인화[8]가 조선에 있는 아내가 위독하다는 전보를 받고 경성에 왔다가 다시 돌아가는 내용을

---

8) 앞서 말한 대로 「만세전」은 개작과정에서 주인공의 이름을 비롯한 고유명이 많이 바뀐다. 예컨대 Ⓐ에서 주인공은 'X'였지만, Ⓑ와 Ⓒ에서는 '이인화(李寅華)'가 된 것이다. 따라서 각각의 경우를 엄밀하게 구분해야 하겠지만, 이 글에서는 우리에게 Ⓑ와 Ⓒ에 따라 '이인화'로 통칭할 것이다. 다른 경우도 마찬가지다.

담고 있다. 그의 귀향은 도쿄에서 출발하여 고베와 시모노세키를 거쳐 관부연락선을 타고 현해탄을 건넌 후, 다시 부산에서 김천과 대전을 거쳐 경성으로 이어지는 긴 여정이다. 밤 11시에 도쿄역을 출발하는 기차에 올라탄 이인화는 하룻밤이 지난 후 고베에서 내린다. 그가 고베에 내린 까닭은 시모노세키로 가기 위해서 도카이도선(東海道線)에서 산요선(山陽線)으로 갈아타야 했기 때문이다.9) 그런데 이인화는 산요선으로 곧장 환승하지 않고 한때 연정을 품었던 을라를 만난 뒤 다음날 아침에야 고베를 떠난다. 저녁 무렵 시모노세키에서 형사들의 검문에 시달리다가 겨우 관부연락선에 올라탈 수 있었고 이튿날 아침에야 부산에 도착한다. 그곳에서 아침을 보낸 후 경부선을 타고 경성으로 향하던 중 김천역에 마중 나온 형님을 만나 다시 저녁까지 머무른다. 그리고 야간 기차를 타고 대전을 거쳐 다음날 아침 경성 남대문역에 도착한다. 도쿄를 떠난 지 4박 5일 만에 목적지 경성에 도착했던 것이다.

일본에서 조선으로 돌아오는 동안 주인공 이인화는 여러 사람들과 풍경들을 경험한다. 특히 경성으로 출발 직전에 도쿄 시내를 배회하는 모습은 1910년대 일본 유학생들의 생활과 의식을 잘 보여준다. 「만세전」을 한국 리얼리즘 소설의 대표작으로 거론하는 데에는 이처럼 제일차세계대전 직후의 현실을 여러 구체적인 인물이나 장소를 통해 그려냈기 때문이다. 그렇지만, 전형성이라든가 총체성과 같은 가치 개념을

---

9) 도카이도선은 일본 최초의 철도로 1872년 10월 14일 신바시역~요코하마역 구간을 건설한 뒤 노선을 확장하여 1889년 도쿄에서 고베에 이르는 589km 구간이 개통되었다. 한편 산요선은 1888년 11월 1일에 민영 철도회사인 산요철도가 효고역~니시아카시역을 개통한 뒤 노선을 계속 확장하여 1901년 5월 27일 고베에서 시모노세키에 이르는 528km 구간이 개통되었다. 그후 1906년 12월 1일 산요철도는 메이지정부에 의해 국유화되었다.

괄호 친 상태에서 '현실을 있는 그대로' 재현하는 예술적 방법이라는 의미로 리얼리즘을 이해한다면, 「만세전」은 첫대목부터 리얼리즘과 거리가 멀게 느껴진다. 연종시험을 끝내고 서둘러 하숙집으로 돌아오던 이인화가 하녀와 만나는 장면 말이다. 이 장면을 두고 '현실을 있는 그대로' 재현하는 리얼리즘과 무관하다고 말하는 것은 두 사람의 대화 때문이다. 여러 정황을 고려할 때 이인화는 하녀와 '일본어'로 이야기를 나누었을 것이다. 이 장면뿐만 아니라 조선으로 떠나기 전 하숙집, W대학, 이발관, M헌, 도쿄역 등에서도 이인화는 일본어로 대화한다. 하숙집 뒷집에 살고 있던 ×군이나 고베에서 만난 을라와의 대화 정도가 예외적이었을 것이다. 그런데 일본어 대화는 한국어로 재현되고 있어서 독자들은 등장인물이 마치 한국어로 대화를 나누는 듯한 착각에 빠지게 된다.

물론 근대의 문학적 소통과정을 떠올려본다면 일본어 대화를 한국어로 재현하는 것이 이해 못할 일은 아니다. 베네딕트 앤더슨이 지적한 것처럼 근대소설의 탄생 과정은 '언어'를 매개로 하여 '민족국가/국민국가'와 밀접한 관계를 맺었다. 근대적인 인쇄술과 결합된 출판물의 유통 과정을 통해서 언어공동체의 경계를 가시화했던 것이다. 따라서 작가 역시 소설을 쓸 때 독자라는 이름의 언어공동체를 염두에 두지 않을 수 없었다. 화자는 독자와의 소통을 위해 외국어로 이루어진 대화를 원천언어(source language)가 아니라 목표언어(target language)로 재현해야 했던 것이다. 이러한 재현방식은 근대소설만의 현상은 아니다.

각설 잇씨는 갑ㅈ년 츄팔월이라. 남경이 요란ᄒ다 ᄒ거날 상이 시빅으로 장슈을 졔슈ᄒ시니 어명을 밧ㅈ와 남경으로 드러갈ᄉᆡ 잇씨 임경업이 총명영오ᄒᆞ야 변화지슐을 가져난디 마츰 쳘마산 즁군을 졔슈

호엿더라. 시빅이 쥬달ᄒ여 정업으로 장ᄉ군관을 삼어 혼가지로 남경의 드러간니 쳔ᄌ 죠션 ᄉ신이 온단 말을 듯고 원졉ᄉ을 보니여 마져 간이라. 잇찌예 북방 호국이 쳥마가달의 난을 만나 픠망지경의 이르러 디국의 쳥병ᄒ엿스믹 상장을 엇지 못ᄒ엿더니 원졉ᄉ 황지명이 엿ᄌ오디

  "죠션 ᄉᄌ의 군관을 보온이 비록 소국 인믈이나 만고흥망과 쳔지 죠화을 품엇스니 엇지 기특지 안이 ᄒ오릿가. 원컨디 이 ᄉ롭으로 병장을 졍홈이 맛당할가 ᄒ나이다."

  쳔ᄌ 드르시고 직시 시빅과 정업을 피죠ᄒ야 보시고 층찬ᄒ시며 졍업으로 병디장을 삼어 호국을 구ᄒ라 ᄒ신디 정업이 승명ᄒ고 직시 호국의 드러가 마가달을 일합의 믈이치고 승젼고을 울이고 디국으로 도라와 황졔게 뵈인디 황졔 크게 층찬ᄒᄉ 상급을 후이 ᄒ시고 글월을 쥬어 죠션으로 보니니라.(「박씨전」)

〈박씨전〉의 첫대목에서 중국 황실에서 이루어진 대화를 한국어로 재현한다. 이 소설의 화자는 허구세계에 벌어지는 일을 모두 알 수 있는 '전지적 능력'뿐만 아니라 그것이 어떠한 언어로 이루어지든지 간에 다른 언어로 통역할 수 있는 '전능한 능력'을 갖추고 있었던 셈이다.[10]

  삼인칭화자가 등장인물의 말을 마음대로 통역하는 것은 '현실을 있는 그대로' 재현하는 것과 엄연히 구분된다. 기의의 측면에서는 리얼하다고 말할 수 있을지라도 기표의 측면에서는 리얼하다고 말할 수 없다. 리얼리즘이란 이렇듯 현실과 부합하지 않는 재현 관습을 혁신하려는 태도인지도 모른다. 「혈의 누」에서 조선인 옥련모와 일본인 이노우에군의 사이에 통역사[통변]를 두기도 하고, 조선인 구완서와 중국인 캉유웨이 사이에 공통언어[한문]을 바탕으로 한 필담을 동원하여 재현하고자 했던 이인직의 시도에 눈길이 가는 것은 이 때문이다. 그렇지만 소

---

10) 제라르 쥬네뜨는 『서사담론』에서 '보는 것'과 '말하는 것'을 구분한 적이 있는데, 여기에 착안한 것이다.

설 속에 통역사가 등장할 경우 개성을 부여하기 어려울 뿐더러 자칫하면 동일한 의미의 말들이 반복하여 서사적인 긴장을 해칠 우려가 있다. 결국 「혈의 누」는 옥련을 입양한 이노우에 부인이 일본어로 말하는 것을 한국어로 재현함으로써 전통적인 재현의 관습으로 되돌아온다.

그런데 「만세전」은 「박씨전」이나 「혈의 누」처럼 전지전능한 능력을 가진 삼인칭화자가 등장하지 않는다. 일인칭서술을 택하고 있어서 외국어를 재현하기 위해 새로운 방식이 요구된다. 칠년 이상 일본에서 유학하여 일본어를 능란하게 사용할 수 있는 이중언어사용자(bilingual)를 화자로 등장시키는 것이다. 1910년대 이후 근대적인 지식의 세례를 받은 유학생들이 근대소설의 담당자로 등장하면서 이중언어사용능력을 가진 일인칭화자는 한국소설사의 전면에 등장한다. 「혈의 누」처럼 통역사를 등장시키는 가시적인 방식 대신, 외국어를 능란하게 구사하는 화자에 의해서 내적 통역이 이루어지는 비가시적인 방식으로 바뀌게 된 것이다. 그런데 이중언어사용자들에게 있어 언어는 교환되거나 대체될 수 있다. 기의가 보존될 수만 있다면 다른 기표를 사용한다고 해도 문제되지 않는다. 기표와 기의 사이의 자의적인 관계는 언어의 경계 안으로 한정될 필요가 없는 것이다.(완전한 통역의 가능성은 이러한 믿음에 기초한다) 「만세전」의 첫대목에서 등장인물들이 어떤 언어로 대화하는지에 대해 화자가 관심을 갖지 않은 것은 이 때문이다.

「앗! X樣, 只今 오세요? 막 今方 電報가 왔는데요. 한턱 하세야 합넨다. 히々々」 하고 지낫첫다.(Ⓐ 1회 126면)
「앗! 李상(樣), 지금 오세요? 막 今方 電報가 왔는데요. 한턱내세야 합넨다. 하하하」 하고 지나첫다. (Ⓑ′ 1회)
「앗! 李樣, 只今 오세요? 막 今方 電報가 왔는데요. 한턱내세야 합넨

다. 하々々」 하고 지나첫다. (Ⓑ″ 1면)

　「앗! 리상, 지금 오세요? 막 금방 댁에서 전보환이 왔던데요. 한턱
내셔야 합넨다, 하하하」 하고 지나쳐 간다.(ⓒ 2면)

　이 대목에서 화자는 하숙집 하녀와 일본어로 대화를 나누었다는 사
실에 대해 의식하지 않는다. 그렇다고 해도 인용된 부분에서 하숙집 하
녀가 했던 말은 개작 과정에서 조금씩 다르게 표기되어 있어서 섬세하
게 살펴볼 필요가 있다. Ⓐ에서 'X樣'은 통상적으로 'X양'이라고 읽겠
지만, 일제강점기라는 역사적 상황을 고려하면 일본식 한자음으로 'X
상'이라고 읽을 수 있다. Ⓑ′에서 주목해야 할 것은 바로 이 지점이다.
Ⓑ′에서는 '~상(樣)'이라고 표기함으로써 독자들로 하여금 '양'이 아니
라 '상'으로 읽도록 유도하고 있고, 그 연장선상에서 Ⓑ″에서는 '樣'에
외국어를 의미하는 윗점 표시를 하였다. 이러한 표기방법은 Ⓑ′와 Ⓑ″
에서 일관성 있게 지켜진다. 등장인물들이 일본어로 대화를 나누는 경
우 '~樣(상)'이나 '~상(樣)'으로 표기하거나 윗점을 사용하여 '~樣'이나
'~상'으로 표기한 것이다. 물론 Ⓐ에서도 유사한 예가 나타나지만 Ⓑ′
나 Ⓑ″처럼 일관성 있게 사용된 것은 아니다.
　그렇다면 '~樣'이나 '~상'과 결합된 고유명을 어떻게 읽어야 할까?
Ⓐ에서 고유명들은 영문 이니셜로 표기되어 있었다. W大學, E街道, K
町, M軒, O橋 등의 지명들과 마찬가지로 주인공 X를 포함하여 H敎授,
P子, S子, N子 등으로 호명되는 것이다. 그런데, Ⓐ의 'S子'가 Ⓑ에서 '靜
子'로 바뀌고, Ⓐ와 Ⓑ의 'E街道'가 ⓒ에서 '에도가와 가도'로 수정되는
것으로 볼 때, 영문 이니셜은 일본식 한자음에 대응한다.11) 따라서 Ⓐ

---

11) 이인화는 도쿄를 떠나기 전 한나절 동안 '하숙집 → 우편국→W대학 교수실→K정→
　쓰카다니야 백화점 → 이발소 → 도쿄도 서점 → X정 삼거리 → M헌 → O교 방면 →

의 'S子'는 '에스자'가 아니라 '에스코'라고 읽는 것이 자연스럽다. 그런
데 B'로 개작하면서 주인공 X에게 李寅華라는 이름을 부여하고, 주요
인물인 S子, N子, H를 靜子, 乙羅, 李柄華로 부르면서 예상치 못한 혼란
과 착종이 나타난다. 바로 '靜子'를 어떻게 읽을지 혼란스러운 상황이
빚어진 것이다.

그런데 B'와 B"에서는 '靜子[정자/시즈코]'의 호명 문제를 해결할 방
법을 찾을 수 없다. 이 문제를 살펴보기 위해서는 우회로를 거쳐야 한
다. 「만세전」에는 인명뿐만 아니라 여러 지명들이 등장한다. 해방 이전
에 간행된 A와 B에서는 한자가 노출되어 있기 때문에 東京, 名古屋,
神戶, 京都, 下關 같은 도시명이나 六甲山 같은 지명을 어떻게 읽어야
할지 결정하기 어렵지만, 해방 후에 간행된 C에서는 한글로 표기하면
서 괄호 속에 한자를 병기하는 방식을 취하기 때문에 고유명의 소릿값
이 확정되어 있다.

㉮ 나는 K町에서 電車를 나리는 길로 塚谷屋으로 쒸어드러갓다.(A 1회
129면)
나는 K町에서 電車를 나리는 길로 塚谷屋으로 쒸어들어갓다.(B' 2회)
나는 K町에서 電車를 나리는 길로 塚谷屋으로 쒸어드러갓다.(B" 6면)
나는 K정에서 전차를 나리는 길로 「쓰까다니야」로 들어갔다.(C 8면)
㉯ 길ㅅ바닥에서 머믓거리다가 雜誌卷이나 살가 하고 東京堂을 듸리
다보앗다.(A 1회 131면)
길ㅅ박에서 멈웃거리다가 雜誌卷이나 살가 하고 東京堂을 들여다

S교 → 포병공창 → 전차 종점 → 도쿄역'을 배회한다. 따라서 소설에 등장하는 지
명은 실제 고유명과 일대일로 대응시킬 수 있을 것이다. 그렇다면 「만세전」을 읽
는 또다른 방법이 생겨날 지도 모른다. 왜냐하면 염상섭의 「암야」는 박태원의 「소
설가 구보 씨의 일일」에 못지않게 도시를 배회하는 인물을 선구적으로 그리고 있
거니와, 「만세전」에서 이인화 또한 그와 유사한 면모를 보여주기 때문이다.

보앗다.(ⓑ' 3회)

길ㅅ박에서 멈읏거리다가 雜誌卷이나 살가 하고 東京堂을 듸려다
보앗다.(ⓑ" 10면)

길 밖에서 머뭇거리다가 잡지권이나 살까 하고 동경당을 들여다
보았다.(ⓒ 11면)

㉯ 지각이 나자마자 東京으로 건너간 뒤에는(ⓑ' 16회 / ⓑ" 53면)

㉮, ㉯, ㉰에서 'K町'이나 '塚谷屋', '東京堂', '東京' 등의 고유명은 한
국식으로 읽느냐 일본식으로 읽느냐에 따라 [K정/K마치], [총곡옥/쓰
카다니야], [동경당/도쿄도], [동경/도쿄]라는 두 개의 소릿값을 가질 수
있다. 그런데 한국어의 특성인 조사를 활용해 보면, Ⓐ와 Ⓑ는 모두 한
국식 한자음을 지니고 있음에 비해 Ⓒ는 한국식 한자음과 일본식 한자
음이 모두 사용되고 있다. 구체적으로 살펴보면 도쿄의 간다 진보쵸에
있던 서점 '東京堂'은 Ⓑ와 마찬가지로 '동경당'이라는 소릿값을 가졌지
만, 잡화점 '塚谷屋'는 '총곡옥'이라는 소릿값을 가진 Ⓑ와 달리 '쓰카다
니야'로 바뀌게 된다. 해방과 함께 일본과의 정치적, 문화적 단절이 이
루어지면서 나타난 현상일 것이다. 개작 과정에서 元町通, 榮町, 山手와
같은 일본의 구체적 지명을 삭제한 것과 동궤의 일일 것이다.

흥미로운 것은 Ⓒ에서 東京, 名古屋, 神戶, 京都, 下關와 같이 익숙한
지명인 경우에도 한국식 한자음으로 읽히는 경우가 있는가 하면, 일본
식 한자음으로 표기된 경우도 발견된다는 사실이다.

한 두어 시간이나 잤을지, 사람이 너무 범비는 바람에 잠이 깨어서
눈을 뜨고 내다보니, 기차는 플래트포옴에서 어슬렁어슬렁 기어나가는
모양. 나는 일어나기가 싫기에 지금 바꾸어 들어와 앉은 앞자리의 사
람더러 예가 어디냐고 물어 보니까, 명고옥(名古屋)이라 한다.

「에? 인제야 나고야?」

나는 이같이 놀란 듯이 반문을 하고, 암만하여도 중도에서 하루 묵
어가야 하겠다는 생각을 채 결심도 못 하고 또 잠이 들어 버렸다.(ⓒ
39면)

여기에서 '名古屋'[명고옥/나고야]은 한국식 한자음을 사용하기도 하고,
일본식 한자음을 사용하기도 한다. 이러한 양상은 지명에만 해당되는
것은 아니다. 소설 속에 등장하는 인명도 마찬가지이다. '靜子'도 '정자'
라고 불리기도 하고 '시즈코'라고 불리기도 한다.

여우(女優) 머리를 어푸수수하게 쪽지고, 새로 빨아 대린 에프론을
뒤로 매우며 살금살금 나오는 정자는 우선 시선을 P자에다가 보내며,
"이거 웬 야단야?"
이렇게 한마디 하고 나서, 그 신경질인 똥그란 눈을 이리로 향하고
공손히 인사를 한다. 나는 고개만 끄덕 하고 잠자코 말았다.
"시즈꼬상! 이번에 이상이 성적이 좋지 못하시다면 그 죄는 시즈꼬
상에 있읍넨다."
둘의 거동을 한참 건너다보던 P자는 이같이 한마디를 내던지듯이
하고 저리로 다시 가서 탁자를 정돈하고 섰다. 정자는 거긔에는 대꾸
도 아니 하고,
"참 요새 시험 중얘요?"
하며 나에게 묻는다.(ⓒ 13면)

염상섭이 해방 후에 ⓒ로 개작하면서 "名古屋"[명고옥/나고야]이나 "靜
子"[정자/시즈코]와 같은 고유명을 두 개의 소릿값에 각각 대응시킨 이유
는 분명해 보인다. 일본어 대화의 경우에 일본식 한자음을 사용하는 것
이다.12) 어떤 이들은 등장인물의 성격이 바뀌지 않는 한 '정자'라고 부

---

12) ⓒ에서 이러한 원칙이 지켜지지 못한 경우도 발견할 수 있다. M헌에서 나눈 대화
속에 'P코상'과 'P자상'이 공존하는 것이다.(이 책에서는 작가가 한글 표기로 바꿀
때 범한 실수라고 여겨 화자의 말일 경우에는 'P자(상)'으로, 등장인물의 말일 경우

르든 '시즈코'라고 부르든 무슨 상관이냐고 반문할지도 모른다. 하지만 그것은 정본텍스트를 만드는 과정에서 반드시 정리해야 할 실제적인 문제일 뿐만 아니라, 미학적으로는 작가 염상섭이 화자의 말과 등장인물의 말을 구분했다는 사실을 알려주는 증거이기도 하다. 화자의 말에서는 '정자'라 하고, 등장인물의 말을 직접화법으로 묘사할 경우에는 '시즈코'라 한 것이다.[13] 염상섭은 등장인물의 대화를 화자의 말과 구분되는 독립된 말로 바라보고 있다는 것을 알 수 있다. 「진주는 주었으나」[14], 「사랑과 죄」[15] 등을 통해서 축적된 이러한 방법이 「삼대」의 리얼리즘적 성취를 이루는 중요한 요소[16]였음을 기억한다면, Ⓒ에 나타난 이러한 면모는 이십여 년에 걸친 염상섭의 창작 경험이 응축된 대목이라고 할 것이다.

다시 원점으로 돌아가 보자. 그렇다면 Ⓑ에서 처음으로 화자의 말과 등장인물의 말이 구분되었을까? 불행히도 Ⓑ의 경우에는 한자로 표기

에는 'P코(상)'으로 통일했음을 밝혀둔다) 그리고 관부연락선의 목욕탕 장면에서 '동경', '대판', '북해도'과 같이 익숙한 지명은 예외로 하더라도 "족미탄광(足尾炭鑛)"(Ⓒ 62면)의 경우에는 '쓰까다니야'처럼 일본식 한자음을 사용하여 '아시오탄광'으로 썼을 때 일본어 대화라는 사실이 좀더 명확하게 드러날 수 있다고 보인다. 그렇지만, 염상섭은 아마 "寺內상"(Ⓑ" 54면)을 '데라우찌(寺內)상"(Ⓒ 57면)으로 바꾸고 "니시무라 군조"(Ⓒ 54면)를 추가하는 것으로 만족하고 있다.

13) Ⓐ에서도 '~樣'이나 '~상'과 같은 표현을 발견할 수 있긴 하지만, 앞서 말한 대로 화자가 '~子'를 '~코'라고 부르는 것이 자연스러워서 화자와 등장인물이 다른 소릿값을 가졌던 Ⓑ와는 구별된다고 판단된다.

14) 효범이가 H정의 일본 계집애와 전화 통화를 하는 대목에서 "거기 손님에 인천서 오신 리상이 계신데 그저 계신지 알아보고 여기는 진 변호사 댁인데 지금 곧 가겠습니다 하고 말슴해 주쇼."(《동아일보》, 1925.11.04.)라고 한 것을 보면, 일본어 대화를 묘사할 때 이 방법을 활용하고 있음을 알 수 있다.

15) 이해춘이 마쓰코(光子)와 일본어로 대화를 나눌 때 "마리아상(さん)", "마쓰꼬상(光子さん)"으로 표기하고 있다.

16) 졸고, 「관념의 예술적 묘사 가능성과 다성성의 원리-염상섭의 '삼대'론」, 《민족문학사연구》5, 1994, 119~142면.

된 고유명들이 다양하지 않아 조사의 차이만으로는 소릿값을 확정하기 어렵다. 다만 "그저 寤寐不忘 靜子올시다그려. 試驗問題를 내어거른 漆板 뒤에도, 靜子 樣(상)의 얼골이 왔다갓다하지요? 하々々"(Ⓑ″, 10면)라고 한 대목을 보면, Ⓑ도 Ⓒ와 마찬가지로 화자의 말과 등장인물의 말을 구별하여 등장인물의 말일 경우에는 '시즈코'라는 소릿값이었을 가능성이 높다고 여겨진다.[17] 작가 염상섭은 검열로 중단되었던 Ⓐ를 Ⓑ로 완성하면서 'S子'에게 '靜子'라는 이름을 부여했지만, 그로 말미암아 새로운 재현의 문제를 떠안게 되었고, 이것을 해결하는 과정에서 예상치 못했던 방향으로 예술적 방법을 변화시킨 셈이다.

3. 복화술과 재귀성 : 일인칭서술의 미학적 가능성

리얼리즘 소설들은 흔히 현실의 객관적 재현을 위해서 삼인칭 서술 상황을 활용한다. 대상과의 거리를 확보할 수 있어서 현실에 대한 전체적인 조망이 가능하기 때문이다. 그런데, 「만세전」은 특이하게도 일인칭 서술상황을 채택한다. '나'(이인화)는 등장인물이면서 동시에 화자의 역할을 수행하는 것이다. 그래서 이인화가 도쿄에서 경성에 이르는 여행을 통해서 현실에 대한 새로운 통찰을 얻게 된 경험을 회상하는 방식으로 진행된다. 그렇지만 등장인물로서의 이인화와 화자로서의 이인화는 엄격하게 구분된다. 주인공 이인화에게는 미래에 속한 일들이 화자인 이인화에게는 과거에 속하는 것이다. 소설의 첫대목에서 "조선에서

---

17) 이와 함께 Ⓑ에서 편지에 등장하는 인명을 어떻게 읽을 것인가의 문제도 남는다. 이 책에서는 편지가 일본어로 씌어졌으리라는 점을 감안하여 Ⓑ와 Ⓒ에서 'P子' '靜子'를 모두 일본식 한자음으로 표기하였음을 밝혀둔다.

만세가 일어나기 전해 겨울"이라고 말한 것에 주목하는 것은 이 때문이다.

朝鮮에 萬歲가 니러나든 前해 겨울이엿다.(Ⓐ 1회 126면)
朝鮮에 「萬歲」가 닐어나든 前해ㅅ겨울이엿다.(Ⓑ' 1회)
朝鮮에 萬歲가 니러나든 前해ㅅ겨울이엇다.(Ⓑ" 1면)
조선에 「만세」가 일어나던 전해 겨울이다.(Ⓒ 1면)

경성으로 돌아오던 1918년 겨울, 주인공 이인화는 몇 달 후에 '만세'가 일어나리라는 사실을 짐작조차 할 수 없었다. 그런데, "만세가 일어나기 전 해 겨울"이라고 말한 것으로 미루어 볼 때 화자 이인화는 '만세'를 경험한 상태였다. 정확한 시간적 간격을 말하기는 어렵지만 주인공 이인화와 화자 이인화 사이에는 삼일운동이라는 역사적 경험이 가로놓여 있다고 할 수 있다.

그런데, Ⓐ, Ⓑ와 Ⓒ가 '만세전'을 언급하는 방식이 동일한 것은 아니다. 가장 먼저 눈에 띄는 것은 시제의 차이이다. Ⓐ, Ⓑ가 모두 과거시제로 서술되어 있음에 비해 Ⓒ는 현재시제로 서술된다. 그래서 Ⓐ, Ⓑ에서는 "그째", "그해 가을", "그째ㅅ일"과 같은 표현을 통해서 화자와 주인공, 서술시간과 경험시간 사이의 간극을 명료하게 드러나고 있음에 비해 Ⓒ에서는 현재시제로 서술되면서 이러한 표현이 사라진다.

이러한 개작은 형식적인 측면을 고려할 때 충분히 예상가능한 일이다. 일인칭서술에서 주인공과 화자 사이의 거리를 줄곧 유지하는 것은 쉽지 않은 일이다. 허구세계 속에서 등장인물들이 경험하는 사건들이 독자들에게 현장감 있게 전달되지 못하고, 과거에 있었던 일로 전달됨으로써 서사적 긴장감을 잃어버릴 가능성 또한 높아지기 때문이다. 실제로 Ⓐ, Ⓑ에서 화자는 주인공과의 시간적 거리를 서사가 끝날 때까지 일정하게 유지하지 못하고, 점차 주인공의 경험을 보고하는 듯한 방식으로 변화하고 있다. 그래서 Ⓒ처럼 개작함으로써 주인공의 경험을 전면화하는 방식으로 형식적인 일관성을 확보하고자 했던 것으로 여겨진다.

그렇지만 Ⓒ처럼 현재시제로 수정됨으로써 「만세전」은 커다란 변화가 나타난다. Ⓐ, Ⓑ에서는 화자와 주인공 사이에 '만세' 사건이 개입되어 있거니와, 독자 역시 '만세'가 환기된 상태에서 이인화의 과거 이야기를 듣는다. 작품이 처음 발표된 것이 1922년이니 몇 년의 시간이 흐른 것에 불과했지만, 적어도 1920년대 초의 독자에게 '만세'에 의해 분절된 '만세전'과 '만세후'는 거대한 역사적 단층이나 균열로 받아들여졌을 것이다. 그래서 화자는 "스물두셋쯤 된 冊床 道令任인 그때의 나"(Ⓑ‴ 60면), "이러한 생각은 나중에 생각한 것이지만"(Ⓑ‴ 71면) "나중에 생각하고 혼자 웃었지만"(Ⓑ‴ 101면)과 같은 표현을 통해서 '만세'라는 사건을 환기시킴으로써 독자들에게 과거의 '나'를 반성적으로 제시할 수 있었다. Ⓐ, Ⓑ의 화자는 이처럼 주인공과 시간적 거리를 두는 대신 독자와 '만세후'라는 시간적 지평을 공유한다. 달리 말하면 화자와 독자는 '만세후'라는 새로운 시간 지평 속에서 '만세전'의 상황 속에 놓인 주인공을 함께 바라보는 것이다.

실제로 화자는 '제군'이라는 이름으로 직접 독자를 호명하기도 한다. 관부연락선을 타고 부산에 도착한 뒤 일본국수집에서 작부들과 수작하던 모습을 그리다가 불쑥 "여긔서 諸君이 생각할 것은 어찌하야 一年 二年 五年 十年…… 해가 갈스록 그들의 輕侮하는 생각이 더욱더욱 늘어가고, 싸라서 十倍 百倍나 傲慢無禮하도록 만드럿느냐는 것이다."Ⓑ‴

93면)라고 말한다. 여기에서 화자가 호명한 '제군'은 막연한 의미의 가상독자라기보다는 Ⓑ"의 「서를 대신하여」에 언급한 존재들처럼 느껴지기도 한다.

> 내가, 웨 이것을 썻느냐는 것은, 잘 되엇든 못 되엇든 이 作 自身이 나를 대신하야 諸君에게 말할 것이다.
> 이 作에, 얼만한 生命과 價值가 잇겟느냐는 것은, 조튼 글튼, 諸君이 作을 대신하야 말할 것이다.
> 나는, 이 두 가지를 미드므로, 쏘다시 입을 버리랴고는 안이한다.[18]

여기에서 염상섭은 작품의 가치와 생명을 결정하는 것이 작가가 아니라 '제군'이라고 말한다. 텍스트의 바깥에서는 작가와 작품을 분리하는 척하면서도, 텍스트 안에서는 화자를 통하여 조선의 현실에 대한 '제군'들의 각성을 요구하는 것이다. 이러한 태도는 '제군'들과 동일한 역사적 지평을 공유하고 있다는 믿음을 기반으로 한다. 만세의 경험을 공유했다는 믿음이 없었다면 불가능한 일이다.

그런데, Ⓒ에서는 화자가 현재시제로 서술함으로써 주인공과의 거리가 달라진다. 화자와 주인공 사이에 '만세' 사건이 개입되어 있다고 하더라도, 화자-주인공의 거리가 화자-독자의 거리보다 가깝게 느껴진다. 사건이 발생해야만 이야기가 이루어질 수 있다는 서사의 특성상 과거시제가 나타나기도 하고, "그/그때" 등의 표현이 여전히 남아 있긴하지만, Ⓑ에서는 "그때"라는 단어 하나만으로 '만세전'과 '만세후'를 선명하게 구분할 수 있었던 것과 달리 Ⓒ에서는 그렇지 못하다. Ⓒ로 개작하면서 화자가 1918년을 전후한 역사적 상황, 곧 제일차세계대전

---

18) 염상섭, 「서를 대신하여」, 『만세전』, 고려공사, 1924.

직후의 일본 사회라든가 조선인 유학생들의 생활 등을 추가한 것은 독자와 시간적 지평을 공유하지 못하고 있다는 반증일 것이다.

이렇듯 ⓒ로의 개작을 통해서 {주인공}↔{화자≒독자}라는 방식은 {주인공≒화자}↔{독자}의 방식으로 변화한다. Ⓑ에서는 화자가 '만세 후'라는 역사적 지평 위에서 독자와 함께 '만세전'의 상황 속에 놓인 주인공을 바라보는 반면, ⓒ에서는 화자가 '만세전'의 상황을 잘 모르는 독자에게 주인공의 삶을 재현한다. 이러한 개작은 일견 서술의 일관성을 확보하는 것처럼 보이기도 하지만, 동시에 일인칭서술이 가지고 있던 다양한 예술적 가능성을 상실하는 결과를 초래한다. Ⓐ, Ⓑ에서는 주인공 역할을 하는 과거의 이인화의 목소리에 화자 역할을 하는 현재의 이인화의 목소리가 간섭하는 현상이 자주 나타난다. 그래서 하나의 진술 속에서 서로 다른 두 개의 목소리가 들리는 경우가 적지 않다.

意外에 厥者는 共同墓地 이약이를 끄낸다. 나는, 앗가 兄님한테 한참 說法을 듯고오는 길에 또 이러한 質問을 밧는 것이 怪常하다고 생각하얏다. 언제 規定이 된 것인지 어쎄케 施行하라는 것인지는 나로서는 알 바도 안이요, 그까짓 것은 아모러나 相關이 업는 것이지만, 아마 요사이 京鄕에서 모혀 안지면 쇄들 問題ㅅ거리로 삼는 모양이다. 나는 한번 쌜々 웃어주고 십헛스나 그리할 수는 업섯다.

「日本에도 共同墓地야 잇지요.」

나 역시 누가 듯지나 안는가 하고, 아쌔부터 殊常쩍게 보이든 저便 뒤로 컴々한 구석에 金테 한 동 두른 帽子를 쓴 채 外套를 뒤집어쓰고 누엇는 日本사람과 金泉서 나하고 갓치 오른 洋服쟁이 便을 돌려다보앗다. 나의 말이 조금이라도 總督政治를 誹謗하는 것은 안이지만 그中에서 무슨 誤解가 생길지 그것이 나에게는 念慮되는 것이엇다.(Ⓑ″ 136~137면)

주인공 이인화가 김천형님을 만난 뒤에 경부선 기차를 타고 경성으로 올라가던 중에 갓장수와 만나 공동묘지에 대해 이야기를 나누는 장면이다. 여기에서 "나의 말이 조금이라도 總督政治를 誹謗하는 것은 안이지만"라는 진술은 매우 복잡한 의미망을 형성한다. 물론 이 진술은 일차적으로 주인공의 생각을 표현하고 있다. 당시 이인화는 사람이 죽고 난 뒤에 공동묘지에 묻히든 선산에 묻히든 크게 상관할 바가 아니라고 생각한다. 그래서 공동묘지 제도를 시행하려는 총독부의 정책에 찬성하거나 반대할 필요성을 느끼지 않는다. 그렇지만 공동묘지 제도에 적극적으로 찬성하지 않는 것은 언제든지 "총독정치를 비방"하는 것으로 오해될 여지를 가지고 있기 때문에 자신을 미행하는 형사의 오해를 받지 않기 위해 노심초사하고 있다고 해석되는 것이다.

그렇지만, 일인칭서술에서 이 진술은 주인공의 말이기도 하지만 화자의 말이기도 하다. 만약 화자의 것이라면 이 진술은 검열을 의식한 위장술이라고 할만하다. 총독부의 정책에 비판적이지만, 검열관을 의식하여 이렇게 말한다는 사실은 일반 독자들에게는 전혀 다른 맥락으로 이해될 수 있다. 설령 과거의 이인화가 총독부 정책에 그리 비판적이지 않았다고 하더라도 현재의 이인화, 곧 화자는 그렇지 않다는 의미로 이해될 수 있는 것이다. 요컨대, 이 진술은 누구의 말로 보는가에 따라 상반된 의미를 지닌다. 이처럼 주인공과 화자 사이의 거리가 존재하는 Ⓐ, Ⓑ에서는 둘의 목소리가 구분되면서도 중첩되어 있어서 누구의 말로 보는가에 따라 그 뉘앙스가 미묘하게 변주된다. 귀에 들리는 말은 하나였지만, 전혀 다른 의미로 맥락화시키는 또다른 목소리가 은밀하게 들리고 있었던 것이다. 소설이 진행되는 동안 화자가 주인공 이인화와는 다른 위치에 있다는 것을 끊임없이 독자들에게 환기시킨 덕분이다. 등장인물의 목소리에 화자의 목소리를 뒤섞는 복화술을 선보

347

이고 있는 셈이다.

마찬가지로 Ⓑ에서는 결말 또한 복합적인 의미를 지니게 된다. 이 부분은 주인공이 겪은 마지막 사건이지만 화자의 측면에서는 첫부분과 연결된다. 봄이 오면 돌아오겠다는 주인공 이인화의 말은 이듬해 봄에 있었던 만세운동을 경험한 뒤 1918년의 자신을 반성적으로 그리는 화자의 목소리로 이어지는 것이다. 주인공이 '만세'가 일어나리라는 것을 알 수 없는 상태에서 '따뜻한 봄'이 되어 돌아오겠다는 이야기를 남긴 채 조선을 떠나고 있다면, 화자는 이듬해 봄에 삼일운동을 경험하고 나서 만세운동이 일어나게 된 원인과 식민지 상황의 극복 방안을 고민하면서 자신의 경험을 서술하게 된다. 이렇듯 Ⓑ에서는 재귀적인 구성을 통해서 주인공과 화자, '만세전'과 '만세후'의 목소리가 중첩되면서 삼일운동 직전의 상황에 대한 비판적인 성찰이 이루어지게 된다.

이렇듯 Ⓑ에서 주인공과 화자를 구분하면서도 중첩시키는 방법을 통해 구축된 복화술적 목소리와 재귀적인 구성은 당대의 검열상황을 전제했을 때 매우 효과적인 방식이었다. 일본제국주의의 통치 기간 동안 일종의 금기어였던 '만세'를 단 한 번 사용하면서도, 독자들에게는 지속적으로 만세를 환기시킬 수 있었다. 만세를 경험하지 못한 주인공의 뒤편에서 만세를 경험한 자의 목소리가 울리고 있는 셈이다. 그렇지만 해방이 맞이하고 일본제국주의의 검열이 사라졌을 때, 복화술사의 목소리는 거추장스럽게 느껴졌을 것이다. 이제 화자의 역할을 축소하고 등장인물의 목소리로 강조함으로써 하나의 목소리처럼 들리게 만들었다. Ⓐ, Ⓑ에 나타났던 화자와 주인공 사이의 '만세' 전후라는 시간적 단층이나 균열 혹은 접합은 찾아보기 어렵게 되었다. 그 대신 Ⓒ에서는 주인공에게 초점이 모아지면서 작품의 결말 역시 민족적 무자각 상태에 놓여 있던 이인화의 의식 발전 과정으로 집중된다. 이로써 소설의 결말이 서두로 다시 이어지는 재귀적인 구성 또한 불가능해진다.

이러한 ⒝에서 ⒞로의 개작은 근본적으로 독자가 달라지면서 나타난 현상이었다. 전자의 경우 만세라는 사건을 경험한 지 얼마 지나지 않았기 때문에서 화자는 1924년의 독자와 역사적 지평을 공유할 수 있었다. 이에 비해 식민지 상황에서 해방되면서, 그리고 삼십여 년 가까운 세월이 지나면서 1948년의 독자와는 역사적 경험이나 지평을 공유하기 어려웠다. 제일차 세계대전에 대한 정보를 추가할 수밖에 없는 이유이기도 할 것이다. ⒞가 검열로 못다 한 이야기를 보충하는 방식이 아니었던 것도 이때문일 것이다. 이처럼 새로운 독자를 염두에 두고 화자의 역할을 축소하면서 ⒝에서 보여주었던 복화술적인 목소리, 재귀적인 구성 또한 불가능해졌고, 결국 ⒞는 한 인물의 의식성장이라는 리얼리즘 소설의 전형에 부합하는 평면적인 이야기가 되고 만다. 검열은 언제나 파괴적인 결과를 초래하는 것은 아니다. 검열은 때로 생산적이기도 하다.

4. '앵무새'들의 희작 : 크레올화되는 한국어

염상섭의 「만세전」을 통해서 기미독립운동이 발생하기 직전의 식민지 조선의 현실을 엿볼 수 있다는 사실에 대해서 이의를 제기하는 이는 거의 없다. 특히 주인공 이인화의 귀국 경험은 다양한 계열체들로 구성되어 있어서 여러 측면에서 그 의미가 구명되어 왔다. 예컨대 '묘지'를 둘러싼 다양한 사람들의 반응을 냉소적으로 바라보는 이인화를 통해서 민족의 현실보다는 개인적인 삶에만 관심을 기울였던 무단통치 시기의 사회적 무력감과 그에 대한 비판의식을 드러낸다는 것이다. 또한 관부 연락선에 승선하던 무렵부터 끈질기게 이인화를 따라다니는 형사들의 감시를 통해서 식민지에 편재하는 권력의 시선을 보여준다는 분석 또한 이루어진 바 있다.

그런데 「만세전」에서 눈여겨보아야 할 또 하나의 계열은 '언어'와 관련되어 있다. 우리는 앞서 일본에서의 이인화가 일본어로 대화를 나누고 있음에도 불구하고 그것을 의식하지 못한 상태였다고 지적한 바 있다. 주인공으로서의 이인화는 자신이 사용하는 언어에 대해 무관심하거나 혹은 둔감했다. 이중언어사용능력을 지니고 있어서 일본어로 말하는 것과 한국어로 말하는 것 모두 큰 어려움을 겪지 않기 때문이다. 하숙집이나 M헌, 고베의 카페 등에서 이야기를 나눌 때 일본어를 사용했음에도 불구하고 을라와 한국어로 대화를 나누는 것과 다를 바 없었다. 그렇지만, 그것을 재현하고 있는 화자(혹은 작가)는 '일본어'라고 밝히는 대신 은밀한 방식으로 암시한다. 비슷한 시기에 발표된 「너희들은 무엇을 얻었느냐」과 달리 등장인물들이 처한 맥락을 고려해야만 겨우 어떤 언어를 사용해 대화하는지 알 수 있도록 한 것은 어떤 효과를 고려한 미학적 선택일까?

사실 식민지 조선의 경우 서구 열강의 식민지와는 여러 모로 달랐다. 식민자와 피식민자가 같은 인종이었기 때문에 신체적 특징보다는 언어적 능력이 차별의 표지로 광범위하게 활용되었다. 하지만 언어는 후천적으로 습득하는 것이어서 식민자와 피식민자를 구분하는 시스템이 오작동할 가능성을 안고 있었다. 이인화는 굳이 일본인인 척 흉내내기 (mimicry)를 하지 않더라도 외양이나 언어로 구분할 수 없었기 때문에 도쿄에서 시모노세키까지 여행하는 내내 일본인으로 '오해'되었다. 흔히 관부연락선의 목욕탕 장면은 이인화가 민족의식을 깨닫는 과정으로 의미화되어 있지만, 아이러니하게도 이인화가 신체적으로나 문화적으로 일본인과 구별할 수 없었기에 가능한 일이기도 했다. 일본인들은 아무 것도 걸치지 않은 채 목욕탕에 자연스럽게 들어서는 이인화를 피식민자로 식별할 수 있는 아무런 방법도 가지지 못했다. 그래서 조선인 노동자를 모집하여 일확천금을 노리는 일본인들의 야만성이 폭로될 수 있었다.

그런데, 이인화에게 큰 충격을 안겨준 사건은 식민지 치하의 조선인들이 겪고 있는 비참한 삶의 모습을 엿들은 직후에 발생한다.

> 나는 사람 드는 사람, 한참 복작대는 틈에서, 부리낙히 洋服바지를 쥐이며 섯스랴니가, 엇던 보지 못하든 親舊가, 門을 半쯤 열고 中折帽子를 쓴 대가리를 불숙 듸밀며, 荒唐한 眼色으로 房안을 휘휘 둘너보더니,
> 「失禮올시다만, 여기 李寅華란 이가 계십니까」 하고 뭇는다.
> 「네, 나요. 웨 그러우?」
> 나는 厥者의 압흐로 두어 발자국 나스며 이러케 對答을 하얏다. 厥者는 한참 차저단이다가, 겨우 만난 것이 반갑다는 듯이 빙글빙글 우스며, 門을 활짝 여러제치고 서서 이리 좀 나오라고 命令하듯이 소리를 친다. 學生服에 만도를 들은 體格이며, 제깐은 流暢하게 한답시는 日語의 語調가, 뭇지 안어도 朝鮮 사람이 分明하나, 그래도 짓구지 日語를 使用하고 돌이어 自己의 本色이 綻露될가 보아 念慮하는 듯한 沈着치 못한 行色이, 나의 눈에는 더욱 殊常적기도 하고, 근질근질하야 보이기도 하얏다. 나의 姓名과 그 사람의 語調를 듯고, 우리가 朝鮮 사람인 것을 斟酌한 여러 日人의 視線은, 나에게서 그者에게, 그者에게서 나에게로 올지 갈지 하는 모양이엿다. 말하자면 우리 두 사람은, 日本 사람 압헤서 喜劇을 演作하는 鸚鵡새의 格이엇다.(Ⓑ″ 62~63면)

이 장면은 「만세전」에서 등장인물들이 어떤 언어로 대화를 나누는지 명시적으로 밝힌 최초의 대목이다. 형사는 '일본어'로 '이인화'를 찾는다. 고유명이기에 일본식 한자음이 아니라 한국식 한자음으로 불렸을 것은 자명한 일이다. 그런데 "이인화"라는 목소리는 그동안 '리상'이라는 말로 숨겨졌던 조선인이라는 사실을 폭로한다. '이인화'라는 이름을 바꾸지 않는 한 그는 결코 피식민자라는 사실을 숨길 수 없다. 개인적인 영달을 목표로 삼았던 이들이 앞다투어 창씨개명에 동의했던 이유이기도 할 것이다.[19]

흥미로운 것은 형사의 일본어가 모어가 아닌 까닭에 그리 유창하지 않았다는 사실이다. 그래서 관부연락선에 타고 있던 일본인들이 조선인이라는 사실을 알아차렸음에도 불구하고, 형사는 고집스럽게 일본어를 구사한다. 일본어가 조선인이라는 사실을 숨겨주리라는 헛된 믿음을 버리지 못하는 것이다. 그런 점에서 보면 이인화 또한 형사와 크게 다를 바 없다. '이인화'라는 이름 때문에 조선인이라는 사실이 드러났음에도 불구하고 일본어로 응답하기 때문이다. 이렇듯 형사와 이인화는 서로 상대방을 비춰주는 거울이다. 이인화는 거울에 비친 모습을 보면서 비로소 자신이 "일본 사람 앞에서 희극을 연작하는 앵무새"라는 사실을 깨닫게 된다.[20]

돌이켜 보면, 관부연락선에 올라타기까지 여러 일본인들과 거리낌

---

19) 동일한 한자를 다른 방식으로 읽으면서 발생하는 문제는 염상섭 소설에서 자주 등장한다. 예컨대 「남충서」에서 일본인과 한국인 사이에서 태어난 혼혈들의 정체성 혼란을 형상화하면서 '두 개의 이름'이라는 모티프로 구체화하기도 했던 것이다. (안서현, 「두 개의 이름 사이-염상섭 소설에 나타난 언어적 혼종성의 문제」, 《한국근대문학연구》30, 2014.10, 127~152면.)

20) 김희경, 「'번역'되는 제국의 언어와 식민지 이중언어체제에의 도전」, 《현대소설연구》74, 2019, 139~186면.

없이 일본어로 대화를 나누던 이인화의 유창한 언어능력이라는 것이 그리 내세울 만한 것은 아니었다. 관부연락선 목욕탕에서 조선인 노동자를 모집하여 사지에 몰아넣는 일본인들에게 분노하지만, 모어를 배신하고 제국의 언어를 사용하면서도 아무런 자의식을 갖지 못했던 자신의 모습이야말로 정녕 부끄러운 일이었다. 그는 주인의 말, 곧 일본어를 잘 흉내 내는 '앵무새'에 불과했다. 설령 자신이 의도적으로 흉내 낸 것은 아니었다고 변명할 수도 있겠지만, 그렇다고 해서 앵무새 신세를 면할 수 있는 것은 아니다.

이처럼 제국과 식민지를 이어주는 관부연락선에서 이인화는 언어에 대한 새로운 인식을 갖게 된다. 지금까지 일본어와 한국어는 의사소통의 수단이어서 의미가 보존되는 한 등가성의 원칙에 따라 언제든지 교환될 수 있다고 믿었다. 어떤 언어로 말하는지에 대해서 크게 구애받지 않았던 까닭이다. 그렇지만, 자신이 앵무새에 불과하다는 사실을 깨닫는 순간, 제국의 언어인 일본어와 식민지의 언어인 한국어는 선명하게 구별되었으며, 어떤 언어로 대화를 나누는지에 대해 민감하게 의식한다. 제국과 식민지는 공간적으로도 언어적으로도 분절되어 있었다.

부산에 도착하여 첫발을 내딛는 이인화를 부른 것은 "여보, 여보"(⑧″ 81면)라는 일본어였다. 이인화는 관부연락선의 싸구려 삼등객실 손님조차 함부로 입에 올리던 '요보'인 것이다. 그래서 무단통치 시기에 육혈포조차 차지하지 못할 정도로 말단에 자리한 조선인 하급 관리가 내뱉는 일본어조차 이인화에게는 도살장에 끌려가는 소를 연상시킬 만큼 압도적이었다. 시모노세키에서 검문 받을 때 들었던 일본어와는 비교할 수 없을 만큼 위력을 지니고 있었다. 언어는 단순한 의사소통을 위한 수단이 아니라 식민자와 피식민자를 구별하는 차별의 권력 그 자체였던 것이다.

이제 이인화는 식민지에서 들려오는 일본어를 날카롭게 감지한다. 그의 눈은 일본제국주의의 정치적 억압과 경제적 착취로 인해 고통받는 식민지 조선의 삶을 보지만, 그의 귀는 어설픈 일본어로 말하는 수많은 목소리를 듣는다. 부산의 일본국수집에서 "조선 사람 어머니에게 길리어 자라면서도 조선 말보다는 일본 말을 하고, 조선 옷보다는 일본 옷을 입고, 딸자식으로 태어났으면서도 조선 사람인 어머니보다는 일본 사람인 아버지를 찾아가겠다"(Ⓑʺ 97면)는 작부의 이해타산에 젖은 목소리를 듣기도 하고, 김천역에서는 "웃는 낯으로 나하고 이야기를 하며 섰던 사무원이 눈을 부르대이며"(Ⓑʺ 124면) 조선인 역부를 향해 "빠가"를 연발하며 "조선말 반, 일본말 반의 얼치기"(Ⓑʺ 124면)로 명령하는 위압적인 목소리를 듣기도 한다.

이처럼 1918년 조선에서 언어는 의사소통을 위한 수단이 아니었다. 어떤 언어로 말하는가에 따라 말하는 사람의 사회적 위치가 결정되었고 말하는 내용의 권위 또한 형성되었다. 언어는 제국과 식민지의 관계처럼 철저히 위계적이었다. 이 때문에 많은 조선인들은 모어 대신 앞다투어 일본어를 잘 쓰는 체 흉내내기에 급급하다. 심천정거장에서 만난 조선인 역부의 모습은 그것을 잘 보여준다.

門 밧그로 나간 뒤에 精神을 차리고 보니까, 내 압헤는 手巾으로 질 ㅅㅁ 동인 헌 雨傘 한 箇가 椅子의 구석에 기대어 섯다. 나는 琉璃廠을 올리고, 캄캄한 밧글 내어다보며, 소리를 첫스나 벌서 간 곳이 업섯다. ……煖爐에 石炭을 너흐랴 온 驛夫에게 내어 주엇다. 그러나 누구의 것이냐고 서투른 日本말로 뭇기에, 나는 벌서 朝鮮 사람인 줄 알아채이고, 일부러 朝鮮말로 대답을 하얏더니,

「나니?(무엇이야?) 나니?」

하며 如前히 못 알아드른 체하고 日本말로 뭇는 데에는 어이가 업섯다.(⒝〃 143면)

　이 장면은 관부연락선에서 이인화가 조선인 형사와 실랑이를 벌이던 장면과 다를 바 없다. 한국인과 대화하면서 한국어가 아니라 일본어로 사용하면서 젠체하는 '앵무새'들의 희작은 관부연락선에서도, 경부선에서도 벌어지고 있었다. 달라진 것은 이인화의 대응이다. 관부연락선에서는 상대방이 조선인 줄 알면서도 일본어로 대답하였던 것과 달리, 심천정거장에서는 "조선 사람인 줄 알아채이고, 일부러 조선말로 대답"을 하는 것이다. 비록 상대방이 못 알아듣는 척하는 것은 다를 바 없지만, 적어도 이인화는 앵무새이기를 거부한 셈이다.

　이렇듯 관부연락선에 만난 조선인 형사, 부산의 일본국수집에서 만난 작부, 김천역과 심천정거장에서 일하는 조선인 역부는 하나의 의미론적 계열체를 이룬다. 그리고 최종적으로는 김의관에게 벼슬을 청탁하는 '차지(差支)'로 수렴된다. 언어의 힘을 빌어 자신의 이익을 도모하거나 다른 사람들 위에 군림하려는 존재들이다. 이인화가 이들에 대해 거부감을 표현할 때, 그것은 다른 사람뿐만이 아니라 과거의 자신을 향한 것이기도 했다. 관부연락선에서 "일본 사람들 앞에서 희극을 연작"하기까지 그 또한 '앵무새'였던 탓이다.

　그런 의미에서 염상섭이 「만세전」에서 등장인물들이 어떤 언어를 사용해서 대화를 나누는지에 대해서 암시적인 방법을 채택한 것은 제국의 언어와 식민지의 언어 사이에 위계가 존재한다는 것을 미처 인식하지 못하고 있던 이인화를 재현하기 위해서였다고 할 수 있다. 관부연락선에 오르기 전까지 이인화는 일본어로 대화를 한다는 사실조차도

의식하지 못하는 상태였다. 일본어와 한국어를 자유자재로 사용할 수 있었던 이중언어사용자여서 제국의 언어와 식민지의 언어는 언제든지 등가교환 될 수 있다고 믿었다. 하지만, 관부연락선에서 조선인 형사를 통해서 "일본인들 앞에서 희극을 연작하는 앵무새"라는 사실을 비로소 깨닫게 되었다. 따라서 화자는 이야기를 시작할 때부터 등장인물들이 일본어로 대화를 나눈다는 사실을 의식하고 있었음에도 불구하고 주인공이 이 사실을 깨닫기까지 암시적인 방법을 사용했던 것이다.

「만세전」에서 이인화의 여정은 이처럼 제국의 일부이면서도 내지와 외지로 구분된 제국-식민지 공간을 관통하고 있다. 제국으로서의 연속성과 식민지와의 불연속성이라는 양면적 성격은 언어의 측면에서 그대로 나타난다. 이인화는 제국과 식민지의 경계를 넘나드는 관부연락선에서 제국의 언어와 식민지의 언어가 의미론적 등가성을 바탕으로 교환될 수 없다는 사실을 깨닫게 된다. 그래서 경성으로 올라가는 여정은 '무덤'으로 상징되는 정치적 부자유와 경제적 궁핍뿐만 아니라 일본어의 위세에 눌려 침식당하고 있는 한국어의 현실을 포착하는 과정으로 채워진다. 그가 바라본 언어는 공공연히 배제와 통합, 위계의 질서를 형성하는 정치적인 기제와 다를 바 없었다. 따라서 식민지의 언어는 제국의 언어에 침식당해 크레올화될 수밖에 없었다. 일본에 머물던 이인화를 포함하여 일본어를 흉내내는 수많은 '앵무새'들에 의해 한국어는 오염되고 있었다.

그렇지만 이인화가 언어의 오염을 비판적으로 바라본다고 해도 그 한계는 뚜렷하다. 언어의 오염이 정신의 식민화를 초래한다는 언어민족주의적인 태도에도 불구하고 지식인으로서의 이인화는 본질적으로 이중언어사용자였다. 그는 제국의 언어를 능란하게 사용할 수 있는 능력을 갖추고 있었을 뿐만 아니라 필요에 따라서는 언제든지 자유롭게 사용할 수 있는 능력을 갖추고 있었다. 그러한 면모가 가장 잘 드러난 것이 김천형님이 '유처취첩'에 대해 변명하자 일본어로 비판하는 대목이다. 물론 이인화는 바깥에서 일하던 형수가 들으면 거북할 이야기였기에 그들이 듣지 않도록 배려한다는 의도에서 일본어를 사용한 것이었지만, 그러한 의도와는 상관없이 여성들의 목소리를 침묵 속에 가두는 형제간의 공모이자 자신이 침묵하는 목소리를 대변한다는 특권의식의 표현이기 때문이다.

요컨대 이인화는 언어능력을 세속적인 욕망을 위해 사용하지 않는다고 해도 일본어를 몰라 모어를 사용할 수밖에 없는 사람들과는 분명히 다르다. 그는 속물적 지식인이 일본어의 힘을 빌어 권력을 행사하는 것과 거리를 두지만 그렇다고 해서 민중들과 같은 자리에 서는 것을 바라지도 않는다. 그에서 있어 민중들이란 속물적인 욕망에서 벗어나지 못한 존재에 불과하다. 그가 지식인들의 시혜의식을 비판한다고 해도 지식인으로서의 특권까지 버린 것은 아니었다. 그렇기 때문에 이인화는 도쿄의 전철이나 관부연락선 삼등실, 그리고 경부선 철도에서 보여주는 것처럼 민중들과 항상 거리를 두고 있었다.

이인화와 민중 사이의 거리감을 상징적으로 보여주는 존재가 바로 경부선을 타고 함께 서울에 내렸던 기생이다. 이인화가 김천에서 경부선에 올라탔을 때 이미 자리를 잡고 있던 이 인물은 이인화와 함께 여정을 함께 한다. 여행 내내 그녀는 이인화의 곁에 머문다. 그렇지만 이인화는 그녀와 대화 한마디 나누지 않는다. 그녀가 남대문역에 내린 뒤에도 마찬가지이다. 어디로 갈지 몰라 두리번거리는 그녀를 향해 이인화는 끝내 말을 걸지도 않고 손도 내밀지 않는다. 그녀는 결코 이인화에게 '동

정'조차 받지 못한다. 이인화는 그들과 함께 서지 않을 것이다. 그가 단
일언어사용주의를 내세우고 있다고 해도 이중언어사용능력을 갖지 못
하기 때문에 어쩔 수 없이 그 자리에 있는 존재들과 엄연히 다르다. 그
는 자발적으로 그런 입장을 선택한 인물이기 때문이다.

5. 에필로그: 리얼리즘이라는 관습

언어를 재현한다는 것은 생각만큼 쉽지 않은 일이다. 혹은 애당초 불
가능한 일이라고 말하는 것이 적절할지도 모른다. 서사문학, 특히 근대
소설의 경우 출판물에 의한 대규모 유통의 방식과 함께 성장한 까닭에
독자라는 언어공동체와 강하게 결속될 수밖에 없다. 따라서 작가와 독
자가 공속되어 있는 언어공동체 바깥의 언어는 영원한 타자일 수밖에
없다. 우리는 타자를 그 자체로서 재현하는 아무런 방법도 가지고 있지
못하다. 대신 우리의 언어로 번역하여 재현할 수 있을 뿐이다. '번역(불)
가능성'이라는 해묵은 개념을 새삼 떠올릴 필요도 없이, '재현되는 언
어'와 '재현하는 언어' 사이의 '(불)일치'는 영원히 해소될 수 없다. 그런
점에서 문학 혹은 소설에서 사실적 재현이라는 개념은 편의적인 것에
불과한지도 모른다. 언어라는 매체의 한계를 벗어날 수 없었기에 눈앞
에 현현하는 현실을 가까스로 '재현'할 수 있었을 뿐이다.

리얼리즘 소설은 현실을 재현하는 수단으로서의 언어만을 염두에 두
었을 뿐 언어 자체를 재현하는 방법에 대해서는 큰 관심을 기울이지
않았다. 헤테로글로시아 사회였던 식민지 조선의 현실을 그리면서도
통역/번역을 통해 기의만을 살리는 서사적 관습을 그대로 유지해 왔다.

이러한 사태는 언어가 등가교환될 수 있다는 사상(혹은 번역의 사상)를 전제로 할 때에만 가능한 것이다. 그것은 또한 한국 근대문학을 지배했던 계몽주의와 공명하는 지점이기도 하다. 식민지에서 활동했던 계몽적 지식인은 제국과 식민지의 언어를 매개함으로써 자신의 문화적 헤게모니를 장악하는 경우가 대부분이었다. 유학이란 통역/번역을 할 수 있는 능력을 갖추는 것이며, 계몽이란 대중들을 위한 통역/번역을 수행하는 과정이었을 뿐이다. 그런 점에서 식민지 지식인은 이중언어사용능력을 갖춘 통역사의 다른 이름이었음을 기억해야 한다.

우리가 염상섭의 소설을 보면서 불편함을 느끼는 이유가 여기에 있는지도 모른다. 그는 어떤 언어로 대화를 나누고 있는가에 대한 아무런 정보를 제공하지 않은 채 화자가 통역하는 전통적인 리얼리즘의 방식을 거부하고 동일한 기의라 하더라도 어떤 기표를 사용하는가에 따라 다른 효과를 발생시킬 수 있다는 믿음을 소설적으로 구현하기 위해 고심하고 있다. 이 과정에서 식민지의 언어가 위계적으로 분할되는 헤테로글로시아 상태에 처해 있다는 사실이 새롭게 포착된다. 이처럼 이인화에게 일본어는 모어를 배반하는 징표이기도 하고 피식민자로서의 정체성을 자각하는 계기가 되기도 한다. 제국으로의 유학 과정에서 자신이 식민지인이라는 사실조차 망각하는 정신적인 식민화가 초래되었다면, 그러한 식민화에 가장 깊숙이 침윤된 순간에 식민성을 넘어설 수 있는 계기를 발견하는 아이러니의 정신이 「만세전」을 이끌고 있는 것이다.

이와 함께 「만세전」에서 염상섭이 외국어로 이루어진 대화를 섬세하게 재현하는 과정을 통해서 우리는 한국 서사문학이 구술성의 세계를 벗어나 문자성의 세계로 편입되고 있음을 알아차릴 수 있다. 「만세전」의 화자는 '말하는 이'라기보다는 '글쓰는 이'에 가깝다. 만약 그가 말하는 존재였다면, '靜子'는 어떤 식으로든지 소리값을 부여했을 것이다. 하지만 근대적인 저자에 부응하여 글쓰기의 맥락 속에 놓여 있었기 때문에 화자는 '靜子'라는 기호를 어떻게 읽을지 결정하지 않은 채 이야기를 진행했다. 말로 이야기하는 것을 글로 옮기는 방식이 아니라, 처음부터 글로 쓰는 방식이었던 것이다. 을라와 대화하면서 '오해(誤解)'를 '육해(六解)'와 '육회(肉會)'로 연결시키거나, '차지(差支)'를 '차지(次知)'와 '사시스카에'로 연결시켜 풍자하는 방식은 모두 음성언어가 아니라 문자언어에 기반을 둔 상상력이다. 「만세전」을 근대적이라고 부를 수 있다면, 그것은 주인공 이인화의 내면이라든가 이념 등의 차원뿐만 아니라 화자의 존재 방식 자체가 구텐베르크적 세계 속에 놓여 있기 때문일 것이다.

염상섭(1897~1963)

한국근대문학이 계몽주의적 성격을 벗어나기 시작한 1920년에 처녀작을 발표한 염상섭은 분단된 남한 사회에서 1963년에 작고하기 전까지 동시대 삶을 증언하면서 내일을 꿈꾸었던 탁월한 산문정신의 소유자였다. 식민지 현실과 분단 현실의 한복판에서 생의 기미를 포착하면서도 세계 속의 한반도를 읽었기에 우리의 삶을 이상화시키지도 세태화시키지도 않았다. 처녀작 「표본실의 청개구리」를 비롯하여 「만세전」, 「삼대」, 「효풍」 등은 이러한 성취의 산물로서 우리 근대 문학의 고전으로 자리 잡은 지 오래다. 제국주의적 지구화의 과정에서 동아시아 및 비서구가 겪는 다양한 문제를 천착하여 보편성을 얻었던 그의 문학세계는 이제 더 이상 한국인만의 것은 아니다.

작품 해설 김종욱

문학평론가. 서울대학교 국어국문학과 교수. 1992년 중앙일보 신춘문예로 등단.
저서로는 『한국 소설의 시간과 공간』, 『한국 현대소설의 서사형식과 미학』,
『한국 현대 문학과 경계의 상상력』 등이 있음.

만세전

초판 1쇄 인쇄 2021년 10월 5일
초판 1쇄 발행 2021년 10월 20일

지은이   염상섭
책임편집   김재용 김종욱
펴낸이   최종숙
펴낸곳   글누림출판사

편집   이태곤 권분옥 문선희 임애정 강윤경
디자인   안혜진 최선주 이경진
마케팅   박태훈 안현진

주소   서울시 서초구 동광로46길 6-6(반포4동 577-25) 문창빌딩 2층(06589)
전화   02-3409-2055(대표), 2058(영업), 2060(편집)
팩스   02-3409-2059
전자우편   nurim3888@hanmail.net
홈페이지   www.geulnurim.co.kr
블로그   blog.naver.com/geulnurim
북트레블러 post.naver.com/geulnurim
등록번호   제303-2005-000038호(2005.10.5.)

ISBN   978-89-6327-650-2 04810
        978-89-6327-327-3 (세트)